Die Schwingen des Lichtes

Mythologischer Roman

Franky Körber
auf den Pfaden des Cerid Ravar

Verlag: BoD · Books on Demand GmbH, Überseering 33,
22297 Hamburg, bod@bod.de
Druck: Libri Plureos GmbH, Friedensallee 273,
22763 Hamburg
ISBN: 978-3-7693-0985-0

der Spiegel noch blass
erscheint eine Welt
nur Ahnung
noch Planung
ein Hauch

aus Seele
Verlangen
aus Sehnen
und Drängen

nur Trug?
noch Rauch

schaut tiefer Dir
in den Ätherleib

bist dorthin verrückt
wirr die Gedanken
geschundene Segel
zerschmetterte Planken

Du weißt
denn Du wusstest
nicht nur ein Gespür

nun blick in den Spiegel
er öffnet die Tür

*

Prolog

uralt weises Wissen schwebt im Raum
„Wie oben so unten"
so einfach, ich glaubte es kaum
sie suchten zu leugnen, zu löschen
das ewige Wissen zu zerstören
doch das Wissen wächst täglich neu
soll jedem gehören

Welten werden vergehen
doch der Himmel bleibt immer bestehen
denn niemand, ja niemand
beendet das Sein
Dinge können vergehen,
doch das Eine wird ewig bestehen
die Seele aus Liebe und Angst
bleibt ewig vereint

uralt weises Wissen belebt jeden Sinn
jenseits der Spiegel des Geistes
treibt es Dich hin
töricht der Zorn
die Sucht, der Gedanke an Macht
der Tag kehrt den Sinn,
kehrt die Furcht, kehrt die Nacht

Wärme erfüllte dort das Sein
als des Zauberers Reise begann
Zeitalter glitten dahin
von je her das Wissen verrann

Im Anfang der Zeit
waren Sonne, Mond
und alle Wesen vereint

Wir erhielten den Ruf
vom König der Wälder
Er lehrte uns ahnen
die Wunder der Elder

Am Ende der Zeit
werden Sonne und Mond
und alle Wesen vereint

in dem Zeitalter der Zauberer
unter der Sonne
in dem das Wissen vor dem Leben begann
war das Licht erfüllt von Farben
war die Finsternis eine Fremde
war der Tag froh der Nacht

Die Planeten des Universums lachten laut
und alle Orte waren erfüllt
von glücklichen, liebenden Wesen

*

Die Legenden berichten von der Welt Thýria, die der unseren sehr ähnlich, vor allem aber sehr nahe ist. In früheren Zeitaltern, so sagt man, habe es Tore gegeben, die Gaia und Mittenerde mit Thýria und auch einigen weiteren Welten verbanden. Gaia war noch eine sehr junge Welt, mit neugierigen Bewohnern, die es bald verstanden einen blühenden Handel mit den Wesen Wälderlands zu treiben, die einst aus Thýria gekommen waren. Allerdings trug der Begriff Handel damals eine etwas andere Bedeutung als heute. Es wurden nicht Waren oder Rohstoffe getauscht, nicht Lizenzen oder Soldaten, sondern Geschichten, Märchen, Legenden, Erfahrungen und Wünsche. Ja, am liebsten tauschten die jungen Gaianer Wünsche; denn die Wunscharchive der Waldelben aus dem Wälderland waren reich an einer unvorstellbaren Vielfalt. Da gab es beispielsweise Wünsche der Genesung. Kaum denkbar wäre die Heilung eines lieben Angehörigen ohne einen solchen Wunsch gewesen. Auch der Wunsch nach einer fruchtbaren Nachkommenschaft stand hoch im Kurs; denn schließlich hofften die Menschen im Alter von ihren Enkeln und Urenkeln versorgt zu werden.

Die Waldelben hingegen sammelten Legenden, vor allem eben jene aus Thýria. So sehr sehnten sie sich nach ihrer Heimat. Äonen vor der Zeit hatten die Fehden zwischen Elben und Feen in jener großen unbegriffenen Schlacht geendet, die sie Dannbarar nannten, die beiden Völkern unüberwindbaren Schaden zugefügt hatte. Ihre Macht und ihr Wissen waren zu groß, als dass sie einen Kampf überhaupt in Betracht hätten ziehen dürfen. Aber Unvernunft ist leider kein Vorrecht der Menschheit.

Kaum jemand konnte mehr einen echten Grund für die Auseinandersetzung nennen oder einen Sinn darin erkennen. Wer das Feenreich einmal besucht hat, weiß wie unnahbar diese Wesen werden, wenn sie auch nur die Idee eines bösen Gedankens in ihrer

Umgebung spüren. Seit diesem furchtbaren Streit suchen sie verzweifelt nach einem Wesen, dem sie wieder ihr vollstes Vertrauen entgegenbringen können. Bislang vergeblich. Niemand außer dem Regenbogen, den sie BiFröst nennen, ist rein. Und dieser Regenbogen wurde zerstört. Die gesamte Existenz des Feenvolkes fußte in dieser einen Gabe, der Schwingung des Vertrauens, die seither in jenem Universum fehlt. Dabei waren die Feen doch von ihrem Ursprung ein ebenso lebenslustiges wie feinfühliges Volk gewesen. Der Verlust des Vertrauens fraß sie regelrecht auf. Unzählige Feen, selbst die Herrscherin Mirhanëa, waren in tiefer Traurigkeit verdorrt.

Für diejenigen unter Euch, die bereits bei der Betrachtung der Aura farbliche Unterschiede erkennen können, mag es von Nutzen sein zu wissen, dass die Farbe Orange in ihrer prächtigsten Schwingung ursprünglich dem Feenreich entsprang. Ihre üppige Fülle im Universum versorgte die Völker mit den Gefühlen besten Vertrauens. Und wer anderen vertraut, bildet eine gesunde, kräftige Gesellschaft mit vielen Nachkommen und einer kreativen Entwicklung. So traf vor allem der Verlust des Orange in der Skala der Farben des Kosmos die Welten schwer. Die Legendenforscher Mittenerdes vertreten bis heute die Ansicht, der Mangel habe zum völligen Verlust der Kreativität im Reiche Asengard geführt, und damit die Ragnarök geradezu heraufbeschworen. Wenn dem so wäre, dann war Dannbarar eine Fügung des Schicksals, von den Nornen geknüpft. Dann war dieser Kampf seit Anbeginn den Augen der Netzweberinnen nicht verborgen gewesen und musste geschehen. Ein erster, vielleicht der erste Schritt in das dunkle Zeitalter.

Seit Dannbarar waren die Tore nach Thýria für die Waldelben verschlossen. Selbst die Erinnerungen verblassten bereits. So sammelten sie jede erdenkliche Geschichte über ihre ursprüngliche Heimat, waren über die Maße froh über den florierenden Legenden-Handel, vor allem mit den jungen Menschheiten aus Gaia und Mittenerde.

Eines Tages geschah es, dass sich eine Reisende Namens Aljana nach Wälderland aufmachte, den Elben von ihrer Heimat zu berichten. Sie war eine hoch gewachsene Menschenfrau von Gaia mittleren Alters, mit rötlich schimmerndem Haar. Wie viele der Menschen trug auch sie feste lederne Kleidung. Für einen Elben unverständlich. Es nimmt der elbischen Seele die Luft. Nichtsdestoweniger war man sehr neugierig auf Aljanas Geschichten.

Tief im Wald existierte ein Felsplateau, das sie den Mären-Fels nannten. Es war ein verwunschener Ort, umwachsen von großen, knorrigen Eichen. Auf einer Lichtung etwa in der Mitte des Platzes wurde ein Feuer entzündet. Im Osten stand ein herrschaftlicher natürlicher Blumenthron. Man muss wissen, dass die Elben eines der wenigen Völker sind, die beinahe ihre gesamte Heimstatt aus wachsenden Büschen und Bäumen flechten. Monate, manchmal Jahre verbringen sie mit der Gestaltung, in dem sie den Pflanzen ihre Wünsche darlegen und sie um Hilfe, Frieden und Freundschaft bitten. So wuchs auch dieser Thron aus einem immer blühenden Busch heraus, dessen bunte in rot, gelb und weiß schimmernde Blüten ihm seinen Namen gaben. Im Grunde kann man sagen, war der Busch selbst der Thron.

Dieser Ehrenstuhl galt dem hohen Besuch. Meridor, der Elbenfürst höchst selbst, geleitete Aljana zum Blumenthron und bedeutete ihr freundlich dort Platz zu nehmen. Die Frau zögerte. Als Kräuterfrau lebte sie selbst mitten im Wald unter Pflanzen. Ihre Ehrfurcht vor den Geschöpfen der Ceridwen, die in anderen Welten auch als Mutter Erde bekannt war, war sehr groß, so dass sie es nur ungern oder aber mit gebührendem Respekt wagte, sie zu nutzen. Viele Pflanzen gaben gerne ihr Aroma, ihre Blüten oder Wurzeln für die Heilung von Krankheiten, das sehende Feuer oder die Ermunterung der Seele. Doch es kam auf den Zeitpunkt und vor allem die Art des Pflückens an. Nicht auszudenken was geschah, wenn man eine Mistel am Tage pflückte, ein Nieswurz am Abend ausgrub oder Lavendel bei Neumond schnitt.

»Darf ich Dich zu unserem Fest einladen? «, strahlte der Elb, nachdem sich Aljana vorsichtig hingesetzt hatte. Er reichte ihr ein Trinkhorn mit jenem leicht vergorenen Saft, den sie Wehl nannten. Er selbst nahm ein zweites Horn, hielt es kurz gen Himmel, um dann in sich versunken davon zu nippen.

Aljana zog den herrlichen Duft tief ein. Etwas Vergleichbares fand sich auf keiner der von ihr je besuchten Welten – und sie kam wirklich viel herum. Nun nippte auch sie nach einer ehrfürchtigen Verbeugung erst vor Meridor, dann vor dem Himmel und schließlich vor Ceridwen, von dem köstlichen Getränk. Sogleich machte ihr Bewusstsein einen Freudensprung. Dieses Gebräu war unglaublich.

»Bist Du bereit? «, flüsterte Meridor nach einer Weile.

»Bereit zu erzählen? «

»Nein! «, sinnierte er lächelnd, »bereit für eine kleine Reise?

Wenn Du erlaubst, würden wir Deine Geschichte auf das Morgengrauen verschieben, während wir gemeinsam auf Dich und den Sonnenaufgang schauen. Ich lade Dich ein mit mir eine kleine Reise unternehmen. «

»Wohin reisen wir? «

Nicht, dass Aljana einer von diesen immer neugierigen Menschen gewesen wäre. Aber sie hatte von seltsamen Ritualen der Elben gehört, die nicht jeder Mensch ohne Schaden überstand.

»Wohin wird uns Deine Seele führen? «, grinste Meridor vielsagend, »oder möchtest Du Dich lieber in die Tiefen eines Elbengeistes stürzen? Hast Du Dir eigentlich schon überlegt, was Du für Deine Geschichte von uns erhalten möchtest? «

Zwei Fragen zu viel. Aljana war ein wenig verunsichert.

»Ein Wunsch? Eine Geschichte für einen Wunsch, ach ja also um ehrlich zu sein, habe ich mir darüber noch keine Gedanken gemacht. Es geht nicht um mich, es geht um Dein Volk. Ich sehe das Unglück des Feenvolkes ebenso wie das Deines eigenen. Es erfüllt mich mit tiefer Trauer. Auch steht ein Feind vor den Toren einer Welt, deren Fall für unser aller Nationen von großer Tragweite wäre. Eine schlimme Tragödie. Es gibt Geschichten über Dein Land, die Du kennen solltest. Und es gibt Geschichten über das Leid der Feenvölker, die bei Euch sicher nur wenig Gehör finden. «

»Aljana, was bist Du – eine Zauberin? Woher weißt Du von all diesen Dingen, die zwischen den Welten geschehen? «

Die Kräuterfrau lachte: »Eine Zauberin, ja tatsächlich, das bin ich wohl. In meiner Welt nennen mich manche eine Hexe. Die Mutter nennt mich Wikka. Und das ist wohl, was ich bin. Aber was immer Du in mir sehen möchtest, mir scheint das trifft es. Ja, ich habe mehr erfahren, als ich in einem Leben ertragen könnte. Aber es hat mich niemand gefragt, ob ich das alles wissen möchte. «

Ein schwerer Seufzer entrann ihrer Kehle. Wenn all das geschehen würde, was ihre Ahnungen voraussagten, dann würde ihre Welt eine Menge guter Wünsche brauchen. Aber auch Elben-, Feen- und Zwergenreich wären froh über jede Hilfe und Heilung. Es stand wahrhaftig eine Zeit bevor, deren Dunkelheit alles Vorstellbare weit übertraf. Sie hatte Mühe diese Bilder für den Augenblick zu verdrängen. Schließlich fasste sie sich wieder und willigte ein, eine kleine Reise in die Tiefen der Elbenseele Meridors anzutreten.

»Du möchtest verhindern, dass ich in Deine Seele blicke «, sinnierte der Elbenfürst.

Sie sahen sich tief in die Augen. Erst jetzt erkannte Aljana die Vollkommenheit seines Antlitzes. Für einen Moment gaukelte ihr Herz ihrem Verstand etwas von Sehnsucht nach Liebe vor und löste einen ungekannten inneren Zwist aus.

‚Was bildest Du Dir ein, Deine Gedanken in diesen Zeiten an einen Elbenfürsten zu binden. Du bist eine Träumerin. ', grübelte sie.

‚Dann lass mich doch einfach nur diesen Moment genießen. Lass mir den Traum. Mehr verlange ich nicht!'

‚Du bist eine Wikka und Du hast eine Aufgabe – schon vergessen?'

Aljanas Zwiegedanken-Gespräch riss nicht ab.

‚Wieso bist Du immer so unnachgiebig?'

‚Auch ich habe Träume. Auch ich spüre eine Sehnsucht nach Wärme und Liebe. Denkst Du ich lebte nur für den Kampf?'

‚Im Moment wird Dir wohl nicht viel Anderes übrigbleiben. Ja! – Du lebst für den Kampf. Es ist Dein Kampf. Du bist über die Maße darin verwickelt. Das weißt Du.'

»Ist alles in Ordnung?«, mischte sich Meridor ein.

Die Wikka nickte. Doch sie mied den Blickkontakt. Das Gefühl, er könnte ihren inneren Kampf miterlebt haben, trieb ihr Farbe ins Gesicht.

»Nein wirklich. Es ist alles wie es ist, wie es sein sollte. Ich weiß nicht. Es ist in Ordnung. Wollen wir zusammen reisen?«

»Nichts lieber als das!«, erwiderte Meridor, »darf ich?«

Mit einer Handbewegung bat er sie, neben ihr auf dem Blumenthron Platz nehmen zu dürfen. Aljana nickte. Der Fürst setzte sich behutsam neben sie. Seine Bewegungen waren leicht und geschmeidig. Dann legte er den linken Arm um ihre Schulter und legte die Finger sanft an ihren Kopf, den Daumen an den Hals direkt hinter dem Ohr. Eine Welle unglaublicher Wärme erfasste Aljana. Ausgehend von den Fingerspitzen des Elben strahlte es weit in ihren Körper hinein. Äußerlich ließ sie eine Gänsehaut erschauern. Sie atmete intensiv und langsam, schloss die Augen, schmiegte sich an ihn und wünschte sich den Rest ihrer Tage in dieser Haltung zu verbringen. Sie konnte all die groben Probleme der Welten zwar nicht vergessen, doch die Dinge wichen zurück.

Meridor ließ sie eine Weile, die er für einen Menschen als angebracht empfand, ihren sanften, liebevollen Gedanken an ihn nachhängen, bis er zögernd ihren rechten Arm anhob, ihn sich über die Schulter legte und ihre Finger ebenso an seinen Kopf anlegte wie er es bei ihr getan hatte. Aljana zuckte zurück. Sie fühlte die Verbindung. Sie spürte, wie seine Ströme in ihr zu fließen begannen und wie ihre kleine Seele sich im Labyrinth elbischen Empfindens verfing.

»Bist Du bereit? «, flüsterte er mit weit entrückter Stimme.

Die Wikka war nicht mehr im Stande zu antworten. Sie war natürlich bereit. Sie war zu allem bereit, genau genommen zu mehr als ihr lieb war. Die Sinne verschwammen. Sie fühlte sich eins mit ihm und mehr noch mit allem, was sein Dasein repräsentierte. In diesem Zustand existierte kein Raum mehr. Alles war eins. Ein Nebel. Eine Wärme. Ein Sein. Nichts war an diesem Ort, nichts als Wärme und Licht. Ist dies Dein wahres zu Hause, überlegte sie, die Gedanken liebevoll auf Meridor gerichtet. Der Elb schwieg. Doch sein Schweigen sprach deutliche Worte. Dies ist unser zu Hause. Dein Heim und mein Heim. Erkennst Du es denn nicht.

‚Aljana! ', flüsterte eine entfernte Stimme, ‚bist Du bereit für den Sprung? '

Sprung? Was für ein Sprung? Sie dachte, sie hätten bereits das Ziel ihrer Reise erreicht. War sie bereit diesen Zustand je wieder zu verlassen? Sie zögerte. Getrennt von ihrem Körper fühlte sie gleichermaßen, wie jedes ihrer Glieder in diesem Augenblick Heilung erfuhr. Alte Lasten, alte Traumata lösten sich, entschwanden ihrem Körper; denn die Seele begann loszulassen. Das innere Kind glitt durch ihre Sinne und wischte eine Träne aus ihrem Geist. Was hier gerade geschah war unfassbar. Sie glaubte, sie hätte in all den Jahren, ja in all den Leben gelernt den eigenen Körper, den eigenen Geist zu heilen. Sie dachte sie wüsste über die Dinge Bescheid. Doch dieses Gefühl war ihr vollkommen fremd, neu und gleichsam so vertraut als sei es der Ursprung allen Seins.

‚Es ist der Ursprung', flüsterte eine Stimme und entfernte sich weiter von ihr. ‚Komm mit, bitte, sie wartet bereits auf uns. Es ist so neugierig Dich wiederzusehen. '

Sie? Welche Sie sollte das sein. ‚Was meinst Du, wer oder was wartet auf uns! '

‚Warum stellst Du immer diese Fragen. Komm einfach. Sie möchte Dir begegnen. Vertrau mir! '

Sie vertraute dem Elbenfürsten. Aber halt! Diese Stimme, das war nicht die seine. Es war eine innere Stimme.

»Meridor «, raunten ihre Sinne, »bist Du noch bei mir? «

Anstelle einer Antwort spürte sie erneut jene Wärme und Verbundenheit. Natürlich war er bei ihr. Doch sie zweifelte, ob sie wirklich seine Reise angetreten hatten und nicht vielmehr ihre eigene. Denn sie hatte bereits eine Ahnung, welche Stimme ihr da zuredete, wenn nicht die des Elbenfürsten.

‚Nun – wollen wir gehen? '

Sie war bereit. Bereit für das größte Abenteuer ihres kleinen Lebens. Bereit ihre Seele willkommen zu heißen, sich für den Moment des Flügelschlages eines Schmetterlings mit ihrer Seele zu vereinigen und dann gemeinsam das All-Eine zu erleben.

Schon die Erfahrung von ihrer Seele eingeladen zu werden, ihre Seele endlich wieder selbst zu erleben, war unbeschreiblich. Als Wikka wusste sie mehr darüber als viele andere. Sie konnte mentalen Kontakt aufnehmen, der allerdings immer nur der Gestalt verlief, dass der Geist von dem, der sie um Hilfe bat seiner eigenen Seele eine Botschaft zukommen ließ.

Aljana begleitete auch gelegentlich die Seele eines Sterbenden in die Höhle des Lichts, an jenen Ort an dem der Seele die Last des Schweigens endlich abgenommen wurde. Aljanas Seele kannte diesen Ort daher besser als viele andere, und sie sehnte sich danach, endlich – Seele in Geist – der Wikka zu begegnen. Doch die Regel des Schweigens war beinahe unumstößlich. Und so hatte Aljanas

Seele selbst in der Höhle des Lichts bedächtig geschwiegen, obwohl sie seit einer Ewigkeit darauf brannte sich ihr zu offenbaren.

Doch jetzt war es etwas Anderes. Das All-Eine selbst war bereit Aljana in den Ursprung zurückzuführen. Hierzu durfte und musste ihre Seele Kontakt mit der Wikka aufnehmen. Und beide waren über und über glücklich über dieses Ereignis und noch viel glücklicher über einander. Doch bevor sie Zeit bekamen diesen Zustand zu verstehen, entschwebten sie bereits gemeinsam in den Ursprung aller Dinge. Es war überwältigend. Keine Gedanken. Keine Gefühle. Keine Sinne. Alles war eins. Alles war pures Glück. Universelle Liebe!

Wie töricht mussten nur die Seelen aller Wesen, ihre eingeschlossen, sein, sich von diesem großartigsten aller Zustände absondern zu wollen, um eigene Erfahrungen zu machen. Oder waren es am Ende die eigenen Erfahrungen, durch die das All-Eine erst an Bedeutung gewann? Aljana nahm wieder die eigenen Gedanken wahr. Sie war in ihre Träume hinabgeglitten, tastete blind in der Dunkelheit nach ihrer Seele. Doch die war längst wieder in die Sphären des Schweigens entschwunden, jederzeit bereit der Wikka die Wünsche und Befürchtungen aus dem Geist zu lesen. Der winzige Moment der Erleuchtung – so schnell wieder erloschen, so schade.

Es war recht kühl geworden. Aljana fühlte den Hauch des nahenden Morgens. Auch fühlte Sie den vertrauten warmen Körper Meridors neben sich und die zarten Lippen, die ihr die Tränen von der Wange küssten.

»Deine Seele ist wieder in ihren Kokon zurückgekehrt? «, flüsterte der Elbenfürst.

Aljana nickte. »Ja, dort wartet sie auf eine weitere Offenbarung. Sie wird mich niemals verlassen. Selbst wenn mein Ich für immer erlischt! «

Meridor nickte. Aljana dankte dem Elbenfürsten für dieses wundervolle Erlebnis.

Mittlerweile dämmerte ein sanfter Morgen über den Horizont.
»Es wird Zeit für Deine Geschichte, Aljana. Die Sonne wird bald am Firmament erscheinen. Zahllose Ohren sind auf Dich gerichtet. Zahllose Herzen warten voller Sehnsucht darauf, etwas Neues über Thýria zu erfahren oder einfach nur eine schöne Geschichte zu hören, die sie zum Träumen verleitet. Magst Du beginnen? «
Die Wikka blinzelte. Während sie noch in den Armen des Elbenfürsten lag, hatte sich das Volk bereits auf dem Mären-Felsen versammelt. Lautlos hatten sie bequeme Plätze eingenommen und warteten artig, aber gespannt auf den Beginn einer Geschichte über ihre Heimat.
,Zeit zu berichten? ', grübelte Aljana. Oh je, das hatte sie vollkommen vergessen. Die Wikka blinzelte. Berührt von der Menge, die sich bereits um sie und Meridor versammelt hatte, richtete sie sich auf, zupfte ihre Kleider zurecht und bemühte sich, einen möglichst natürlichen Eindruck zu machen. Bevor sie jedoch mit der Geschichte begann, reichte man ihr und dem Fürsten ein kleines Frühstück, bestehend aus einem silbrig schimmernden belebenden Getränk, das die Elben Salmas nennen, und einigen Brem-Früchten vom Bala-Baum. In kürzester Zeit schoss die Energie in ihren Körper und Aljana war hellwach.
»Thýria «, begann sie bedeutungsvoll. Doch dann schüttelte sie den Kopf.
»Wisst ihr, gerade habe ich dank eures liebevollen Fürsten Meridor eine Reise unternommen, die so unglaublich schön war, dass sie mit Worten niemals zu beschreiben wäre, ja nicht einmal mit Gedanken oder Gefühlen. Mir scheint, es gibt nur zwei Dinge, derer dieses Erlebnis würdig ist: Den Sonnenaufgang und den Klang der Harfe. Der Sonnenaufgang steht bevor ... «

Eliasar, der Harfner, trat Freude strahlend an sie heran: »Wenn Du erlaubst, holde Wikka? Es wäre mir eine große Ehre den Klang eurer Worte mit ein paar süßen Tönen zu umspielen. «

Wie aus dem Nichts zauberte er eine etwa zwanzigsaitige Harfe. Aljana erkannte sie sofort: Mnemandhana, das sagenumwobene Instrument durch dessen Spiel Quellen wieder rein, Sterne wieder hell und die Gemüter der Elben wieder glücklich wurden. Trotz der hohen Fähigkeiten der Elben, die sie seit langem kannte, hatte sie Mnemandhana für eine wunderbare Träumerei, für eine Legende gehalten. Nun erhellte bereits der Anblick dieses wundervollen Instruments Aljanas Gemüt. Sie atmete tief und ihr war, als spüre sie das zarte Schwingen ihrer Seele.

Eliasar breitete eine fein gewebte Decke linkerhand des Blumenthrones aus, setzte sich mit verschränkten Beinen darauf, stellte die Harfe mit einer ehrfürchtigen Bewegung vor sich hin, zog den zart geschnitzten Kopf Mnemandhanas an die Schulter und begann sie durch ein leichtes Streicheln der einen und anderen Saite zu erwecken. Vor den Augen der Zuschauer schien sich die Harfe zu recken und zu strecken, als erwache sie tatsächlich gerade erst aus einem wundervollen Traum. Ein Raunen ging durch die Menge. Und selbst Aljana war nicht minder erstaunt über das, was vor ihren Augen gerade geschah. Es war eine Harfe. Eine ganz besondere zwar. Aber dennoch ein hölzernes Kunstwerk, nicht ein lebendes Wesen. Sie alle mussten einer optischen Täuschung unterlegen sein.

Eliasar schmunzelte. Dann flüsterte er ganz leise Mnemandhana etwas zu, strich über die Zarge und entlockte ihr solch süße sanfte Klänge, dass es die Herzen mit einer Pracht und Liebe erfüllte, die kaum zu ertragen war. Lächelnd nickte er Aljana mit einem Blick zu, der bereits zu verraten schien, welch fantastische Geschichte nun folgen sollte.

Aljana zögerte. Sie hatte von Ereignissen zu berichten, die nicht in das Land der Legenden gehörten. Schließlich war sie eine Kräuterfrau, eine Wikka, die der Ceridwen, der Herrin selbst diente, und keine Geschichtenerzählerin, auch wenn sie die Gilde der Barden über alle Maßen schätzte. Gleichsam hielt sie es durchaus für sinnvoll, den Geschehnissen von denen sie zu berichten hatte, etwas Märchenhaftes zu geben. Es sollte nicht von Schaden sein, wenn der Inhalt ihrer Botschaft sich nur sehr langsam, vielleicht im Laufe von Tagen oder Wochen den Zuhörern erschloss. Doch Aljana bezweifelte dies im Grunde. Und – ehrlich gesagt – hätte sie ohnehin am liebsten nur kurz über die Dinge berichtet, die sich in Thýria und auch im Feenreich Irandhar zugetragen hatten, um sich dann gleich wieder auf den Weg in die anderen Welten zu machen. Es schien ihr nicht der richtige Zeitpunkt, sich mit dem Erzählen von Geschichten, mit Seelenreisen und schönen Melodien aufzuhalten. Doch ihr blieb keine Wahl. So begann sie also zum Klang der Harfe, die Ereignisse in eine Legende zu verwandeln.

»Es ist «, fing sie an, »nicht lange her, da begab ich mich auf eine Reise durch die alten Länder. Ich hatte von Dingen gehört, die mich erschreckten. Von dem grausamen Machtstreben einiger, mir fremder Herrscher in den unterschiedlichsten Provinzen verschiedener Welten. Aber auch, und das machte mir weit größere Sorgen, von einer fehlenden Farbe im BiFröst, dem Regenbogen, der Asengard mit den Welten verbindet. Das mag für manch einen nicht beunruhigend, fast wie eine Kindergeschichte klingen, doch es ist bedauerlicher Weise sehr dramatisch. So wie eine Harmonie aus der Gesamtzahl einzelner Töne besteht, kann das Spektrum der Farben das engelhafte Weiß nur in aller Vollständigkeit darstellen. Diese fehlende Farbe zerreißt das Ganze. Dies ist ein erster Schritt zur Verdunkelung der Welten. Wir alle können uns deren Folgen ausmalen. «

Es herrschte betretene Stille. Zu diesem Zeitpunkt durfte Aljana keinesfalls den Ursprung der Ereignisse in der Feenwelt erwähnen. Die Elben, die sich der Bedeutung von Farben, Tönen, ja selbst der Schwingung als Antrieb im Universum, viel bewusster waren, als beispielsweise die Menschen von Gaia oder Mittenerde, hätten nicht nur dem Feenvolk schwerste Vorwürfe gemacht. Sie hätten sich selbst für ihre Taten von Dannbarar verdammt, wären am Ende vielleicht in vollkommene Agonie verfallen, wie bereits andere Licht sensible Völker vor ihnen. Nein, die Wikka musste ihr Wissen äußerst zurückhaltend präsentieren. Aljana biss sich auf die Lippe. Wieso musste sie immer wieder mit der Tür ins Haus fallen? Es war ungeschickt wie nur was, den Bericht mit der fehlenden Farbe im Spektrum zu beginnen. Wie dumm von ihr.

»Während meiner Wanderungen lud mich Heimdallr nach Asengard ein. Die Zeitenwende hat angefangen. Asengard hat begonnen neu entstehen. Die Himinbiörg ist beinahe wieder vollständig aufgebaut. Das Tor BiFröst, die Brücke nach Mittenerde wurde bereits gesehen. Selbst die Menschen beider Welten scheinen ihre eigene Rolle in der Geschichte wieder zu erkennen, in dem sie den Urdbrunnen immerhin wieder für möglich halten und in den Gefilden vermuten, in denen er sich tatsächlich unter ihren Füßen befindet. Auch Irminsûl erfreut sich der Gedanken einiger. Und sie werden es noch in dieser Ära entdecken.

Aber auch Niefelheim und Jötunheim sind erwacht und erwarten Respekt. Wir alle wissen, welche Herausforderung damit auf uns wartet. «

Aljana machte eine bedeutungsvolle Pause, die Eliasar mit einer dramatischen Intonation wohl zu untermalen verstand. Die Wikka warf Meridor einen verstohlenen Blick zu, den er zu deuten wusste. Die Zeit war reif für eine kleine Sensation. Der Sonnenaufgang stand unmittelbar bevor und würde seinen Teil beitragen, die Herzen der Elben über die Maße zu öffnen. Die Sonne schlich sich über den Horizont. Das Licht hielt Einzug und prophezeite einen wundervollen Tag.

»Meine Lieben «, fuhr Aljana mit deutlich sanfterer Stimme fort, »wie ich bereits erwähnte, führte mich meine Reise durch viele Länder und Welten. Manches erfuhr ich, das mich zutiefst bedrückt.

Einiges aber auch, das mein Herz vor Freude hüpfen lässt. Und so geschah es, dass ich über die Brücke BiFröst nicht nur nach Asengard gelangen konnte, sondern von Heimdallr persönlich an das geheime Tor Dwarl gebracht wurde! «

Ein Raunen ging durch die Menge. Dwarl, die Zauberin hatte das dreizehnte Tor gefunden. Genau in diesem Moment lugten die ersten Sonnenstrahlen über das Firmament. Die Menge war außer sich, tobte. Das Szenario war perfekt.

Aljana blickte den Elbenfürsten an. Der jedoch lächelte nur, als habe er längst davon gewusst. Was hatte sie erwartet?

Eliasar ließ die Harfe klingen. Eines jener vergessen geglaubten Lieder aus einer fernen Zeit tönte in ihren Ohren. Dabei wirkte der Harfner selbst überrascht, als spiele Mnemandhana diese Melodie ohne sein Zutun. Seine Finger flogen über die Saiten, wenngleich er diese Tonfolge noch niemals in seinem Leben gehört, geschweige denn je gespielt hatte. Wirklich erstaunliche Dinge geschahen an diesem Morgen.

Der Horizont färbte sich rot. Die Auren von Aljana, dem Fürsten und dem Harfner erstrahlten farbenfroh in astralem Glanz.

»Bist Du hineingelangt? «, rief jemand aus der Menge.

»Wo steht das Tor? «, fragte eine junge Elbenfrau.

»Welche Worte sind graviert? «, wollte ein anderer wissen.

Das Volk war derart aufgewühlt, dass Aljana vor Rührung gar nicht mehr zu Wort kam. Fassungslos und fasziniert zugleich sah sie auf die neugierigen Gesichter.

»Etwas mehr Gelassenheit könnte uns allen wohl gut anstehen! «, erhob sich Meridor lachend, dem Chaos ein Ende zu bereiten. »Ja, sie ist dort gewesen. Es ist in der Tat eine glückliche Kunde. Aljana, die Wikka, die Kräuterfrau, die Zauberin war in Thýria. Sie hat vieles erlebt, von dem sie uns allen gerne erzählen würde, wenn wir sie nur ließen. Also wie ist es? «

Schlagartig war es Mucksmäuschenstill still. Selbst die Harfe schwieg und erweckte den Anschein, als blicke sie sehnsuchtsvoll zu Aljana hinüber.

»Es ist wahr «, fuhr die Wikka fort, »ich war dort. Ich war im alten Elbenreich. Es ist wirklich wunderschön dort.

Meine Reise begann an jenem Ort, den wir den Brunnen der Nornen oder auch Urdbrunnen nennen. Seit Generationen galt er als verschollen, in den Mythen versunken. In Wahrheit aber hatte man ihn vor den viel zu jungen und törichten Herrschern des Nordens verborgen, deren Hang zur Zerstörung aller Werte der Mutter, – Ja sogar der Mutter selbst! – unaussprechliches Leid über Mittenerde gebracht hatte.

Andererseits entsprach diese Entwicklung dem vorausgesagten Lauf der Dinge. So waren die Fäden nun einmal gesponnen. So sollten es geschehen. Und selbst jener junge Gott der Menschen erwies sich als ein Teil dieser Offenbarung. Aber ich bin nicht hierhergekommen, um Euch mit den Angelegenheiten der Menschen zu langweilen. «

Die Nornen

Gaia hat mir die Gabe des Sehens verliehen,
hat mich Offenbarung gelehrt
ich sah einen Raum
in der flirrenden Luft
ich hatte eine Vision
von Blut und Stahl
der Dämon war dem Zauberer
dicht auf den Fersen

ich legte eine Spur
im Schleier des Nebels
durchschritt ein Tor

mit Zorn erhobenen Fäusten
der Nebel glühte
die See war aufgewühlt
ich vernahm die Stimmen
des Zauberers und eines Mädchens

ich bin die Priesterin
der Insel hinter dem Meer
der Regenbogen steht mir zu Seite

meine Gedanken wurden geschaffen
Gefühle in die Wurzeln der Bäume zu betten
meine Seele wurde wieder geboren
die Macht der Mutter erneut zu gebären
ich bin Werdandi
die Tochter der Göttin
mein Lachen erklingt
im Morgengrauen

ich webe die Netze
ich läute ihre heilige Mette

ich knüpfe die Schreie im Sturm
ich höre ihre Qualen

die Zeit ist reif
zu viel Furcht und Angst
die Visionen
mahnen zu handeln

»Der Brunnen war nach langer Zeit endlich wieder zugänglich.
In einer Nacht, deren Bedeutung lange feststand, traf ich mich dort

mit einigen Vertretern der Völker. Allesamt freundliche Wesen, deren Sinnen das Ansinnen den All-Einen selbst ist.

Wir lauschten den Worten der Urd, die uns empfing und in ihrer heiligen Halle am großen See tief im Fels willkommen hieß. Sie bewirtete uns fürstlich.

Dann erfuhren wir von Werdandi vieles über die Veränderungen im ersten Zeitalter. Geschichte wird bedauerlicherweise meistens geschrieben von den Siegern. Das war uns allen klar. Doch wie sehr diese Geschichte von den wahren Ereignissen abwich, das ahnten nur wenige von uns. Heimdallr etwa hatten sie gänzlich aus den Annalen der Erdheit getilgt und auf diese Weise den Weg nach Asengard für die Menschen verschlossen.

Tatsächlich wusste niemand mehr, welche Bedeutung Heimdallr für die Menschheit und andere Welten hatte, dass er über viele Generationen der wichtigste und beständigste ihrer Götter gewesen war. Manchmal braucht es nur wenige Ahnenfolgen, um aus einem Helden einen Berserker zu machen oder ihn sogar vollständig aus den Gedanken zu löschen. Werdandis Schilderungen waren atemberaubend und erschreckend zugleich.

Es folgten ausgiebige Diskussionen über die Quelle, das Wesen der Dinge selbst. Erst wenn Du seine ursprüngliche Natur erfasst hast, so heißt es, wirst Du den Fluss des Seins begreifen. Und so mussten wir tatsächlich erkennen, dass sich die großen Zusammenhänge über die Jahrhunderte aus unserem Bewusstsein geschlichen hatten. Wir hatten gelernt, Krankheiten zu besiegen, die ohne unser Zutun gar nicht erst entstanden wären. Wir hatten gelernt auf Katastrophen zu reagieren, die ohne unsere Furcht niemals hätten geschehen können. Wir hatten gelernt uns vor Herrschern zu ducken, die ohne unsere Angst niemals zu Herrschern aufgestiegen wären. All das war für uns unvorhersehbar, nein undurchschaubar gewesen und doch war es am Ende ein Teil der großen Prophezeiung. Erst jetzt begannen die Anwesenden des Rates die Verknüpfungen der Ereignisse mit dem Geist des

Universums zu erahnen. Dabei können wir nicht einmal behaupten, wir wären naiv gewesen oder hätten die Dinge nicht begreifen wollen. Tatsächlich waren sie hinter einem Schleier verborgen geblieben, den nur die Nornen zu durchdringen in der Lage gewesen waren.

Nun war es endlich an der Zeit die junge Skuld anzuhören, die die Herrscher über die Menschen vor langer Zeit hinzu erdacht hatten. Sie hatten den Begriff der Zukunft eingeführt, der die Menschheit in die Sklaverei brachte, aber das ist eine andere Geschichte.

Ja – es ist in der Tat etwas schiefgelaufen. Der Ereignishorizont hatte sich personifiziert und eingemischt, hatte eine neue Ebene erschaffen, mit der niemand hatte rechnen können. Man sprach von einer nicht vorgesehenen Veränderung in der Evolution.

So wie ein Kind aus den eigenen Erfahrungen lernt, begann mit einem Mal, vollkommen unerwartet, die Evolution selbst neue, eigene, eigensinnige Wege zu gehen. Sie gehörte plötzlich nicht mehr zu den Wesen, die wir als Lichtgestalten anerkennen, deren Ziel die Einheit aller Dinge ist.

Ich rede von jenen Engeln und anderen Helfenden, die mit Freude dienen und immer nur auf das gute Ende einer inkarnierten Seele hinarbeiten, selbst, wenn wir darin in diesem Leben häufig den wahren Sinn verkennen und es leider viel zu oft verdammen und daran verzweifeln.

In unserem tiefsten Inneren wissen wir: Niemand möchte uns verletzen. Sogar unsere sogenannten Feinde entpuppen sich am Ende häufig als freundliche Seelen, manchmal als die besten aller Freunde, die ihren Teil beitragen, wie sie es im Sein zwischen den Leben versprochen hatten. Und dennoch tut es manchmal über alle Maßen weh, an einer schweren Krankheit zu leiden oder jemanden zu verlieren. Dabei sollten wir eigentlich wissen, dass unsere eigene Seele sich diese Aufgabe zwischen den Leben gestellt hat um etwas zu lernen, zu erkennen. Wie oft sind wir in der Höhle des Lichts unseren Beschützern und auch unseren Freunden und bisweilen eben gerade jenen vermeintlichen Feinden weinend in die Arme gefallen, haben sie voller Freude begrüßt und gleichsam erst in diesem Moment erkannt, welch unglaubliches Unrecht wir aus Unwissenheit über sie und über uns selbst in ein vergangenes Leben brachten.

Doch nun würde sich das ändern. Die Schleier sollten fallen. So hatte es die Evolution beschlossen. Nicht alles würde sich von einem Tag auf den anderen offenbaren. Behutsam hatte eine Entwicklung eingesetzt, die Skuld als Verehrlichung bezeichnete. Was den Elben seit Urzeiten angeboren war, sollten nun auch andere Völker, vor allem aber die Menschen erhalten: Die intuitive Fähigkeit Lüge von Wahrheit zu unterscheiden.

Weitere Veränderungen waren im Gange. Aber davon wollte oder durfte die junge, dritte Norne zunächst nicht berichten. Zu angemessener Zeit würden wir mehr darüber erfahren. Dies waren ihre Worte.

Als wir die Nornen verließen war ein voller Mondumlauf durchschritten. Einige planten die Rückkehr zu ihren Völkern, andere hatten spezielle Aufgaben bekommen, etwa, an zentralen Punkten ein Gleichgewicht herzustellen. Ich selbst musste mir eingestehen, dass ich vollkommen aufgewühlt und unentschieden war. Es mag meine Art sein, über Dinge lange und intensiv zu grübeln, bevor ich sie in mich hineinlasse.

Viele Tage hielt ich mich noch in der Nähe des Brunnens auf, vielleicht in der Hoffnung Skuld noch einmal zu begegnen, mir von ihr das eine oder andere erklären lassen zu können oder mehr über die Erweiterung der Fähigkeiten zu erfahren, die ich zu einem unbedeutenden Teil ohnehin bereits zu spüren glaubte. Natürlich war dieses Ansinnen vollkommen absurd.

So irrte ich mehr oder minder sinnlos in der Welt umher, als ich eines Tages in einem abgeschiedenen Tal zu einer kleinen Quelle im Fels kam, derer ich mich aus mir unerklärlichen Gründen zu erinnern glaubte. Das Wasser floss in ein von Menschenhand gemauertes Becken. Von dort aus lief es weiter in einen kleinen Teich. In unmittelbarer Nähe stand ein anmutig gewachsener Eschenring, wie er in alter Zeit, weit vor der Tradition der Eichenwälder häufig zu finden gewesen war.

Die Reste unterschiedlicher Bebauungen in der Umgebung verrieten nur sehr wenig über seinem ursprünglichen Zweck. Ich versuchte mir dessen Sinn zu erschließen. In der Legende hieß es, die Asen seien nach Mittenerde gelangt, um dort den Brunnen der Nornen aufzusuchen. Dort hätten sie regelmäßig Rat gehalten. Eine innere Stimme hatte mich auf diese Legende hingewiesen. Und wirklich, die Dinge schienen zusammen zu passen. In der alten Zeit, hieß es, seien die Asen vom Fuße der Brücke BiFröst zu den Nornen hinübergeritten. Auf schnellen Pferden konnten sie die Strecke in kurzer Zeit hinter sich bringen. Weiter berichtete die Geschichte von einer kleinen Quelle im Stein am Fuße des BiFröst. Und dann war da der Eschenring. Bei dem Weltenbaum Yggdrasil handelte es sich um eine Esche. Die Verbannung der Eschen war ein Werk der Jünger dieses jungen Gottes. Sie hatten den wahren Baum durch die Eiche ersetzt, den Naturwelten damit ein ordentliches Stück Magie entzogen, wenngleich die Eiche die ihr zugesprochene Aufgabe sicherlich gerne übernahm, womit wiederum jene Jünger kaum zu rechnen vermocht hatten. Eschenringe, so sagten die Alten, wären nicht zu zerstören. Man können die Bäume abholzen so oft man wolle. Die Eschen wuchsen immer wieder nach und wären zum richtigen Zeitpunkt wieder bereit die ihnen zugedachte Aufgabe zu erfüllen. Alles sprach tatsächlich dafür, dass sich an dieser Quelle der Zugang zum Asenreich Asengard befunden haben musste: Die Regenbogenbrücke BiFröst.

Ich begann nach Zeichen zu suchen. Solchen etwa, die in den Felsen geritzt seien oder anderen, die in der Landschaft selbst verborgen sein mochten. Auch versetzte ich mich in Trance, um vielleicht auf diese Weise das eine oder andere über diesen Ort, dessen Ursprung oder dessen Bestimmung zu erfahren. Und tatsächlich überfluteten mich Visionen von Dingen, die im Laufe von tausenden von Jahren an diesem Ort geschehen waren.

Endlich wusste ich nun meine Aufgabe zu deuten: Ich würde den Schlüssel finden und BiFröst, die Regenbogenbrücke würde neu entstehen. So wie es die Prophezeiung vorhergesagt hatte. Nur hatte Skuld darauf verzichtet zu erwähnen, dass ausgerechnet eine unscheinbare Wikka in derlei Dinge verstrickt sein sollte. Aber wo ich nun schon einmal dabei war, diese Variante des Schicksals auf den Weg zu bringen, ergab ich mich gerne diesem Schicksal.

Ich überlegte: Was wusste ich von BiFröst?

Die Regenbogenbrücke hatte den Asen Jahrhunderte oder gar Tausende von Jahren als Tor nach Mittenerde gedient, das sie seinerzeit als Midgard bezeichneten. Einer alten Zeichnung zufolge war BiFröst nicht einfach nur ein Regenbogen. Vielmehr sah sie aus wie ein Kelch, mit einer Öffnung nach oben. Und nicht nur das. Der Kelch besaß einen geraden Strahl, der diagonal von Asengard nach Midgard führte. Wenn das alles war, was ich wusste, würde es mir kaum helfen, BiFröst herbei zu rufen, zu öffnen oder auf welche Weise auch immer zu aktivieren.

Da musste es noch etwas Anderes geben. Ich hatte bestimmt etwas vergessen, etwas überhört oder übersehen.

Hatte Skuld mir vielleicht einen versteckten Hinweis gegeben? Wenn es meine Bestimmung war, dann würde ich das Tor nach Asengard früher oder später öffnen – aber wie?

BiFröst war ein Regenbogen, also musste er bei Regen entstehen. Obgleich die Wetterbedingungen für die nach Mittenerde kommenden Asen sicher keine große Rolle gespielt haben konnten. Der Legende zufolge sicherte Heimdallr von der Himinbiörg aus den Regenbogen, der das Tor nach Midgard und über Midgard nach

Niefelheim darstellte. Wenn also jemand dieses Tor öffnen konnte, dann war es wohl der Lichtgott Heimdallr höchst selbst.

Es lag nun klar auf der Hand. Ich musste ihn auf irgendeine Weise auf mich aufmerksam machen. So versetzte ich mich auf dem Platz zwischen den Eschen in Trance. Abgesehen von einem Reh, das neugierig daherkam, im Laufe der Nacht seine Scheu überwand und sich zu mir gesellte, bemerkte ich nichts.

So verging die Nacht. Der Tag erwachte im Morgendunst. Die Sonne blinzelte, glitt über den Horizont. Das Reh, das sich in der Nacht als treuer Begleiter erwiesen hatte, sprang in den Wald hinein und ward nicht mehr gesehen. Gegen Mittag hatte sich der Nebel vollständig aufgelöst. Die Sonne stand im Zenit über einem tiefblauen Himmel. Ich konzentrierte meine Sinne auf Heimdallr. Mit einem Mal spürte ich einen Schauer im Genick und ich erblickte tatsächlich den prächtigsten Regenbogen meines Lebens. Das Herz hüpfte mir vor Freude in der Brust. Niemals werde ich diese erste Begegnung vergessen. Mit weit aufgerissenen Augen starrte ich auf diesen schönsten aller Regenbögen. Allein seine Farben waren von einer Anmut und Aufrichtigkeit, dass es mir unvermittelt Tränen der Sehnsucht in die Augen trieb. Dass ihm eine Farbe fehlte, bemerkte ich zu diesem Zeitpunkt nicht. Ich weiß nicht, wie lange ich so bewegungsunfähig dagesessen haben mochte. Doch endlich erwachte ich aus dieser Starre aus Ehrfurcht und Faszination und zögerte keinen Moment den Weg des BiFröst zu beschreiten.

*

Der alte Gott reckte und streckte seine müden Glieder. Die Augen geschlossen, sickerte ein träges Bewusstsein aus der Ewigkeit nur mühsam in den noch über die Maße matten Körper. Genau genommen waren *müde* und *matt* nicht die richtigen Attribute für diesen Zustand. Es handelte sich wohl eher um eine

Art Manifestierung des Geistes. Eine Erfahrung, die selbst Heimdallr noch nicht gemacht hatte.

Unendlich lange, so schien es ihm, hatte seine Seele in jenem All-Einen geschlummert, gebettet in die zärtliche Umarmung von Liebe, Reinheit und ewigem Friede, wie sie nur im All-Einen ihre Heimstatt fand.

Heimdallr genoss in ersten Atemzügen noch jenes Empfinden des gemeinsamen Ganzen, das zu verlassen er nur widerwillig bereit war. Vage begann er sich zu erinnern vor endlosen Zeiten etwas Anderes gewesen zu sein, als nur oder gerade ein Teil des Unendlichen Einen, das er nun wieder zu verlassen gezwungen war. Ein Individuum? Ein Handelnder? Eine Kreatur der Schöpfung! Nein – ein Schöpfender selbst.

In jener einen letzten Schlacht hatten sich sein Schicksal und das seines gesamten Geschlechtes erfüllt. So stand es geschrieben und so war es geschehen in den Jahren ab Eintausenddreihundertdrei nach der Zeitrechnung des jungen Gottes auf Mittenerde. Zorn breitete sich aus in seiner Seele. Der erste Versuch eines wütenden ersten Schreis versiegte in sich, zerfiel in einer neu erschaffenen Kehle.

»Wer tut mir das an? Habe ich denn diesen Schlaf nicht verdient?«

Das heiße Blut begann durch die Adern des Asen zu strömen. Einem reißenden Fluss gleich ergoss sich die Flut glühenden Lebenssaftes über den wieder erstarkenden Körper. Und mit der Flut kamen die Erinnerungen zurück, zunächst vage und unbestimmt, dann erschreckend deutlich. Und mit den Erinnerungen kamen die Gefühle. Mit den Gefühlen bereits die erste vermaledeite Ahnung der Sehnsucht.

Heimdallrs Seele bäumte sich auf. Niemals wieder wollte sie das All-Eine verlassen. Wer wagte es, sie aus dem friedvollen Schweigen der Vereinigung herauszureißen? War seine Seele dort doch längst gebettet gewesen für die Ewigkeit.

Verzweifelt rangen Seele und Geist – einem Wirbelsturm gleich, der Bäume entwurzelt und Wetter entfacht, wie sie der schlimmsten Träume würdig sind.

»Wer tut mir das an?« schrie Heimdallr abermals; und der Zorn verlieh seinem Antlitz den Glanz und die Hitze eines feurigen Vulkans.

Während der Kampf in der Seele noch tobte, entsann sich der Körper seiner Sinne und Funktionen, erblühte kräftig, mächtig, frisch, zu neuem Sein und neuem Tun, spürte Hoffnung, Sehnsucht, Mitgefühl, längst bereit zu schöpferischem Treiben.

Heimdallr riss die Augen auf, sprang mit einem Satz aus jenem Bett, das ihm Heimat war, Stätte von Geburt und Tot zugleich. Während er die Augen durch den Raum schweifen ließ, begann der Raum selbst gerade erst sich zu entwickeln, als sei er neu und just in diesem Augenblick entstanden. Vom Gedanken in die Augen in das Sein!

Der Hüne schrak zurück. Landete rittlings auf dem Bett. Was für ein Spuk war das? Vieles hatte sich ereignet in jener ewig fern scheinenden Zeit vor seinem Totenschlaf. Aber Dinge, die sich erst erschaffen, in dem Moment da das bloße Auge sie erspäht, das war der Schöpferkraft zu viel. Daran musste selbst ein Ase sich erst einmal gewöhnen.

Obgleich, argwöhnte er, es immerhin möglich war, dass sein Erwachen selbst, sein langsam sich reckender und streckender Körper und sein von der Anstrengung jener seltsamen Wiedergeburt angespannter Geist, ihm einen Streich spielten.

Aus dem Nichts entstand nach und nach das Schlafgemach, wie es Heimdallr von damals her kannte. Wobei man sich dieses Nichts aus dem heraus alles zu wachsen begann, sagen wir, etwas anders vorstellen muss als ein Nichts im Sinne von leer. Ein hünenhafter Ase saß auf einem über die Maße großen, durch Ornamente verzierten fünfeckigen hölzernen Bett. Von den Ecken ragten gewaltige Pfeiler zu einer Decke herauf, die das Firmament selbst zu bilden schien, übersät von einer unendlichen Zahl leuchtender und aufblitzender Sterne. Die beiden Säulen des Kopfendes waren durch eine Art Hängebrücke miteinander verbunden, welche in den Farben des Regenbogens prächtig schillerte. Der Blick über das Kopfende hinaus offenbarte nicht etwa eine feste, wie auch immer geartete Wand. Ein, wie es schien, ewiger Sonnenaufgang, bot dem Betrachter ein Bild endlosen Friedens. Einem seichten Morgendunst schien sich der in zartes rot gefärbte Sonnenball anzuschmiegen. Die Szene empfahl sich als zeitlos scheinend seit Beginn der Welten.

Erfreut, wenngleich von tiefer Ehrfurcht ergriffen, beobachtete der Ase dieses ihm aus früheren Tagen bekannte und doch immer wieder einzigartige Ereignis. Für diesen Blick allein lohnte sich das Leben.

Heimdallr seufzte: »Wüssten sie doch nur um die gestalterische Kraft dieses täglichen Sonnenaufgangs. Weder Asen noch Vanen hatte diese schöpferische Energie jemals gekümmert. Um wie viel weniger konnten die Wesen der anderen Welten da die großartige Fähigkeit erkennen, mit der sie doch seit mehr als sechstausend Jahren verbunden waren.

Alles hätte dieser Moment des erwachenden Tages ihnen geschenkt; doch kaum jemand vermochte sein Schicksal in die Hände einer aufgehenden Sonne zu legen.

Wie dumm und naiv sie doch waren, einzig ihrer Arbeit Lohn Anerkennung zu zollen. Der Preis war hoch, zu hoch für einen Asen und unvorstellbar für einen Sterblichen.

Heimdallr blickte zum Fußende seines riesigen Bettes. Zwei äußerst filigran geschnitzte Säulen ragten parallel zum Firmament hinauf, während die dritte, die mittlere, den eigentlichen Ankerpunkt zu bilden schien. Weder Säule noch Pfeiler. Die Weltenesche selbst erbot sich, dieser Heimstatt Stabilität und Ausgleichung zu geben. Dieses Privileg hatte Odin Heimdallr einst gewährt. Und es war sicher eines der unglaublichsten Geschenke, das je ein Ase erhalten hatte. Als sei der Weltenbaum, den sie Yggdrasil nannten, eben selbst erst erwacht, bildeten sich feine Knospen weit oben, wo Krone und Firmament verschmolzen.

Heimdallr rückte ein wenig herüber, lehnte sich mit dem Rücken an den gewaltigen Stamm, Beine und Blick abermals gegen den Sonnenaufgang gerichtet.

»Ach Du alter Baum«, dachte er, »wo ist nur ihr Glaube geblieben?

War wirklich alles Bestimmung?

Nein – Du und ich, wir wissen es besser. Wir wissen, weil wir ahnen; denn die Ahnung hat dem Wissen die Schöpfung voraus. «

Heimdallr reckte die Hände über den Kopf, berührte die feste, kühle Rinde des Baumes. In dem er die Augen schloss spürte der Ase den Saft, der, von den drei heiligen Brunnen Mimir, Urd und Hvergelmir gespeist, weit unten durch die Wurzeln bis in die zarten Verästelungen hineinfloss. Unweigerlich gedachte er der Nornen, die unten in Midgard an ihrem Brunnen saßen und das Schicksal der Menschenwesen spannen oder es wenigstens früher einmal gesponnen hatten. Wie es ihnen wohl ergangen war seit diesem unsäglichen Ende der anderen Welten?

Werdandi, die jüngere, lag ihm besonders am Herzen. Genau genommen hatte sie ihm immer ein wenig nähergestanden, als es für beide gut gewesen wäre. Wie er war sie eine Schaffende. Ihre schöpferische Kraft hatte die eine oder andere liebsame Veränderung in die, ach so eintönige, langweilige und sicherheitsbetonte Welt der Ceridwen gebracht. Er musste unweigerlich schmunzeln, hätte beinahe begonnen laut loszulachen. Ob sie wohl auch zurückgeholt oder erweckt worden war? Ihm sollte es recht sein.

Wieder gingen seine Gedanken zu jener Kreatur, die ihn zur Rückkehr zwang. Jetzt, wo sein altes Heim mit all seinen Wohnlichkeiten und Gerüchen, mit all den Gefühlen und Sehnsüchten zurückkehrte, war er fast ein bisschen dankbar, fast.

Heimdallr sah sich im Zimmer um oder in dem, was sich gemächlich zu seinem Schlafgemach entwickelte. Während der Raum selbst nur über eine einzige feste Wand verfügte, in die eine schwere Eichentür eingelassen war, die zu den übrigen üppigen Gemächern seiner Burg führte oder bald wieder führen würde, gab es sonst keine weiteren. Wände waren Grenzen. Und Grenzen sollten nur einen wahrhaft winzigen Teil des Lebens ausfüllen. So verfügte dieser Raum eben lediglich über diese eine einzige Wand und einen Holzbohlenboden, der sich bei genauerem Hinsehen als ein unglaublich feines Geflecht von Verästelungen des Yggdrasil entpuppte. Diese Äste waren fest ineinander verschlungen, nach der Art, wie die Elben aus Thýria ihre Häuser und Paläste bauten oder besser gesagt wachsen ließen, indem sie den sie umgebenden Bäumen lediglich die Vorstellung von einer ihnen angenehmen Behausung vermittelten und sie diese Bäume im Gegenzug mit intensiver, liebevoller Pflege für ihr Wohlwollen belohnten. Es war eine fantastische Symbiose zweier sonst so unterschiedlicher Wesenheiten.

Links vom Bett entstand oder wuchs, wie auch immer man es bezeichnen wollte, ein Tisch. Der bestand aus einem Wurzelstumpf, auf dem eine runde Kupferplatte ruhte. Wenn Heimdallr auch inzwischen begriffen hatte, dass all diese Dinge aus seiner Erinnerung rührten, so war er doch verblüfft über die Originalgetreue Replik jenes Tisches, der die Halle über Jahrtausende geschmückt hatte. Das Kupfer war überzogen von einer grünen Patina. Abbildungen der Sonne, des abnehmenden Mondes, bestimmte Sterne und Sternhaufen sowie zwei Grenzlinien, von denen die eine fälschlicherweise von vielen als der Gürtel des Orion gedeutet wurde, waren filigran in die Kupferplatte eingearbeitet.

Der Ase erinnerte sich sehr gut an die Ereignisse, die den weisen Tyron seinerzeit bewogen hatten, ihm diese kostbare Himmelsscheibe zum Geschenk zu machen. Heimdallr selbst hatte erst lange Zeit danach verstanden, dass Tyron ihm die Scheibe anvertraut hatte, um sein eigenes Volk vor den darin gravierten Erkenntnissen zu schützen, für die zu jener Zeit kaum jemand reif gewesen wäre. Im Nachhinein betrachtet hatten sich die Bewohner Midgards über die Jahrtausende immer weiter von dem Ursprung, dem einen Ganzen entfernt, hatten sich ein Universum entwickelt, das zwar ohne Zweifel eines der faszinierendsten war, dabei jedoch so unendlich weit vom ursprünglichen entfernt, dass selbst Asen und Vanen ihre Schwierigkeiten damit bekommen hatten.

Midgard war nicht umsonst als die Welt der kreativsten Kräfte bekannt. Selbst Nornen und Propheten hatten nicht ahnen können, wohin diese Kreativität das Sein ihrer Welten mit all ihren Sporen, Blüten und Früchten führen sollte.

»Gjallarhorn!«

Heimdallr erhob sich vom Bett, schritt ehrfürchtig zum Tisch und betrachtete das alte Signalhorn. Mit einem Mal reizte ihn die Vorstellung auf die Zinnen der Burg zu steigen und von dort aus den alles durchdringenden dumpfen Ton des heiligen Horns weit über das Land erschallen zu lassen, sowie er es damals getan hatte in jenen letzten Tagen der Ragnarök. Nur würde es nun zur Wiederkehr rufen, zum Neubeginn.

Vorsichtig hob er das Horn an die Lippen und blies zaghaft hinein, auf dass der Ton den Raum niemals verlasse. Doch das Gjallarhorn in seinem sprichwörtlichen Eigensinn, reckte sich und tönte, dass von Sonnenaufgang bis zum dunklen Firmament der Neubeginn gleich einem Siegesruf widerhallte. Weit glitt dieser Klang über das Nichts hinaus, verkündete das Wiedererwachen Asengards. Es geschah eben in diesem denkwürdigen Augenblick, dass sich BiFröst öffnete. Das zerstörte Tor erwuchs aus der neuen Kraft vor seinen Augen. Ich schritt hindurch, stieg zu ihm herauf.

*

Der alte Lichtgott hatte seinen Zorn überwunden. Im Grunde seines Herzens wusste er, dass sein Schlaf nicht ewig hatte währen können.

Heimdallr kam mir erhobenen Hauptes entgegen, das Gjallarhorn noch in der starken rechten Hand. Er sah mich an.

»Hast Du mich geweckt? «, donnerte der Lichtgott hervor, ließ jedoch hinter dem grimmigen Ton, ein freundliches Gesicht erblicken, »Ich will hoffen, es gibt für Deinen Besuch einen guten Grund! «

Ich war ein wenig aus der Puste geraten durch das Erklimmen des BiFröst. Voller Ehrfurcht betrachtete ich den Hünen. Über Thor und Loki hatte ich viele Geschichten gehört, über die Geschwister Freyr und Freya und natürlich Odin. Doch von dem Lichtgott wusste ich nur, dass er der Hüter des Tores zwischen Midgard und Asengard, der Regenbogenbrücke BiFröst, war. Die Völker, denen er einst vorgestanden hatte, gaben nur wenige wichtige Mythen und Legenden mündlich an ihre Nachfahren weiter. Dabei waren die Vorväter auf Midgard nicht sehr erpicht darauf gewesen, den Weg nach Asengard zu beschreiben. Die Götter dort, schienen ihnen jähzornig und unberechenbar Den Weg zu ihnen hielten die Ahnen lieber geheim.

Im Übrigen hätte keine Beschreibung der Brücke ihre großartige Schönheit wiedergeben und keine Beschreibung des Hünen Heimdallr seinem wahren Antlitz Rechnung tragen können, wie ich nun respektvoll feststellte.

Ich nickte dem Asen unsicher zu, bekam jedoch kein Wort heraus; ob aus Ehrfurcht oder wegen der Strapaze, wer weiß das schon.

»Über den ewigen Schlaf habe ich wohl die Manieren vollkommen vergessen? «, polterte der Ase.

»Mein Name ist Heimdallr. Ich bin der Herr über die Himinbiörg oder das, was davon übrig geblieben ist oder gerade wieder entsteht.

Erwarte nicht, dass ich es Dir erkläre, holde Maid. Ich verstehe es selber nicht. Mit wem habe ich die Ehre? «

Doch er ließ mich nicht zu Wort kommen. Heimdallr grübelte: »Du hast mich gewissermaßen erlöst. Du bist die Erfüllung meines Schicksals, wie es die Prophezeiung vor langer Zeit vorherbestimmt hat. Willkommen in Asengard, Kriegerin. «

Er wechselte das Horn in die Linke, um mir die rechte Hand zum Gruß zu reichen.

»Aljana «, piepste ich wie eine Maus, »mein Name ist Aljana. Ich bin … ich meine, ich wurde … ich verstehe von alldem viel zu wenig. Ich danke Dir, dass Du mich empfängst, ehrenhafter Ase! «

»Aljana? « Heimdallr überlegte einen Moment. »Aljana, die Wikka! Es wurden Lieder vorgetragen in der alten Zeit von den Barden der Gilde des Talisien. In einer uralten Prophezeiung fand Dein Name als die Erweckerin Erwähnung. Sei mir willkommen. «

»Zu liebenswürdig «, zierte ich mich, »es kann nicht viel geben in der Welt der Asen, was man sich über mich erzählt. Verzeiht, wenn ich eure Ruhe gestört habe. Das war nicht meine Absicht! «

»So? Nicht Deine Absicht. Dann lass mich Deine Absichten erraten. Du wolltest nur einmal über den Regenbogen nach Asengard spazieren. Dem einen oder anderen alten Asen eine Auferstehung herbeiwünschen. Einmal hereinschauen, wie die verstaubten alten Götter sich so machen, nach ihrem Tod? War es das, was Du wolltest? «

Mir war die Angelegenheit mehr als peinlich. Ich hatte niemanden wecken wollen und schon gar keinen Gott. Eine alte Welt durch meine Gedanken auferstehen oder neu entstehen zu lassen, das war mehr als nur eine Anmaßung. Ich hatte ja keine Ahnung. Was hatte ich mir nur dabei gedacht?

Heimdallr las den schweren Selbstvorwurf wohl in meinen Augen. Er lachte:

»Liebe Aljana, bildest Du Dir wirklich ein, Du hättest auch nur einen Strohhalm zum Leben erwecken können, wenn dies nicht

Werdandis Willen entsprungen wäre? Du magst eine gute, fähige, kräftige Zauberin sein und eine heldenhafte und weise Frau dazu, aber eine Götterwelt entsteht nicht einfach eben mal so. Es sei denn... «

Er zögerte. Seine Gedanken kreisten um etwas, das er noch nicht wirklich erfassen konnte. Der beinahe ewige Schlaf steckte ihm noch zu tief in den Gliedern. Mühsam brachte er Denken und Erinnerung zusammen. Werdandi hatte es prophezeit. Doch sie hatte nicht die Fäden gesponnen. Sollte es möglich sein, dass jemand außerhalb der Nornenkreises ...?

Nein, das war vollkommen absurd! Und doch. Er konnte sich der Vorstellung nicht erwehren, dass eine Wikka, eine Zauberin aus Midgard seine Welt erstarken ließ, weil sie als eine der Wenigen nach so langer Zeit noch einen Bezug zur alten Welt hatte; sich deren Rückkehr vielleicht sogar ersehnte. Sie würde daran glauben, davon überzeugt sein. Deshalb könnte sie Asengard Kraft ihrer Gedanken, Vorstellungen, Träume neu erschaffen in diesem kreativen Universum. Sollte das möglich sein? – Respekt!

Heimdallr war fasziniert von dieser Vorstellung. Sollte es sich so zugetragen haben, dann hatten die alten Götter den Menschen von Midgard und vermutlich unzähligen anderen Wesen nicht mehr viel voraus. Nun war er es, der ihr die höchste Achtung erwies.

»Ich nehme an, Du bist einem guten Mahl und einem bequemen Nachtlager nicht abgeneigt. Darf ich Dich einladen, mein Gast zu sein? «

Ich stimmte freudig zu. Der Gast eines Lichtgottes – das kommt schließlich nicht alle Tage vor.

Eitelkeit ist sicher keine meiner Tugenden, doch diese Vorstellung erhellte mein Gemüt. Gern willigte ich ein und schritt mit Heimdallr Seite an Seite durch das gewaltige Portal der Himinbiörg.

Noch lebte außer Heimdallr niemand in Asengard. Das Land ringsum war noch weitgehend ungestalt. So waren Heimdallr und ich in dieser Nacht allein in der Himinbiörg, aßen, tranken, streckten unsere Glieder am wohlig knackenden Kaminfeuer aus und erzählten einander von allerlei Dingen, er von solchen, die geschehen waren, ich von jenen, die derzeit die Welten in Atem hielten.

*

als die Schwestern sich besannen
war das Schicksal weit entrückt
gehüllt in ferne Nebelwaben
doch Werdandi
froher Sinne
sah die Himinbiörg im Licht
sah die Tore
weit geöffnet
sah die Botin
sah ein Lächeln
sah die dunkle Seite nicht
von der Änderung entzückt
knüpfte weiter sie die Wege
zeigte Möglichem das Sein
wundersame neue Zeiten
schwingen klar
schwingen rein

wundersame neue Weiten
sinnen neues Welten-Sein!

Ich erklärte den Grund für mein Erscheinen.

Geduldig beantwortete ich seine Fragen. Doch ich war sehr müde, daher riet ich ihm schließlich, den Nornen einen Besuch abzustatten. Sie kannten sich mit dem Wesen der Welten und den

Prophezeiungen sicherlich weit besser aus, auch wenn sie wie er ein wenig aus der Zeit gefallen sein mochten.

»Einen großen Gefallen könntest Du mir allerdings vorher tun «, fügte ich unsicher lächelnd hinzu.

»Du suchst das Tor von Thýria, habe ich Recht? «

Heimdallr lachte: »Wie mir scheint, habe ich wohl doch noch nicht alle Fähigkeiten verloren.

Es ist nach meiner Erinnerung ist es das Portal, das die Elben Dwarl nannten. Es liegt ganz in der Nähe. Andererseits denke ich, es liegt ganz an Dir, wo wir das Tor finden und auch wie Du es öffnest.

Lass uns das Morgen klären. Für heute sind der Worte genug getauscht.

Wir gehen im Morgengrauen. «

*

Ein erneutes Raunen ging durch die Zuhörermenge. Dwarl, das Tor zwischen Asengard und Thýria! Über Aljanas Erzählung war es längst Mittag geworden. Die Sonne stand hoch am Himmel.

»Ich denke, bis hierher war es eine wirklich beeindruckende Reise, auf die Du uns mitgenommen hast «, bedankte sich Meridor, »vielleicht die spannendste Reise seit langer Zeit. Das ist unglaublich. Doch wir sollten unsere Rednerin nicht überanstrengen. Ein leichtes Mahl würde Dir und auch uns jetzt wohl sehr gut tun. «

Aljana hatte nicht gemerkt, wie schnell die Zeit vergangen war. Während des Erzählens hatte sie die Ereignisse selbst noch einmal durchlebt, war sie noch einmal zurückgekehrt zu den Nornen, war über den Regenbogen nach Asengard gelangt, hatte den Abend mit Heimdallr genossen, wie mit einem Bruder oder einem alten Freund. Doch jetzt spürte sie in der Tat, wie ihre Glieder erlahmten und sich im Magen ein leichtes Hungergefühl einstellte. Der Elbenfürst reichte ihr einen Krug Salmas, den sie beinahe in einem Zug leerte. Eine leichte Speise munterte Gemüt und Glieder schnell wieder auf.

»Lass uns ein wenig spazieren gehen «, schlug Meridor nach dem Essen vor, »den Mittag in seiner Vollkommenheit genießen. «

Während Eliasar tief versunken alte Melodien zupfte, standen Aljana und Meridor auf, um sich ein wenig die Beine zu vertreten. Der Elbenfürst bot der Wikka seine Hand, die sie gerne annahm. Dann führte er sie über eine steinerne Treppe vom Mären-Felsen hinab zu einer kleinen Quelle, deren Wasser so klar war wie der Klang einer silbernen Glocke.

Sie setzten sich auf einen umgestürzten, bereits leicht verwitterten Baumstamm. Meridor sah die Wikka nachdenklich an, bevor er sich entschloss, ihr eine Frage zu stellen, die ihn schon seit ihrer Ankunft bewegte.

»Glaubst Du, es wird gelingen die beiden alten Streithähne zum Frieden zu bewegen? «

»Du meinst Dein Volk und das von Irandhar, dem Feenreich? «

Sie sah dem Elbenfürsten lange und forschend in die Augen. Beide Völker waren sehr krank und voller Sehnsucht nach Frieden und Eintracht. Feen wie Elben waren jedoch noch immer sehr stolz, vielleicht zu stolz. Einer Begegnung zwischen Meridor und Mirhanëa, der Herrscherin des Feenvolkes stand sie aus verschiedenen Gründen mit gemischten Gefühlen gegenüber. Für einen dieser Gründe schämte sie sich beinahe ein wenig.

»Es ist die drohende Dunkelheit, die Euch am Ende zwingen wird aufeinander zu zugehen «, antwortete sie kurz entschlossen. »Während sich Dein Volk nach seiner Heimat sehnt, stirbt das Feenreich. Du weißt, was das bedeutet? «

Meridor nickte bedrückt. Aber warum ging es ihnen so schlecht. Die Feen hatten in Dannbarar gesiegt. Sie hatten ihr Land behalten. Sie hätten glücklich über den Ausgang der Dinge sein müssen.

»Wie könnten sie glücklich sein? «, gab die Wikka zu bedenken. »Durch diesen Kampf, ja dadurch, dass er überhaupt stattfand, haben sie jedes Vertrauen in andere Völker grundsätzlich verloren. Selbst ihre besten Freunde waren zu ihrem größten Albtraum geworden. Ohne Vertrauen gibt es für Feenwesen keine Hoffnung. Und ohne Hoffnung wird jene Schwingung versiegen, die aus dem Ursprung des Feenreiches das Universum nährt. Irandhar verdorrt und mit ihm viele Welten, die von der Schwingung des Feenlandes genährt wurden. «

Dem Elb lief ein kalter Schauer über den Rücken. Lange hatte niemand mehr so offen darüber gesprochen. Selbst wenn der Krieg seinerzeit von Mächten geschürt wurde, derer sich weder Elben noch Feen bewusst gewesen wären, seine eigene Arroganz und auch die der Feenkönigin Mirhanëa hatten eine regelrechte Katastrophe ausgelöst.

Aljana schloss ihn fest in die Arme. Diese Botschaft hatte sie ihm nicht überbringen wollen. Sein Leid schmerzte sie selbst zu sehr. Wie gerne hätte sie ihm diese Nachricht erspart. Aber es half nicht. Elben und Feen mussten sich vertragen, mussten wieder Vertrauen zu einander aufbauen. Und das sehr, sehr schnell. Nur so konnte das Gleichgewicht der lichten Seite wiederhergestellt werden.

»Gibt es eine Hoffnung für uns? «, fragte Meridor nach einer Weile.

»Natürlich gibt es eine! «, erwiderte Aljana. »Du wirst Dich mit Mirhanëa treffen müssen. Eure beiden Völker und weit höhere Instanzen erwarten dies von Euch. Fasst wieder Vertrauen zueinander. Lernt, den anderen zu ehren, zu lieben. Lernt oder erinnert Euch einfach daran, wie Eure Beziehung gewesen ist, einst vor langer, langer Zeit. als die Völker auf Mittenerde noch nicht so zahlreich waren. «

Der Elbenfürst löste sich sanft aus der Umarmung und runzelte die Stirn. Er spürte ihre Zuneigung.

Aljana errötete. Was sie für Meridor empfand, das … nein, das durfte keine Rolle spielen; sie kannte sehr wohl die alten Geschichten über die wundervolle, ewig andauernde Liebe zwischen Mirhanëa und Meridor.

»Die Netze der Nornen sind gewoben «, antwortete Meridor, »mach Dir keine Sorgen. Die Ereignisse werden ihren Weg in die Herzen finden. So ist es prophezeit und so soll es geschehen! «

»Gibt es denn eine Aussicht für uns zwei? «, ließ sich Aljana endlich hinreißen und sie biss sich bei diesen Worten auf die Zunge.

»Es gibt eine. Wir werden sie uns erschaffen. Auch wenn derzeit das Vertrauen in den Gemütern geringen Widerhall findet, wäre ich doch froh, wenn wenigstens Du mir vertraust. Ich jedenfalls trage das Vertrauen in Dich tief in meinem Herzen. «

Mit diesen Worten stand er auf, drückte sie herzlich und bat ihr seine Hand für den Aufstieg zum Blumenthron.

Das Volk hatte ein Anrecht auf den zweiten, für die Elben sicherlich bedeutenderen Teil der Geschichte. Die endlose Geduld musste nicht in unnötiger Weise weiter strapaziert werden.

Als Aljana in Begleitung des Elbenfürsten auf den Mären-Felsen trat, fand sie eine fasziniert lauschende Menge vor. Eliasar und Mnemandhana hatten sich einmal mehr in die Herzen der Elben gespielt. Die beiden Ankömmlinge nahmen leise und unauffällig auf dem Blumenthron Platz und genossen die wundervollen Klänge. Selbst die Wikka erkannte in den Harmonien die Geschichte und das Wirken vom Anbeginn elbischen Lebens wieder. Und sie sah wie sich ein grünlicher Schimmer, gewebt aus den Träumen und Sehnsüchten der Zuhörer sowie den Klängen der sagenumwobenen Harfe, über das Plateau erhob, gewissermaßen als Dank an das unendliche wundervolle Universum.

Eliasar änderte Melodie und Spielweise. Er verfiel nun in eine Art geheimnisvollen Tonkreislauf, durch den er die Zuhörer auf den zweiten Teil von Aljanas Geschichte einzuschwingen gedachte.

»Heute Morgen habe ich Euch von Heimdallr erzählt «, begann die Wikka und schämte sich fast für ihre im Vergleich zu dem in der Luft schwebenden Harfenklang profane Stimme.

»Der Ase, der Gottvater der Nordmenschen, begleitete mich bis zum dreizehnten Tor, das ihr Dwarl nennt. Da die Welt der Asen gerade neu entstand, war der Weg, wie man sich denken kann, weder sehr weit noch sonderlich beschwerlich. Heimdallr selbst hatte eine andere Erinnerung an das Portal; doch selbst Erinnerungen können sich bisweilen verändern. Nur wenige hundert Fuß vor den Toren der Himinbiörg erstreckte sich das Postament der Brücke BiFröst, über die ich nach Asengard gelangt war. Allerdings war die Brücke selbst nun nicht sichtbar.

Heimdallr erklärte mir, dass BiFröst in früheren Zeiten für Besucher immer offen gestanden habe. Er hatte bereits darüber nachgedacht, sie nach Midgard wieder zu öffnen, empfand das jedoch zum gegenwärtigen Zeitpunkt als verfrüht. Die Menschen von Mittenerde hatten kaum noch eine Ahnung von dem, was sich damals zugetragen hatte. Sie kannten weder die Regenbogenbrücke, noch die Himinbiörg. Nicht einmal Asengard als eigene Welt existierte als eigener Raum in ihrer Vorstellung. Das musste es auch nicht. Jedenfalls war der Ase selbst im Moment einer der wenigen, die BiFröst öffnen konnten und er würde es den Menschen, weiß der Himmel, nicht unter die Nase reiben. Das erschien auch mir als nicht abwegig. Auch wenn ich längst darüber sann, wie einfältig die Menschen doch gegenüber den Ereignissen waren. Über kurz oder lang würden auch sie die wahren Bedrohungen erkennen, deren Ausläufer längst in ihre Seelen gekrochen waren.

Wir ließen BiFröst linker Hand liegen und wanderten über einige Wiesen hinauf zu einer Bergkuppe, von der aus wir weit ins Land blicken konnten. Als ich dort oben stand, empfand ich ein seltsames Gefühl. Ich erblickte eine Landschaft, die gerade erst in diesem Moment vor meinen Augen heranwuchs. Ich begann zu verstehen, was Heimdallr in den letzten Stunden durchgemacht hatte. Es war in der Tat ein sehr eigenwilliger Anblick. Gen Norden erstreckte sich eine weite Ebene. Am Horizont konnte ich weiße Felsen entdecken, war jedoch nicht in der Lage zu erkennen, ob die Gipfel von Schnee bedeckt waren oder sich gerade erst neugestalteten.

Gegenüberliegend gen Süden und auch gen Osten erstreckten sich zahllose Hügel und Wälder. In der Ferne entdeckte ich eine Felswand mit einem Wasserfall, der ziemlich gigantisch wirkte.

Vom Hügel führte ein Weg hinab in Richtung Westen in einen Mischwald aus Nadel- und Laubbäumen. Im Vergleich zu den mir bekannten Wäldern gab es hier erstaunlich wenig Unterholz, viele lichte Hüte-Wiesen und vor allem eine erstaunlich hohe Anzahl an Ginkgo-Bäumen.

»Hast Du das Tor entdeckt? «, wollte Heimdallr wissen, der mir neugierig zusah, während ich meine Blicke noch über die Landschaft schweifen ließ.

»Wir sollten vielleicht in diese Richtung gehen «, antwortete ich und wies auf einen Weg, der sich an einem Bachbett entlang schlängelte.

Heimdallr lächelte: »Es ist Dein Wald. Es ist Dein Weg. Gehen wir, wohin immer es Dich zieht. «

Ich sah den Asen erst Stirn runzelnd und fragend an: »Kennst Du den Weg denn nicht? Ich dachte, Du führst mich zum Elbentor. «

Heimdallr lachte laut heraus: »Ich dachte ... so, so, Du dachtest. Und ich dachte, Du hast mich und meine gesamte Welt gerade erst wiedererweckt. In meiner Erinnerung lag das Elbentor aus früherer Zeit in einer etwas anderen Richtung. Der Weg war ein wenig länger. Und das Tor sah sicher anders aus, als das, was wir nun vorfinden werden. Lass uns einfach nachsehen, wohin uns Deine Gedanken führen. Ich bin wirklich sehr gespannt. «

So stiegen wir den Hügel hinab, wanderten durch den gemischten Wald und suchten uns um die Mittagszeit eine kleine Lichtung nahe des Baches, dessen Wasser wir kosteten und in den wir unsere Füße tauchten. Von einem Busch probierten wir süße blaue Beeren. Unter einem mir unbekannten Nadelbaum entdeckte ich einige mir unbekannte Pilze. Ihr Anblick war verlockend. Ich zog es jedoch vor, deren Bekanntschaft auf einen späteren Besuch zu verschieben.

Nach der kleinen Pause folgten wir weiter dem Weg, durchquerten zweimal den Bach und kamen schließlich an eine Felswand, deren Gipfel die Spitzen der Bäume nur knapp überragte. Der Weg schien hier zu enden, während der Bach seine Quelle direkt im Fels zu haben schien.

»Sollen wir hinaufklettern? «, fragte ich zweifelnd.

»Es ist Deine Wand. Es ist Dein Tor. «, lachte Heimdallr, »denke es wie Du willst. Welchen Weg möchtest Du gehen – den einfachen oder den schwierigen? «

»Den einfachen natürlich! «, platzte ich hervor. »Reden eigentlich alle Asen immer in Rätseln? Es wäre nett, wenn Du mich etwas mehr unterstützen würdest. Ich habe gedacht, Du kennst den Weg? «

»Natürlich kenne ich den Weg «, grinste der Ase, »Ich habe ihn Dir schon einige Male erklärt. Aber es mag sein, dass ich mich in Dir getäuscht habe, Du Dir Deiner Angelegenheiten tatsächlich nicht so recht bewusst bist, liebe Wikka. «

Er sah mich nachdenklich an. »Du kannst Dir den Weg durch das Tor richtig schwermachen: Mit Rätseln, unsichtbaren Barrieren oder Monstern, mit Blitzen und Donner, Wolkenbrüchen und stacheligen Dornenhecken. Das wäre ohne Zweifel sehr spannend. Nun erkläre mir, worin liegt der Sinn Deines Besuches? Möchtest Du Dich mit dem Tor im Kampf messen oder möchtest Du auf die andere Seite gelangen? «

Was für eine Frage war das nun wieder? Ich war auf dem Weg nach Thýria. Ich hoffte, dort einige Dinge vorzufinden, die helfen konnten, einen alten Konflikt zu beenden. Der Weg interessierte mich doch nur am Rande. Sicher war es faszinierend mit Heimdallr durch Asengard zu wandern. Tagelang hätten wir auf

Entdeckungsreise gehen können, verschollene Orte finden, fremde Wesen und weise Asen treffen. Doch das hatte Zeit.

Wichtige Ereignisse nahmen derzeit einen schlimmen Verlauf und mussten so schnell wie nur möglich verändert werden. War ich mir meiner Mission auch seinerzeit am Brunnen der Nornen nicht gleich gewahr geworden. Ich musste durch dieses Tor nach Thýria gelangen. Dort würde sich mir der Sinn meiner Reise ganz sicher vollständig offenbaren. All das versuchte ich Heimdallr zu erklären, wenn ich auch das Gefühl hatte, dass er meine Worte nicht wirklich ernst nahm.

»Dann geh! «, erwiderte er schließlich nach einem bedeutungsvollen Schweigen und wies mir den Weg geradewegs durch die Felswand.

»Das ist eine Felswand! «, protestierte ich.

»Geh! «, wiederholte er in einem Ton, der eines Gottes aus Asengard absolut würdig war.

Seine Augenbrauen zogen sich zusammen. Zorn funkelte in seinen Augen. Wütend schlug er gegen den Felsen; doch anstatt sich die Hand zu verletzen oder gar den Felsen zu zersplittern, versank seine Hand vollends im Stein.

Was für ein Zauber war das? Ich konnte es nicht fassen.

»Was genau erwartest Du soll ich tun? «, versuchte ich es noch einmal einigermaßen eingeschüchtert. Heimdallrs Blick hellte sich auf. Freundlich nahm er mich in die Arme.

»Warum sollte ich etwas von Dir erwarten? Du bist eine Wikka, eine Dienerin der Mutter. Sie wird etwas von Dir erwarten und sie wird genau wissen, was es ist. Und glaube mir, sie hat Dich mit gewaltigen Kräften ausgestattet, mit größeren vielleicht als Du vermutest.

Doch die Mächte mit denen Du es zu tun hast, sind manchmal etwas eigenwillig, etwas launisch. Ich habe Dich begleitet. Ich habe Dir alles verraten, was Du mir gestattet hast Dir mitzuteilen. Meine Mission endet hier.

Falls Du eines Tages Appetit auf ein gutes Mahl in der Himinbiörg hast oder Sehnsucht nach einem alten Asenklotz, dann würde ich mich über Deinen Besuch wirklich sehr freuen. Ich muss jetzt gehen. Schließlich gibt es da noch eine Welt zu erwecken! «

Heimdallr zwinkerte mir zu, entließ mich aus seinen Armen und stapfte mit gewaltigen Schritten zurück in den Wald. Ich hatte nicht einmal Gelegenheit mich zu verabschieden.

Heimdallr hatte mir die Lösung des Rätsels um das Tor Dwarl verraten, dessen war ich sicher. Ich musste wirklich blind sein, es nicht zu verstehen. Ich setzte mich an die Quelle am Fels und versuchte, mir Heimdallrs Worte in Erinnerung zu rufen.

‚Du kannst Dir den Weg durch das Tor richtig schwermachen: Mit Rätseln, unsichtbaren Barrieren oder Monstern, mit Blitzen und Donner, Wolkenbrüchen und stacheligen Dornenhecken. Das wäre sicherlich sehr spannend. Möchtest Du Dich im Kampf mit dem Tor messen oder hindurchgehen? '

Was hatte er damit gemeint? ‚Du kannst Dir den Weg richtig schwermachen? ' Das bedeutete nichts anderes, als dass es einen schweren sowie einen leichten Weg geben musste. Aber warum hatte er gefragt, ob ich mich mit dem Tor messen wolle? Das war vollkommen absurd. Für solche Albernheiten hatte ich wirklich keine Zeit und abgesehen davon fehlte mir jedwedes Interesse an solchen Spielen mit dem Ego. Oder täuschte ich mich?

Einer spontanen Eingebung folgend streckte ich die Hand aus. ‚Autsch', es geschah, was geschehen musste. Ich stieß gegen die Felswand und hätte mir bestimmt einen Finger verstaucht, wenn ich nicht von vornherein gezögert hätte. So war ich noch einmal mit leichten Schrammen davongekommen. Um die Schmerzen zu lindern, tauchte ich die zerschrammte Hand in das frische Quellwasser.

Mittlerweile war der Mond aufgegangen. Schon wieder Vollmond? Ich war irritiert. Hatte es nicht erst einen Vollmond gegeben als ich die Nornen verlassen hatte?

Möglicherweise sah ich von Asengard aus einen anderen Mond, überlegte ich und planschte Gedankenversunken im silbrig schimmernden Wasser der Quelle. Dabei gingen mir allerlei Dinge durch den Kopf. Unter anderem erinnerte ich mich an einen alten Kinderreim.

Ich musste laut lachen, dass mir gerade jetzt so etwas einfiel. Doch das war mir in diesem Augenblick egal. Ich hatte einfach Lust auf diese Art von einfachen einfältigen Reimen und begann die Worte in die Erinnerung zurück zu holen. Wie war das doch gleich:

Wasser rinnen von der Hand
öffnen Fenster, Tor und Wand
sprengen Fesseln
öffnen Herzen
mit solchem Satz
darfst Du nicht scherzen!

Ein wirklich alberner Reim. Schon als Kind hatte ich keinen Sinn darin erkennen können. Allerdings glaubte ich mich zu erinnern, dass der Spruch im Ursprung ein vollkommen anderes Ende nahm. Ich sah in die im Mondlicht schimmernde Quelle. Dann sah ich zum Mond hinauf. Ein kurzer, knapper Zauberspruch? Nicht gerade das Spezialgebiet einer Wikka. Aber warum nicht. Ich versuchte es noch einmal:

Wasser rinnen von der Hand
öffnen Fenster, Tor und Wand
führen Dich wohin Du magst
ob bei Nacht oder bei Tag!

47

Das war es. Der Spruch, so wie ich ihn von meinen Ahnen gelernt hatte. Jetzt war ich sicher, dass mir diese Worte helfen würden, durch das Tor zu gelangen. Und ich war ebenfalls sicher, dass sich das Tor direkt neben der Quelle befand, eben an jener Stelle, in die Heimdallr vor ein paar Stunden hinein gefasst hatte. Ein Ase benötigt keine Zaubersprüche, keine Magie. Er selbst ist Magie genug. Der Vollmond kam mir gerade recht. Bei Vollmond hatte ich in meinem Leben viele gute Dinge erreicht. Der Mond würde mir sicher bei meinem Vorhaben helfen.

Ich benetzte meine linke Hand mit dem kostbaren Mondquellwasser, legte sie an den Felsen und begann mit ehrfürchtig zitternder Stimme mein Ritual.

> Wasser rinnen von der Hand
> öffnen Fenster, Tor und Wand
> führen Dich wohin Du magst
> ob bei Nacht oder bei Tag!

Ich benetzte ein zweites Mal die linke Hand und wiederholte das Ritual.

> Wasser rinnen von der Hand
> öffnen Fenster, Tor und Wand
> führen Dich wohin Du magst
> ob bei Nacht oder bei Tag!

Ein letztes Mal tauchte ich die linke Hand in das kostbare Wasser und sprach voller inbrünstiger Überzeugung die Worte:

> Wasser rinnen von der Hand
> öffnen Fenster, Tor und Wand
> führen Dich wohin Du magst

Tatsächlich löste sich der Stein plötzlich unter meiner Hand auf. Ohne zu zögern und ohne eine Ahnung von dem, was mich auf der anderen Seite erwarten würde, sprang ich durch den Felsen.

Und wirklich! Der Schritt nach Thýria war gelungen. Wenngleich der Wald und der Mond und die Quelle auf dieser Seite sich nicht wesentlich von ihrem Pendant auf der anderen unterschieden. Es gab keine Zweifel, ich hatte das alte Elbenland erreicht. «

*

Ein bewunderndes Raunen ging durch die Menge. Und selbst der Elbenfürst war von der Geschichte derart gepackt, dass er nun deutlich erleichtert aufatmete. Aljana ihrerseits fand wenig Entspannung in der Lösung des Rätsels.

Die Worte Heimdallrs gingen ihr einfach nicht mehr aus dem Kopf. Sie hatte den Weg über ein Ritual gewählt, weil sie an Rituale gewöhnt und deren Wirksamkeit ihr vertraut war. Heimdallr selbst hatte ohne Quelle und ohne Vollmond und auch ohne hörbare Beschwörung in den Felsen hinein gefasst. Sicherlich besaß er als Ase die eine oder andere göttliche Fähigkeit. Er bewältigte ein solches Hindernis auf seine ureigene Weise. Dennoch blieb einfach das Gefühl, dass er über ihren Lösungsweg schallend laut lachte.

»Ist alles in Ordnung? «

Meridor holte sie aus ihrer Grübelei in die Elbenwelt zurück. Sein tiefer Blick zerstreute Aljanas Zweifel.

» Thýria «, fuhr sie fort, »ich stand auf dem Boden der alten Elbenwelt, die ich bis dahin nur aus Legenden kannte. Was im ersten Moment dem Walde Asengards sehr ähnlich gesehen hatte, stellte sich mir bald als eine vollkommen andere Welt dar.

Vor dem Felsen, der das Tor bildete, befand sich eine kleine Lichtung, auf der frische bunte Sommerblumen zwischen hohen Gräsern wuchsen. Die Fläche war von einem dichten, düsteren, wenig einladenden Wald umrankt. Ich konnte mir gut vorstellen, dass niemand freiwillig diese unwirtliche Umgebung aufsuchen würde. Ein Wald, den keiner betritt. Ein Tor, das wie eine Felswand aussieht.

Ein Rätsel! Das schreit geradezu nach einer Legende oder einem alten Mythos. Es war genial, ein reales Tor hinter einem Mythos zu verbergen. Ein besseres Versteck war wirklich kaum denkbar.

Wie dem auch sei. Auch auf dieser Seite des Tores gab es eine Quelle Von ihr aus führte ein kleiner Bach an einem schmalen überwucherten Pfad entlang. Ich quälte mich durch Dorngestrüpp und vertrocknete Fichtenstämme. Die Luft roch nach wilden Schweinen. Im Unterholz entdeckte ich mehrere matschige Kuhlen, die den Tieren sicher als Suhle dienten. In den Baumwipfeln, die so hoch und dicht waren, dass sie den Himmel fast völlig verdeckten, tummelte sich eine Vielzahl kleinerer Vögel. Ihr Singsang verursachte einen ordentlichen Radau.

Je weiter ich kam, desto heller und lichter wurde der Wald. Das Unterholz war nicht mehr ganz so dicht, Nadel- und Laubbäume bunt gemischt. Sogar einige Baumriesen waren unter ihnen zu finden, die den Himmel zu kitzeln schienen. Ein gewaltiger Anblick. Nur Ginkgos gab es hier keine.

Die Dämmerung war bereits hereingebrochen, als mich der Weg am Bach aus dem Wald heraus auf eine Aue führte. Ein guter Ort für eine erste Übernachtung im Elbenland, überlegte ich und suchte mir ein gemütliches Plätzchen, an dem ich ein kleines Feuer entfachen konnte. Ein wenig Holz war schnell gesammelt. So saß ich bald am lodernden Lagerfeuer, sah in die Flammen, die mein Gesicht über die Maße erhitzten und träumte von Elben, die hoch oben in den Bäumen ihre natürlich gewachsenen Häuser bewohnten. Ich träumte von Lichtern, die die Nacht erhellten und von Kinderlachen, das ein munteres Miteinander verriet.

Plötzlich schreckte ich hoch. Jemand beugte sich dicht über mich. Ich spürte einen kalten, nicht sehr angenehm riechenden Atem. Eine feuchte Nase stupste mich an.

Ich fühlte mich wie die willkommene Beute eines gewaltigen Raubtieres. Ich tastete nach dem Dolch an meinem Gürtel, zog ihn vorsichtig aus der Scheide und sprang in dem Moment, da ich die Augen schreiend aufriss, los. Die Attacke war geglückt. Ich hatte dem Tier einen gehörigen Schrecken eingejagt. Es war auf die andere Seite des Feuers gesprungen und blickte nun misstrauisch zu mir herüber. Der Angreifer war ein stattlicher Luchs, mit leuchtenden, bernsteinfarbenen Augen.

Von je her war ich mit Luchsen aufgewachsen. Ich war gespannt, wie sich dieses Tier verhalten würde. Es beobachtete mich genau, jederzeit zum Sprung bereit oder zur Flucht. Misstrauisch kauerte es auf dem Boden und wartete, wie ich reagieren würde.

Ich beschloss, mich erst einmal wieder zu setzen. Die Regeln der Falkner besagen, dass ein Falke nur dann Vertrauen fasst, wenn sein Gegenüber länger wach bleibt als er selbst. Ähnlich hielten es die Luchse. Aber was wusste ich schon.

Dieser Luchs begann sich zu entspannen, räkelte sich am Boden, streckte die Glieder von sich, während seine Augen mich weiterhin genau beobachteten. Nach einer Ewigkeit des gegenseitigen Musterns, drohten mir die Augen zu zufallen. Wenn jetzt nicht irgendetwas geschah, würde ich auf der Stelle einschlafen. Das hätte sicher keine günstige Entwicklung nach sich gezogen. Also traf ich endlich die Entscheidung den Luchs anzusprechen. Ich redete mit ruhigen, sanften Worten auf ihn ein, fragte nach seinem Namen, erzählte von meiner Ankunft im Elbenland und von der Freude den Elbenwald tatsächlich gefunden zu haben.

Während ich so redete und redete rückte der Luchs Stück für Stück näher an mich heran. Sein Gesichtsausdruck wirkte, als verstehe er jedes Wort. Ich begann mich bereits zu fragen, ob es gut war, ihm all das zu erzählen. Hier und da fauchte er leise, als wolle er einen Kommentar abgeben.

Im Morgengrauen lag er zu meinen Füßen und genoss es im Fell gekrault zu werden. Ich hatte offensichtlich einen ersten Freund in diesem Land gefunden. Es fühlte sich gut an und sicher. So gönnte auch ich mir endlich eine Kapuze voll Schlaf.

Als ich erwachte stand die Sonne bereits am Himmel. Die Wiese war noch feucht. Das Feuer war vollständig heruntergebrannt. Den Luchs konnte ich nirgendwo entdecken. Er hatte sich offensichtlich zurück in die Wälder gemacht.

Also stand ich gemächlich auf, ging erst einmal zum Bach, trank ein wenig klares, sehr fein schmeckendes Wasser und erledigte so gut es eben ging meine Dinge. Dann kramte ich in meiner Tasche, sehr erfreut noch etwas Essbares zu finden. Nach dem Essen, schob ich die Reste des Feuers in einer kleinen Grube zusammen, damit nicht aus einer unsichtbaren Feuerzunge ein Brand entstehen konnte. Dann machte ich mich auf den Weg.

Die meisten Siedlungen liegen an Bächen oder Flüssen. So hielt ich es für eine gute Idee dem Bach eine Weile zu folgen. Stunden um Stunden wanderte ich in einer unglaublich schönen Landschaft. Ein niemals endender Wald umgab mich in jenen Farben, die der Frühling für die Seele bereithält. Nur selten in meinem Leben durfte ich das Gefühl genießen ein wertvoller, geliebter Teil der Natur zu sein, wie es hier der Fall war. Dieser Wald strahlte eine Liebe und Freundschaft, eine Sanftmut und Sehnsucht, eine Freude und Lebenslust aus, wie ich es wirklich noch nicht erlebt hatte. Es war einfach fantastisch. «

*

Wieder ging ein Raunen durch die Menge. Einige von den ganz alten unter den Elben jedoch schluchzten leise in sich hinein. Es waren nur Worte von einer Wikka. Nur eine Beschreibung. Aber sie traf die Elben in ihrem tiefsten Inneren und ließ für einen Augenblick ein uraltes Gefühl wieder entstehen, an das sie sich nicht einmal mehr hatten erinnern können.

Thýria! Plötzlich spürten sie wieder den Duft ihrer Herkunft. Hunderte von Elben auf dem Mären-Felsen begannen tief zu atmen. Wie eine einzige Woge hauchten sie einen Teppich grünlich schimmernden Odems über die Welt. Aljana erlebte einen wahrhaft heiligen Moment.

Jeder nahm seine Nachbarn an den Händen. Mit geschlossenen Augen schickten sie eine weitere Welle weichen grünen Odems in die Welt hinaus. Tief berührt rührten sie das Universum selbst zu frischen Taten an.

Meridor blickte Aljana in die Augen. Ihre Worte hatten ihn tief gerührt. Sie hatten seine Sehnsucht nach dem Ursprung, nach dem Land der Väter ins Unerträgliche getrieben. Und mehr noch – er spürte den glühenden Schmerz brennender Liebe zu jener Frau, die den Glaube und die Hoffnung seines Volkes allein durch ihre Worte, ihre Art zu sprechen und die Dinge zu sehen, zelebrierte. Eine kleine salzige Perle löste sich aus seinem Auge und nahm ihm für einen Flügelschlag des Schmetterlings die Sicht. Aljana fühlte, dass etwas Unglaubliches in dem Elbenfürsten vor sich ging; denn sie wusste aus sicherer Quelle: Elben haben keine Tränen! Schweigend drückte sie ihn an sich.

»Wenn wir nicht in Äonen der Zeit mit dem gesamten Plateau verschmelzen wollen «, scherzte sie schließlich, »sollte ich die Geschichte vielleicht nun zum Ende bringen. Wir hätten da noch ein gutes Stück Weg vor uns, in einem Land, dessen Schönheit keine Legende gerecht wird! «

Die Menge beruhigte sich langsam. Eliasar spielte eine leichte, beschwingte Melodie und holte die meisten auf diese Weise in die Wirklichkeit zurück. Einige jedoch ließen es nicht zu. Ihre Herzen waren mit der Sehnsucht verschmolzen und sie würden diese Verschmelzung erst an dem Tag wieder lösen, da sie ihren Fuß in das alte Elbenland setzten.

»So wanderte ich also staunend und erfüllt von tiefer Freude Stunde um Stunde vor mich hin, folgte dem Bach, der mittlerweile eine beachtliche Breite von bestimmt zwanzig Fuß erreicht hatte und träumte von einer Welt, die wunderbar heil und liebevoll gestaltet war, wie dieser Wald es dem Wanderer versprach.

Eines Tages würde das Licht gewiss so hell und glücklich in alle Welten hinein blinzeln, dass es selbst die frostigsten Herzen der Riesen von Jötunheim erwärmte. Da war ich ganz sicher. Es war wohl eine Ahnung des ersten Zeitalters.

Lange vor dem Untergang der Asen, Ewigkeiten vor dem Erstarken der neuen Planetensysteme musste das reine Licht dem Universum diese unbeschreibliche Energie der Freude und Liebe gebracht haben.

Beinahe erwischte mich bei dieser Ahnung ein Gefühl von Wut und Zorn. Wer hatte es in seiner Einfältigkeit gewagt, diesen wundervollen Traum zu stören. Was immer ich tun musste, um den Klang und das Licht des All-Einen wieder zu gewinnen, ich war bereit dazu.

Ausgestattet mit diesem vollkommen neuen Selbstbewusstsein wanderte ich strammen Schrittes voran, nicht ahnend wie sehr mich diese Gedanken noch schmerzen sollten.

Die Sonne hatte ihren Weg schon weit über den Zenit geführt, als ich beschloss, eine kleine Pause zu machen. Ich setzte mich an den Bach, der sich jetzt durchaus schon Fluss nennen lassen konnte und blickte in das goldgelb schimmernde Wasser. «

»Hinduån! «, rief jemand völlig euphorisch dazwischen.

»Ja, es ist der Hinduån. Der heilige Fluss! Sie hat den heiligen Fluss gefunden. Dann war sie bestimmt auch in Araguat, der heiligen Stadt. Sie kann sie nicht verfehlt haben. Araguat liegt direkt am Hinduån. «

Mit großen Augen und hohen Erwartungen sahen sie Aljana an. Wie spannend all das auch war, die folgenden Ereignisse würden ihnen nicht so sehr gefallen wie sie es im Moment noch glaubten oder hofften. Die Euphorie würde schnell verfliegen. Die Wikka zweifelte, ob sie wirklich alles berichten wollte, was sie erlebt hatte. Vielleicht sollte sie einige schwerwiegende Details nur einem kleinen Kreis von Eingeweihten anvertrauen. Am besten nur Meridor. Aber gerade der tat ihr am meisten leid.

Es half nichts. Sie würde die ganze, bittere Geschichte erzählen. Vielleicht war es Schicksal und das Elbenvolk um den Fürsten würde helfen können, die Dinge zum Guten zu wenden.

»Ja, Ihr habt Recht! «, es war in der Tat der Hinduån, der heilige Fluss. Er begleitete mich beinahe auf der gesamten Wanderung. Auch erbot er sich als ein wunderbarer Lebensspender. Selten habe ich ein Wasser erlebt, das mich gleichermaßen erfrischte und die Glieder stärkte wie das des heiligen Flusses. Ich genoss jeden Schluck von diesem köstlichen Nass in größter Ehrfurcht, das müsst ihr mir glauben.

Noch im Laufe dieses Tages stieß ich auf ein erstes Elbenhaus, hoch oben in einem riesigen Baum. Ich wäre gerne hinaufgestiegen, doch leider bot der Stamm dazu keine Möglichkeit und von einer ursprünglichen Strickleiterkonstruktion war nicht mehr viel übriggeblieben. Lange schon musste dieses Anwesen der Einsamkeit anheimgefallen sein.

Es ist vermutlich müßig Elben etwas über Elbenhäuser zu erzählen. Ich kann nur sagen, dass mich die fein gewachsenen Wände, Türme und Dächer mächtig beeindruckten.

Hier hatte ganz sicher kein Einsiedler gewohnt. Es muss die Unterkunft eines großen Klans gewesen sein.

Auf dem Anwesen entdeckte ich eine Obstplantage mit Früchten, die denen des Bala-Baumes nicht unähnlich waren, nur waren sie etwas größer und besaßen einen Kern. Ihre Farbe war grün. Ich vermutete, dass sie noch nicht reif gewesen wären. Weit gefehlt. Sie waren süß und saftig, so dass ich gleich drei von diesen Früchten aß und mir eine kleine Reserve in der Umhängetasche verstaute. Auf dieser Plantage standen noch weitere unterschiedliche Fruchtbäume und einige Büsche mit blauen und roten Beeren. Da ich tatsächlich hoffte nun endlich auf Elben zu stoßen, bei denen ich sicherlich meine Vorräte auffüllen konnte, verzichtete ich auf eine weitere Inspektion und machte mich wieder auf den Weg.

Es wurde bereits dunkel, als ich am Ufer des Hinduån mein Nachtlager aufschlug. Wiederum sammelte ich etwas Holz und entzündete ein Feuer. Ich hatte mich gerade hingelegt, als mich eine mittlerweile bekannte feuchte Nase anstupste. Im Vertrauen auf den Luchs der letzten Nacht verzichtete ich auf einen abrupten Verteidigungsstoß und öffnete lediglich die Augen. Tatsächlich – der Luchs war zurückgekehrt, als wolle er mich vor möglichen Gefahren in der Nacht beschützen.

‚Jetzt brauchen wir aber einen Namen', grübelte ich. Intuitiv fiel mir Lurth ein. Lurth war ein guter Name für meinen kräftigen, mutigen Begleiter. Ich erinnerte mich daran, dass mir ein guter gefiederter Freund seinerzeit versprochen hatte, mir für spätere Wanderungen einen Begleiter zur Seite zu geben. Wer weiß, vielleicht war ja Lurth dieser Begleiter.

‚Wo hast Du den Tag über gesteckt? ', wollte ich wissen. Aber Lurth schnurrte nur. Er weigerte sich konsequent, eine Unterhaltung mit mir zu beginnen. Dabei hätte ich so viele Fragen an ihn gehabt.

Seite an Seite schlummerten wir einem neuen aufregenden Tag entgegen.

Als ich erwachte, war das Feuer erloschen. Lurth stand am Fluss und versuchte einen Fisch zu fangen, was ihm nach einer Weile tatsächlich gelang. Genüsslich verspeiste er seine Beute, sah ein, zwei Mal zu mir herüber, als wolle er mir etwas abgeben. Ich beschränkte mich jedoch lieber auf eine von diesen köstlichen Früchten, die ich am Vortag gesammelt hatte und einige Schluck Wasser als Frühstück.

Es war Zeit für den Aufbruch. Ich verscharrte die Feuerreste, nahm meine Habseligkeiten und machte mich auf den Weg. Es bedurfte an diesem Morgen keiner großen Worte, Lurth davon zu überzeugen mich zu begleiten. Er putzte nach seinem gewaltigen Frühstück noch ein wenig das Fell und begleitete mich nun wie ein treuer Freund.

Ich erwartete in diesem liebevollen Land zwar keinerlei Böswilligkeiten, aber mit einem Luchs an meiner Seite fühlte ich mich doch recht wohl. Unser Weg führte nicht mehr ständig am Hinduàn entlang. Der Fluss war mittlerweile zu breit geworden und füllte hier und da die gesamte Talbreite aus, so dass der Weg bisweilen über Hügel und durch Nebentäler auswich. Je weiter wir kamen, desto kräftiger, saftiger und prunkvoller erschienen mir die Auenwälder. Das Flussbett war von Weiden und Birken umrankt. Schilfgräser säumten das Ufer. Es gab Anlegestellen, die vermutlich von den Elben stammten. Auch fanden wir weitere Spuren von Zivilisation.

Eine Reihe kleinerer Baumhäuser säumte den Weg, der jetzt fast einer Straße glich. Teiche waren angelegt mit Stegen oder Steinen. Möglicherweise waren sie als Wasserstellen genutzt worden.

Aber warum war all das verlassen? Weit und breit waren weder Elben zu sehen, noch irgendwelche Hinweise auf aktives Leben, wie Feuerstellen, Geschirr oder andere Utensilien zu entdecken.

Lurth lief zwar geduldig an meiner Seite; jedoch war ihm eine gewisse Unruhe anzumerken. Irgendetwas stimmte hier ganz und gar nicht. Eine eigenartige Stimmung hatte sich über das Tal gelegt. Von Ferne hörten wir das Rauschen des Flusses. Ansonsten war es verdächtig still. Das Gezwitscher der Vögel fehlte mir ebenso wie das Rascheln der Blätter im Wind. Es war als habe sich das Schweigen selbst wie eine Decke über den Wald gelegt.

Plötzlich sprang Lurth los. Er hatte den Weg zum Fluss eingeschlagen und fauchte, als habe er einen Erzfeind entdeckt. So schnell ich konnte, rannte ich ihm nach. Einmal mehr konnte ich feststellen, dass ein Wettrennen mit einem Luchs wahrlich keine gute Idee ist. Kein Mensch kann so ein Rennen gewinnen.

Einige Fuß vor dem Schilfgürtel verharrte der Luchs in der Bewegung und starrte auf einen Fleck, als wolle er gleich über eine Beute herfallen. Er begann zu knurren. Seine Augen funkelten. Er sah zu mir herüber, dann wieder auf die Stelle, dann wieder zu mir. Ich musste mich beeilen. Er wollte mir offensichtlich etwas zeigen. Und es schien wichtig zu sein. Und tatsächlich – es war dramatisch und gleichermaßen hoffnungslos.

Auf der Uferböschung lag der leblose Körper einer jungen Elbenfrau. Ihr Gesicht war schmerzverzerrt, dennoch waren keine äußeren Verletzungen zu erkennen. Lurth stupste sie mit seiner feuchten Nase an. Sie rührte sich nicht.

Ich stürzte herbei. Was ich da vor mir sah, erschütterte mein bisheriges Bild vom Elbenreich. Ich wollte, ich wollte, ich wollte und konnte das nicht begreifen. Dieses Land hatte sich mir in seiner Kraft, Liebe und Würde präsentiert. Es hatte mich mit Freude und Hoffnung erfüllt. Mein Leben und Wirken schien einen neuen Sinn bekommen zu haben.

Und nun dieser Anblick des geschundenen Körpers einer Frau, einer Elbin, der so gar nicht dem Inbegriff von hohem Geist, Anmut, Schönheit entsprach. Ich hatte keine Ahnung, welcher Grausamkeit dieses Wesen anheimgefallen war. Doch ich sah in diesem leidvollen Antlitz die Marter, unter der sie bis zu ihrem Tode gelitten haben musste. Mich beschlich eine Ahnung, die ich mit aller Macht zu verdrängen suchte. In diesem Gesicht spiegelte sich womöglich das Leid ihres gesamten Volkes wider. Das durfte einfach nicht sein. Ich schrie auf:

NNNNNNNNNNNNNNEEEEEEEEEEEEEEEEEEEEIIIIIIIIIIII IIIIIIIIIIIINNNNNNNNNNN!

Tränen barsten meine Augen. Verzweiflung zerriss mein Herz! Vieles hatte ich in diesem Leben und auch in vorangegangen gesehen, das mich am Sinn des gesamten Seins zu zweifeln gelehrt hatte; doch kein Anblick war derart unsäglich traurig gewesen wie dieser.

Welche unbarmherzige Kreatur hatte dieses heilige Wesen dahin geschlachtet?

Wer hatte es gewagt, sich auf derart grausame Weise mit dem gesamten All-Einen anzulegen?

Wusste dieses Monstrum denn nichts von seinem eigenen Ursprung?

Erst jetzt bemerkte ich Lurths Pranke auf meinem Oberschenkel. Er sah mich ruhig aber eindringlich an, als müsse er mir unbedingt etwas Wichtiges zeigen.

Ich verstand ihn nicht und glaubte zunächst, der Luchs wolle mich trösten. Konnte er überhaupt nachvollziehen, was hier geschehen war?

Ich stieß ihn weg. Es war über die Maße ungerecht, den Freund wegzudrängen, der mit Trost und Kraft helfen will. Doch meine Gefühle ließen keinen Raum für Trost und Mitgefühl.

‚Lass mich zufrieden! ', schluchzte ich und ertränkte meine Trauer in Selbstmitleid. Gerade dass ich ein mühsames ‚Bitte! ' hinterher schob.

Lurth hörte nicht auf mich anzustupsen. Während ich neben der toten Elbin hockte, kratzte er an meinem Oberschenkel und begann zu fauchen. Seine Augen funkelten zornig. Er machte mich wütend:

‚Lass mich endlich in Ruhe! ', schrie ich ihn an, ‚siehst Du nicht, dass ich trauere? '

Der Luchs zuckte nicht einmal. Er ließ nicht locker. Fauchte! Drohte! Ich war entsetzt und wollte laut fluchend protestieren, als mein Blick auf das Wasser fiel.

Die junge Frau. Warum lag sie hier an der Uferböschung. Es schien, als habe sie sich mit letzter Kraft an diesen Ort geschleppt. Sicher nicht um hier zusammenzubrechen und tot liegen zu bleiben. Erst jetzt begriff ich, was Lurth mir sagen wollte:

Das heilige Wasser des Hinduån!

Sofort sprang ich auf, rannte die Uferböschung hinunter, schöpfte eine Handvoll Wasser, kletterte, die Hälfte verschüttend, wieder hinauf, hockte mich neben die Elbin und träufelte ihr die wenigen Tropfen, die ich übrigbehalten hatte, auf die zarten Lippen. Ich versuchte ihren Mund zu öffnen. Vielleicht hatte Lurth Recht und es war wirklich noch nicht zu spät.

Ein, zwei schwere Tropfen waren an der Lippe hängen geblieben und rannen ihr in den Mund. Ich sprang auf um weiteres Wasser zu holen. Sie musste trinken. Sie musste schlucken. Das heilende Nass des Hinduån würde sie retten.

‚Du bist eine Wikka. Du bist eine Heilerin, berufen von der Mutter selbst. Du besitzt die kosmische Energie zu helfen! ', sagte meine innere Stimme.

Aber was um alles in der Welt sollte ich anstellen? Mir blieb nur die Hoffnung auf das Wasser. Einen Menschen heilen, ein Tier vielleicht oder eine heimische Pflanze. Gewiss, das war mir beschieden – vorausgesetzt natürlich, das zu heilende Wesen hatte den Willen die Krankheit zu überwinden nicht längst verloren.

Ich konnte mir jedoch unmöglich anmaßen Hand an eine Elbin zu legen, die mir so heilig war wie den frühen Zauberern das Einhorn.

‚Du musst! ', rang die innere Stimme und forderte die Oberhand zu gewinnen. ‚Du weißt, was zu tun ist! Tue es! Jetzt! '

Auch Lurth schien sich dieser Meinung anzuschließen. Offenbar hatte er sich mit meiner inneren Stimme verbündet. Er knurrte und fauchte, stieß mich mit der Pranke, fletschte sogar ein wenig die Zähne. Da hatte ich zwei reizende, wahrhaft aufmunternde Weggefährten. Eine viel zu laute innere Stimme und eine aufgebrachte Wildkatze. Wie hätte ich mich dem widersetzen können?

Nachdenklich sah ich die Elbin an, versuchte in ihr nicht mehr die Heilige, die Unantastbare zu sehen, sondern vielmehr eine Schwester.

Ich grübelte.

‚Wie hätte ich meine Schwester zurückgeholt? '

Ein Ritual, verbunden mit einem kräftigen Trank vielleicht?

Ich schüttelte den Kopf. Nein, das schien mir nicht der richtige Weg.

Für eine heilige Zeremonie brauchte es einen geeigneten Zeitpunkt, wie den vollen Mond, bestimmte Sternenkonstellationen oder dergleichen.

Mit derlei Dingen kannte ich mich in meiner Welt aus, jedoch nicht in dieser. Einen heilenden Trank konnte ich ebenfalls nicht zusammenbrauen. Geeignete Kräuter zu finden, schien mir unmöglich. Die Flora dieses Landes war mir weitgehend unbekannt.

Mag sein, die hiesige Flora hielt die passenden Wurzeln, Pilze und Beeren bereit. Meine ansonsten so sprichwörtliche Intuition schwieg. Einen Elbenkörper wiederzuerwecken oder gar zu heilen, das schien mir schier unmöglich.

Ich sah die junge Frau an, strich ihr über die Wangen, die so zart waren, dass ich sie kaum zu berühren wagte. Es schnürte mir das Herz zu.

‚Was soll ich tun? Sag mir doch, wie ich ihr helfen kann? ', flüsterte ich meiner inneren Stimme zu und suchte nach einem Licht in den tiefschwarzen Höhlen der ewigen Dunkelheit.

Ein Licht! Ein Licht in der Dunkelheit. Warum nicht! Ein Licht in der Dunkelheit birgt immer eine Hoffnung.

Ich erinnerte mich zweier Techniken, die ich gelegentlich angewandt hatte. Sie hatten beide etwas mit der Übertragung von Energie zu tun.

Der Kampf, den dieses arme Geschöpf führte, fand vermutlich nicht im physischen Körper statt. Ihr war die Lebenskraft, die universelle Energie entzogen worden.

Nicht einmal das heilende Wasser des Hinduån schien hier zu helfen. Ich kramte in den Kammern der Erinnerung, nach allem, was ich jemals über Elben erfahren hatte.

Da waren ein paar Brocken elbischer Geschichte. Es gab diesen verdammungswürdigen Krieg von Dannbarar. Und dann waren da noch ein paar Ahnungen von gottähnlichen heiligen Wesen, fernab des Gesichtskreises der Ceridwen. Für uns Menschen galten die Elben lange Zeit als Fabelwesen, als Unberührbare, so weit entfernt wie die Einhörner.

Das war nicht viel. Ich wusste einfach zu wenig über ihre Physiognomie. Warum hatte ich mich nur so wenig für die Welten der anderen interessiert. Es musste doch irgendetwas geben, einen winzigen Hinweis.

Lurth stupste mich an die Schulter, als ahne er meinen inneren Zwist. Er hob den Kopf und blickte hinauf zu den Bäumen.

‚Was soll das jetzt? ', versuchte ich ihn regelrecht abzuwimmeln. Doch er ließ nicht locker. Lurth fauchte. Scharrte mit den Tatzen im Gras. Lief zu einem Busch und deutete immer wieder hinauf.

‚Ich weiß ', knurrte ich, ‚sie leben in den Bäumen und sie lieben alles, was grün ist. Ja und? – soll ich sie vielleicht mit Gras füttern? '

‚Mit Gras füttern? '

‚Alles was grün ist? '

‚Alles was grün ist! '

Das klang nach einem Ansatz! Lurth war einfach genial. Er hatte es lange vor mir begriffen. Elben lieben alles was grün ist. Die Natur, das Grün der Natur ist ihr Leben. Ohne ihre grüne Umgebung würden sie welken wie die Blätter der Buchen im Herbst.

Ich hatte bislang nur den geschundenen Körper dieser armen Kreatur betrachtet, nicht jedoch ihre blasse, nebelhafte Aura. Es fehlten die Farben in dieser Aura. Vor allem fehlte das Grün. Ohne das grüne Element darin konnte kein Elb überleben. Es fiel mir wie Schatten von den Augen.

Die Elben selbst produzierten einen sehr speziellen grünen Odem aus ihrem Geist heraus für das gesamte Universum. Und sie würden selbst als erste verenden, wenn die Schwingungen dieses grünen Lichts im Spektrum der Farben verstummten.

Im Reich der Ahnen gab es eine Meditation, die gleichermaßen heilend wie auch beschützend wirkte. Es handelte sich um die mentale Energie einer violetten Flamme.

‚Aljana, konzentriere Dich! '

‚Öffne Dich! '

Ich fühlte es deutlich. Ein Schauer auf der Haut verriet mir, dass ich endlich auf dem richtigen Pfad wanderte. Ich kniete mich neben die liebe Schwester, küsste erst ihre Wangen, dann die Stirn.

Ich hockte mich neben sie, rückte dicht heran, so dass unsere Körper sich sanft berührten.

Nun streckte ich meine Arme aus, öffnete die Hände und stellte mir mit geschlossenen Augen eine Flamme vor, die in meinen Handflächen zu lodern begann. Bereits nach wenigen Augenblicken spürte ich die Wärme in meinen Handinnenflächen. Das innere Auge sah auf zwei zarte violette Feuerzungen.

Zunächst dankte ich dem Engel der Flamme für seine bereitwillige Hilfe. Ich bat um die Reinigung meiner eigenen Aura und sah zu, wie ein sanftes lila Lodern sich um meine Seelenhülle legte. Es heilte jene dunklen und bisweilen verkrusteten Stellen und Gedanken, die den Fluss der Aura behinderten. Dann, nachdem diese Arbeit beendet war, kreiste die Flamme spielerisch um meine Lenden, strich mir über Bauch und Brust, hinauf zum Hals, tauchte mein Gesicht in eine samtenes Licht, um sich dann mit dem hohen Chakra zu vereinigen.

Diese zärtliche Umhüllung in der sich nun mein gesamter Körper befand, flüsterte Erinnerungen an die Zeit der Ungeborenen im Leib der Mutter wach. In solchen Momenten schien es mir unbegreiflich, jemals den Wunsch verspürt zu haben, diesen Schoß der Geborgenheit zu verlassen. Gefühle von Sehnsucht und Freude tanzten Walzer mit meiner Seele.

Das All-Eine selbst war in diesem Moment aus meiner inneren Tiefe herauf gekrochen, verband mich mit allen Wesen und Dingen, vom Anbeginn der Zeit bis in die Ewigkeit des niemals endenden Geistes. Ich atmete auf. Tränen der Freude rannen über meine Wangen. Ein Gefühl unendlichen Glück durchströmte meine Seele.

die Blume der Flamme
enthüllt meine Seele
die Blume der Flamme
enthüllt mir das Sein

ich spüre die Sehnsucht
ich fühle die Liebe
ich ahne das Eine
ich bin nicht allein

Die Flamme
sie heilt
die Flamme
sie tröstet

die Flamme
sie lehrt mich
die Flamme zu sein

sie gibt mir die Kraft
sie gibt mir das Sinnen
sie streichelt die Aura
sie hüllt mich ein

Für den Flügelschlag eines Schmetterlings fühlte ich mich leicht, begann mich in den Sphären einer wunderbaren Euphorie zu verlieren.

Mein Geist kehrte jedoch schnell wieder zurück. Vor mir lag eine nicht ganz einfache Aufgabe:

Nur Narren glauben, man könne den Engel der Flamme benutzen oder dirigieren. Er agiert als ein vollkommen eigenständiges Wesen. Die Flamme ist Dir zu Diensten, wenn Du sie rufst, weil Du Deine Aura reinigen möchtest von dem Unrat, der Dich alltäglich befällt. Allerdings wird selbst Dein Schutzengel Dir nicht jeden Wunsch erfüllen; denn – weiß die Mutter – nicht jeder Wunsch sollte in Erfüllung gehen.

So konnte ich nur darauf vertrauen, dass die Flamme mit einer elbischen Seele ebenso gnädig umginge, wie mit der menschlichen.

Das Lilalodern brannte in den Farben des Stirn- und des Kronenchakras der menschlichen Natur. Dies entspricht nicht den elbischen Elementen.

Deren Strukturen und Meridiane sind vollkommen anders aufgebaut, so wie ihre Lebensweise und Fähigkeiten völlig anderer Natur sind. Ich bat die Flamme um Verständnis und Nachsicht sowie darum die züngelnde Glut in elbisches Grün zu färben. Zu diesem Zeitpunkt ahnte ich glücklicherweise nicht, in welche Gefahr ich mich selbst dadurch als Mittler begeben würde.

Ich schloss die Augen. Konzentrierte mich auf die Handflächen und sah, wie die Flamme vom Farbton des Flieders in den des Ahorn-Baumes im Frühjahr wechselte. Ein Schmerz durchzuckte meine Hände. Ich zuckte, schloss die Handflächen zu Fäusten. Öffnete die Augen. Mein Puls raste. Mir war als habe die Flamme sich in meine Handflächen hinein gebrannt.

Instinktiv stieß Lurth mit der Schnauze meine linke Faust auf und leckte sie mit seiner rauen Zunge. Und tatsächlich, der Schmerz ließ nach, verschwand sogar nach einer Weile. Ich reichte dem Luchs auch die rechte Hand und war von tiefstem Herzen dankbar für seine Unterstützung.

Nachdem ich sowohl Schreck als auch Schmerz überwunden hatte, blickte ich auf das Antlitz der Elbenfrau. Ihr die Flamme zu spenden hatte mich auf eine harte Probe gestellt. Und ich wusste, dass dies nur den Beginn eines für mich schmerzhaften Prozesses darstellte. Das grüne Loderlicht hatte meine Handflächen bisher nur benetzt. Um die Elbin zu retten, musste ich die Flamme jedoch durch meinen gesamten Körper fließen lassen. Allein die Vorstellung daran ließ mich innerlich erschauern.

Aber gab es denn eine andere Hoffnung für die Frau?

Lurth senkte den Blick. Er spürte meine Qual. Dann zog er eine Braue hoch, als wolle er mir sagen ‚Gib Dir einen Ruck'.

So hockte ich mich wieder mit geradem Rücken neben die arme Seele, legte die Arme an ihren Körper, öffnete die Hände und empfing erneut die Flamme. Flackernd glitt sie über meine Handfläche, als ahnte sie meinen Schmerz. Dann färbte sie sich grün. Etwas langsamer und vorsichtiger als zuvor loderte sie auf, so dass der Schmerz nicht so abrupt über mich kam. Ich atmete tief ein und stellte mir vor, wie die Flamme durch die Hände in die Arme und in meinen gesamten Körper floss.

Gleichsam visualisierte ich einen Wasserfall, der mich von den Schultern her überflutete und mir dadurch angenehme Kühlung verschaffte. Die Flamme stach zunächst in meiner Brust, dann im Bauch. Ich leitete sie endlich in den Totengleichen Körper.

Mein Herz raste. Der Kopf drohte mir zu zerspringen. Ich sah meinen Körper von innen her in gleißendem grünem Licht verglühen. Es war unerträglich, schien Lungen und Magen zu zerreißen. Das Herz schlug mir hoch bis in die Schläfen.

Alles in mir wehrte sich gegen die Flamme. Unweigerlich begann ich nach Luft zu ringen, schrie vor Schmerz. Meine geschlossenen Augen starrten auf die Hände. Ich sah, wie sie sich unter der Glut auflösten. Dann die Arme. Das Feuer fraß sich durch meinen gesamten Körper.

Ich musste diesen Kampf sofort beenden. Die Qual wurde schier unerträglich. Vollkommen hilflos versuchte ich wenigstens ein letztes Gebet zu sprechen, doch selbst das gelang mir nicht. Mein Geist war erschöpft, sehnte sich nur noch nach einem endlosen schlummernden Tod. Dann wurde es dunkel in mir. «

*

Meridor standen die Tränen in den Augen. Er litt mit der Wikka. Er ahnte, welche Qualen sie auf sich genommen hatte, dieses Elbenleben zu retten. Mnemandhana, die Harfe des Eliasar, grub in ihrer Erinnerung nach einem Klang der Heilung. Dieses Erlebnis musste Aljana sehr tief verletzt haben. Die Harfe suchte in den Schwingen der ersten Tage. Für den Flügelschlag eines Schmetterlings löste ihr Klang das Universum auf und führte die Seelen aller Wesen zurück auf den ersten Kreis des Seins. Aljana, Meridor, Eliasar und all die freundlichen Wesen schüttelten sich, als habe sie gerade ein Déjà-Vu gestreift. Es fühlte sich unbeschreiblich leicht an.

Die Wikka blickte auf den Elbenfürsten. Lächelte ihn an und wischte ihm die Tränen aus dem Gesicht. »Ich sitze hier bei Dir. Es scheint, als habe ich es überlebt! «, lachte sie.

Man reichte ein Horn mit Wehl herum. Ein Lagerfeuer wurde entfacht. Die freundliche Sonne des Tages hatte ihren Platz am Firmament längst geräumt. Dafür blinzelte ihnen nun eine Schar fröhlicher Sterne entgegen. Aus Rücksicht auf Aljana, aber auch auf die treuen Zuhörer, erwog Meridor die Versammlung am kommenden Morgen fortzusetzen.

Mochte der Gedanke noch so gut gemeint sein, er erntete dafür nur wenig Beifall. So fuhr Aljana mit der Erzählung fort, nachdem sie Mnemandhana einen dankbaren Blick zugeworfen hatte.

»Die folgenden Ereignisse «, murmelte sie nachdenklich, »kann ich nur so wiedergeben, wie sie mir selbst von Sirandha erzählt wurden. «

»Sirandha, Meridors Schwester, die Tochter des Königs! «, flüsterte jemand, »Sirandha lebt? « Wieder einmal kam Bewegung in die Sinne der Elben. Aber vor allem Meridors Blick hellte sich unerwartet auf.

»In der Tat, sie lebt und ja es ist Sirandha, die Tochter des Elbenkönigs höchst selbst! «, bestätigte Aljana. »Sie lebt – noch! « fügte sie so leise hinzu, dass es kaum jemand hören konnte und Aljana schluckte dabei eine Träne der Verzweiflung herunter.

»Die arme, halbtote Elbenfrau war, wie ich später erfuhr, die Tochter des Novagorn. Um die Spannung nicht ins Unermessliche zu steigern, will ich Euch kurz von ihm berichten. Er ist nach so langer Zeit immer noch am Leben. Novagorn ist seit Dannbarar niemals wieder wirklich glücklich gewesen. Er sehnte sich nach den unzähligen lieben Seelen, die damals vom Reiche der Elben getrennt worden waren oder auf dem Schlachtfeld gefallen sind. Bis ich dort war, wusste niemand in Thýria, dass ihr überlebt habt. Aber davon erzähle ich vielleicht später. Und ich wusste nicht, dass die Schlacht von Dannbarar vor achthundert Jahren stattgefunden hatte. Wie dem auch sei.

Als ich aufwachte, stand der Mond bereits am Firmament. Lurth leckte mir durchs Gesicht, die Elbin hockte neben mir, strich mir über die Wangen und war sichtlich bemüht mich ins Leben zurück zu holen. Ich glaube, in dem Moment da ich die Augen aufschlug, fiel uns beiden ein gewaltiger Stein vom Herzen.

Ich fühlte mich sehr schlecht. Meine Kehle war wie ausgedörrt. Mein Magen brannte wie Feuer, die Knie zitterten mit dem Puls um die Wette. Sirandha flößte mir etwas Wasser ein. Dann stellte sie sich vor. Wir bemühten uns um eine Unterhaltung, aber wir waren beide zu erschöpft. Bald glitt Sirandha neben mir ins Gras. Wir vielen beide in einen seligen Schlaf.

Als ich wiederum die Augen aufschlug, war es bereits helllichter Tag. Ich lag, wie ich später erfuhr, auf einer Art Schlafmatte. Ihr nennt diese Unterlage Wiona, denke ich. Sirandha war lange vor mir erwacht. Während ich so tief schlief, wie wohl nie in meinem Leben zuvor, hatte sie veranlasst, mich nach Araguat in den königlichen Wohnsitz ihres Vaters zu bringen.

Die besten Heiler des Königs hatten meinen Schlaf künstlich verlängert, um auf diese Weise meine Verletzungen besser kurieren zu können.

Drei ganze Tage und Nächte hatte ich geschlafen. Als ich erwachte fühlte ich mich wie gerädert. Dennoch musste ich zugeben, dass ich außer einer tiefen Erschöpfung keine weiteren Probleme mehr verspürte.

Sirandha hatte Tag und Nacht an meiner Wiona gewacht. Und auch Lurth war mir gewisser Maßen nicht von der Seite gewichen. Natürlich konnte und wollte er die Königsburg in den Wipfeln der höchsten Bäume nicht betreten. Luchse sind zwar wirklich gute Kletterer, jedoch dieser Wirrwarr von Gängen und Kammern und vor allem die vielen Elben an ein- und demselben Ort, da suchte Lurth doch lieber das Weite.

Dennoch hatte er unterhalb des Schlossbaumes, so zu sagen zu seinen Wurzeln, einen geeigneten Platz im Gras gefunden, den er nur zu notwendigen Anlässen kurz verließ. Sirandha musste mir versprechen, dass wir ihn sobald als möglich besuchen würden.

Doch vorher gab es erst einmal einen Kräutersaft und ein paar Früchte zur Stärkung, um mich wieder auf die Beine zu bringen. Die Heiler waren mit meiner Entwicklung sehr zufrieden, so dass bald schon niemand mehr etwas gegen einen Spaziergang einzuwenden hatte.

Während meine Lebensgeister erwachten, sorgte ich mich um meine neue Freundin und Schwester. Meinen Fragen zu Sirandhas Gesundheit jedoch wichen sie selbst, wie auch die Heiler und Gelehrten auffällig verunsichert aus. Ich konnte mir keinen Reim darauf machen. Und doch spürte ich, dass die Heilung durch die grüne Flamme offensichtlich nur von kurzer Dauer gewesen sein mochte. Bevor ich jedoch weiter darüber nachdenken konnte, bekamen wir Besuch von Novagorn, dem König.

Ich wusste nicht viel über ihn, außer vielleicht, dass er uralt sein musste. Und, wenn ich in diesem Fall von uralt rede, dann überschreitet das wohl deutlich die Anzahl von Einhundert Generationen. Solch ein Alter ist für uns Menschen unvorstellbar, wenngleich wir durch die Eigenart der Wiedergeburt im Grunde ebenfalls über viele Generationen existieren, was wiederum einem Elben ebenso unbegreiflich wie paradox erscheinen mag.

Menschen werden geboren, erleben ihr Schicksal, sterben. Zwischendurch gründen sie noch eine Familie oder einen Clan mit anderen Menschen, die sie liebgewonnen haben. Und häufig genug werden sie dann im nächsten Leben in denselben Clan wieder hineingeboren und wissen es nicht einmal. Die Clanführer werden wieder zu hilflosen kleinen Wesen, deren Schutz dem Clan über alles geht. Das ist schon ein eigenwilliger Kreislauf. «

*

Aljana drohte gerade vollkommen den Faden zu verlieren. Sie fand die Entwicklung innerhalb ihrer eigenen Spezies so verwirrend und absurd, dass sie laut auflachen musste. Wohingegen diese tiefgreifende menschliche Erkenntnis ihre Zuhörer wohl eher verwirrte.

Die Elben hatten sich vor sehr langer Zeit von der menschlichen Rasse verabschiedet. In dem unsteten Treiben jener eigenwilligen Kreaturen hatten sie nie einen wirklichen Sinn erkennen können. Seit einer kurzen Weile jedoch schienen diese Menschenwesen wieder eine gewichtige Rolle im Gefüge der Elemente zu spielen. Sie mochten einige Dinge ins Lot bringen, die gewaltig aus dem Ruder gelaufen waren.

Nicht dass man den Menschen nicht genügend Respekt entgegengebracht hätte. Sie wirkten aus Sicht der Elben jedoch etwa so rastlos, wie Ameisen aus der Sicht des Menschen rastlos wirken. Ein unruhiges Wuselvolk eben.

Nachdenklich blickte die Wikka über das Plateau.

Was hatte sie hier überhaupt zu suchen?

Ihr Platz war in einer anderen Welt und selbst dort wie es schien an der verkehrten Stelle. Die Dinge hatten sich wirklich seltsam entwickelt. Dort wo sie herkam war schon seit siebenhundert Jahren kein Raum mehr für Mirakel und derlei Gedanken gewesen. Die Menschen sowohl von Mittenerde sowie der Erde hatten sich äußerlich weiter von den Wendungen des Seins abgewendet als jede andere Spezies. Und doch hatten sie vielleicht gerade dadurch Erkenntnisse gewonnen, die nun zu jener viel zu großen Rolle im Gefüge der Welten wachsen sollte.

Aljanas Augenmerk viel auf die drei Welten. Die Wikka hatte lange nicht verstanden, wie Mittenerde am Yggdrasil, Gaia und die Erde inmitten des sogenannten Planetensystems auf eine eigenartige Weise ineinander verwoben waren.

Drei Welten mit vollkommen unterschiedlichen Wesen eigentlich. Mittenerde war vorwiegend bewohnt von Elben, Zwergen, wenigen Menschen. Die Erde vorrangig von Menschen, aber auch Feen und Elfen. Die dritte. Gaia, Aljanas Heimat, eine metaphysische Welt, die außerhalb der Dinge zu schweben scheint, aber auch unter anderen von Menschen und zahllosen Geistwesen besiedelt ist. Auf Mittenerde, so berichten die Legenden, befand sich der Brunnen der Nornen, obgleich er physikalisch eindeutig auf der Erde der Menschen zu suchen war. Diese drei Welten lagen gewissermaßen in unterschiedlichen Sphären oder Dimensionen und waren doch auf eine unerklärliche Weise zu einem gemeinsamen Ganzen verwoben.

Das Knacken und Lodern des Lagerfeuers brachte Aljanas Gedanken wieder zurück. Wo war sie stehen geblieben? Bei Novagorn, dem König der Elben und seiner wundervollen Tochter Sirandha.

»Ich trat also vor den König. Oder genau genommen besuchte Novagorn mich in dem Schlafgemach seiner eigenen Familie.

Meine Vorstellung von dem uralten König der Elben war vollkommen verkehrt. Bei uns wäre ein weiser Mensch längst ergraut, mit lichtem Haar und einem sehr ernsten, vermutlich gebeugten Haupt.

Nicht so der Elbenkönig. Er wirkte auf mich zwar sehr ernsthaft und würdevoll, jedoch forderte seine Anwesenheit keinen Respekt. Novagorn kam fast fröhlich auf mich zu, nahm mich in den Arm wie eine liebe Verwandte und drückte mich an sich. Er dankte mir von ganzem Herzen für die Rettung seiner Tochter Sirandha und fragte nach meinem eigenen Befinden. Er freute sich darüber, dass ich wieder zu Kräften kam.

Wir setzten uns auf eine herrlich duftende Blütenbank und redeten über allerlei Dinge. Ganz am Ende unserer Unterhaltung bat er mich, ihm etwas über die Heilung Sirandhas zu erzählen. Ich berichtete von der violetten Flamme und meine Bitte an sie sich in eine grüne Schwingung zu wandeln. Auch versuchte ich zu erklären, was daraufhin mit mir geschehen war, dass ich kaum in der Lage sein würde, diesen Prozess zu wiederholen.

Novagorn nahm mich wiederum in die Arme und entschuldigte sich für das Leid, das mir durch die Rettung Sirandhas widerfahren war. Er bat mich als Dank ein Geschenk von ihm anzunehmen. Doch ich lehnte, wenn auch höflich, ab. Eine Wikka liebt die Leichtigkeit des Seins. Geschenke hingegen erzeugen häufig einen Anker im Hier und Jetzt. Mich interessierte vielmehr der Grund für diese seltsame Krankheit Sirandhas.

,Darüber möchtest Du gewiss nichts erfahren! ' versuchte der König abzulenken. Aber er war in der Pflicht und so musste er mir am Ende doch von jener Krankheit berichten, die sie den „Kalten Tod" nennen. Zu viele Elben waren schon an diesem Kalten Tod dahingeschieden.

Allein die königliche Familie vermisste bereits mehrere liebe Seelen schmerzlich. Sirandha hatte ihrem Vater lange verschwiegen, dass sie ebenfalls erkrankt war. Sie wollte ihm den Kummer so lange wie möglich ersparen und hatte sich zum Sterben, wie er vermutete, einsam in die Wildnis zurückgezogen, was ihn umso mehr bedrückt hatte.

Niemand konnte erklären, wie das Virus des kalten Todes über die Elben Thýrias gekommen war. Sollte es ein letztes bitteres Andenken an Dannbarar sein?

Das war eigentlich ebenso auszuschließen wie der Gedanke an eine späte Rache Mirhanëas. Sie hatte vor langer Zeit die Tore verschlossen und damit dem Krieg aber auch der Nachbarschaft zwischen dem Wälderland, Thýria und Irandhar ein Ende gesetzt. Die Feenkönigin hatte das Elbenvolk damit vollkommen von den anderen Welten isoliert. Novagorns Hochelben lebten wie auf einer einsamen Insel im Universum völlig abgeschottet. Wer sollte da noch einen Nutzen vom Aussterben der letzten Elben haben?

,Ich wünschte, Du hättest Recht ', resümierte ich schließlich und begann von der Vernichtung Asengards zu berichten. Ebenso wie Dannbarar war die Ragnarök lange vor der Zeit beschlossen gewesen. Ich kannte nicht die Zusammenhänge. Auch wenn ich einige Befürchtungen hegte, die sich bislang jedoch nicht beweisen ließen. Sicher war jedoch, dass weder Asen noch Elben oder Feen sich gegen das Schicksal hätten stellen können. Sie waren allesamt gleichermaßen zu Opfern und Tätern geworden. Allerdings traf dieses Schicksal nicht unbedingt auf die Ereignisse zu, die nun einzutreten begonnen hatten.

‚Was wird nun geschehen? ', wollte ich wissen. Der Gedanke an diese hilflose Agonie war mir unerträglich. Es musste doch eine Rettung geben?

‚Wir haben eine letzte Hoffnung ', berichtete der Elbenkönig. ‚Ein junger Krieger mit dem Namen Endos lebt unter uns. Ich hoffe, er ist noch nicht selbst erkrankt. Er war einst Schüler des weisen Zauberers Kendavar aus Deiner Welt...'

Er machte eine bedeutsame Pause, als erwarte er eine Bestätigung von mir. Und tatsächlich hatte ich nicht nur von diesem Kendavar gehört, ich war ihm einige Male unter zumeist eigenwilligen Umständen begegnet. Ich musste zugeben, dass sein Name mir im Zusammenhang mit den Ereignissen bereits seit einiger Zeit im Kopf herumschwirrte.

‚Endos will nach Kendavar suchen und dessen Hilfe erbitten. Wir wussten jedoch bislang nicht, ob oder auf welchem Weg er Thýria verlassen könnte. '

‚Ich kann nichts versprechen ', gab ich zu bedenken, ‚jedoch – das dreizehnte Tor wird vermutlich noch an jenem Ort stehen, an dem ich es durchschritten habe. Lurth, der Luchs, kennt den Weg. Er wird mich und euren Krieger sicher dorthin zurückführen. Allerdings wäret ihr mir dann etwas schuldig. '

Novagorn nickte: ‚Tragen wir nicht ohnehin schon eine schwere Schuld? Was erwartest Du von mir? '

‚Der Streit zwischen Euch und Mirhanëa muss endlich beendet werden. Ich möchte mit Sirandha die Feenwelt besuchen, sobald ich Euren Krieger durch das Tor gebracht und einige andere Dinge in meiner Welt geklärt habe. '

Der Elbenkönig stimmte zu.

Unverzüglich begannen die Vorbereitungen für die Abreise. Sirandha und ich besuchten gemeinsam Lurth, der schon ungeduldig wartete.

Der Elbenkrieger Endos gesellte sich wenig später zu uns. Sirandha hatte beschlossen uns bis zum Tor zu begleiten. Sie fühlte sich stark genug. Nach einem letzten gemeinsamen Mahl verließen wir Novagorn und zogen der Quelle des Hinduán entgegen, die wir am dritten Tag erreichten.

Der Abschied von Sirandha am Tor Dwarl fiel mir umso schwerer. Am liebsten hätte ich sie mit mir genommen. Doch daran war im Moment nicht zu denken.

Der junge Krieger Endos musste seine Mission erfüllen. Uns blieb also nur wenig Zeit für einen Abschied. Ich selbst hatte mir einige Aufgaben gestellt, die keinen Aufschub duldeten.

Bald standen wir vor dem geheimnisvollen dreizehnten Tor Dwarl. Auf die Unterstützung des Mondes musste ich bei der Öffnung des Tores diesmal verzichten. Ich hoffte dennoch, dass mein Ritual auch ohne den alten Mond Erfolg haben würde. Ein letztes Mal nahm mich Sirandha in die Arme, drückte mich, ihre neue Schwester, fest an sich und flüsterte mir ein paar Worte auf einer alt-elbischen Sprache zu.

,Komm bald zurück ', raunte sie. Dann trat Sirandha beiseite. Ich benetzte meine linke Hand mit dem kostbaren Quellwasser, legte sie an den Felsen und sprach mit ehrfürchtiger Stimme:

> Wasser rinnen von der Hand
> öffnen Fenster, Tor und Wand
> führen Dich wohin Du magst
> ob bei Nacht oder bei Tag!

Ich benetzte ein zweites Mal die linke Hand und wiederholte das Ritual.

Wasser rinnen von der Hand
öffnen Fenster, Tor und Wand
führen Dich wohin Du magst
ob bei Nacht oder bei Tag!

Ein letztes Mal tauchte ich die linke Hand in das kostbare Wasser der Hinduån-Quelle und sprach voller inbrünstiger Überzeugung die Worte:

Wasser rinnen von der Hand
öffnen Fenster, Tor und Wand
führen Dich wohin Du magst
ob bei Nacht oder bei Tag!

Tatsächlich löste sich der Stein unter meiner Hand auf. Ich erklärte dem Elbenkrieger, wie er über die Regenbogenbrücke BiFröst von Asengard aus in meine Welt gelangte, wo er hoffte den Zauberer zu finden.

Endos verlor keine Zeit. Er machte sich sofort auf die Suche nach Kendavar, während ich Heimdallr noch einen kurzen Besuch abstattete, um von ihm etwas über Euch, den zweiten Elbenstamm zu erfahren, der unter Deiner Führung Meridor irgendwo in den Wäldern Mittenerdes leben sollte. Ich machte mich sofort auf den Weg. Den Rest der Geschichte kennt ihr. «

Meridor war vollkommen aufgewühlt. Während die meisten Elben Aljana vor Begeisterung Beifall zollten, plante er bereits insgeheim die Abreise.

»Ich werde Dich begleiten «, hatte er entschieden, »reisen wir bei Sonnenaufgang nach Thýria, in das Land meiner Väter! «

Aljana war froh und erleichtert, dass er den Weg nach Thýria mit ihr gemeinsam antreten würde. Zusammen würden sie eine

76

Möglichkeit finden, die Hochelben zu heilen und beide Völker wieder zu vereinen.

Kälte
Farbensolos und blass
lieblos
schlossen sich die Tore

gestern Freunde
morgen Leiden
schwerer Bürde Untertan
hängen Tränen in der Weide
schweigt das Land
schweigt das Land

dunkel grollen Dir Gedanken
Hoffnungsschimmer
flüstern zart
grau in grau
die Weltentrümmer
hilflos scheint
der Weltenbaum

reise zu dem Grund der Sterne
fliehe vor dem Kalten Tod
sieh das Licht
es strahlt noch ferne
licht erwärmt
in dunkler Not

Endos war durch das Tor nach Asengard und von dort über die Regenbogenbrücke nach Gaia gelangt beinahe direkt zum

Sehnsuchtsee. Er hatte gehofft, dort auf eine Spur des Zauberers zu stoßen – leider vergebens.

Lange hatte der Elb schweigend am Ufer des kleinen Sees gesessen, hatte dem Spiel eines vorsichtigen Sommerwindes zugesehen, wie er die Wogen des Wassers zärtlich streichelte, die unter den leichten, kitzelnden Berührungen sanft erzitterten. Es war ein Bild innerer Ruhe, ein Anblick von anmutender Schönheit. Es war der Friede selbst.

Dieser Ort, tief im Herzen des heiligen Waldes, war noch erfüllt von jenen Urkräften: Ahnung, Sanftmut und Liebe, die dieses Universum unter all den Welten, unter den Kreaturen aller Kulturen so einzigartig machten.

In einem üppigen Maß an geistiger Entwicklung waren ganze Gesellschaften emporgestiegen, hatten Helden hervorgebracht, die heroische Taten vollbrachten.

Ja, dieses Universum hatte die gesamte Weltenstruktur um ein Vielfaches an Kultur und Kreativität erweitert. Nicht dass jemand dem Irrtum aufsäße, es habe sich auf diesen Welten um kriegerische, zornige Wesen gehandelt, die anderen ihren Fortschritt hätten aufzwingen wollen. Ganz im Gegenteil der Gewinn, den dieses Universum durch sie erhielt, lag in der Vielfalt gesellschaftlichen Miteinanders, in der Erfindungsenergie der Gedanken; denn das war es doch, von dem das Universum selbst lebte, sich gewisser Maßen ernährte. Schließlich war es das einzige kreative Universum in diesem Multiversum. Es lechzte förmlich nach dem Ideenreichtum aller Wesen.

Der Weltenbaum, das Planetensystem, die Milchstraße, all das hätte in all den anderen Sternenmeeren keinen Ursprung gefunden. Die Entwicklung einer so wundervollen und vielfältigen Vergangenheit hätte dort niemand erschaffen können.

Und selbst wenn Dinge, ja sogar gesamte Welten in der Erinnerung versanken, sich in Mythen und Legenden verwandelten, die letztlich in einer vagen Ahnung verschleiert schlummerten, selbst unter diesen bizarren Umständen existierten sie doch weiter, trieben bunte Blüten in Dimensionen, derer der in der Materie gebundene Geist nicht fähig ist.

Wenngleich der Gedanke an deren Möglichkeit die Dimension bereits ebenso an uns heranträgt, wie die Ahnung in ihrer puren Schwingung selbst, so kehrt am Ende zurück, was uns verloren ging, uns auf ewig zu bereichern.

Endos Geist war verwirrt von all diesen Gedanken, die dem Sehnsuchtsee zu entspringen schienen. Doch das bereitete ihm wenig Sorge. Der Elbenkrieger hatte diesen Platz vor vielen Jahrhunderten entdeckt, als die Tore noch offen waren. Genau genommen hatte der See eher ihn gefunden, den Elb mit dem offenen Herzen. Endos war solange dies möglich war häufig hierher zurückgekehrt.

Kaum jemand außer ihm hätte es in diesen Zeiten gewagt, jenen heiligen Boden zu betreten, der dem Gehörnten selbst geweiht war, von dem man sogar sagte, der Gehörnte selbst bewohne und pflege diesen heiligen Ort. Und es stimmte wahrhaftig.

Aber im Gegensatz zu vielen anderen Elben, Zauberern und weisen Frauen war das für Endos ein Anlass mehr, sich hier aufzuhalten. War er doch selbst in gewisser Weise ein Sohn des gehörnten Gottes, jenes Wesens, das der Ceridwen zur Seite stand als Wächter der Werte.

Die Zeiten hatten sich dramatisch geändert. Sogar die braven Völker hatten viele ihrer intuitiven Fähigkeiten verloren, besaßen nur noch wenige Schätze, die sie mit dem Wissen um das ewige Sein verbanden. Sie hatten nun Angst vor dem Zorn ihrer Göttin, anstatt sich mit ihr über die kreativen Kräfte zu vereinigen. Wie sollten sie ihre Schöpfung denn achten oder gar an ihr mitwirken? In dieser Hinsicht hatten die dämonischen Mächte des neuen Zeitalters bereits ganze Arbeit geleistet:

Menschen und Zwerge, selbst Gnome, Feen und viele Elben fürchteten die Mutter ebenso wie sie die Mächte der Finsternis fürchteten. Ihre Herzen waren seit langem vergiftet, das Gute in weite Ferne gerückt, die Worte verdreht, die Werte geleugnet, ja sogar durch neue absurde Monotonien ersetzt. Und das war es, was Endos mit tiefer Sorge erfüllte.

Ein Krieg war über die Welt und das gesamte Universum hereingebrochen, dessen Grund weniger in der materiellen Gier lag. Dafür interessierten sich wohl nur noch ein paar Dummköpfe in dem System, das sich Erde nannte.

Der Schrecken, die Grausamkeit, die Heimsuchung hieß Einpferchung der Sinne. Natürlich ging dieser Kampf einher mit jeder denkbaren wie auch unvorstellbaren Art von Gewalt. Und es war bekannt, dass jedwede in Geschichten erdachte Peinigung schnell ihren Paten in den Taten findet. Längst wussten viele von den blutigen Schandtaten. Sollten die selbsternannten Fürsten dieser an Wahnsinn prall gefüllten Brut ihre Machenschaften auch leugnen, sie bewegten sich in einem Kerker tiefsten Abscheus.

Doch all das hatte die Früchte am Yggdrasil, am Baum der Welten nicht in Brand gesetzt. Vielmehr waren es die kleinen täglichen Zerstörungen von Harmonie in den Gemeinschaften und schwindendes Vertrauen, an denen alles krankte.

Endos verstand nicht sehr viel von derlei Dingen, doch gehörte er zu einer Spezies, deren Vorstellung mehr als nur die sichtbare physische Welt umfasst. Seiner Wahrnehmung war keinesfalls entgangen, wie sehr sich die Ausstrahlung vieler Wesen verändert hatte. Kaum eine Aura, die noch gleichmütig rein erstrahlte. Kaum eine Seele, die sich noch gleichförmig wogend an den ihr anvertrauten Körper schmiegte. Kaum eine Schwingung, die in wohl vertrauter Symmetrie in das Sternenmeer hinaus glitt.

Es war, als drückten sich die Wellen des gesamten Universums wie spitze Grate dicht an einander. So nah, dass sie am Ende zu einer geraden Fläche tiefster depressiver Einfalt verwuchsen. Aus dem Runden war das Kantige geworden, aus dem Kantigen das Spitze, aus den Spitzen erwuchs nun das plane Nichts.

Der Elb fühlte diese Schwingungen und sie machten auch ihm Angst und trieben ihn in tiefe Verzweiflung.

Albträume übermannten Endos bisweilen, Albträume von einer farblosen, nackten Welt. Nicht etwa grau oder durchsichtig. Sie war einfach und schlussendlich nur noch ein farbloses, formloses Nichts. Selbst das bunte Reich der Töne wirkte erstarrt und eingefroren. Ein Schweigen hatte sich ausgebreitet, schleichend, kriechend, impertinent. Da bot selbst der Albtraum von einer grausamen Schlacht im Hades der Götter mehr Hoffnungen.

Auge in Auge mit einem Gegner, dessen fauliger Atem einen die Widerwärtigkeit gewahr werden ließ. Kein Elb hätte sich jemals um solche Szenen gerissen, aber er hätte sie als Herausforderung angenommen.

Der Gegner jedoch, dem die Welten nun gegenüberstanden, war weit grausamer und gerissener als alles überhaupt Vorstellbare. Und das mochte am Ende daran liegen, dass die Kreativität höchst selbst ihn heraufbeschworen hatte. Eine der Erkenntnisse, die man den Menschen auf der Schwesterwelt Erde bedauerlicherweise voraushatte.

Die dortigen Bewohner konzentrierten ihre Kreativität vorrangig auf das vermeintliche Wohlergeben der eigenen Person, des eigenen Egos. Sie waren trotz unzähliger Manifestationen ihrer Ideen nicht von jener törichten materiellen Realität abzubringen, was auf seine eigene Weise so absurd wie fatal war, da sich das Gedachte eben auch ohne den ausdrücklichen Willen des Denkenden in Dinge oder Ereignisse formt.

Am Ende führte dies zur Erfüllung von Prophezeiungen nicht wegen der prophetischen Gabe, sondern wegen der nicht geahnten Fähigkeit das Gedachte zu manifestieren. Die eigentliche Gefahr lag in der negativen Einstellung gegenüber allem und jedem.

Und doch glichen sich da die Welten, weil die Angst in allen Sphären über das Glück triumphierend die Zustände veränderte.

‚Zu viele Gedanken für einen Elb', beschloss Endos. Es schüttelte ihn regelrecht. Er versuchte den Fluss dieser Überlegungen zu bremsen. Doch das war nicht so einfach. Schlussendlich würde es bedeuten, dass jemand, der sagen wir, die Welt vor einer Gefahr retten wollte, diese Gefahr selbst erst heraufbeschwor.

Wenn dem so war, würden viele Dinge in ein vollkommen neues Licht gerückt. Später einmal, wenn die Wesen aller Welten diese Entwicklung begriffen hatten, wären sie vielleicht in der Lage den Schaden abzuwenden. Im Moment jedoch sah Endos eine Katastrophe ungeheurem Ausmaßes auf sie alle zukommen.

Für sich selbst hatte er längst erkannt, dass er den Strom seiner Gedanken unbedingt in eine freundlichere Bahn lenken musste, was angesichts der Ereignisse wahrlich nicht einfach war.

Der Tag neigte sich dem Ende entgegen. Im Westen vertropfte eine glühende Sonne ihre leuchtende Kraft über einen klaren, flimmernden Horizont. Der Elb setzte sich unter die Weide am Ufer. Er liebte diesen knorrigen alten Baum, dessen endlose Tentakeln genüsslich im seichten Wasser planschten. Endos träumte sich dahin, saß unter dem Baum und genoss die schillernden Reflektionen des Sonnenuntergangs auf dem See.

Von der gegenüberliegenden Steilwand fielen tiefe Schatten in das klare grünlich schimmernde Wasser. Der Wind hatte sich gelegt. Das Land war in tiefes Schweigen versunken und mit ihm der Elb. Seine leicht geöffneten Augen verschwammen in der unendlichen Schönheit des Gewässers. Eine Libelle kreiste wenige Zentimeter über der Oberfläche, dicht am von Schilf gesäumten Westufer. Ein Kauz griff bereits nach der Nacht. Die gespannten Ohren des Elbs lauschten dem tonlosen Knistern einer angespannten Atmosphäre. Der Duft frischer Gräser betörte seine Sinne.

Und doch – Endos nahm all dies nicht wirklich wahr. Er war bereit, sich für den Wimpernschlag einer Vision von seinem Körper zu trennen, dahin zu gleiten in eine andere unbekannte Dimension.

Es war nicht Zauberei, nicht Hexenwahn. Es war einfach der Wille des Geistes sich zu beschäftigen, während der Körper im Schlaf regeneriert, in dem er die Muskeln entspannt, das Herz sich für einen Moment von den vielen Lasten löst.

Der Geist jedoch kann nicht schlafen. Er lenkt sich ab, trainiert, der Langeweile zu entgehen. Er benötigt keine Erholung, sortiert die Fassetten des Erlebten in Schubladen oder ergeht sich in trügerischen Elegien. Der Geist beginnt in der Erinnerung zu kramen, zieht hier einen Zettel hervor, schiebt dort ein Trauma beiseite, sieht nach, ob der Körper nicht langsam wieder unter die Kontrolle eines Wachzustandes zu bringen ist, neckt und weckt ihn. Häufig ohne sonderlichen Erfolg. Das Herz rast für einen Moment oder die Augen springen auf. Aber bevor der Körper sich nicht selbst entschieden hat, die Entspannung zu beenden, nutzt dies alles nichts. So geht der Geist ein wenig auf die Reise.

Einst hatten viele Wesen, vor allem Bäume, Menschen und Elben dieses Gespür besessen, aus dem Körper zu gleiten, sich in der fernen Unendlichkeit des Raumes mit den ungeahnten Kräften des Universums zu vereinigen, von ihnen zu lernen, sie zu nutzen, wie sie selbst dankbar von den Kräften genutzt wurden. Doch der Krieg hatte viele diese Verbundenheit vergessen lassen. Und so war derzeit kaum noch jemand in der Lage im Geiste zu reisen.

Mit dieser Stasis war auch die Energie verloren gegangen, der einst vor allem das mystisch machtvoll weise Gemüt der Elben entstammte. Den wenigen jedoch, die diese uralte Verbindung noch erlernt hatten und die Muße besaßen sie zu pflegen, sagte man nach, sie verfügten über den Glanz der Aura. Man schrieb ihnen übernatürliche Kräfte zu, erhob sie beinahe in die Sphäre der Fabelähnlichen Wesen, machte sie zu Wissenden, aber auch zu

Dämonen, die imstande waren, alles und jeden durch die Willkür ihrer Agonie zu vernichten.

Mühelos glitt Endos aus seinem Körper, schwebte in die alte Weide hinein, umgarnte sie mit den endlosen Fängen seiner Seele. Er liebkoste sie, kraulte die sensiblen Nerven des alten, müden Stammes, verschmolz mit ihr zu einem Knoten aus Erfahrungen, Wünschen und Gedanken. Jeder weiß, dass Bäume etwas langsamer, gemächlicher, vielleicht auch einfach nur bedächtiger sind als beispielsweise der übersprudelnde Geist oder die Seele eines Elben. Es braucht eine geraume Zeit, sich dieser Langsamkeit anzupassen. Andererseits findet diese astrale Unterhaltung, wie manche es zu nennen pflegen, außerhalb unseres Zeit-Raum-Gefüges statt. Mag ein solcher Austausch auch einmal nach unserem Gefühl zwei oder drei Tage dauern, in der raumlosen Zeit spielt die Dauer keine große Rolle. Man führt Körper, Geist und Seele wieder zusammen und stellt fest, es sind gerade ein paar Minuten vergangen, vielleicht ein Stündchen oder etwas mehr (von dem man aber vermutlich die Hälfte schlicht verschlafen hat).

Vorsicht! – Dies gilt für das astrale Reisen, nicht aber für Unternehmungen in der Feenwelt. Dort, so heißt es, vergehe eine Stunde als ein Tag. Also eine Stunde in der Feenwelt entspricht möglicherweise einem Tag in einer der anderen Welten. So sind vor allem neugierige Menschen durchaus schon mal ein Jahr oder länger unterwegs gewesen, in dem Glauben, es habe sich gerade um ein oder zwei Wochen gehandelt. Am Unterberg ist sogar die Rede von einer Brautgesellschaft, die erst nach einhundert Jahren wieder zurückgekehrt sei.

Eine Weile waren Endos und die alte Weide tief ineinander verwoben und hatten liebenswerte Geschichten und Freundlichkeiten ausgetauscht. Endos hatte Bilder über jene

Geschehnisse passieren lassen, die allenthalben unwiderrufbar ihren Lauf nehmen sollten. Auch wenn die alte Weide sich bemühte, besänftigende Gedanken zu finden, so wusste der Elb doch, dass sie die Zeichen am Firmament ebenso beunruhigten wie ihn. Die langen dünnen Äste mit ihrer Unzahl Lanzettförmiger Blätter erschauerten bei der Vorstellung einer versinkenden Welt.

Tief in ihrem Innern hatte die Weide beschlossen, im kommenden Winter, wenn das Gehölz ruhte, eine Reise zu jenen Verwandten zu unternehmen, die in fernen Welten den kindlichen Trieben von Riesen und Asen trotzten. Vor viel zu langer Zeit, und wenn ein Baum über eine solche Zeitspanne grübelt, meint er eine für uns undenkbare Ewigkeit, hatten sich Weiden und Eichen, Buchen und Eschen sowie einige Birkenwesen einmal getroffen. Nicht, dass jemals ein Baum seines Schicksals der festen Verwurzelung Leid geworden wäre.

Die Gedanken der Weide glitten zu den Zwergen vom Volke Nanwicks, aus dem Vehrengebirge, deren Wirken damals von wenig Glück und Zufriedenheit gekrönt gewesen war. Die Fundstätten ihrer Höhlenarbeit waren versiegt. Die Familien hatten Elend und Hunger gelitten. In nur wenigen Generationen war das Land der Verwüstung anheimgefallen, Bollwerke gegen die dunklen Kreaturen aus den Tiefen finsterer Unwelten waren heraufgestiegen, hatten einen ersten Kampf begonnen, dessen Ende unabdingbar mit dem völligen Verlust von Ehre und Freiheit, von Familie und Eigentum einhergehen musste.

Die Herren der prunkvollen Höhlenreiche waren vollkommen hilflos gewesen. Sie hatten den Mut verloren und mit ihm die Kraft ihre mächtigen Äxte zu schwingen. Um Freunde oder Verbündete hatten sie sich nie bemüht. Zwergenvölker schätzen in der Regel keine Freundschaft zu anderen Kulturen. Gerade einmal, dass ein Clan den anderen duldet, wenn eine Nachbarschaft sich als unvermeidbar erweist. Ein armseliges und gleichwohl so unnötiges

Schicksal hatte sie geschlagen, dass selbst die Waldwesen sich es nicht hatten mit ansehen wollen.

So hatte der Rat der Waldwesen damals seinen Entschluss gefasst. Sie alle waren gewillt gewesen den Herren von Eisen und Edelstein jede denkbare Unterstützung zu bieten. Und wer die Waldwesen für eine unbewegliche, hilflose Kriegsschar hält, wer denkt, dass es sich hier um eine lächerliche Armee von verwurzelten Baumstrünken handele, der besitzt eine wahrhaft geringe Vorstellung von den Dingen, wie sie wirklich sind.

,Aber warum langweile ich Dich mit all den alten Geschichten «, sinnierte die Weide, »das geschah zu Zeiten, die selbst ich nur aus Legenden kenne. Es ist lange vorbei. Lange vorbei. '

Die alte Weide hatte sich große Mühe gegeben Endos von ihrer tatsächlichen Schwermut abzulenken. Doch ihr fehlte plötzlich die Kraft. Sie schluchzte beinahe unmerklich. Das weiche, helle Harz trat aus den Poren und Rissen der Rinde, verriet ihren tiefen Schmerz. Die Weide verstand sicher nicht sehr viel von den Dingen, die sich in der Welt zutrugen, doch sie spürte die bevorstehende Trennung von dem Elben.

Endos schreckte hoch. Eine grausame Erkenntnis hatte seine Sinne zurückerobert. Natürlich war er bei weitem zu jung, um sich Gedanken über seinen Lebensabend an einem Ort wie diesem in Ruhe und Frieden zu machen; dennoch sehnte er sich danach. Er würde seine letzten Jahre hier am See des Gehörnten verbringen. Eine einfache Hütte hatte er sich erträumt, nur einige Fuß vom See entfernt, auf einem kleinen Plateau in der Nähe der Weide. Eine Wiese für sein Pferd, vielleicht und ein paar Ziegen und eine Kuh. Zwei oder drei Äcker für ein wenig Getreide und eine Plantage mit knorrigen Bäumen von saftigem Obst. Dazu noch eine kleine Familie und das Glück wäre perfekt gewesen. Auf diese Weise hätte er sein Leben gerne beschlossen.

Aber seit Jahren wusste er bereits von ganz anderen Plänen, die das Schicksal für ihn geknüpft hatte. Darin waren weder eine Familie noch eine Obstwiese vorgesehen.

»Es ist soweit!«, flüsterte er in einem Tonfall, der alles andere als souverän klang.

»Ja!«, antwortete die Weide bedächtig. »nun trennen sich wohl unsere Wege – wenn ich überhaupt von einem Weg sprechen kann – ha, ha, ha!«

Es war der Versuch eines Scherzes, der ihr selbst im Stamme stecken blieb.

»Dann ist es also nun beschlossen!«, dachte Endos laut.

Diese Begegnung würde sich also niemals mehr wiederholen. Es war ein Abschied! All das würde er nicht wiedersehen. Die Weide. Den Sehnsuchtsee. Den Sonnenuntergang. Nie wieder würde er an diesen Ort zurückkehren. Er würde aufbrechen zu einer Reise, von der es keine Wiederkehr gab. Doch das war noch nicht alles. Der Erfolg dieser Reise sollte das Schicksal zu vieler Wesen in zu vielen Welten bestimmen. Noch konnten die Mächte gebannt werden, die aufbegehrten, dieses Land und nach ihm all die fernen Länder mit ihren wundervollen Kulturen und Kreaturen in einem endlosen grausamen Kampf niederzuzwingen.

Ein Elbenkrieger, dessen Berufung, sein eigener Untergang, eine vor langer Zeit beschlossene Fügung war, nur um ein wenig die eine oder andere Welt zu retten. Das klang ziemlich töricht. Warum konnte er nicht einfach nur ein friedlicher Hochelb sein, der sich nicht scherte um die großen Ereignisse des Universums, nein der besser noch gar nichts ahnte von den Machenschaften der dunklen Mächte.

Während er in räudigem Selbstmitleid zerfloss, zeigte ihm die Weide ein weiteres Bild aus seinem eigenen Herzen. Es war das Bild von einer wunderschönen jungen Frau. Er sah sie deutlich vor sich. Wie ein Spiegel schimmerte ihr Antlitz im See und zerrte an den Festen seiner Seele. Sie besaß ein fremdländisches Aussehen, lange, gelockte blonde Haare, schien nicht sehr groß, ähnelte ein wenig den weisen Frauen aus der Feenwelt. Allerdings verblüffte ihn die Kleidung der jungen Frau. Sie trug einen Überwurf, dazu ein eigenwillig geformtes Oberteil und Schuhe, die über dem Fuß geschnürt waren. Der Zustand ihrer Garderobe ließ auf einen Kampf oder wenigstens eine lange Wanderung schließen. Endos sah sie unter der alten Weide sitzen, eben an jenem Platz, wo er selbst sich gerade noch saß. Die junge Frau schien vollkommen verzweifelt. Tränen überströmt und zitternd kauerte sie am Stamm des knorrigen Baumriesen. Wie der Elb selbst schien sie diesen Ort zu lieben und hatte ihn vermutlich aufgesucht, um ein wenig Trost zu finden.

Endos wusste nicht, wer diese junge Frau war. Er spürte jedoch, dass sie in den kommenden Ereignissen, eine Rolle zu spielen hatte. Und er fühlte, dass er unsterblich in sie verliebt war. Er würde ihr begegnen. Er würde sich nach ihr sehnen. Das erfüllte ihn schon jetzt mit tiefer Trauer.

Dunkelheit
sie glitten durch die Dunkelheit
sie fanden einen Ort
dort waren sie sich nah
die Menschenfrau – der Elb
ihre Sinne trafen sich in Liebe
in der Dunkelheit
grenzenlos verliebt
doch Liebe war ihr Fluch
die Weide warnt
der Elb stirbt
sie muss zurück in ihre Welt
Die Trauer nährt
der Trennung Harm
die Liebe
stärker als das Sein

In einem Anflug zerrissener Traurigkeit umfasste er die Weide. In diesem Augenblick hasste er seine Fähigkeit des Sehens. Doch Endos war ein Krieger. Schnell fing er sich wieder und nahm der Weide das Versprechen ab, sich der jungen Frau anzunehmen, wenn die Zeit den Blick ins Diesseits rückte.

Endos Geist glitt zurück in seinen Körper. Er kehrte aus der Trance zurück. Es war bereits Dunkel. Bilder jagten durch seinen Kopf. Ihn fror. Die Nacht war kühl. Ein blasser, runder Mond stand schweigend blass am Firmament.

Als Endos erwachte blinzelten die ersten zarten Sonnenstrahlen von Ferne über den Horizont. Ein Hauch von Morgennebel waberte über dem noch tief schlummernden See. Dort wo die Sonnenstrahlen das frische Nass berührten, ergoss sich ein Schimmer von Bernstein über den flachen Grund. Lautlos glitt ein Geschwader Libellen auf der Suche nach einem opulenten Frühstücksmahl über die Wasseroberfläche.

Die gefiederten Äste der Weide hingen entspannt herab. Kein Lüftchen, das sie hätte in Wallung bringen können. Auf dem Gras und in den Büschen spielte der Tau mit den symmetrischen Netzen der Spinnen. Alles in allem ein wahrhaft vollendeter Morgen. Nur die Rufe einiger Vögel mahnten zur Wachsamkeit.

Es dauerte eine Weile bis Endos völlig zur Besinnung gekommen war und eine zweite bis dritte Weile bis er die Orientierung wiedergefunden hatte.

Für einen Augenblick hoffte er, dass es sich bei den Erlebnissen der letzten Nacht nur um eine schlechte Träume gehandelt habe. Dann lachte er über seine Naivität. Nur zu gut wusste er um seine Fähigkeiten, die schon häufig sehr hilfreich gewesen waren, ihm jedoch diesmal quälend auf den Schultern lasteten.

Sein Blick glitt über den Sehnsuchtsee. Der Morgendunst hatte einen Schleier über das Wasser und die gegenüberliegenden Felsen gelegt. Die satten Farben des Waldes begannen sich aus dem nächtlichen Schwarz herauszuschälen. Eine leichte Brise trug das ferne Röhren eines mächtigen Hirsches herüber. Ansonsten herrschte eine eher bedrückende Stille.

Endos zog seine Kleider aus und sprang in die kühlen Fluten des Sees. Mit kräftigen Zügen schwamm er ans andere Ufer hinüber, ruhte dort einen Moment aus um bald wieder den Rückweg anzutreten.

Er mochte etwa die Hälfte Rückweges hinter sich gebracht, als er eine Gestalt am Ufer erspähte, die sich an seinen Sachen zu schaffen machte. Endos verharrte in der Bewegung.

Sollten die Truppen Margons, des finsteren Herrschers, bereits soweit vorgedrungen sein? Sollten sie es gewagt haben, den heiligen Wald zu betreten, ihn durch ihre Anwesenheit zu entehren? Tausend Gedanken rasten Endos durch den Kopf. Lautlos glitt er durchs Wasser, hielt dabei die seltsame Gestalt ständig im Blick.

Im Morgendunst konnte er sie nicht wirklich gut erkennen. Jedoch nahm er ein eigentümliches Gefühl wahr, ganz anders als erwartet. Es vermittelte ihm nicht Kampf und Hass, vielmehr so etwas wie Wärme und Freundschaft. Jemand wühlte in seinen Kleidern; doch es handelte sich offensichtlich nicht um einen Feind. Aber wer sonst würde es wagen...

Endos war verwirrt. Die Gestalt war ihm sonderbar vertraut. Er verspürte einen Drang ihr zu begegnen, sie freudig zu begrüßen. Gleichsam war die Unruhe in ihm stark und mahnte zur Vorsicht.

Lautlos glitt der Elb durch das Wasser. Als er endlich das Ufer erreichte, war niemand mehr zu sehen. Endos zog schnell seine Sachen über, nahm sein Schwert und rannte in Richtung des Waldes, aus der die Gestalt gekommen war. Obgleich er ein geübter Krieger und Fährtenleser war, konnte Endos keinerlei Spuren entdecken.

Hatte er sich die Figur im schattigen Zwielicht des Morgens nur eingebildet?

Nein! Vorsichtig pirschte er zurück zum Lager und suchte dort noch einmal nach Spuren. Doch er entdeckte nichts. Nichts außer ...

Der Elb stutzte. Das weiche feuchte Gras war nur an einer Stelle gleichmäßig ausgetreten. Es musste sich um die Fährte eines riesigen Hirschs handeln. Niemals hatte er bei der Weide derartige Spuren wahrgenommen. Nachdenklich betrachtete er Form und Art der Abdrücke. Es musste sich um ein hünenhaftes Tier handeln, viel gewaltiger als jedes, dem Endos jemals begegnet war. Und es war nur ein Abdruck von zwei Hufen. Keine Fährte, nur dieser eine Abdruck. Was hatte das zu bedeuten?

Das Schwert kampfbereit in der Hand, suchte Endos die Umgebung mit den Augen ab. Kein Laut, keine Bewegung. Selbst die Weide hielt den Atem an. Absolut nichts rührte sich. Und trotzdem – er war sicher, dass er jemanden wahrgenommen hatte. Ein Wesen von unvorstellbarer Größe...

Plötzlich fühlte er, wie das Schwert in seiner Hand zu glühen begann. Er nahm die Klinge hoch und betrachtete sie erstaunt. Eben, in der Hektik, hatte er sie einfach aufgehoben und gar nicht bemerkt, dass es sich nicht um seine eigene Waffe handelte.

Dieses Schwert war von edler Herkunft. Der Griff, gewunden aus feinstem Zwergensilber, besetzt mit wohl geschliffenen kostbaren Steinen, schmiegte es sich in seine Hand, als sei es speziell für den Elb angefertigt. Das Gewichtsverhältnis vom Griff zur Klinge war perfekt austariert. Im Schaft fanden sich die alten Runensymbole des Gehörnten ᛣᛈᛗᛏᛞᛁᚾᚾᛉ. Aber auch jene der Ceridwen. Endos hatte schon einmal solche Zeichen gesehen und berühren dürfen, bei einer Zeremonie der weisen Frauen von Wanvarar.

Wie lange lag das nun schon zurück? Wenn er die Gravur der Runen richtig deutete, so trug dieses kostbare Schwert den stolzen Namen Gweldalår.

Langsam dämmerte ihm, was geschehen war.

Respektvoll hockte sich Endos nach der alten Sitte der Ahnen nieder. Ein Knie am Boden, das andere aufgestellt, drückte er die Spitze der Klinge sachte in den Boden. Dann schloss er fest die Augen und wiederholte dreimal den Namen des Schwertes: ‚Gweldalår', ‚Gweldalår', ‚Gweldalår'!

Ein kühler Schauer lief durch seine Glieder. Ceridwen selbst schien ihm zu antworten. Ein Geruch aus Erde und Lavendelblüte zog dem Elb in die Nase.

Die Klinge Gweldalårs schimmerte rötlich auf, als sei sie in unmittelbarem Kontakt mit dem glühenden Elixier der Erde.

Für einen Moment vernahm er die Stimme Ceridwens. Sie sprach zu ihm. In den Worten einer uralten universellen Sprache, deren Sinn er mehr ahnen als deuten konnte, offenbarte sie ihm in nur wenigen Augenblicken die gesamte Geschichte vom Wesen des Weltenbaumes.

*

»Alles war eins im Anbeginn der Zeit. Alle Wesen waren vereint. Alles schwang in Liebe und Licht, Wärme und Zuneigung, Freude und Glückseligkeit.

In diesem ersten Sein gab es keine Zwietracht; denn es existierten noch keine Gegensätze. Selbst die Vorstellung von festen Körpern war noch nicht geboren. Und sogar die Gedanken und Vorstellungen an sich entbehrten noch jeder Existenz. Alles glitt in gleichmäßiger, ruhiger, sanfter Schwingung dahin, breitete sich über das noch schlummernde Universum in alle Richtungen gleichförmig aus wie eine Welle in einem See.

Da dem Universum kein Ende gegeben war, entschwanden die Schwingungen in Hoffnungsreiche Fernen.

Einige Schwingungen waren über das Zeitalter derart weit entrückt, dass sie sich kaum noch an den Ursprung erinnern konnten. Einsam glitten sie in einem zeitlosen Raum hinein, in eine

Dunkelheit die tausend Sonnen nicht würden erhellen können. Dort, in den tiefsten Tiefen der Galaxie entwickelten sie die allerersten Gefühle von Sehnsucht für ihren Ursprung.

Diese Gefühle erwuchsen zu ersten Erinnerungen. Die Erinnerungen wiederum begannen sich zaghafte zu ersten Gedanken zu formen. Einem Hauch aus Träumen von einem heiligen, heimeligen Schoß, dem ALL-Einen waren sie entsprungen.

Während diese zarten Schwingungen weiter und weiter hinaus glitten, schwächer wurden und sich in der feinen fernen Unendlichkeit aufzulösen drohten, entsandten sie Signale zurück an den Ursprung. Sie waren sich dieser ersten Handlung ganz sicher nicht bewusst. Und schlimmer noch:

Sie bekamen keine Antwort. Also entsandten sie immer neue Wellen von Gedanken in alle erdenklichen Richtungen. Doch der heimelige Schoß schien ihnen für immer verwehrt. Unerreichbar an dem am weitesten entfernten Ort in jenem ach so jungen Universum.

So begann die Vorstellung von einer Heimat erst als ein Gedanke der Sehnsucht, später als ein Symbol und schließlich als eine manifeste Erscheinung zu entstehen.

Gedanken jedoch verbreiten sich häufig sehr schnell. Es entstand in unmittelbarer Folge eine Vielzahl unterschiedlichster Heimatwelten. Einige formten sich im stofflichen Bereich wie das Planetensystem mit der Erde oder der Yggdrasil mit seinen – Äpfeln gleichenden – Welten. Andere wuchsen auf einer rein metaphysischen Ebene feinstofflich zu herrlichen Lichtgebilden heran. «

Endos spürte, wie es die Ceridwen bei diesem Gedanken schüttelte. Sie sprach es freilich nicht aus, aber er fühlte, wie sehr sie sich nach dieser feinen unbeschwerten Zeit sehnte. Ihr Atem ging langsam und schwer. Dem Elb war, als hockte er geradewegs auf ihren kräftigen Lungen.

»Zunächst gingen alle Gedanken ihrer wohl geschwungenen Wege! «, fuhr sie schweren Atems fort, »doch es geschah, was geschehen musste.

Während sich die einen Vorstellungen freudig begrüßten und miteinander vereinigten um einen gemeinsamen Weg in eine fremdartig faszinierende Zukunft anzutreten, pflegten andere ihre ureigene Entwicklung und in deren Folge eine vollkommen eigenständige Lebensweise. Eine Vereinigung schien diesen undenkbar, sogar unerträglich.

In dem Gedanken jener universellen Einzigartigkeit begannen sie sich von dem All-Einen, aus dem sie einst gekommen waren vollends zu lösen.

Jede Schwingung, die ihnen wohlgesinnt entgegenstrebte, absorbierten sie, verformten sie, ertränkten sie.

Während das All-Eine eifrig weitere Seelenhafte Schwingungen aus seinem Schoße entließ, entbrannte in weit entfernten Regionen bereits ein erbitterter erster Kampf. «

Endos spürte die Schwermut im Geiste der Ceridwen. So hatte es seinen Anfang genommen in den Äonen der Zeit. Er zog Gweldalår aus dem Boden und strich die Klinge sauber.

Seine Gedanken verweilten noch lange bei den Worten, die für ihn wie Bilder in seinem Kopf waberten.

So klar hatte er noch niemals vom Werden des Ursprungs erfahren.

Mythen und Legenden berichteten von der Entstehung der Welten. In manchen Welten sangen die Barden von den Anfängen der Welten, in anderen erzählten die Alten seltsame Geschichten von ersten Riesen oder einer Urkuh.

Doch die Worte der Ceridwen trafen ihn tief. Der Elb setzte sich, den Rücken an die alte Weide geschmiegt. Regungslos verharrte er dort eine kleine Ewigkeit.

Mutter Erde

sonderbare Gefühle gleiten durch die Luft
wo alles noch rein, noch leicht ist
vom strahlenden Glanz der Sonne erfüllt

Regenbogen malen fantastische Bilder
und der Mond wandert mit den Sternen
über das Firmament

anmutig und prachtvoll wachsen
glücklich geborene Blumen
Bäume stehen schweigend
schießen empor

Vögel erzählen den Bienen
von der Vergangenheit

Wasser flutet den Nebel
während die Nixe
ihr Haar
auf dem Felsen kämmt

Kitze springen freudig durch die Täler
der Adler segelt erhaben
unter den Schwingen
des Seins

eines Tages jedoch
änderte der Mond seine Bahn

es begann das Zeitalter der Wut
Alle Wesen waren erfüllt
von Furcht um ihr Land

als Margon seine Armeen ausschickte
Furcht und Hass zu säen
kamen die Schergen
das Zwergenvolk zu tilgen
nichts sollte mehr leben
außer die Dunkelheit

Mutter Erde
führe sie zurück
in das Licht!

Der prachtvolle Sonnenuntergang fand keine Anerkennung in der Berührung seiner Sinne an diesem Abend. Endos bemerkte nicht einmal, dass sich die Dunkelheit bereits wieder über die Welt ausgebreitet hatte.

Er beneidete die Weide nicht, deren Wurzeln fest im Erdreich verankert waren. Dort pflegte der alte Baum den unmittelbaren Kontakt mit der Mutter Ceridwen, deren Träume so schwermütig, so verzweifelt waren in dieser Zeit.

Mit der Dunkelheit flogen Endos Gedanken wieder dem Gehörnten zu. Er selbst, das stand außer Frage, hatte dem Elben das Schwert Gweldalår gegeben, es vermutlich sogar für ihn geschmiedet. Ein Schauer lief dem Elb durch die Glieder. Die Vision, das Schwert.

Niemals hatte sich der Gehörnte in die Streitigkeiten der Völker eingemischt, schon gar nicht in irdene. Sein Bestreben war es immer gewesen, Liebe in den Herzen zu säen, alle Wesen mit Verständnis für einander zu segnen.

Zum ersten Mal, seit die Elben Legenden erzählen, griff er nun offenbar persönlich in einen Kampf ein. Endos erstarrte. Mehr als jemals zuvor wurde ihm der Ernst der Lage bewusst.

Der Krieg, den Margon entfacht hatte, war kein Krieg um Territorien, um Vorherrschaft, um Macht. Es war der Kampf der dämonischen Mächte um die Beherrschung des Weltenkreises und vielleicht mehr noch – der Gestirne. Ein Krieg von unvorstellbarem Ausmaß.

Endos fasste sich wieder. Er hielt Gweldalår fest in der Hand und spürte: Nicht er würde das Schwert beherrschen. Gweldalår hatte seine eigenen Regeln und würde ihn führen und beschützen. Es war neu geschaffen für diesen einen einzigen Kampf.

Noch in Gedanken versunken, hörte er das mächtige Röhren des Hirsches in der Ferne. Es ließ ihn erschauern. Die Silhouette des mächtigen Tieres verschmolz mit den Sternen am Horizont.

Nachdem sich Endos von dem unglaublichen Anblick gelöst hatte, schritt er die Umgebung ab. Es war nur eine Ahnung; aber sie trog nicht. Tatsächlich!

Im Gras fand er eine fein gewebte Schwertscheide. In aller Ehrfurcht vor dem Gehörnten kniete er nieder, steckte das Schwert in die Scheide und neigte sein Haupt dem tiefblauen Himmel entgegen. Dann hielt er den diamantbesetzten Knauf an die Stirn.

Vor seinem inneren Auge erschienen Bilder aus einer längst vergangenen Zeit. Es waren fremde Bilder. Verwirrend. Als seien die Bilder selbst einer uralten ausgestorbenen Sprache entliehen. Endos erkannte ein riesenhaftes, beeindruckendes Wesen, das sich mit Vertretern verschiedener Völker traf. Konnte es sich um den Gehörnten selbst handeln? War dies sein ursprüngliches Aussehen gewesen, bevor er sich vor den jungen Wilden der Welt in den heiligen Hain hatte flüchten müssen? Die alte und doch ewig junge Frau neben dem Gehörnte war Ceridwen. Da gab es keinen Zweifel.

Doch wer waren die anderen? Bei einem von ihnen konnte es sich um einen Elb oder einen Alben handeln, grübelte Endos. Dann war da noch ein kräftiger, kleiner Mann mit langem Bart und einer Axt im Gürtel. Sicher ein Zwerg. Eine hünenhafte Frau. Im Antlitz so schön, dass es Endos ins Herz stach.

Er überlegte. Was für ein Rätsel? Gehörte sie zu jenem Volk, aus dessen Künsten BiFröst erstanden war? Die Urahnin aller Asen und Vanen vielleicht?

Endos wusste zu wenig über diese Göttergleichen Geschlechter. Vanen und Asen, Jötunheim, Niefelheim und Asengard. Das war eine sehr komplizierte Geschichte, die in der Vergangenheit der Elben eine geringe Rolle spielte.

Sein alter Lehrer Kendavar hatte einige Legenden zum Besten gegeben. Doch Endos hatte sie lediglich brav angehört, sich jedoch nie wirklich damit auseinandergesetzt. Was für ein grandioser Fehler.

Neben der Vanin oder Asin stand eine der Hünin gegenüber kleinere und dennoch sehr stattliche Frau: Mirhanëa!

Endos erkannte sie sofort an ihrer Haltung, ihrem Ehrfurcht fordernden Ausdruck. Das also war die Herrin des Feenlandes. Auch wenn es sich nur um eine Vision handelte – Endos verneigte sich in Hochachtung vor der Fee. Zwei weitere Frauen gehörten der Runde an. Eine war Werdandi, die jüngere Norne. Aber um wen handelte es sich bei der anderen Frau? Dem Elb stockte der Atem. Ihm schien, als wäre es dieselbe junge Frau, deren Bild ihm die Weide gezeigt hatte.

Das konnte nicht sein. Was er da sah, musste sich vor tausende von Jahren abgespielt haben. Das Mädchen am See, die Weide hatte ihm doch gerade erst einen Blick in die Zukunft gewährt.

Und dann war da noch der eine, dessen Gesicht er nicht erkennen konnte. Etwas an ihm verursachte in Endos unangenehme Gefühle.

Sein Blick blieb auf diese Person gebannt. Endos fixierte den Fremden genauer. Mit hohem Hut und einem langen, dunkelblauen Gewand, auf dem die Sterne glänzten, musste es sich um einen Zauberer handeln. Kendavar? Aber warum sollte dessen Anblick in dem Elb eine solch seltsame Furcht auslösen?

»Meister, bist Du es? «, rief er. Es war ihm in diesem Augenblick unmöglich Vision und Realität zu trennen. Der vermeintliche Lehrer drehte sich kurz suchend um, als habe er eine Stimme in der Dunkelheit vernommen. Endos erschauerte. Dieser Zauberer glich seinem Mentor wie ein Bruder oder Vater. Doch etwas ließ den Elben zurückfahren. Sollte jener fremde und doch so vertraute Magier für die einsetzende Finsternis verantwortlich sein?

Das Bild verschwamm. Endos verstand wohl, dass der Gehörnte, diese Wesen vor endlos langer Zeit getroffen hatte. Er hatte jedem von ihnen ein Geschenk überreicht, mit dessen Hilfe sie ihre Welten lenken konnten oder sollten. Doch einer von ihnen würde dieses Geschenk missbrauchen. Endos fühlte plötzlich den Kalten Tod nach sich greifen. Sein Herz erfror.

Es war höchste Zeit aufzubrechen. Der Elb schnallte das Schwert um die Hüfte. Mit einem letzten Blick verabschiedete er sich von der alten Weide und vom Sehnsuchtsee in dem Bewusstsein, diesen Ort niemals wiederzusehen.

*

Drei Tage und Nächte hatte Endos, der Elb, der Magier und Krieger am Sehnsuchtsee verbracht, hatte meditiert, von Dingen erfahren, die waren und von solchen, die geschehen würden.

Er konnte es sich nicht erklären, doch er war sich seines Weges jetzt völlig sicher. Er wusste wie kein anderer, wie schlecht es um das Schicksal seines Volkes bestellt war. Und er wusste um seine Rolle in diesem Kampf.

Ein schwaches Licht von Hoffnung flackerte auf in seinem Herzen. Es war der Gedanke an Kendavar, seinen Mentor. Er musste den alten Zauberer finden. Und er musste den alten Zausel überzeugen, sich in den Kampf einzumischen, was trotz der grausamen Übergriffe Margons bislang niemandem gelungen war. Wie viele Zauberer hatte auch Kendavar sich seinerzeit tief in seine eigene kleine Welt zurückgezogen, die Konfrontation gemieden, sich weder für die eine noch die andere Seite begeistern lassen.

Der Grund war ein uraltes Orakel. Es hatte mit dem Wechsel in das neue Zeitalter den Niedergang der alten Verhältnisse prophezeit. Dort würde kein Platz mehr sein für Legenden und Magie, also auch nicht für alte Zauberer. So war es vorausgesagt.

Leider kannte niemand mehr den ursprünglichen Wortlaut der Weissagung, wodurch mannigfaltige Fehldeutungen die Runde machten.

Viele Druiden hatten sich nach langwierigen Verhandlungen dazu durchgerungen, die Aussage als das Sterben der alten Kulturen zu deuten. Der bevorstehende Wechsel lag in den Händen neuer, vollkommen unbekannter Kräfte. Es würde töricht und dumm sein dagegen aufzubegehren. Niemand würde die Flut des neuen Seins aufhalten oder auch nur im Ansatz beeinflussen können. Jede Gegenwehr, jeder Versuch, das Alte festzuhalten, hätte nur noch mehr Unheil über die Welten gebracht, noch mehr Irdenes zerstört, den Gang der Gestirne jedoch nicht von ihren Absichten weggelockt.

Seit diesem Entschluss der Druiden hatten sich die meisten Zauberer in jene unglückselige Eremitage ihres verdammungswürdigen Wissens zurückgezogen.

Einige freilich hatten ihre große Chance gewittert und agierten nun im Namen jener neuen Mächte (jedenfalls behaupteten sie das). Einer unter ihnen war Margon. Einst einer der klügsten Magier im weisen Rat; jetzt der mächtigste und teuflischste aller Druiden des Erdkreises.

Nein! Nicht die Gestirne versetzten das Land in Angst und Schrecken. Auch hatte niemand Angst und Schrecken als Vorboten des neuen Zeitalters vorhergesagt. Dies war vorrangig der Verdienst dieses Margon. Er war es, der den erbarmungslosen Vernichtungsfeldzug gegen die alten Mächte begonnen hatte, der skrupellos ganze Zwergenvölker niederstreckte, offensichtlich nur um deren alter Magie habhaft zu werden, der Menschen, Elben, Tiere knechtete und selbst den drohenden Zeichen der universalen Kräfte trotzte. Er hatte diese bestialische Seuche, den kalten Tod, über die Elbenvölker gebracht. Ihm hatten sie all dieses Elend zu verdanken. Und sie begriffen nicht einmal den Grund dafür.

Kendavar und Margon hatten sich einst sehr nahegestanden, all ihr Wissen geteilt oder gemeinsam entwickelt. Selbst noch zu der Zeit, als Endos in die Dienste Kendavars getreten war, hatte diese alte Verbindung der Zauberer bestanden. Daher war sein Lehrmeister wirklich die einzige verbliebene Hoffnung. Er kannte den Gegenspieler besser als jedes andere Wesen auf allen Welten. Er kannte jeden Zauberspruch, jeden geheimen Trank, jede Verdammung. Kendavar musste helfen.

Endos blieb nicht viel Zeit den Lehrer zu finden. Er fühlte die Kälte bereits in seinen Körper kriechen. Und er fühlte auch, dass dies der letzte Dienst war, den er seinem Volk leisten konnte. Er musste Kendavar finden und überzeugen, den Kampf aufzunehmen.

Im Übrigen stand nicht nur der Fortbestand seines eigenen Volkes auf dem Spiel. Auch die Zwergenvölker Nanwicks litten unter der Knute des finsteren Herrschers. Waren die Elben erst einmal vernichtet, so würde Margon die letzten im Exil lebenden Zwerge bis in den Abgrund der Hölle treiben.

Doch was würde dann in den Weiten des Universums geschehen? Niemand begriff, was Margon wirklich erreichen wollte. Er hatte viele Kreaturen unterjocht, hatte sie zu Söldnern und zu Sklaven gemacht. Doch die Völker der Elben, Feen und

Zwerge und vielleicht auch die der Menschen wollte er einfach nur vernichten, auslöschen, getrieben von einem unbändigen Hass.

Der Elb hatte wieder diese seltsame Vision vor Augen.

Was konnte der Gehörnte diesen Wesen bei dem Treffen nur gegeben haben? Eben jene Völker, deren Vertreter Endos gesehen hatte, waren es, die Margon vernichten wollte.

Sie mussten etwas besitzen, das er ihnen nicht abjagen konnte, etwas das ihm Angst einflößte, etwas das seiner Macht trotzte. Aber was, um alles in den Welten, konnte das sein? Was verband Zwerge mit Feen, Elben mit Menschen, Nornen mit Zauberern? Nicht zu vergessen die Wesen aus Asengard, die allerdings einem viel früheren Krieg zum Opfer gefallen waren. Ihre Welt schien Margon nicht mehr zu interessieren.

Oder noch nicht!

Endos hatte nur wenige Worte mit Aljana, der Wikka gewechselt, die ihm das Tor gezeigt und ihn zur Brücke geführt hatte. Wenn er sie richtig verstand, war die Welt der Asen frisch geboren. Sie wuchs gerade zu ihrer alten Größe heran. Vermutlich ahnte der Finstere noch gar nichts von diesem Ereignis.

Bestand darin vielleicht die eigentliche Hoffnung?

Der Elb atmete auf bei diesem Gedanken. Und dennoch ärgerte er sich. Er hätte damals besser zuhören sollen, als Kendavar ihm die Welt der Asen zu erklären versuchte. Wie auch immer.

Umso dringender erschien Endos nun seine Mission. Er musste mit dem Zauberer über all diese Dinge sprechen. Er musste Erklärungen finden. Vor allem aber musste er helfen diesen Kampf zu beenden. Aber dazu musste er doch erst einmal begreifen, welchen Sinn oder Hintergrund dieser Krieg überhaupt hatte.

Die Menschen etwa behaupteten seit Jahrhunderten sie wollten den Gegnern in ihren Bruderfehden Glück, Freiheit und Gerechtigkeit bringen. Dafür metzeln sie noch heute mit größter Euphorie in ihren eigenen Reihen.

Endos zweifelte alle Argumente der Menschen an, gegen einander Krieg führen zu müssen. Aus seiner Sicht ging es nicht um Freiheit, nicht um Rohstoffe nicht einmal um Herrschaftsansprüche. Diese Welt war schlichtweg einer ungleichen Schwingung ausgesetzt. Jeder Elb spürte so etwas und bemühte sich solche Orte tunlichst zu meiden.

Wenn die Menschheit einen Krieg zu führen hatte, dann war es der Kampf gegen diese unglückselige Schwingung. Doch das hatten die Erdenbürger offensichtlich noch nicht erkannt.

Sie forschten auf mannigfaltigen Gebieten. Waren der Inbegriff an Kreativität. Drehten und wendeten die Dinge wie kaum eine andere Kultur unter den Sonnen sonst.

Dabei verstanden sie nicht, dass es jene ungleiche, unsymmetrische Schwingung war, die sie antrieb, die ihnen diese Unrast und diesen Schaffensdrang bescherte. Sie suchten nicht einmal danach.

Stattdessen trieb sie ihre eigene Überenergie vor sich her wie eine Herde wilder Rinder, die von einem Dämon gejagt werden.

Gleichermaßen wurden die Gejagten zu Jägern und trieben wiederum die Schwächeren und Ängstlichen ihrer eigenen Spezies vor sich her, unaufhörlich, über die Jahrhunderte.

Und doch konnte es ihrem unruhigen Geist obliegen, das gesamte Universum zu retten. Was für ein Paradox.

Während Endos seinen Weg aufnahm grübelte er unentwegt über den Grund für all das. Was wollte Margon mit all seiner Grausamkeit bezwecken?

Oder war es am Ende gar nicht der finstere Zauberer?

Steckte vielleicht dieses neue Zeitalter dahinter?

Konnte ein Zeitalter sich selbst erfinden, erschaffen?

Konnte ein personifiziertes Zeitalter selbst als gottgleiches Wesen Entscheidungen treffen?

Konnte es Wesen der Welten zu Handlungen zwingen, um die Geschichte voranzutreiben?
Dann wäre sogar Margon nur eine Marionette in einem gigantischen Mirakel.

Zu viele Fragen für einen Elb.

Liessa

Furcht erfüllt die Vollmondnacht
unter den Schwingen des Zwielichts
Du gehst allein
jenseits allen Wissens
jenseits allem Wahren und Guten

Deine Füße tasten den Wald
der Kopf pocht
Du ringst um Luft
die Sinne brennen wie Feuer

oh, kehre um
die Nacht birgt Gefahr
Du wirst zur Sklavin
wenn Du wandelst

oh, kehre um
Deine Seele ist in großer Gefahr
selbst im Erwachen
peinigt Dich die Furcht

zerschundene Beine,

zerwühltes Haar
Dein Körper kalt und blass,
der Mond steht hoch,
der Himmel rot vom Blut
zerrüttet Deine Sinne

oh, kehre um
die Nacht ist voller Grausamkeiten
Du wirst zur Sklavin
wenn Du wandelst

sobald der Morgen erwacht
erwächst dem Nebel ein Lächeln
das Lächeln wächst zu einem Lachen heran
der Albtraum verlässt Deine Träume

der Tag bricht an
die Angst weicht den Sinnen
und für immer aus Deinen Träumen

Die Dämonen
nur Schatten im Tal
der Morgen voller Leben
in einem Wunder verwobenen Himmel

ein Lachen tanzt in der Luft
Feenhaft beginnt der Tag
Blüten entfalten ihre Pracht
in den Herzen heiliger Gäste
Nebel wandelt im Morgendunst

eine junge Sonne erweckt das Land
der Morgenstern im Morgenrot
Ozeane atmen
gestreichelt von Wellen
Wolken durchziehen den glücklichen Himmel

der Wald genetzt vom Tau
Vögel zwitschernd
ausgelassen
in den Tälern erwacht das Licht

zitternde erwachst Du
Gedanken verirrt
Dein Kopf verwirrt
Furcht und Verzweiflung
als Boten Deiner Seele

Du fragst Dich – wer
Du fragst Dich – wieso
Du weißt
es wird geschehn
Verzweiflung
greift erneut nach ihr

eine Ahnung
greift nach Dir
Nun endlich erwachst Du
aus diesem Traum im Traum

mit einer Ahnung
so absurd
von dem was kommen wird

Unruhig wälzte sich Liessa in ihrem Bett. Wieder eine dieser verdammten Vollmondnächte, dachte sie. Schon oft hatte sie ohne es zu ahnen irgendwelche fragwürdigen Exkursionen unternommen, in jenen Nächten, in denen der Mond seine volle Kraft und Größe offenbarte.

Einmal war sie vor der Haustür aufgewacht. Und sie hatte keine Vorstellung gehabt, wie sie dorthin gekommen war. Vollmond eben. Ein anderes Mal hatte sie sich auf dem Dachboden wiedergefunden und wäre sicher weiter bis aufs Dach geklettert, wenn ihr Schlafwandelnder Körper eine Möglichkeit dazu gefunden hätte.

Liessa hatte Angst vor dem satten, blassen Mond. Er hatte etwas Gespenstisches, etwas Furcht einflößendes. Das lag weniger an den Filmen, die sie eigentlich mit Begeisterung sah. Vampirgeschichten oder diese mystischen Streifen, in denen der Mond eine wichtige Rolle spielte, faszinierten sie. Nein – es war etwas Anderes. Eine Spannung. Eine Furcht. Eine Unruhe. Vielleicht auch eine Ahnung von etwas, das viel länger zurückliegen mochte, als sie sich vorstellen konnte.

Nicht, dass jetzt jemand an ein Schlüsselerlebnis aus ihrer Kindheit denkt. Das war es sicher nicht. Es lag tiefer. Zu tief für ein Mädchen von gerade sechzehn Jahren, dessen Interessen mehr bei Technik, Jungen und Disco liegen als etwa bei Schule oder alter, Weisheitsschürender Literatur.

Gelegentlich hatte sie schon mal das eine oder andere Buch durch geschmökert. Die Standardwerke wie 'Die Nebel von Avalon', 'Der Herr der Ringe' und so weiter, fand Adventure Games am Computer ganz geil. Aber das war's dann auch schon. Am Ende war immer ein unerklärliches Gefühl geblieben. Ein Gefühl, das ihr sagte, da ist noch mehr als das, was meine Eltern und die Lehrer mir erzählten. Vermutlich wussten die es selbst nicht besser oder wollten es am Ende gar nicht besser wissen.

In dieser Nacht jedenfalls war wieder Vollmond. Liessa hatte sich lange herumgewälzt bis sie endlich eingeschlafen war. Irgendwann war sie aufgewacht. Der fahle Mond hatte ihr mitten ins Zimmer geschienen. Dieser blöde, alte nervige Mond! Sie war ans Fenster gegangen, um das Rollo herunterzuziehen. Halb schlaftrunken hatte sie auf die Straße gesehen. Normalerweise war die durch eine Vielzahl von Laternen hell erleuchtet; doch nicht in dieser Nacht. Es brannte kein einziges Licht.

‚Wahrscheinlich ist mal wieder der Strom ausgefallen', dachte Liessa und schenkte dem keine weitere Beachtung (wobei, ehrlich gesagt war in ihrer Straße noch nie der Strom ausgefallen; aber das bemerkte sie nicht, schlaftrunken wie sie war). Liessa sah nachdenklich zum Mond hinauf. Matt, fast weiß hing er in einem von Sternen besetzten Himmel und lächelte müde herab. Eine einsame schwarze Wolke zog schweigend durch die Nacht, verdunkelte für einen Moment die Welt, um sich dann in der Endlosigkeit des Firmaments zu verlieren.

Liessa betrachtete wieder den Mond. Ihr war, als höre sie seine Stimme, als spräche der alte Mond mit ihr, als fordere er sie auf nach draußen zu kommen, um diese prachtvolle, heilige Nacht zu genießen. Liessa war beinahe ein bisschen sauer über diesen lächerlichen Gedanken. Die Stimme des Mondes ruft mich – so ein Schwachsinn. Doch sie musste zugeben, dass es sich wirklich eine wundervolle Nacht war, in der sich ein Spaziergang durchaus lohnen könnte.

Warum eigentlich nicht! Es war eine gute Gelegenheit endlich diese alberne Angst vor der Dunkelheit zu besiegen. Schnell zog sie etwas über und schlich aus dem Haus.

Als Liessa vor der Tür stand, überlegte sie kurz wohin sie gehen sollte. Ihr fiel der kleine See ein. Der war höchstens zwei Kilometer entfernt – am Tag locker in einer halben Stunde zu erreichen. Außerdem war es ohnehin ihr uneingeschränkter, absoluter Lieblingsort, der sie auf eine seltsame Weise magisch anzog.

Stundenlang saß sie oft dort, wenn sie mal wieder in einer Krise steckte, weil sie sich in einen von diesen unglaublich atemberaubenden, unnahbaren Prinzen verliebt hatte, einen dieser Typen, die wahnsinnig stark aussehen, von Energie und Selbstbewusstsein strotzen, jeder Frau das Herz brechen und dabei längst vergeben oder schwul sind.

Der Weg führte Liessa ein Stück die Straße entlang. Dann bog sie nach rechts in den Wald. Bei Nacht, fand sie, sah es hier völlig anders aus als bei Tag. Die bizarren Schatten der Bäume, die schwarzen Silhouetten der sonst rötlich schimmernden Felsen. Aber es machte ihr keine Angst. Sie sah hinauf zum Mond und fühlte sich geradezu geborgen in seiner Nähe. Jetzt empfand sie es sogar als ziemlich töricht, überhaupt jemals Angst vor der Nacht gehabt zu haben. Sie ging und ging, träumte vor sich hin, atmete die frische, warme Sommerluft und fühlte sich rundum wohl. Nicht einmal der scheinbar warnende Ruf eines Käuzchens konnte sie beeindrucken.

Irgendwann fiel Liessa wieder ihr Ziel ein. Der See! Er schien verschwunden zu sein. Normalerweise hätte sie ihn längst erreicht haben müssen. ‚Na ja, bei Nacht sieht alles eben ein bisschen anders aus ', dachte sie und versank gleich wieder in Gedanken. So wunderte sie sich auch nicht weiter über eine Gabelung, die sie bei Tage noch nie bewusst wahrgenommen hatte. Sie zuckte mit den Schultern und ging zielsicher ihres Weges.

Wieder erklang der Ruf des Käuzchens. Lauter diesmal. Fast schrill. Sie erschrak für einen Moment. Ihr war, als habe sie den Kauz auf eigentümliche Weise verstanden, als hätte er eine Warnung ausgestoßen sofort umzukehren. Doch sie maß dem letztlich keinerlei Bedeutung bei. Es wunderte sie wenig, dass sich Einbildungskraft und Wirklichkeit in einer derartigen nächtlichen Umgebung vermischten.

Erst als sie am Waldrand stand und feststellen musste, dass vor ihr nicht wie erwartet der See lag, sondern eine weite Ebene, wurde sie unsicher. ‚Verdammt, ich hätte doch die andere Abzweigung nehmen sollen ', schoss es ihr durch den Kopf. Doch die Neugier hatte sie gepackt.

Warum umkehren? Die Landschaft erstrahlte im Mondschein. Liessa fühlte sich wie in einer wundervollen, fremden Welt. ‚So muss es im Land der Elben ausgesehen haben ', dachte sie. Und sie hätte sich gut vorstellen können von einem Zauberer und einer Reiterschar empfangen zu werden.

Weit entfernt glaubte Liessa einen Turm oder eine Hütte ausgemacht zu haben. Das Fieber hatte sie gepackt. Es gab kein Zurück mehr. Sie musste dorthin und sich in ihr ureigenstes Abenteuer stürzen. Und so rannte sie los, geradewegs über die Ebene. Den wiederholten Warnruf des Käuzchens hörte sie nicht mehr.

Anfangs kam Liessa gut voran. Das hohe Gras kitzelte ein wenig an den Beinen, aber das störte sie nicht weiter. Während sie so lief, fixierte sie ihren Blick auf dieses merkwürdige Gebilde. Sie war nicht mehr sicher, ob es wirklich ein Haus oder ein Turm war. Es hätte sich ebenso gut um einen gigantischen Felsen mitten auf dem Plateau handeln können oder einen Termitenhügel, wenngleich sie letzteres doch eher in einer weiter südlichen Umgebung vermutete. Egal, sie wollte es jetzt genau wissen.

Immer weiter drang sie vor. Der Weg wurde schwieriger. Der Boden federte weich nach, was sie zunächst noch ganz witzig fand. Doch bald erkannte sie, dass sie mitten in einen Sumpf geraten war.

Liessa sah zurück. Der Wald war nur noch als schwaches Schattendrama zu erkennen – eine weit entfernte, mächtige Burg mit Tausenden von Zinnen. Dagegen lag die Hütte fast schon in greifbarer Nähe; ja, sie war inzwischen sicher, dass es sich um eine Hütte handelte.

Warum also sollte sie umkehren. Zu diesem Haus musste es einen Weg geben. Es schien ihr sicher, dass sie sich auf eben diesem befand. Ein Umkehren kam nicht mehr in Frage. Woher sollte sie wissen, dass sie nicht gerade dann noch tiefer in den

Sumpf geraten würde. Schließlich war der Weg vor ihr viel deutlicher zu erkennen. Nein – sie musste vorwärts. Liessa sah zum Mond hinauf. Sie hoffte, dass er sie in irgendeiner Weise in ihrer Überlegung bestärken würde. Doch der müde Mond hing nur schwer und schweigend am Himmel. Er dachte gar nicht daran, ihr einen Hinweis zu geben, sie zu bestärken oder ihr zu widersprechen. Im Gegenteil. Er hing schon weit entfernt seinen ganz eigenen Gedanken nach. Bald würde er am Horizont versinken. Dann würde es stockfinster im Moor.

Liessa stockte der Atem. Ihr Herz klopfte. Sie raufte sich die Haare.

‚Was um alles in der Welt hast Du Chaot Dir dabei gedacht? ‘, verdammte sie sich selbst. Ihre Schuhe waren schon lange durchgeweicht. Jetzt merkte sie auch, wie sehr sie zitterte. Liessa sah zu der Hütte hinüber. ‚Was, wenn da jemand wohnt? ‘

Daran hatte sie überhaupt noch nicht gedacht. Töricht und neugierig wie sie war, hatte sie keinen Gedanken daran verschwendet, was geschehen würde, wenn sie ihr Ziel erreichte. Ein panischer Angstschrei wollte aus ihrer Kehle. Im letzten Augenblick biss sie die Zähne zusammen. Verdammt! Sie hatte Angst. Panische Angst. Warum nur hatte sie nicht auf das Käuzchen gehört. Hatte es sie nicht die ganze Zeit gewarnt?

Mit gefrorenen Händen und zitternd vor Furcht schlich sie weiter. Immerhin, dachte sie, gibt es hier im Moor keine knackenden Äste, die mich verraten könnten. Aber das war wirklich nur ein schwacher Trost.

Vorsichtig pirschte sie sich an. Die Hütte war nur noch knapp hundert Meter entfernt. Bald hatte sie ihr fragwürdiges Ziel erreicht. Eine innere Stimme warnte sie, dass es besser wäre umzukehren. Doch das ignorierte sie geflissentlich. Ihr Blick war auf das halb zerfallene Gebäude gerichtet. Jetzt erkannte sie erste Einzelheiten. Die Fenster waren mit Holzbohlen vernagelt. Trotzdem hatte sie den Eindruck, dahinter einen Lichtschimmer zu erkennen.

Sie lauschte. Hatte sie da nicht gerade ein Geräusch gehört? Sie war nicht sicher. Vielleicht handelte es sich nur um den wilden Schlag ihres Herzens. ‚Verdammter Feigling ', verhöhnte sie sich und schlich weiter.

Jetzt! ... jetzt hatte sie es deutlich gehört. Zwei Stimmen. In der Hütte mussten sich zwei Leute befinden. Liessa erschrak. Ein kalter Schauer lief ihr über den Rücken. Es roch nach einer üblen Vorahnung. Ausgerechnet in diesem Augenblick verfinsterte sich der Himmel vollends. Der Mond war abgetaucht. Er hatte sie verlassen. Sie war völlig auf sich allein gestellt.

Zu allem Überfluss stieg jetzt auch noch Nebel über dem Sumpf auf. Liessa hatte ihn bisher kaum bemerkt, vielleicht, weil sie zu sehr mit anderen Dingen beschäftigt gewesen war. Nun musste sie plötzlich feststellen, wie sich die Schwaden zwischen sie und ihr geheimnisvolles Ziel schoben, vor allem jedoch, wie sie den Weg unter den Füßen in waberndem Dunst verhüllten.

Unsicher tastete sich Liessa vorwärts. Bei dem Versuch über eine Pfütze zu springen, rutschte sie aus. Mit einem lauten Platsch und einem unterdrückten Schrei landete sie mitten in der stinkenden Moorbrühe.

Eben in diesem Augenblick sprang die Tür der Hütte auf. Liessa rührte sich nicht. Sie hielt den Atem an. Licht drang nach außen. Im Türrahmen erschien der hünenhafte Schatten eines Mannes. Mit Donner grollender Stimme rief er in die Nacht hinein. Blankes Entsetzen ergriff das Mädchen. Nun meldete sich auch der zweite Typ mit einem hämischen, gemeinen Lachen zu Wort. Wenn sie diesen Kerlen in die Hände fallen würde, wäre alles zu spät.

‚Liessa, Du darfst jetzt nicht die Nerven verlieren ', versuchte sie sich zu beruhigen. ‚Verliere jetzt bloß nicht die Nerven. '

»Hol den Hund! «, hörte sie den einen kommandieren.

Oh Gott! Liessa musste weg. Mühsam und ohne ein Geräusch zu verursachen, raffte sie sich auf und kroch vorsichtig zurück. ‚Sie dürfen mich nicht finden! Sie dürfen mich nicht finden! ', hämmerte es unaufhörlich in ihrem Kopf.

In diesem Augenblick hörte Liessa wieder den Ruf des Kauzes. Dieses Mal würde sie auf den Vogel hören. Lange genug hatte sie seine Warnungen töricht ignoriert. Dumme Göre. Wieder und wieder schrie der Kauz, als wolle er ihr den Weg aus dem Sumpf zeigen. Es verwirrte sie, weil die Schreie nicht aus der Richtung kamen, in der sie den Wald vermutet hatte. Möglicherweise führte sie der Nebel in die Irre. Doch das war jetzt auch schon egal. Sie musste weg. Einfach nur weg.

Liessa rannte los, das heißt, sie stolperte mehr als dass sie rannte. Dabei hatte sie nicht einmal die Zeit, groß über den Weg nachzudenken. Wie durch einen heiligen Zufall watete sie unbeschadet durch das Moor. Wenn sie von den Sumpflöchern gewusst hätte, zwischen denen sie sich hindurch lavierte, wäre sie vor Angst auf der Stelle im Erdboden versunken.

Die Zeit drängte. Hinter sich hörte sie einen Hund bellen. Und sie hörte die Stimmen der Männer. Kein Zweifel – sie hatten Liessas Spur entdeckt und der Hund hatte die Fährte aufgenommen. Liessa lief um ihr Leben. Wieder hörte sie den Ruf des Käuzchens, ein eher flehendes Krächzen. Es kam eindeutig von rechts. Sie wechselte erneut die Richtung. Dann hörte sie den Hund. Er musste ihr ziemlich dicht auf den Fersen sein. Glücklicherweise pfiffen die Männer ihn immer wieder zurück. Offenbar war er zu schnell für sie. Doch insgesamt kamen Hund und Stimmen näher.

Liessa konnte mittlerweile die schwache Silhouette des Waldes durch den Nebelschleier erkennen. Sie hielt geradewegs darauf zu.

Plötzlich hörte sie einen erbarmungslosen, grauenhaften Schrei. Im ersten Augenblick dachte sie an das Käuzchen. Aber sie begriff schnell, dass der Schrei unmöglich von dem Tier stammen konnte. Er gellte in ihren Ohren, wurde lauter und lauter, drohte sie zu ersticken. Liessa spürte einen Schlag in den Rücken. Sie strauchelte. Fiel. In diesem Moment wusste sie, dass sie ihren eigenen Schrei gehört hatte. Ihren eigenen panischen, grauenhaften Schrei der Verzweiflung. Liessa wurde schwarz vor Augen. Die Hände, die sie betatschten, spürte sie nicht mehr.

Liessa schreckte hoch. Sie stand förmlich senkrecht im Bett. ‚Ein Traum! ', atmete sie auf. Es war nur ein furchtbarer Traum gewesen. Erleichtert sackte sie in sich zusammen, klammerte sich an ihre Decke.

Sie wusste nicht, wie lange sie so dagelegen hatte, als sie plötzlich ihre nasse, zerrissene Hose spürte. Ein Schauer lief ihr über den Rücken, der überdies unerträglich schmerzte. Auch merkte sie jetzt, dass sie die Schuhe im Bett nicht ausgezogen hatte. Sie waren völlig durchgeweicht. Und die Hose war bis zu den Knien nass. Sie stank erbärmlich nach kaltem Moder.

Ein alptraumhafter Gedanke machte sich in Liessas Kopf breit. Hatte sie etwa doch nicht geträumt. Zitternd tastete sie über ihren Körper. Alles tat ihr weh. Sie war übersät mit Striemen und blauen Flecken. Ihre Hose war im Schritt aufgerissen. Sie fühlte das trockene Blut zwischen ihren Schenkeln. Hatten diese Männer sie am Ende doch noch erwischt und ... Ekel, Hass und Wut erfüllten ihre Gedanken.

Liessa war übel. Verzweifelt begrub sie das Gesicht in ihrem Kissen. Sie hasste sich selbst.

Wie hatte sie nur so töricht sein können. Dieser verdammte Vollmond. Er war schuld. Er hatte sie tückisch wie ein altes Hexenweib nach draußen gelockt, in die Wildnis. In ihr Verderben.

Warum hatte er ihr das angetan?

Ein wildes Klopfen hallte in Liessas Kopf wider. Abermals schreckte sie hoch. Doch jetzt war alles anders.

Sie lag im Bett. Keine nassen Klamotten, keine Schmerzen, keine Striemen.

Fast erleichtert vernahm sie die keifende Stimme ihrer Mutter.

Die Sonne schien ins Fenster, gerade auf den Stuhl, auf dem wohlgeordnet und heil ihre Kleidung lag.

Liessa war fassungslos von Entsetzen und vor Erleichterung zugleich über diesen furchtbaren Traum im Traum.

'Nur ein Traum, Liessa, es war nur ein Traum! '

vergangen sind Generationen
von Tränen
Legenden berichten
von großem Leid
verlorene Heimat
verlorene Brüder
verlorene Hoffnung

was fernab dem Sein
wird endlich gefunden
vereint werden Schwestern
von Trennung befreit
doch liegen die Dinge
noch immer im Dunkel

das Leid nicht gelindert
die Rettung noch weit

so sehnen sich Mütter
die Töchter zu treffen
so sehnen sich Väter
die Söhne zu sehn

doch würden die einen
den andern begegnen
so würden sie alle
wohl untergehn

*

Die ersten Sonnenstrahlen erreichten gerade den Horizont, als sich eine kleine Gemeinschaft von Wanderern auf den Weg machte.

Der Rat der Ältesten hatte getagt. Meridor und Aljana würden nach Thýria gehen und danach das Feenreich besuchen, um Mirhanëa zu treffen. Das war lange überfällig.

Niemand war von der Idee begeistert, Meridor alleine mit der Wikka ziehen zu lassen. Die Zeiten waren zu gefährlich. Man hatte auf wenigstens zwei Leibgardisten bestanden. Bamoas und Garoas boten sich für diese Mission freiwillig an. Sie waren seit ihrer Kindheit die besten Freunde des Elbenfürsten, hatten mit ihm in früheren Zeiten viele Abenteuer erlebt. Darüber hinaus hatte sich Eliasar nicht nehmen lassen, die kleine Gemeinschaft zu begleiten. Viel zu lange hatten Mnemandhana und er keine aufregenden Reisen mehr unternommen. Wie sollte ein Harfner und Barde von fremden Ländern und fremdem Geschehen berichten, wenn er nicht mehr durch die Welten zog. Von einer so umfangreichen Gesellschaft hielt Aljana zwar nicht sonderlich viel, aber sie hatte keine Wahl.

Nach einem üppigen Frühstück wurde noch ein wenig Proviant verstaut. Die Ältesten gaben dem Elbenfürsten einige kleine Geschenke für Novagorn, den König mit auf den Weg und eine endlose Litanei an guten Ratschlägen und Wünschen. Nun konnte es endlich losgehen.

Die Gemeinschaft verließ unter dem Jubel des Volkes die Stadt Araguat. Aljana hatte beschlossen, den ihr bereits bekannten Weg über die Brücke BiFröst zu nehmen.

Nicht weit vor den Toren der Stadt wartete bereits Lurth, der es vorgezogen hatte, sich den Blicken der zahllosen Elben zu entziehen. Misstrauisch beäugte er die Gesellschaft, knurrte erst einmal den Elbenfürsten und seine beiden Begleiter an, um sich dann über das Wiedersehen mit Aljana umso mehr zu freuen, die ihn tätschelte und kraulte. Nun waren sie wirklich vollzählig und konnten den Weg nach Thýria antreten.

Bereits am Abend des ersten Tages hatten sie BiFröst erreicht. Da Aljana nach ihren ersten Erfahrungen mit der Brücke davon ausging, dass sie nur im Lichte des Tages geöffnet werden konnte, schlug sie vor, in der Nähe der Quelle ein Nachtlager zu errichten.

Bamoas und Garoas kümmerten sich um eine Feuerstelle. Sie suchten einige Steine zusammen, bauten daraus auf einer kleinen Lichtung einen Kreis, sammelten Holz im Wald und entzündeten das Feuer. Währenddessen hatte sich Eliasar ein gemütliches Plätzchen gesucht, seine fein gestickte Decke ausgebreitet und begonnen eine alte Melodie auf Mnemandhana zu spielen. Meridor hatte etwas zu essen vorbereitet. Aljana war mit Lurth im Wald verschwunden. Beide gingen jagen, jeder auf seine ureigenste Weise. Der Luchs hatte die Fährte eines Hasen aufgenommen. Aljana hingegen interessierte sich vielmehr für bestimmte Pilze und Wurzeln. Es gab da einen Trank, der zwar sicher keinen Elben vor dem kalten Tod bewahren würde, dessen Wirkung die Krankheit aber für eine Weile lindern konnte. Die Wikka hoffte sehr darauf, dass der junge Elbenkrieger Endos den Zauberer finden würde. Kendavar konnte vielleicht ein Gegengift, einen Gegenzauber oder etwas Ähnliches entwickeln.

Die Jahreszeit war günstig. Bald schon entdeckte Aljana Engelwurz, Aronstab, Fliegen-, Hexen- und sogar einige Parasolpilze. Es wäre sicher gut gewesen ein paar Misteln zu schneiden. Doch dafür stand der Mond nicht günstig.

Immer wenn sie in den Wald ging, erinnerte sich Aljana an ihre Kindheit. Und so konnte sie die Bilder, die in ihr aufbegehrten, in diesem Moment nicht vollkommen zurückdrängen. Sie sah die Ereignisse und die Umgebung so deutlich vor sich, als sei alles gerade erst geschehen.

*

Seit nunmehr vierzehn Sonnenwenden lebte Aljana bei Tamadai, der Herrin am Teich. Der fünfzehnte Geburtstag stand kurz bevor.

»Diesen einen werden wir noch einmal gemeinsam feiern«, hatte die Herrin gesagt, die Aljana gerne ihre Mumme nannte, »dann musst Du hinausgehen in die Weite der Welten und tun, wozu Du Dich vor langem entschieden hast!«

Aljana liebte solche Andeutungen gar nicht. Die Herrin vom Teich hingegen umso mehr. Sie lebte geradezu in derartigen Phrasen und Floskeln.

Schon immer, na ja, wenigstens seit Aljana ihr überantwortet worden war, hatte Tamadai es vorgezogen, ein alles in allem nebelhaftes Dasein zu führen. Selbst das kleine Haus, in dem sie unzählige wundervolle Stunden gemeinsam verbracht hatten, in dem Aljana herangewachsen, nein – man muss sagen, herangereift war zu einer prächtigen Blume, in dem sie Schlaf- und Traumstätte gefunden hatte über die langen, niemals langweiligen Jahre, selbst dieses kleine Haus, das in ihrem Herzen einen so wundervollen Platz einnahm, wirkte von weitem nebelhaft und unscheinbar, war für das Auge der Menschen kaum auszumachen.

Die Mumme hatte sich gelegentlich in das Schicksal von Wanderern eingemischt, wenn diese wie durch Zufall ihren Fuß in das kleine und gleichwohl Geschichtsprägende Reich am Teich zu setzen gewagt hatten. Den wenigen, die offenen Herzens gekommen waren, hatte Tamadai süße Ahnungen in den Kopf gesetzt, ihre Gedanken mit Gedichten und Legenden gestreichelt, mit farbenprächtigen Bildern und Düften. Die grausamen Ritter jedoch, die grob in fremde Regionen eindringen, die kommen, um sich

Ländereien einzuverleiben, sich zu bereichern, zu erobern, zu peinigen und zu vernichten, diese üblen Zeitgenossen trieb die Herrin in Wahnsinn und Verzweiflung.

Sicher gab es auch zu jener Zeit weit bedeutendere Mächte und Gewalten, die der Mumme hätten Schaden zufügen können. Aber bei allen Göttern in diesen sagenhaften Welten, diese bisweilen unheimlichen Gesellen wussten sehr wohl um Dasein und Bedeutung der Herrin vom Teich, und wahrlich – niemand von ihnen vergeudete auch nur einen Gedanken daran etwas gegen sie zu unternehmen.

Nur die törichte Einfalt der Menschen sorgte immer und immer wieder dafür, dass diese in ihrem unreifen Übermut mit den alten Riten haderten. Wider besseren Wissens zogen sie aus, die alten Mächte, für die die Herrin zweifelsohne brannte, zu bedrängen.

In letzter Zeit hatte die Zahl dieser dummen und leider oft furchtlosen Gestalten deutlich zugenommen. Gerüchte waren am Horizont gewoben und von unlauteren Genossen in Umlauf gebracht worden, dass ein Mädchen, der Dulcinea gleich, von der Herrin gefangen gehalten würde. Und wie derartige Gerüchte nun mal sind, verbreiten sie sich nicht nur. Sie finden in jedem selbsternannten Edelmann einen mutigen Helden. Sie verändern, verzerren den ursprünglichen Sinn mit Freuden in jede Weise, die dem fantasiebegabten Märtyrer zuträglich erscheint.

Und so hieß es bald, das Mädchen sei aus einem der anmutigsten und wohlhabendsten Geschlechter tief im glanzvollen Osten des Wasserlandes geraubt worden. Ein Racheakt der Herrin vom Teich, einen der huldvollsten Herrscher zu bestrafen, für etwas, das der Erwähnung in der Welt der Menschen nicht wert gewesen wäre, jedoch der Herrin zur tödlichen Beleidigung gereichte. Der Tochter beraubt, seien Unglück und Verzweiflung über den Herrscher und sein herrliches Land hereingebrochen. Sein gesamtes Volk habe sich seither in stummes Schweigen gehüllt und trauere um das verlorene Kind. Nun aber seien edle Ritter aus unzähligen fernen

Reichen aufgebrochen, die Tochter zu finden und ihrem Vater zurückzubringen, dass er sein Glück noch in diesem Leben wiederfände.

Was für ein hanebüchener Unsinn.

Die Mumme wusste sehr wohl um all diese Gerüchte. Und es tat ihr in der uralten Seele weh, dass dieses unsägliche Gerede junge, tapfere und mutige Männer in einen solch ehrlosen, vollkommen sinnlosen und gleichermaßen verzweifelten Kampf trieb, den sie nicht gewinnen konnten. Diese Geschichten waren zur Hetze geworden und zu einem Verbrechen gegen die Menschlichkeit selbst.

Ein Flächenbrand war entfacht. Und Flächenbrände sind nur schwer zu löschen. Sie verzehren den Boden solange, bis er ihnen keine Nahrung mehr bietet. Erst dann erlöschen sie in der Trauer um all das zerstörte und niedergebrannte Land, das sie in ihrer Wut mit sich gerissen haben.

Besäßen die Menschen doch ein wenig mehr Weitsicht, dann wäre wenigstens dieses eine Feuer leicht im Keim zu ersticken gewesen. Nun aber waren unzählige wackere junge Burschen auf dem Weg, die Herrin vom Teich zu bekriegen und jenes Fabelgleiche Wesen zu befreien, das sie selbst in ihrer Fantasie erschaffen hatten, das mit dem Mädchen Aljana rein gar nichts gemein hatte. Und die Herrin vom Teich würde ihr kleines Reich mehr denn je in Nebelschwaden hüllen, damit den Recken der Weg so lange als möglich versagt bliebe. Aljana sollte keiner dieser Ritter in ihre sanften Augen blicken. Das Schicksal hatte etwas Anderes für sie geplant. Dies war der Schwur, den die Mumme vor endlosen Zeiten geleistet hatte.

Aljana ahnte von all dem nichts. Auf ihren gelegentlichen Streifzügen durch die dichten Wälder traf sie ab und an auf einen gepanzerten Reiter. Meist handelte es sich um eine Angsteinflößende Kreatur, der sie auf keinen Fall begegnen wollte; und das musste sie auch nicht. Schließlich hatte sie der

Zwergenkönig Nanwick persönlich das Schleichen gelehrt und sie immer gerne als seine begabteste Schülerin bezeichnet.

Bis auf jene seltsamen, verirrten Kämpfer bot der Wald kaum etwas, das sie nicht längst erkundet hatte. So schenkte sie den Ereignissen dieser Tage nicht jene Bedeutung, die ihnen Tamadai zumaß. Viel mehr dachte Aljana unentwegt an die bevorstehende Sonnenwendfeier, an all die guten Kräuter und Wurzeln, die bis dahin geerntet sein wollten, an die saftige Kraft der Wiesen, die in dieser zauberhaften Zeit zu weit mehr im Stande war, als Menschen und Tiere zu heilen.

An jedem Tag brachte Aljana Blumen, Blüten, Früchte und Wurzeln von einem ausgedehnten Spaziergang mit heim. Das Haus platzte bereits aus allen Nähten von all dieser Pracht und Üppigkeit, der Würze und dem Duft. Wenn doch diese Zeit des Reichtums das ganze Jahr anhalten könnte, dachte Aljana, dann gäbe es kein Leid, keinen Hunger und nur Freude in den Herzen aller Wesen.

Eifrig hatte sie vor allem jene Kräuter gesammelt, die von der Mumme für die Zubereitung verschiedener Heilsalben und Tinkturen benötigt wurden.

Auch die Herrin vom Teich selbst hatte alle Hände voll zu tun mit der Konservierung dieser wunderbaren natürlichen Arzneien für die dunklen Tage.

Tamadai hatte im Laufe der Jahre keine Gelegenheit ausgelassen, ihr Wissen ebenso wie ihre Fähigkeiten an Aljana weiterzugeben, die wahrlich eine begierige Schülerin war.

Wer den beiden genauer in die Seele schaute, dem konnte kaum der Schmerz verborgen bleiben, den die bevorstehende Trennung schon jetzt verursachte. Über die Jahre hatten sie gelernt einander in allen Dingen zu vertrauen, hatten ihre Herzen vor einander reichlich ausgeschüttet. Die Mumme hatte Aljana sogar vieles anvertraut, worüber selbst in Kreisen der alten Wesenheiten seit langer Zeit nicht mehr gesprochen wurde.

Nicht wenige Tadelungen hatte die Herrin vom Teich deswegen über sich ergehen lassen müssen. Dennoch hatte keine der scheltenden Wesenheiten ihr widersprechen können, ging es doch um jenes Kind, dass mehr als nur die Geschicke eines Clans bestimmen sollte. Nicht umsonst galt die Herrin vom Teich als über alle Maßen besonnen. Nicht umsonst hatte man ihr das Kind zur Obhut gegeben. Sie war zur Amme bestimmt. Sie und nur sie musste es verantworten, Aljana ausreichend auf ihre Aufgabe vorzubereiten.

Beinahe alles hatten die Mumme und das Mädchen geteilt. Und doch zweifelte die Herrin vom Teich mehr denn je, ob die Bestimmung nicht zu schlimmen Entwicklungen führen konnte. Das Herz wurde ihr schwer, wenn sie nur daran dachte.

»Schau, Mumme, was ich gefunden habe! «

Stolz hielt Aljana eine kleine am Rande blau gefiederte Feder in die Höhe, als sie singend und tänzelnd herein gesprungen kam. Es war ohne Zweifel die Feder eines Eichelhähers, die sie zwischen ihren zarten Fingern hielt. Die Feder eines alten Freundes. Sie hatte ihn Korn genannt. Jahr um Jahr hatte er seine Kreise in diesem Revier gezogen. Aljana war ihm oft gefolgt, hatte sein Treiben beobachtet und viel von dem Vogel gelernt. Selbst die Jagd vollzog er in einer Würde, die ihresgleichen im Tierreich wie unter den Wesen aller Welten suchte.

Und auch er hatte die Achtung des Mädchens früh erkannt und sie belohnt. Er hatte Aljana an Orte geführt, die nie zuvor von Menschen betreten worden waren, die selbst die Mumme bisweilen nur aus Legenden kannte. Manchmal, wenn Aljana ein ganz bestimmtes Kraut, eine ganz bestimmte Pflanze suchte, machte der Häher durch seine Rufe auf sich aufmerksam und schickte sie über Stock und Stein, durch Wälder, über Auen. Dann führte er sie in einen versteckten Winkel, in dem sie fündig wurde. Immer wieder tat sie dann überrascht, wenngleich sie seine Fähigkeiten wohl zu schätzen wusste.

»Ah «, freute sich die Herrin vom Teich, als Aljana hereinkam, »unser alter Freund ist also wieder in der Nähe «. Und fast träumend, in sich gekehrt, fügte sie hinzu:

der Häher, der Späher,
er fliegt durch die Lüfte,
zieht Kreise – ist weise,
bezwingt wilde Klüfte.

der Häher schwebt leise,
formt luftige Runen,
vollführt seine Reise
im Sinne der Lunen.

Geleitet, begleitet
der Häher Dein Sinnen,
wird niemand noch Du je
der Ahnung entrinnen.

der Freier schon naht,
die Zeit ist gekommen,
so er Dich entführt,
wirst von mir genommen.

»Was für einen Unsinn reime ich mir da nur zusammen? «

Die letzte Strophe gehörte wahrlich nicht zu dem Gedicht, wahrlich nicht. Die Mumme holte eine Phiole aus dem alten Eichenschrank, in dem sie eine Unzahl von Kräutern, Zaubermitteln und Arzneien aufbewahrte. Wie so häufig in letzter Zeit öffnete sie den winzigen silbernen Verschluss, streckte Aljana die Hand mit einem deutlichen Blick entgegen, sie möge ihre zierliche Hand in die der Mumme legen, netzte dann einen Finger mit dem Tropfen jener Flüssigkeit aus dem Gefäß und wies das Mädchen an, schwungvoll eine Rune in den Raum zu zeichnen.

Alsbald entwob sich ein feiner Dunstschleier und erfüllte den Raum, das Haus, das Land mit einem Hauch freundlichen Vergessens und einem heimeligen Nachgeschmack zärtlicher Sehnsucht. Während die Mumme die Phiole verschloss und in den Schrank zurückstellte, betrachtete Aljana belustigt die Feder des Hähers. Der Fund erfüllte sie mit Freude; denn sie wusste, dass Korn diese Feder weder in der Mauser verloren hatte, noch in einem Gefecht mit einer der größeren Raubvögel oder einem dieser törichten Eichhörnchen. Diese Feder war ein Geschenk und ein Hinweis auf die kommenden Zeiten, in denen der Häher ihr einen Freund senden würde, der als Gefährte ihren Weg begleiten sollte.

Früher hatte sie die Mumme gerne gelöchert, ihr mehr vom Wesen der Eichelhäher zu erzählen. Immer hatte sie fasziniert am offenen Feuer der Kochstelle gesessen, hatte Gedankenversunken die schwarz bekohlten Töpfe sauber gerieben und kaum wirklich zugehört, wenn die Herrin vom Teich Geschichten und Sagen erzählte und jenes geheime Wissen preisgab, so ganz nebenbei und unauffällig. Und wenn der Rauch aus dem Kamin um die Wipfel der Bäume trieb, schwebte ihr Geist davon, umgarnt von jenen süßen Wogen sanfter Worte, flog mit dem Häher über die Wälder, die Felder, die Berge, hin zu den Sternen und weit darüber hinaus in die Aura unzähliger zarter Welten hinein. Sie spürte Vertrauen und Geborgenheit auf ihren Reisen; denn immer dar glitt sie dahin auf den regenbogenfarbenen Worten der liebgewordenen Amme. Wenn Tamadai vom Häher berichtete, dann war Aljana jedoch immer hellwach gewesen.

»Kind, Du wolltest mir noch etwas Arnika sammeln! «, holte sie eine sanfte Stimme in die Wirklichkeit zurück, »hast Du es vergessen? «

Beschwingt griff Aljana nach der Sammeltasche und sprang ohne eine Erwiderung hinaus in die laue überaus helle Vorsommernacht hinein, die begehrte Pflanze zu suchen. Es war gerade recht, die Arnika in diesen Nächten um Vollmond zu pflücken. Und – für den begierigen Schatzsucher sei dies als kleines Bonbon erwähnt – das Vergissmeinnicht erblüht gar prächtig in dieser Zeit des letzten Frühlingsvollmondes und erweist dem Suchenden ganz besonders deutliche Dienste beim Aufspüren von Höhlen und Gängen.

Summend tänzelte Aljana beinahe blind durch den Wald. Sie kannte jeden Baum, jeden Strauch, selbst jede Wurzel in diesem Hain. Kaum eine Buche oder Eiche, deren langer langsamer Geschichte sie nicht schon einmal gelauscht hatte, kaum eine Birke, deren feenhaftes Wesen sie nicht schon einmal in ihren Bann gezogen hatte.

In ihren Träumereien unterwegs überhörte sie den so deutlichen Warnruf des Kauzes und wäre, hätte sie Nanwick, der Zwergenkönig, nicht unsanft, die Hand vor dem Mund, zu Boden gerissen, wohl geradewegs in ein frühzeitiges Ende dieses federleichten Erwachsenwerdens hineingelaufen.

»Bist Du denn vollkommen von Sinnen? «, hatte Nanwick geflüstert, »Dumme Göre! «

Mit einem deutlichen Kopfnicken wies er das Mädchen an, nach vorn zu sehen, hinüber zur Schlehengruppe. Dort schlenderte ein junger Mann durch den Wald, anmutig wie ein Prinz, aber auch ein wenig verträumt wie ein Kind oder wie sie selbst und offenbar ebenso in Gedanken versunken. Aljanas Herz schien zu zerspringen bei dem Anblick dieses jungen Herrn.

»Nimm Dich zusammen! «, hatte sie der Zwergenkönig angeraunzt, »oder willst Du Deinem Schicksal vorgreifen? Weißt Du denn nicht, ... «

Das Mädchen hörte die warnenden Worte nicht. Sie schwebte weit, weit über den nächtlichen Wolken in einem Sternenbesetzten Himmel, sah Abenteuern entgegen, in denen kein Platz für einen Zwergenkönig war, einen Eichelhäher oder eine Herrin vom Teich. Es waren rein irdische, menschliche Abenteuer, wie sie in der Zeit von Beltane bis Litha gesponnen werden seit tausenden von Jahren, erlebt im Schein der lodernden Feuer der Fruchtbarkeit. Aljana errötete nicht einmal bei diesen Gedanken. Hätte Nanwick sie nicht energisch festgehalten, sie wäre geradewegs auf den edlen Jungen zu gerannt.

Ihr Herz schlug laut und heftig. So heftig, dass sich der Brustkorb deutlich hob und sie versuchte, sich dem festen Griff des Königs zu entwinden. Nanwick seinerseits fühlte in diesem Moment, dass aus dem Mädchen, das er kannte und liebgewonnen hatte, eine junge Menschenfrau geworden war und er schämte sich augenblicklich für diesen festen Griff.

Der Zwergenkönig sah zu dem verträumten Jüngling hinüber und wusste, dass die Prophezeiung sich nun bald erfüllen würde. Niemand würde Aljana nun noch halten können. Sie hatte die Witterung aufgenommen und würde nicht mehr ablassen. Für den Augenblick konnte er sie noch vor den Augen der Fremden verborgen halten. Schweren Schrittes brachte er Aljana zurück an den Teich zu ihrer Ziehmutter. Für ihn war es bereits der Zeitpunkt des Abschieds.

Auch wenn Aljana damals nichts von den Sorgen der Zwerge ahnte, so zwangen sie Nanwick und sein Volk jedoch, sich tiefer ins Gebirge zurückzuziehen. Sehr lange, so vermutete er, würde Aljana keinen Zwerg mehr zu Gesicht bekommen. Und es war wohl ein Glück, dass er zu diesem Zeitpunkt nicht mehr als nur einen Hauch von der Entwicklung der Geschichte erahnte.

An der Tür zum Haus der Mumme, die mehr einem Höhleneingang glich, drückte er das Mädchen ein letztes Mal an sich. Tausend gute Ratschläge hätte er ihr noch geben wollen. Aber er wusste, dass dies vollkommen unnötig war. So gab er ihr zum Abschied einen kleinen Beutel mit Goldsteinen und Feenstaub. Es war einer dieser Beutel, die inzwischen rar geworden sind auf Gaia. Wie oft man auch hineingreift, niemals wird man ihn leeren.

Möglicherweise war es das größte Geschenk, das jemals ein Mensch aus der Hand eines Zwergs erhalten hat – möglicherweise.

»Lebe wohl! «, presste er mit zitternder Stimme hervor. Dann drehte er sich um und verschwand spurlos im Wald – ganz nach der Manie der Zwerge. Er dachte, wie albern es doch sei. Keines seiner eigenen Kinder war ihm so sehr ans Herz gewachsen wie diese Göre. Menschenkram! Nanwick versuchte bei diesem Gedanken Zorn zu entwickeln, aber die Traurigkeit überwältigt jeden Zorn.

Nachdenklich wiegte Aljana den kleinen ledernen Beutel in der Hand. Es war eine feine Arbeit. Leder, das sich beinahe anfühlte wie Seide, gewoben mit unzähligen Ornamenten, die, je länger man sie betrachtete, deutliche Bilder mit einer heiligen Bedeutung ergaben.

Erst dachte sie an die Sterne am Firmament. Dann kamen ihr die unterschiedlichen Welten in den Sinn. Oder folgten die Stickereien doch eher der Form eines Baumes, einer Eiche oder Esche?

All das war es nicht. Aljana wühlte in den Tiefen der Vergangenheit. Hatte die Mumme nicht etwas von uralten Höhlen erzählt, so alt, dass selbst das Universum sie nur aus Legenden kannte? Ein Gefühl sagte ihr, dass sie die Bedeutung des Beutels erkannt hatte oder vielmehr, dass sich der Beutel selbst einen Weg in ihr Ahnungsvermögen gegraben hatte.

Mit einem Mal wurde ihr schwindelig von der Größe dieses Geschenkes. Ein Schauer erfasste sie; ein Vorgefühl von Ereignissen, in die sie eingewoben war und die Trauer um all das, was sie dafür aufgeben würde. Zögernd blieb sie an der Tür ihres Heimes stehen, verspürte den sinnlosen Drang davon zu laufen. Doch dem Schicksal würde sie nicht entfliehen können. Nicht in diesem Leben. Und in keinem anderen. Endlich fasste sie sich ein Herz und öffnete die Tür. Wie als wenn sie nichts von all dem ahnte, lächelte die Mumme ihr zu:

»Hast Du ein wenig Arnika gefunden, Liebes? «

Oh verflixt, die Arnika hatte sie vollkommen vergessen. Nun war sie zurückgekehrt mit einer gänzlich leeren Sammelbüchse. Dafür aber mit einem von Sehnsucht und Schwermut prall gefüllten Herzen.

»Es tut mir leid! «, stammelte sie, »wenn Du willst, gehe ich gleich noch einmal in den Wald, um ... «

»Lass nur «, beruhigte sie die Amme, »es ist nicht so wichtig. Nicht so wichtig! «

Sie dachte an die Dinge, die nun bald geschehen sollten. Und das Herz wurde ihr schwer.

»Ich gehe gerne noch einmal in den Wald! «, wiederholte Aljana und riss die Mumme damit aus den Gedanken zurück in die Wirklichkeit.

Es war ein neuer Tag angebrochen. Am Abend würde das Mittsommerfest mannigfaltige Geschicke neu verteilen. Aljanas fünfzehnter Geburtstag! Es würde ein rauschendes Fest geben. Doch am Ende würde sie ihrer Wege gehen müssen, um zu tun, was ihr lange vor diesem Leben vorherbestimmt war.

Der Mittsommertag entpuppte sich als einer der bisher schönsten und wärmsten Tage des Jahres. Die Herrin vom Teich überlegte nicht lange. Heute würde sie selber durch die Wälder ziehen und jenes Kraut sammeln, das als Johanniskraut bekannt und reichlich in dieser Gegend zu finden war.

Sie sammelte Beifuß, Arnika, Eisenkraut und natürlich Klee, Rose und Ringelblume. Aber auch Schafgarbe und Tausendgüldenkraut gab es in diesem Jahr in beachtlichen Mengen. Baldrian und Raute waren eher rar gesät. Aber die Mumme kannte die Orte, an denen sie suchen musste, sehr genau und so wurde sie auch bei diesen Kräutern fündig.

Für den Litha-Beutel sammelte sie noch ein wenig Kamille, Basilikum, Lavendel. Einem unbestimmten Gefühl folgend grub sie für Aljana noch die Wurzeln einiger geheimer Kräuter aus, die einen Schutzzauber bewirken konnten. Nur für den Fall...

Bereits gegen Mittag war die Mumme daheim und bereitete Kräuter und Litha-Beutel vor.

»Warum hast Du mich nicht geweckt? «, protestierte Aljana, die blinzelnd von ihrem Lager aus das Geschehen beobachtete.

»Du brauchst Deinen Schlaf. Die Nacht wird lang. Hast Du schon vergessen ...?«

Nun sprang Aljana aber doch aus dem Bett. Sie musste schließlich noch einen Stirnkranz binden. Die Mumme bewunderte die Blumen, die sie dafür ausgewählt hatte. Einige hatte sie seit Jahren nicht mehr im Wald gesehen und sie war ein wenig verwundert darüber, wo Aljana sie wohl gefunden haben mochte. Es waren vorwiegend solche, die große Veränderungen ankündigen. Einmal mehr durchzogen Sorgenfalten ihren Blick. Doch sie suchte das Gedachte schleunigst wieder aus dem Sinn zu verbannen.

Am Nachmittag kamen einige Freunde und Bekannte vorbei, die nicht nur die Mittsommernacht gemeinsam feiern, sondern vor allem Aljana mit ein paar Geschenken alles Gute für die Zukunft wünschen wollten. Grimbart, der Zwerg, überbrachte das Kopftuch Tonara, das zur Tarnung nutzte. Die Fee Rohënna überreichte Aljana einen wunderschönen fein gearbeiteten Reif für das Fußgelenk. Er würde sie vor dem Gift der Zethenpfeile schützen und vielleicht auch vor der Unbill des Schicksals.

Die Herrin vom Teich war überrascht, was hier vor sich ging. Derart geheimnisumwobene magische Geschenke? Ein lieb gemeinter Zufall? oder handelten sie nach einer Vorsehung?

Offensichtlich war das Schicksal Aljanas wie ein offenes Buch, wenigstens für einige magisch empathische Wesen. Der Mumme war dies nicht mehr geheuer. Umso wichtiger war das kleine Geschenk, dass Tamadai ihrem Mündel machte, einen winziger Lederbeutel an einem Lederriemen befestigt, mit je 3 Samen der heiligen schützenden Kräuter.

» Trage dieses Kleinod immer an Deinem Herzen! Das musst Du mir versprechen! «, hatte sie Aljana geraten und ihr den Beutel um den Hals gehängt.

Dann fuhren sie fort, sich auf Litha vorzubereiten, das Fest des längsten Tages, jene heilige Feier zur Ehre des Mittsommers.

Noch bevor die Dunkelheit hereinbrach, hatten sich sehr viele Freunde am Teich zusammengefunden. Gemeinsam wanderten sie, scheinbar ausgelassen und gut gelaunt, zum Thie des kleinen Dorfes Hagenau. Die Bewohner des Ortes kannten die Herrin vom Teich und ihre für die meisten Menschen bisweilen eigenwillig anmutenden Freunde. Viele respektierten Tamadai als eine Art gute Fee der Wälder. In solch heiligen Nächten überließen sie ihr gerne das Zepter.

Und so enttäuschte die Herrin vom Teich auch in diesem Jahr nicht, als sie mit einem kleinen Zauberstab aus einem Haselzweig das heilige Feuer entfachte. Für die Menschen hier war das immer wieder ein kleines Wunder. Manche vermuteten dahinter einen Trick, den zu erkennen jedoch niemand vermochte.

Der Bürgermeister begrüßte Fremde und Freunde, Nachbarn und Gemeinde und hob die Wichtigkeit dieses wundervollen Festes hervor. Für die einfachen Leute war Litha mehr als nur das große Hexenfest. Es war der Tag der Sommersonnenwende. Nun brach jene Zeit an, die über Gedeih oder Verderb der Ernte entscheiden würde, über üppige Vielfalt oder Hunger im kommenden Winter.

Nachdem das Feuer entzündet war, begannen die jungen Frauen mit einem nett anzusehenden Reigentanz auf den Wiesen. Allesamt hatten sie Stirnkränze geflochten und einige von ihnen besaßen darüber hinaus Blumenkränze an Hand- und Fußgelenken. Bänkelsänger spielten auf und die Mädchen schwangen wie in Trance zwischen lieblicher Musik und dem Knistern des Feuers dahin.

»Komm, reih Dich ein «, luden sie Aljana ein.

Gemeinsam tanzten und lachten sie, sprangen herum wie junge Kitze und intonierten die Verse altertümlicher Lieder und Reime. Selbst die Jungen begannen sich dem Treiben anzuschließen und bald tanzten sie um das Feuer und sprangen nach alter Sitte hindurch.

Es war um Mitternacht, als das Feuer erneut angeschürt wurde. Die Mädchen nahmen ihre Lithasäckel, wiegten sich in eine weiche Trance, erwünschten oder ersehnten sich etwas, das sie in ihre Säckchen hineindachten und überantworteten sie, prall gefüllt mit diesen Sehnsüchten und Wünschen dem Feuer.

Jetzt erst begann das eigentliche Fest. Ausgelassen wie selten tanzten und tollten sie herum. Die Barden und Bänkel entwickelten ein unglaubliches Maß an Harmonie ihrer lyrischen Fähigkeiten. Sie übertrafen einander in einem trefflich nicht besser zu wertenden Eifer.

Nun schien die Zeit wohl auch reif, sich das Pülverchen in die Augen zu reiben, das sie aus den Farnsporen gewonnen hatten. Und wahrlich sie mussten es nicht bereuen. Die Sporen setzten selbst bei den Mädchen des Dorfes den Blick frei für weitere Besucher, die ihnen bislang weitgehend verborgen geblieben waren.

Um das Feuer tanzend, in ihrer Trance gefangen, erkannten sie Feen und Feuerelfen. Um Nichts in der Welt hätten sie es sich nehmen lassen, dabei zu sein in dieser Nacht. Rohënna, die freundliche Fee, kam leichten Schrittes auf Aljana zu, legte ihr die Hand auf die Schulter und erzählte von den alten Zeiten, den schönen und den traurigen. Sie erklärte Aljana, dass sie von nun an alle Feen sehen könne, mit oder ohne Sporen. Aber das war für Aljana nicht wirklich etwas Neues. Schließlich war sie keines der Mädchen aus dem Dorf. Dann aber wurde die Fee sehr ernst.

»Das Geschenk, der Reif, trage ihn bei Dir, wo immer Du Dich befindest. Die Zukunft ist nicht immer so stabil wie sie die Nonen für uns weben. Manches wird nicht so sein, wie die Mumme es vorausgesehen hat. Vieles wirst Du erst lernen müssen, vieles Dir erkämpfen. Manchmal auf grausame Weise. Es tut mir leid, mein Kind. Aber Deine Zukunft verändert sich gerade und mit ihr auch die Zukunft unserer aller Welten. Es tut mir so leid! «

Mit diesen Worten verschwand Rohënna und mit ihr all die wunderbaren Geschöpfe aus dem Feenreich.

Für einen Moment herrschte eine bedrückende Stille. Doch gleich nutzten die Jungen und Mädchen diese Stille, um mit feierlichen Wünschen und Schwüren erneut über das Feuer zu springen, wie es Sitte war an Litha, dem Mittsommernachtsfest.

Mit den Feen hatte sich auch die Mumme schweigend und schweren Herzens auf den Weg gemacht. Sie hatte über all die Jahre getan, was zu tun ihr aufgetragen worden war. Und auch wenn sie nun einige schlimme Entwicklungen erahnte, die nicht dem Gewünschten entsprachen, durfte sie sich von nun an nicht mehr einmischen.

,Lebe wohl, meine Kleine', dachte sie und unterdrückte die herausquellenden Tränen.

Fortan verbarg sie den Teich und das kleine Haus für den Rest einer Ewigkeit hinter jenem fest gewebten Schleier, den niemals mehr ein Wesen durchdringen sollte.

Die jungen Leute aber tanzten und lachten bis zum frühen Morgen. Als die Sonnenstrahlen über den Berg krochen, erlosch das Feuer.

Erst jetzt bemerkte Aljana, dass die Mumme verschwunden war. Das Häuschen, der Teich. All das war in unendliche Ferne gerückt. Mit einem Mal wurde ihr bewusst, dass sie ihren Weg von nun an alleine gehen musste.

*

Als Aljana aus der Trance erwachte, dämmerte es bereits. Sie ärgerte sich maßlos darüber, dass ihr dieses Missgeschick immer und immer wieder passieren musste. Sobald sie an diese längst vergangenen Tage zurückdachte, fiel sie in dieses Traum-Gedanken-Geflecht hinein. Eines Tages würde sie dadurch mächtig in Gefahr geraten, das spürte sie. Glücklicherweise hatte Lurth sie entdeckt und rechtzeitig zurückgeholt. Seiner blutverschmierten Schnauze nach zu urteilen, hatte er mit seiner Jagd Erfolg gehabt.

‚Alter Freund! ', schmunzelte sie und dachte dabei an Korn, den Eichelhäher.

Aljana packte die gefundenen Wurzeln und Pilze in unterschiedliche Tücher, band alles zu einem Bündel, das sie an einem Stock befestigte, den sie sich über die Schulter warf. Dann trottete sie gemeinsam mit dem Luchs zurück zum Lager. Meridor und die anderen waren bereits in heller Aufregung.

»Was ist geschehen? «, wollte der Elbenfürst wissen. Mit Sorgenfalten im Gesicht stürzte er Aljana entgegen. Doch sie lachte nur ein wenig zerknirscht:

»Ich habe wohl einfach die Zeit vergessen. Tut mir leid! «

Nach einem gemeinsamen Essen am Lagerfeuer schlummerte einer nach dem andern beim sanften Klang der Harfe ein.

Der Morgen war klar und frisch, wie Aljana es sich erhofft hatte. Ein leichter Dunst lag über der Quelle. Das Feuer war erloschen. Außer der Wikka und Lurth, der von einem nächtlichen Streifzug zurückkam, war noch niemand wach. Aljana nutzte die Gelegenheit um der Quelle einen morgendlichen Erfrischungsbesuch abzustatten.

Das Wasser war so klar, dass die Kiesel am Grund sich beinahe zur doppelten Größe aufplusterten. Ein amüsantes Schauspiel.

Wie sie es von Kindheit an gewohnt war, nahm Aljana nacheinander drei Schluck Wasser und dankte der Mutter für die Reinheit und die Gesundheit, die darin lebten. ‚Wäre nur alles so geduldig und gleichmütig wie das Wasser', dachte sie und versuchte vergeblich die Erinnerungen an die Dinge der letzten Tage und Wochen für einen Moment abzustreifen. Gedankenversunken rührte sie mit dem Zeigefinger Kreise ins Wasser und beobachtete, wie sich diese ausdehnten und in einer seichten Endlichkeit verschwanden. Dabei wusste sie um das Gedächtnis der Welt, das sich nicht nur in dieser Quelle als Gesamtes darstellte, sondern vielmehr in jedem einzelnen Tropfen bereits vollständig enthalten war.

Auf der Oberfläche spiegelte sich plötzlich das Bild Meridors. Aljana lächelte, strich dem Bild über die Wangen und seufzte. Wie gerne wäre sie mit ihm alleine losgezogen. Schon die Vorstellung zu zweit schweigend durch die Wälder zu ziehen, die Natur zu atmen, ihm einfach nur nahe zu sein, erhellte ihre Sinne.

Das Bild blinzelte. Es beugte sich ihr entgegen. Sie fühlte eine leichte Hand auf ihrer Schulter. Abrupt zog sie den Finger aus dem Wasser, schreckte hoch und fühlte sich ertappt. Doch Meridor hockte sich neben sie und strich ihr über das im Morgenlicht schimmernde Haar.

»Verzeih, wenn ich Dich erschreckt habe. Das war nicht meine Absicht. «

Aljana winkte ab. Sie schloss die Augen und genoss die kühle Hand des Elben.

»Du glühst «, flüsterte er und spürte wie die Energie zwischen Aljanas Kopf und seiner Hand immer stärker anschwoll. »Ist das in Ordnung? «

»Ja, es ist vollkommen in Ordnung «, erwiderte sie, » Können das alle Elben? «

»Ja, natürlich. «

Aljana dachte augenblicklich an Sirandha. Die Flamme hatte ihr Linderung verschafft. Im Grunde spielten die Hände bei der Energieübertragung eine untergeordnete Rolle. Es war einfach nur praktisch die kosmischen Kräfte auf die Handinnenflächen zu projizieren. So konnte man über dem Körper eines vermeintlich Kranken dessen Energien glätten oder umverteilen. Hier und da, wo Defizite herrschten, nahm der Körper die Kräfte dankend auf. Aljana mochte diese Art der Krankenhilfe neben den vielfältigen

Aromen besonders gern. Sie hellte das Gemüt auf. Das funktionierte wenigstens bei Menschen recht gut.

»Kannst Du Elben damit heilen? «, fragte sie zögernd. Sie hatte da so eine Idee.

»Heilen? «, lachte Meridor, »ja, in den meisten Fällen sicher. Aber ob es gegen den kalten Tod hilft? Ich glaube wohl eher nicht. Wir sollten es trotzdem versuchen. «

Inzwischen war Bewegung in das Lager gekommen. Die anderen waren erwacht. Während die sich die Elben ein leichtes Frühstück gönnten, bereitete sich Aljana auf die Anrufung des BiFröst vor. Gemeinsam mit Lurth begab sie sich in den Eschenring. Die Wikka setzte sich ins Gras. Der Luchs legte sich geduldig neben sie. Aljana stellte sich vor, wie ein Regenbogen am Himmel erschien – mitten im blauen Himmel. Es dauerte nicht lange bis die ersten blassen Farben zu erkennen waren. Wenige Momente später hatte sich BiFröst geöffnet. Die Elben waren begeistert. Schnell packten alle ihre Sachen zusammen und stiegen nacheinander über die Brücke hinauf in das Land der Asen.

Heimdallr erwartete sie bereits. Er stand am Kopf des Portals und lachte Aljana entgegen.

»Da scheint es ja jemand mächtig eilig zu haben. Wolltet Ihr einen alten, gerade wiedergeborenen Asen besuchen oder seid Ihr nur auf der Durchreise? «

Aljana schloss den Hünen in die Arme. Sie freute sich von ganzem Herzen ihn wiederzusehen. Schon bei der ersten Begegnung hatte sie ein Gefühl von liebevoller Vertrautheit nicht verbergen können. In einer kurzen Vision hatte sie Heimdallr als ihren leiblichen Vater gesehen und den Gedanken wahrhaft genossen, auch wenn er gleichermaßen ziemlich absurd war.

Sie stellte die Begleiter vor und erklärte ihr Anliegen. Heimdallr ließ es sich nicht nehmen, sie erneut bis zum Felsentor zu begleiten.

Während sie unterwegs waren, erzählte er von der rasenden Entwicklung in seiner Welt. Er hatte Thor getroffen und den kleinen

Loki. Es schien nicht, dass der in diesem Leben vernünftiger sein würde, als in dem vorangegangenen. Asengard blühte prächtig auf. Heilige Haine, satte Wiesen, die Feuerberge, alles schien zurückzukehren. Oder es entstand nach den alten Erinnerungen gerade neu. Das machte für Heimdallr keinen Unterschied.

Kurz vor Sonnenuntergang hatten sie den kleinen Bach erreicht, an den sich die Wikka noch gut erinnerte. Von dort aus war es ein Katzensprung zum Felsentor.

»Dwarl «, raunten Meridor und Eliasar wie aus einem Munde. Sie liefen auf die Felswand zu, berührten sie ehrfürchtig.

»Dwarl, wunderschön, unglaublich. Die Legende hat Dich wahrhaft nicht annähernd gewürdigt! «, lachte Eliasar. Wie viele Lieder hatte er über das Tor im Laufe der Zeit kennengelernt. Nicht eines beschrieb Dwarl in dieser einzigartigen Schönheit.

Aljana sah Heimdallr fragend an. »Es ist nur eine Felswand. Verstehst Du, was daran so einmalig, so unglaublich ist? «

Heimdallr grinste: »Für Dich war es immer nur eine Felswand, weil Du es als eine Felswand sehen wolltest. Für einen Elb ist es ein Heiligtum. Er sieht es mit anderen Augen. Und ich glaube, wenn er es Dir beschreiben würde, könnte sich Dir diese Sicht erschließen. «

»Du meinst, es ist ein Zauber darübergelegt? «

»Kein Zauber. Erinnerst Du Dich, wie Du durch das Tor gelangen konntest? «

»Ja, natürlich. durch das Ritual. «

»Wenn Du Dich da mal nicht täuscht. Aber darüber können wir später reden. Deine Freunde haben es eilig. Gehst Du mit ihnen? «

Meridor hatte die Unterhaltung nicht stören wollen. Doch jetzt kam er auf Aljana und den Asen zu, bedankte sich bei Heimdallr für die Freundlichkeiten und geleitete Aljana zum Tor. Die Wikka traute ihren Augen nicht. In Meridors Gegenwart sah auch sie es jetzt mit vollkommen anderen Augen. Was eben noch eine karge Felswand gewesen war, entpuppte sich nun als ein, viele Fuß hohes, zweiflügeliges goldenes Tor. Ohne ein bewusstes Zutun hatte sich ihre Sichtweise bereits verändert.

Meridor berührte mit den Handflächen je einen Torflügel. Das Tor schwang auf. Vor ihnen lag nicht mehr der dichte Wald, den Aljana bei ihrem ersten Besuch betreten hatte. Eine breite, gepflasterte Straße führte unmittelbar am Hinduån entlang bis weit hinter den Horizont.

Lurth sprang mit einem Satz in diese frische Welt hinein, als habe er sich eine Ewigkeit nach ihr gesehnt. Die übrigen drehten sich noch einmal nach Heimdallr um, verneigten sich und gingen dann guten Mutes hinein nach Thýria. Und ja, Aljana ging mit den Elben.

Sie wanderten den ganzen Tag am Fluss entlang. Trotz der inzwischen hereinbrechenden Dunkelheit war an eine Rast oder gar Übernachtung nicht zu denken. Bamoas und Garoas waren vollkommen aus dem Häuschen und auch Eliasar konnte den Mund kaum schließen. Sie hatten das Land ihrer Väter erreicht. Wie von Hunden gehetzt, jagten sie vorwärts. Sie konnten es nicht mehr erwarten, Araguat, die Stadt der Legenden zu erreichen und dort Novagorn ihrem wahren König vorzusprechen. Wie lange war das her?

Meridor bemühte sich um ein wenig mehr Gelassenheit. Er ließ die anderen vorauslaufen, war lediglich überrascht, dass selbst Eliasar, der alte Barde solch eine Euphorie entwickelte, mitzuhalten. Tatsächlich erreichten sie Araguat deutlich schneller als Aljana bei ihrem ersten Besuch. Novagorn hatte Mitteilung von der Aktivierung des Tores Dwarl erhalten und erwartete die kleine Gruppe bereits mit einer Abordnung am Stadttor.

Lange standen er und Meridor sich schweigend gegenüber, sahen einander an und glaubten nicht was sie da sahen. Keiner von beiden hätte diese späte Begegnung nach so langer Zeit für möglich gehalten. Endlich schlossen sie sich in die Arme und ließen ihren Gefühlen für den Flügelschlag eines Schmetterlings freien Lauf.

Auch Sirandha, seine kleine Schwester war gekommen und sogleich freudestrahlend auf Aljana zugeeilt.

»Du lebst! «, rutschte es Aljana erleichtert heraus.

Der Wikka fiel ein Stein vom Herzen. Sie hatte es nicht zugeben wollen, aber sie hatte Angst davor gehabt zurückzukehren und Sirandha nicht mehr in die Arme schließen zu können. Doch nun war alles gut.

Nachdem auch Sirandha und Meridor sich in die Arme gefallen waren, wurden die Gäste von einem großen Zug hoffnungsvoller Elben in die Königsburg geleitet. Sirandha übernahm persönlich die Verteilung der Unterkünfte. Aljana quartierte sie in ihren eigenen Räumen ein. Meridor bekam ein Gemach direkt nebenan. Die Familie war endlich wieder vereint.

Damals im großen Krieg hatte Novagorn die Hauptelbenstreitkräfte gegen Irandhar geführt, Meridor hatte den überwiegenden Teil der Bevölkerung evakuiert und versucht mit dem Rest der Armee das Feenreich von der anderen Seite aus anzugreifen. Mirhanëa, die Feenkönigin, jedoch schloss die Tore der Welten. Und sie machte jeden glauben, sie habe die Streitmacht des anderen vernichtend geschlagen.

Sirandha sah Aljana traurig an.»Das ist unsere Geschichte. Aber jetzt wird alles gut. Lass uns in die Grüne Halle gehen und dort ein Fest zu Ehren der verloren geglaubten Heimkehrer feiern.

Während Novagorn und Meridor beinahe die ganze Nacht redeten, ließ Eliasar Mnemandhana in den schönsten Tönen seit der alten Zeit erklingen. Wie sehr hatten sich Harfe und Harfner nach dieser heiligen Halle gesehnt, nach den alten Tagen, in denen hier Wesen aller Völker ein- und ausgegangen waren, in denen Lachen, Tanzen und das Erzählen der Legenden ihre Heimstatt hatten.

Und selbst als längst alle gegangen waren erklang das liebliche Geflüster der Harfe noch durch die Königsburg.

Aljana, die in dieser Nacht die Wiona mit Sirandha teilte, fühlte sich beinahe wie zu Hause. Sirandha war ihr wie eine Schwester.

Am liebsten hätte sie die ganze Welt mit ihr geteilt. Erst in solchen Momenten verstand sie, wie sehr sie doch in der Einsamkeit der Wälder das Zusammenleben vermisst hatte.

Seit ihrem fünfzehnten Geburtstag war sie umhergeirrt, hatte Menschen und anderen Wesen mit ihren Kräften und Fähigkeiten geholfen, sich als Dienerin der Ceridwen empfunden. Sie hatte diese Sehnsucht nie wahrgenommen, die tief in ihr schlummerte. Eine Träne rann über ihre Wangen. Eine Träne, die gleichwohl der Sehnsucht nach Geborgenheit also auch der Angst um die neu gewonnene Schwester entsprang.

‚Bitte stirb mir nicht! ', dachte sie und strich Sirandha über die Stirn.

Am kommenden Tag wurden die Festivitäten fortgesetzt. Jeder war stolz darauf, den Gästen etwas Besonderes zeigen oder bieten zu dürfen, sei es ein prächtiger Kräutergarten, eine Wohnstatt hoch oben in den Eschen, ein Gedicht oder eine feine Speise. Nach einem üppigen Mittagsmahl trennten sich Aljana und Sirandha von den anderen. Sie gingen hinunter zum Hinduån, wo sie sich mit Lurth trafen. Stundenlang streunten sie gemeinsam durch die Wälder, sammelten einheimische Pflanzen und Kräuter, wie es einer Wikka entsprach.

Aljana hoffte immer noch ein Kraut, eine Tinktur oder ein anderes wirksames Mittel gegen die Epidemie zu finden. Sirandha lehrte sie alles, was sie über die heimischen Pflanzen wusste. Erst weit nach Sonnenuntergang entschlossen sie sich in den Palast zurückzukehren. Aljana bat Sirandha, sie noch einmal behandeln zu dürfen. Doch die Elbin lehnte ab. Sie konnte den Gedanken nicht ertragen, dass Aljana für sie leiden würde.

»Wir werden eine andere Lösung finden «, flüsterte sie und nahm Aljana fest in die Arme. »Werden wir zusammen zu Mirhanëa gehen? «, fragte sie mehr rhetorisch um Aljana von ihrem Vorhaben abzulenken.

Die Wikka druckste herum. »Ich fürchte, dass ich diesen Besuch verschieben muss. Es ist sehr wichtig, dass Ihr Euch versöhnt – für Euch ebenso wie für das Feenvolk in Irandhar! Doch es gibt eine andere Mission, die ich schon viel zu lange vor mir herschiebe. Ich werde morgen abreisen. Es ist wichtig, dass Du mit Meridor nach Irandhar gehst? Der Krieg zwischen euren Völkern ist lange vorbei. Ihr solltet ihn auch in den Herzen beenden. «

»Das haben wir doch längst getan! «, erwiderte Meridor, der gerade das Gemach seiner Schwester betrat. Er sah entspannt und vergnügt aus. Die letzten Tage hatten ihm offensichtlich sehr gut getan.

»Ich würde mich über einen Spaziergang mit meiner kleinen Schwester freuen «, lächelte er.

Aljana die Unruhe gepackt. Die Dinge des Universums akzeptieren manchmal keinen Aufschub. Nach einer viel zu kurzen Nachtruhe packte sie ihre Habseligkeiten zusammen, verabschiedete sich nur leise von Sirandha und machte sich auf den Weg.

*

gehe Deinen Weg durch das Herz Evas
den Ort des Todes
Deine Feinde folgen Dir hasserfüllt
die Zeit rinnt Dir davon
Du fühlst Dich krank
selbst Dein magisches Wissen
kann Dir nicht mehr helfen

Endos geh Deinen Weg
rette die Welten, es ist Dir bestimmt
das dämonische Werk zu vereiteln
Endos geh Deinen Weg

finde die fließenden Himmel
unsere Feinde zu überwinden
brauchen wir Dich

Deine Kraft schwindet
Dein Herz erzittert von eisiger Kälte
es gibt kein Zurück
Kreaturen der Hölle sind auf Deiner Spur
durch die steinige Wüste
warten auf den ersten Fehler von Dir

als sich der Nebel legte,
sahst Du den heiligen Ort

Endos war bereits seit einer Woche unterwegs, ohne auch nur eine Spur des Zauberers gefunden zu haben. Seine Hoffnung, Kendavar hielte sich in den Wäldern nördlich Vhantruas auf, hatte sich als ebenso falsch erwiesen, wie die Vorstellung, dass er am Sehnsuchtsee verweilen könne. Jeden weisen Mann, jede kluge Hexe, beinahe jeden Wanderer hatte er befragt. Sicher erinnerten sich viele an den knorrigen alten Zausel mit dem langen weißen Bart, den buschigen Brauen über den tief eingegrabenen Augenhöhlen, in denen immer noch die feurige Iris der Jugend erstrahlte, seinen halb zerfetzten tiefblauen Umhang mit dem Sternenbesatz, dem Aufbau des Firmaments nachempfunden, dem ledernen, spitzen Hut mit der riesigen Krempe und nicht zuletzt dem großen Wanderstab, der ihm beinahe bis zur Schulter reichte. Manch einer konnte sich kaum bremsen in den Lobeshymnen über den alten weisen Mann, andere fluchten auf ihn, hatten ihn nie gemocht, weil er mächtig war und ihnen angst einflößte. Was für eine Rolle Kendavar in ihren Leben auch gespielt haben mochte, feststand, dass er seit Jahren von niemandem mehr gesehen worden war.

Es behagte dem Krieger nicht, dennoch musste er die Suche nun in der Steinwüste fortsetzen, einem offenen Gelände, in dem sich viele finstere Gestalten herumtrieben, ganz abgesehen von den Vasallen Margons und natürlich den üblichen giftigen Spinnen, Schlangen und Skorpionen der Wüste.

Außerdem fror Endos inzwischen erbärmlich von innen her. Der kalte Tod schien sich allmählich auch auf Arme und Beine auszubreiten. Bis vor zwei oder drei Tagen hatte er den Schmerz noch nach alter Kunst der Krieger verdrängt, ihn, soweit es ging aus seinem Leben ausgeklammert. Doch die Frostwellen kamen immer häufiger. Er konnte sich ihnen nicht mehr entziehen. Er wusste, der kalte Tod würde auch ihn niederwerfen. Es war ein Kampf gegen die Zeit.

Endos irrte durch die Wälder in Richtung Wüste. Je weiter er nach Westen kam desto weniger Leuten begegneten ihm. Die Menschen hier mieden den Wüstenstreifen, zumal in diesen unruhigen Jahren.

Stattdessen traf er häufiger auf kleine Gruppen von üblen Berserkern. Margon hatte diese unglückseligen, einfachen, aber äußerst kräftigen Kreaturen, deren Ursprung Endos gänzlich unbekannt war, unterjocht, sie zu seinen Vasallen gemacht. Nun ließ er durch sie regelmäßig alle Regionen kontrollieren, die an den Nordwald grenzten. Oft genug hatte er hier Elben aufgerieben oder Zwerge, die, immer noch über das Land verstreut, Zuflucht in entlegenen Regionen Mittenerdes suchten. Zu Zeiten offener Kämpfe, hatte er die Grenze sogar völlig abgeriegelt. Im Moment begnügte er sich jedoch mit sporadischen Patrouillen. Nicht weil er sich sicher fühlte. Vielmehr hatten die rauen Horden zu viel Schaden unter der Bevölkerung angerichtet. Plünderungen, Vergewaltigung und Folter waren an der Tagesordnung gewesen. Die wenigen Menschen, die hier noch ihr armseliges Dasein fristeten, waren voller Angst und dennoch oder gerade deshalb kurz davor sich gegen Margons Vasallen zur Wehr zu setzen, was er auf jeden Fall zu vermeiden suchte. Außerdem gab es in einem anderen Teil des Reiches einen weiteren Feind, dessen Armeen eine bedrohliche Gefahr für den finsteren Herrscher darstellten. So hatte er die Hauptmacht seiner Streitkräfte in den Osten geschickt, den Herren der Wasser entgegenzutreten.

Endos hatte den Berserkern in den dichten Wäldern noch ohne Probleme ausweichen können. Er kannte ihre Gewohnheiten recht gut, wusste, welche Wege sie bevorzugten, wo sie ihre Nachtlager aufschlugen. Vor allem aber verstand er es, sich in der Natur zu tarnen.

Von je her galt es als schwierig, einen Elb im Wald ausfindig zu machen. Behände glitten Elben ohne einen Laut über das Gesträuch. Ebenso schnell vermochten sie Baumkronen zu erklettern, was den Berserkern ganz sicher am allerwenigsten lag. Auch waren die Sinne der Elben derart geschärft, dass sie das Nahen eines Feindes schon auf große Entfernungen wahrnahmen. Endos selbst kam zudem das Wissen der Magie zugute und so vermochte er, die dunklen Dinge des Universums leicht zu erkennen.

Erschöpft erreichte Endos gegen Mittag des achten Tages die Steinwüste. So lange wie es nur irgendwie möglich war hatte er sich am Rande des Waldes aufgehalten, bis er endlich gezwungen war in die öde Sandlandschaft abzubiegen. In weiter Ferne lagen die Berge. In der gleißenden Mittagshitze hätte niemand sagen können, wie groß die Entfernung bis dorthin tatsächlich war. Flimmernd erstreckte sich die Silhouette der Bergkämme am Horizont, wo sie mit dem wolkenlosen, blassen Himmel zu verschmelzen schien.

Von Kälteschauern geplagt, schleppte sich der Krieger durch die Wüste. Die Höllengleiche trockene Hitze einerseits, die erbärmliche, eisige Kälte von innen her zum andern, machten ihm übel zu schaffen. Wenn es Endos möglich gewesen wäre, hätte er auf die Nacht gewartet, da kühlte die Wüste auf beinahe frostige Temperaturen ab. Doch in diesem Zustand würde die Kälte ihn vermutlich um ein vielfaches schneller ermüden. Mühsam kroch er über sandige Dünen und durch steinige Täler weiter. Endlos und ohne Hoffnung kam ihm dieser Weg vor. Das musste es sein, was die Anhänger des jungen Gottes als Hölle bezeichneten.

Aber Endos schleppte sich voran, strauchelte oft, fiel, raffte sich wieder auf, erfüllt vom eisigen Schmerz, strauchelte, kam wieder auf die Füße.

»Kendavar «, rief er immer wieder und wieder, von jedweder Hoffnung verlassen, den Zauberer tatsächlich zu finden. Wären nicht die Leiden seines ganzen Volkes der Grund für die Reise gewesen, Endos hätte sich längst in den Staub gelegt einen gnädigen Tod zu erwarten. Doch Agonie und Müdigkeit wogen noch nicht so schwer wie die Verantwortung gegenüber seinem Stamm.

Die Nacht kam und mit ihr die Kälte. Endos spürte, wie sie in seine Glieder kroch. Jegliche Bewegung fiel ihm schwer.

Noch glühte der von der Sonne aufgeheizte Sand unter seinen Füßen. Aber bald würde auch diese Quelle der Wärme versiegen. Und damit nicht genug; zur Nacht hin begann die Wüste zu leben. Unzählige Arten giftiger Tiere zogen es vor in der Kühle der Dunkelheit aktiv zu werden. Während die meisten Schlangenarten der Hitze des Tages trotzten, jagten Skorpione und Spinnen, Schakale und Wüstenfüchse in der Finsternis. Somit konnte auch die Nacht für einen einzelnen Wanderer schon den Tod bedeuten, zumal wenn er geschwächt war.

Bis zum Morgengrauen kämpfte sich Endos mühsam durch die Wüste, dann brach er endgültig zusammen. Er versuchte nicht mehr aufzustehen. Mit halb geschlossenen Augen schaufelte er sich eine kleine Kuhle, gerade groß genug, ihn aufzunehmen.

Er ließ sich hineinrollen und zog den Sand über sich zusammen. Während alldem glühte die Sonne bereits über der Wüste. Unerträgliche Hitze ergoss sich über das Land; doch Endos spürte davon nicht mehr viel. Mit letzter Kraft deckte er ein Tuch über das

Gesicht, scharrte ein wenig Sand darüber und fiel in einen tiefen Schlaf.

Wilde Träume stoben durch sein Unterbewusstsein. Jagdszenen aus den Tiefen einer unirdischen Welt. Mit animalischem, tosendem Geschrei fiel eine Horde wilder Berserker und Trolle in eine Tausende von Jahren alte Stadt im Gebirge ein. Es war ein Ort von unzähligen Höhlen, Räumen und erhabenen Hallen. Endos kannte ihn. Er war dort auf eine eigenartige Art heimisch, obgleich er sich nicht erinnerte, dieses Labyrinth jemals in seinem Leben betreten zu haben.

Kampfhörner hallten durch die endlosen Hallen; brennende Zethenpfeile surrten durch die von Schwefel und Teer gebeutelte Luft; ein dumpfes Grollen erfüllte den Berg. Wohin der Elbenkrieger auch floh, er traf immer wieder und wieder auf Rotten wilder, erbarmungsloser Bestien.

*

»Liessa, komm endlich zum Essen «, wetterte die Mutter, »ich rufe kein zweites Mal. Wenn Du jetzt nicht kommst, ist der Teufel los, das verspreche ich Dir! «

Liessa war sauer. Immer dann, wenn sie mittendrin war, wurde sie von diesem alten Drachen gestört. Sie hatte sich ihre Mutter nicht ausgesucht – und schon gar nicht diesen ekelerregenden Stiefvater, der ihr ständig mit Stubenarrest drohte, weil er zu etwas Anderem keinen Grips hatte.

»Ja, ja «, raunte sie missmutig, »ich bin ja schon unterwegs. «

‚Ausgerechnet jetzt', dachte Liessa, ‚das Spiel ist doch sowieso gleich zu Ende. Endos stirbt in der Wüste. Den kann da keiner mehr rausholen – auch nicht der beste Adventure-Freak'.

Ein letztes Mal sah sie auf den Bildschirm, gewissermaßen zum Abschied. Den Spielstand zu sichern, lohnte sich eh nicht mehr. Sie würde ihren Helden verlieren und wieder von vorne anfangen müssen.

Ein letztes Mal sah sie den Elb an. Sie mochte ihn. Ein bisschen war er wie Robinson Crusoe, fand sie. Aber auch die Kraft und Überlegenheit von Heaman konnte sie ihm nicht absprechen. Ein Held eben. Ein richtiger Held bis in den Tod.

Liessa sah Endos an und Endos sah Liessa an. Echt jetzt! Ihr war, als würde er sie mit seinem tieftraurigen, Hilfe suchendem Blick anschauen. Endos, eine Computergrafik (wenn auch nicht die schlechteste). Aber deshalb war es trotzdem völlig absurd.

Und doch, je länger sie ihn ansah, desto realer wirkte er auf sie. Der Elb sah sie an, streckte ihr seine Hand entgegen und...

»Liessa, ich habe Dich gewarnt! «, krächzte es aus der Küche.

»Wenn ich jetzt nicht rübergehe, gibt es wieder mächtigen Ärger «, flüsterte Liessa vollkommen Gedankenversunken ihrem Helden zu. Sie hatte wirklich genug Trouble – wegen der Hausaufgaben und so.

Ein letzter flüchtiger Blick auf den Bildschirm. Dann schaltete sie den Rechner ab ... das heißt, sie versuchte es. Nicht, dass Liessa nicht gewusst hätte, wie man das Ding ausmacht. Sie hatte den Computer ausgeschaltet und ebenfalls den Zentralschalter ihrer Steckerleiste. Eine ihrer leichtesten Übungen. Der Rechner war aus; die Gigahertz-Anzeige dunkel, die LEDs erloschen; das Gebläse summte nicht mehr. Nur der Bildschirm war noch an und darauf war das Bild von Endos zu sehen.

'Wieso ist der verflixte Monitor noch an? Der Strom ist weg. Das Bild muss eingefroren sein! ', überlegte sie.

Aber: Nein – es war nicht nur ein Bild. Und es war absolut nicht eingefroren. Endos streckte seine Hand nach Liessa aus. Seine Augen flehten um Hilfe.

Liessa sprang reflexartig zurück. Sie war sicher, dass sie alles abgeschaltet hatte. Das, was sie da sah, war einfach nicht möglich;

das bildete sie sich nur ein. Vermutlich hatte sie doch zu lange vor der Glotze gehangen. Ihre Mutter hatte sie immer wieder gewarnt.

Im Bruchteil weniger Sekunden ging ihr alles durch den Kopf, was sie jemals über Computer gelernt hatte. Bits, Byte, Strom fließt, Strom fließt nicht ... Sie kannte sich sogar ganz gut mit der Funktion einer Grafikkarte aus. Und die saß nun einmal im Rechner, nicht im Monitor und auch wenn … Bildschirm und Rechner hingen an derselben Steckerleiste und die war definitiv abgeschaltet – Aus! Finitoteles!

Einen Moment überlegte Liessa, dass vielleicht die Steckerleiste defekt sein könnte. Das war schnell geprüft. Sie zog alle Stecker aus der Steckdose und ... immer noch!

»Liessa «, hörte sie eine sanfte, aber verzweifelte Stimme, »Liessa, bitte komm. Hilf mir. Hilf uns – bitte! Rette mein Volk! Rette das Land! «

Es war zweifellos Endos, ihr kranker Held. Und es war völliger Wahnsinn. Der Elb konnte es nicht gewesen sein. Er war doch nur ... Liessas Mutter hatte offensichtlich recht. Sie hing schon viel zu lange am Computer. Sie war süchtig danach und hatte Halluzinationen.

Liessa fielen diese Filme ein: War Games, Tron, Max Headroom und wie sie alle hießen. Alles geniale Streifen, die sie total faszinierten. Doch seit dem Bericht über Künstliche Intelligenz in der CW wusste sie, dass all das reiner Sciencefiction war, reine Illusion. Sicher, K.I. war auf dem Vormarsch. Liessa hatte zwar nicht alles begriffen, aber doch so viel, dass jeder herkömmliche Prozessor für derartige Spielchen ungeeignet, weil zu langsam, war. Im Übrigen waren K.I. oder A.I. Modewörter für schlichtweg gut programmierte Software, die alles in sich aufsog, was sie an Daten kriegen konnte. Echte K.I. gab es bisher nur sehr wenig und vermutlich auch nur beim Militär, was Liessa schon mal gar nicht interessierte. Wie auch immer.

Liessa setzte sich vor den Bildschirm. Sie versuchte eine Erklärung für das zu finden, was gerade geschah. Irgendwie hatte sie ein flaues Gefühl in der Magengegend. Sie sah auf den Monitor, sah Endos, der seine Hände zu ihr herüberstreckte, sah seine Augen, die sie verzweifelt und gequält um Hilfe anflehten.

»Liessa «, flüsterte er wieder, »komm, bitte, wir haben nicht mehr viel Zeit! «

Liessa strich Gedankenversunken über den Bildschirm. So wie man etwa über das weiche Fell einer Katze streichen würde oder einer Puppe. Sie spürte die Hand des Elben und zuckte zurück. Fassungslos schüttelte sie den Kopf. Es war sowas von unmöglich, wie ... als würde die Zeit stillstehen. Doch es reizte sie. Es reizte sie ungemein. Langsam und unsicher streckte sie dem Monitor nochmals die Hand entgegen. Wieder spürte sie die Hand des Elben. Und mehr noch; sie fühlte die Hitze, die unheimliche, trockene Hitze der Steinwüste und gleichwohl die knorrige Kälte jener Hand, die sich um die ihre schloss.

»Was machst Du da? «

Sie ertappte sich dabei, wie sie selbst begann mit ihrem Helden zu reden, schreckte zurück, versuchte ihre Hand wegzuziehen. Doch Endos hielt sie fest. Nicht dass er ihr jemals wehgetan hätte, aber er zog sie in den Bildschirm hinein. Langsam! Unaufhaltsam! Zu diesem Zeitpunkt hatte sie schon längst vergessen, dass es nur eine lächerliche Computer-Animation war.

Liessa sah Endos tief in die Augen. Bald sah sie nichts anderes mehr als nur diese Augen, voller Liebe, voller Verzweiflung und voll vom erhabenen Wissen und Wesen der Elben. Sie sah genau und ausschließlich in die Iris, sah sich darin spiegeln, sah Staub, Kampf, Angst und ungeheuer viel Liebe – so viel Liebe, dass ihr davon fast schwindlig wurde. Dann sah sie einen See und einen wunderbaren alten Baum. Ihr war, als hätte sie diesen Baum schon immer gekannt. Nein, nicht seit ihrer Kindheit. Seit Tausenden von

Jahren. Er war ihr so vertraut. Sie liebte diesen Baum und er sprach mit ihr.

Die Bilder verschwammen. Eine tiefe Dunkelheit fiel über Liessa, eine Dunkelheit erfüllt von Ruhe und Stärke. Noch nie im Leben hatte sie sich so wohl gefühlt. Es war als ...

Man sollte nicht versuchen es zu beschreiben. Es träfe doch nicht im Entferntesten das, was Liessa in diesem Augenblick empfand. Sie schwamm durch das Nichts. Alles um sie herum war warm und weich und sanft und voller Liebe.

… und voller Sand. Liessa vermochte nicht zu sagen, wie lange sie in diesem Zustand dahingedämmert war. Sie öffnete die Augen und fand sich neben dem Elben wieder. Ihr war heiß. Ein Flimmern lag in der Luft. Liessa hatte das Gefühl als seien sie und Endos eingehüllt in ein unendliches Feld wild flackernder Lichter – nicht wie solche aus den Wolken, eher wie die noch lange auf der Netzhaut wandernden Punkte eines Foto-Blitzes.

Endos lächelte. Das Ganze schien ihn nicht sonderlich zu beunruhigen. Er zog Liessa an sich heran, umarmte und begrüßte sie. Dann raffte er sich auf, schlug den Sand aus den Kleidern und wankte los. Ohne weiter darüber nachzudenken, eilte Liessa hinter ihm her. Sie musste ihm helfen, ihn stützen. Liessa legte sich seinen Arm über die Schulter.

»Wir müssen da hinüber «, flüsterte Endos, dem offensichtlich jeder Schritt unglaublich schwerfiel. Er zeigte auf das Gebirge, das sich im Norden erstreckte.

Liessa schüttelte mit dem Kopf.

»Das ist nicht die richtige Richtung! «, widersprach sie, »die Hütte des Zauberers liegt im Osten. «

Sie war selbst verblüfft über diese kühne Aussage, doch Liessa war sich absolut sicher. Woher diese Sicherheit kam? Das konnte sie nicht sagen. Sie wusste es einfach. Dennoch erwartete sie, dass Endos, der Held, der Krieger vehement protestieren würde. Wie konnte es ihr nur einfallen ihm...

149

*

uralt weises Wissen
schwebt im Raum

„Wie oben so unten"

so einfach, ich glaubte es kaum
sie suchten zu leugnen, zu löschen

das ewige Wissen zu zerstören
doch das Wissen wächst täglich neu
soll jedem gehören

uralt weises Wissen
belebt jeden Sinn
jenseits der Spiegel des Geistes
treibt es Dich hin

töricht der Zorn
die Sucht, der Gedanke an Macht

der Tag kehrt den Sinn,
kehrt die Furcht, kehrt die Nacht

Kendavar – Pass auf Dich auf
Kendavar – bekämpfe den finsteren Herrscher
Kendavar – Du stehst auf den Stufen zur Hölle
Kendavar – unterwirf die Gesetzlosen
Kendavar – schreie so laut wie der Sturm
Kendavar – kämpfe für die Gerechtigkeit

Kendavar – der Teufel sitzt Dir im Genick
Kendavar – es ist Zeit für den Kampf

die Welt liegt im Staub
die Regeln der Grausamkeit preisgegeben

die Sterne wechseln das Haus
die Regeln werden sich ändern
ein neues, grausames Zeitalter beginnt

die Ära von Donner und Blitz

Kendavar – bleibe auf der guten Seite
Kendavar – steh uns bei
Kendavar – stoppe die Armeen des Bösen
Kendavar – es ist Zeit für den Kampf

»Das dürfen wir nicht! «

Der Zauberer war erbost. Mit glühenden Augen musterte er die Wikka. Sie hatte ihn gereizt, wie es lange niemand mehr gewagt hatte. Und sie hatte, und das war das Furchtbare daran, Recht!

Er war ein Narr gewesen, die Zeichen zu übersehen. Dennoch stand es ihm nicht zu, den Lauf der Dinge in Frage zu stellen, ihm ebenso wenig wie ihr. Wer waren sie, dass sie das neue Zeitalter aufhalten wollten?

Wer gab ihnen das Recht?

Gewiss hätte es genug Möglichkeiten gegeben. Die Macht des Zauberers war groß und gemeinsam hätten sie die Ereignisse in irgendeiner Weise beeinflussen können. Doch wie lange? War die Entscheidung nicht schon längst gefallen? Hatten sie nicht schon vor Tausenden von Jahren gewusst, wie die Dinge sich entwickeln würden?

»Nein «, donnerte der Zauberer sie an, »die Mächte verbieten es uns einzugreifen! «

Gelassen saß Aljana ihm gegenüber. Das war ihr Plan gewesen. Während Meridor und Sirandha auf dem Weg in das Feenreich Irandhar waren, musste sie den Zauberer finden und überzeugen, sich ihnen anzuschließen. Und sie hatte ihn gefunden.

Aljana musterte den alten Mann mit seinen mächtigen weißen Brauen, wie er drohend mit den knorrigen Händen gestikulierte. Seine Augen waren nicht auf sie gerichtet. Er wich ihrem Blick aus. Sie lächelte in sich hinein.

Waren es nur die Zweifel? Oder verbarg er etwas Anderes vor ihr. Eine Erkenntnis etwa, die er sich selbst nicht eingestehen wollte.

Die Wikka atmete tief, um ihre Fassung nicht zu verlieren. Im Grunde war ihr Besuch so dumm und töricht gewesen. Hatte sie wirklich erwartet, dass er sich aufraffen würde.

»Das neue Zeitalter «, wütete sie, »auch uns hat es schon gepackt. Es wirft die guten Geister nieder. Merkst Du das nicht, alter Mann? Was hast Du alles angestellt, um die einen zu schützen, die anderen zu warnen, die nächsten zu ihrem Glück zu verführen. Zeiten, so lange, dass ich sie mir nicht erträumen kann, hast Du das Geschick der Welten gelenkt, hast im Sinne der Mutter gehandelt, bist dem All-Einen ein Weg des Ausdrucks gewesen.

Und das soll alles keine Rolle mehr spielen? Was ist, wenn Du Dich irrst? Was, wenn das neue Zeitalter von allen falsch verstanden wurde? Wenn die Dinge sich anders entwickeln, weil … weil … vielleicht, weil die Nornen sich einfach nur geirrt haben. Glaubst Du denn, sie kämen mit dem neuen Zeitalter zurecht, wenn selbst ein Zauberer Deiner Größe daran scheitert? Reiß Dich zusammen und unternimm endlich etwas – **alter Mann**! «

Aljana war endgültig der Kragen geplatzt. Ein Volk nach dem anderen versank im Unglück. Wenn das auch nur die Vorboten der neuen Zeit sein sollten, dann – vielen Dank!

Kendavar nickte müde. Es stimmte alles. Niemals wären sie früher derart aneinandergeraten. Niemals hätten sie ihr Handeln in Zweifel gezogen. Die finsteren Mächte hatten Hass, Furcht und Gewalt in die Herzen aller Wesenheiten gesät. Sie hatten die Flammen von Selbstsucht und Gier entfacht und waren sorgsam bemüht, die Häuser zu spalten. Das war der Kampf, der oberflächlich tobte. Er war grausam, weil er von tiefer geistiger Natur war. Dennoch – dieser Kampf war so, so harmlos im Vergleich zu jener anderen Entwicklung, die in Gang gesetzt worden war:

Die Zerstörungen durch die dämonischen Mächte hatten eine neue Dimension erreicht. Sie hatten begonnen, die Welten derart zu spalten, dass selbst die Verwandtesten unter den Völkern sich fremd zu werden drohten. Nur noch wenigen war es überhaupt möglich, zwischen den Welten zu wechseln. Die Tore schlossen sich. Die geheimen Pfade kannte kaum noch jemand. Zudem wurden die meisten dieser Pfade von den Schergen der Finsternis streng bewacht.

Was früher eins war, teilte sich nun in die Welten der Menschen, der Elben, der Feen, des Geistes, des Wissens. Für die jeweils anderen bedeuteten die übrigen Welten nicht mehr als Fabeln aus einer Zeit fantasiereicher Dummheit. Die dunklen Kräfte jedoch hatten sich selbst alle Wege offengehalten. Sie wüteten in allen Welten gleichermaßen und suchten deren Herrschaft zu übernehmen.

Doch da war noch etwas Anderes, viel Schlimmeres. Sie hatten etwas vorangetrieben, das selbst unter den Zauberern nicht begriffen werden konnte. So wahr wie jedes gedachte Wort eine Tat nach sich zieht, verdunkelten sie das Universum. Kendavar hatte mit niemandem darüber gesprochen, doch er hatte es bereits vor Jahren entdeckt und machte sich große Sorgen. Der Zauberer hatte sein Leben als einsamer Wanderer gefristet. Er hatte jedoch weiterhin das Geschehen beobachtet.

Länger als die meisten anderen war er noch unterwegs gewesen zwischen den Welten. Seine Pfade waren den Wesen der Finsternis unbekannt, so dass ihn niemand entdeckte. Im Laufe der Zeit war ihm jedoch das Herz zu schwer geworden, von all dem Elend, das er sah und er hatte sich in seine Hütte zurückgezogen. Selten hatte er seitdem sein kleines Reich verlassen und sich nicht weiter um die Berichte anderer geschert. Er konnte daran ja doch nichts mehr ändern.

Aljana war vor allem die Vorstellung von dem drohenden Untergang der Welt der Menschen unerträglich. Gerade Mittenerde war den dunklen Mächten ohne den Schutz durch andere Wesenheiten ausgeliefert. Noch fühlten sich die Menschen sicher und stark. Sie hatten sich jenen jungen Gott geschaffen, zu dessen Gunsten sie alles Wissen um die Kräfte aus ihrem Gesichtskreis verbannt hatten. Vielleicht ein guter und mächtiger Gott. Doch helfen würde er ihnen nicht, wenn die Dunkelheit über sie hereinbrach. Sie hatten ein Arsenal an grausamen Waffen. Doch die würden ihnen in diesem Kampf nicht helfen. Was für einem grandiosen Irrglauben waren diese Erdenbürger aufgesessen.

Und die Berserker, die Schergen des dunklen Zauberers? Mit Stolz sahen sie zu, wie die Reiche eines nach dem anderen im Nebel entschwanden und glaubten sich ihrer großen Stunde nah – Blasphemie.

Regelrechte Wut stieg in der Wikka auf, wenn sie sich daran erinnerte. Diese Wut gipfelte bisweilen tatsächlich in dem Gedanken, dass sie mit jener Welt nichts mehr zu tun haben wollte, obgleich sie um die Zusammenhänge wusste und auch darum, wie die Geschicke aller Welten trotz der bedrohlichen Trennung aneinandergeknüpft waren.

Aljana stand auf. »Du wirst gehen «, wisperte sie wie eine Viper, »Du weißt, dass ich es weiß. Es wird der Zeitpunkt kommen, da wir Seite an Seite kämpfen werden – denke daran, wenn es soweit ist.

Und ... sei nicht töricht, alter Mann. Du kannst Deinem Weg nicht entfliehen. Das konntest Du noch nie. «

Mit diesen Worten stand die Wikka auf und verließ den Magier. Eigentlich hatte sie gehofft, dass er sie zurückhalten und mit ihr die Ankunft von Endos, dem Elbenkrieger erwarten würde, dessen leidvolles Schicksal sie sehr genau beobachtete, seit sich ihre Wege am Tor Dwarl getrennt hatten. Doch dem war nicht so. Sie hatte den alten Narren nicht erweichen können. Nun hoffte sie, dass wenigsten der Elb Erfolg haben würde. Vielleicht erweckte diese elende Krankheit, der kalte Tod, ja das Mitgefühl Kendavars.

Sie jedenfalls musste jetzt einen anderen sehr eigenen Weg einschlagen. Wäre sie doch mit Sirandha und Meridor in das Reich der Feen gezogen. Plötzlich erschien ihr die Idee Kendavar um Hilfe zu bitten, so töricht, dass sie sich dafür schämte.

Was sollte sie nun tun? Die Dinge hatten sich ihr so klar dargestellt. Doch jetzt verschwamm alles mit einem Mal im Nebel. Wenigstens hatte Lurth sie begleitet. Er stellte keine Fragen, akzeptierte die Welt wie sie war und er war einfach da, ein echter Freund eben. Das half ihr den Schmerz zu vergessen, für den Moment jedenfalls.

Aljana ließ die Wüste hinter sich. Weit oben in den Bergen gab es den Bjoeningkreis, jenen alten, geheimnisumwitterten Ort. Ein Steinkreis aus einer längst vergessenen Zeit berührte dort den Himmel. In seiner Mitte entsprang eine Quelle, deren Wasser als Kraft allen Lebens einsam vor sich hin sprudelte. Ein wahrhaft mächtiger Kult hatte hier vor ewigen Zeiten seine Heimstatt gehabt. Selbst jetzt waren die Energien noch zu spüren, die dort angerufen worden waren. Es waren positive Schwingungen. Die Wikka war sicher, dass dies der richtige Platz war, ihren Teil zu den Ereignissen beizutragen. Zwar war sie noch nie in ihrem Leben dort gewesen; dennoch – sie hatte den Steinkreis in unzähligen Träumen vor sich gesehen. Nun wusste sie endlich, warum!

Vor ihr lagen die Berge, eingebettet in das tiefe Grün einer kaum passierbaren Welt. Aljana fand einen steilen Pfad durch den dichten Urwald, der unmittelbar hinauf zu den Sternen zu führen schien. Über dem Dschungel lag eine Wolkenschicht. Wäre sie auf einen der hohen Bäume geklettert, hätte sie über der Welt gestanden. Doch stattdessen kämpften sie und der Luchs sich weiter durch das Unterholz. Zwei Tage dauerte es, bis sie den Fuß des Berges erreicht hatte. Irgendwo da oben hoffte sie zu finden, wovon sie beinahe ein Leben lang geträumt hatte. Irgendwo in der Nähe des Gipfels, weit über den Wolken.

Sehr deutlich erinnerte sie sich nun an jene Träume aus ihrer Kindheit. Anfangs waren es nur Bilder gewesen, die im Gedächtnis kleben und ungern Platz machen für die Belange des Alltäglichen.

Immer wieder hatte sie der Bjoeningkreis im Traum gerufen. Immer wieder hatte sie den Aufstieg gewagt, war oben im Schein eines gleißenden Abendrots bereits erwartet worden. Immer wieder war sie empfangen worden von einer Schar kleiner Menschen, die sich Puc nannten, die sie verehrten und liebten, als sei sie eine Göttin. Für diese Wesen war sie mehr als die Wikka, die Priesterin.

Bisweilen war Aljana selbst verblüfft von ihrem Wissen über dieses Volk, über dessen Riten und Gebräuche. Gemeinsam hielten sie Zeremonien ab, sprachen mächtige Worte in einer uralten Sprache, beschworen Mond und Sterne, brachten sogar einmal den Berg zum Beben. Alles in ihren Träumen.

Sie erinnerte sich nur allzu gerne an die fantastischen Erlebnisse aus ihrer Kindheit mit dem Zwergenkönig Nanwick und den unzähligen anderen lieben Wesen aus dem kleinen Volk. Bei ihnen vermutete sie den Ursprung für diese Träume, wenngleich die Puc eindeutig mit den Zwergen wenig Vergleichbares hatten. Ihre wahre Existenz blieb vage.

Abgesehen davon hatte Aljana immer wieder versucht mehr über das Zwergenvolk Nanwicks zu erfahren. Margon hatte sie schon vor langer Zeit niedergestreckt oder vertrieben. Nanwick und die wenigen Getreuen, die ihm geblieben waren, hatten einen Unterschlupf in den Höhlen nahe des kleinen Teiches der Mumme gefunden. Der Schmerz saß tief bei ihnen. Zu tief. So sehr die kleine Aljana auch bat und bettelte, keiner der Zwerge erzählte von seiner Heimat. Ob sie die Puc kannten, ob es diese überhaupt gab, das ließen die Zwerge stets offen. Solche Fragen beantworteten sie nur mit einem Augenzwinkern. Es war ja nur eine Träumerei. Vielleicht gab es dieses kleine Volk am heiligen Berg, vielleicht aber auch nicht.

Da stand sie nun am Fuße jenes Berges ihrer Träume. Das Land ringsum versank im wahrsten Sinne des Wortes in Dunkelheit. Nicht jene Dunkelheit, die auf einen von der Sonne durchfluteten Tag folgt. Es war eine schwere Finsternis, die alles in sich hineinsaugt wie ein schwarzes Loch und nichts und niemanden wieder freigibt.

Dieser Anblick rief Aljanas Ahnungen wieder wach. Die Welt verlor an Farbe. Aber warum? Eine Welt grau in grau oder gar versunken in tiefster Dunkelheit würde keinem Wesen mehr eine Heimat bieten, nicht einmal einem Herrn der Finsternis. Es machte einfach keinen Sinn. Und auch wenn sie diese Frage niemals würde lösen können, so blieb noch die andere Frage nach dem Verursacher. Welcher Zauber ließ die Farben verblassen. Nichts von dem, was Aljana je kennengelernt hatte würde eine derartige Veränderung bewirken.

In diesem Moment ärgerte sie sich wieder über die unglaubliche Ignoranz Kendavars. Wie sie musste auch er den Verlust der Farben wahrgenommen haben.

Aljana war erschöpft. Die Enttäuschung über den alten Zausel war groß, obgleich sie ihn trotz seiner Marotten ebenso mochte, wie die Mumme, bei der sie damals herangewachsen war. Die beiden gemeinsam hätten sicherlich ein unglaubliches Gespann abgegeben. Aljana hatte sich als Kind häufig gefragt, ob Kendavar und die Mumme vor langer Zeit vielleicht einmal miteinander durch die

Welt gezogen waren. Das Universum in diesen vier Händen, da wäre kein Platz gewesen für Ungerechtigkeiten. Aber dem war wohl nicht so. Und es war ihr auch egal.

Die Wikka hatte einfach keine Lust mehr. Eine Schwere von Trauer und Erschöpfung hatte sich ihrer Sinne bemächtigt, sich gleichwohl in ihrer Seele ausgebreitet. In diesem Zustand wäre sie am liebsten ein letztes Mal eingeschlafen, auf ewig gebettet in der Sphäre des All-Einen.

Aljana war müde. Sie suchte sich eine Stelle am Fuße des Berges, wo sie vor der Kälte geschützt ein wenig ruhen konnte. Lurth, der noch einen kurzen Abstecher in den Wald gemacht hatte, gesellte sich schließlich zu ihr.

Als Aljana erwachte, funkelte über ihr ein Meer von Sternen. Aus der starken Silhouette des Berges konnte sie entnehmen, dass der Vollmond kurz bevorstand. Aljana fand es beruhigend, diesen Ort bei Vollmond zu erreichen. Daraus schöpfte sie neuen Mut. Die Wikka atmete tief. Die klare, kühle Nachtluft tat ihr gut.

Eine innere Stimme hatte ihr geraten, den Aufstieg im Schutze der Dunkelheit zu beginnen. Aus vielen vorhergegangenen Erlebnissen wusste sie, dass sie gut daran tat, auf diese innere Stimme zu hören; auch wenn sie den Grund für die Vorsicht nicht immer verstand.

Margons Schergen hatten großen Respekt vor dem Bjoeningkreis. Sie würden einen Teufel tun, sich hier herumzutreiben. Vor denen musste sich die Wikka nicht fürchten; und auch nicht vor wilden Tieren. Schon früh hatte sie gelernt, dass selbst die reißenden Bestien sich von jenen fernhielten, die mit sicherem Schritt durch die Wälder streifen. Abgesehen davon hatte sie einen kräftigen und wachen Begleiter. Was also sollte sie beunruhigen?

Vielleicht lag der Grund für die Warnung der inneren Stimme in der heiligen Stätte selbst?

An dem Berg?

An dem Steinkreis?

Oder war es die Besorgnis, sich vergeblich einer Hoffnung hinzugeben, die nicht zu erfüllen war?

Aljana wusste es nicht. Sie versuchte dieses Gefühl zu ignorieren. Genug gezögert.

Die Wikka packte ihre Habseligkeiten und begann sich auf die Suche nach dem Pfad aus ihren Träumen zu machen. Der Weg ging steil bergan. Doch sie merkte wenig von der Strapaze. Auch hatte sie sich derart an die Dunkelheit gewöhnt, dass sie sogar weiterging als der Mond längst das Firmament verlassen hatte.

Eine zarte Morgenröte schlich sich gerade über den Horizont, als sie sich zu einer letzten Rast entschloss. Ein Felsplateau bot Schutz vor dem Wind. Sie setzte sich, befriedigte ihre bescheidenen Bedürfnisse und träumte sich in den Sonnenaufgang hinein.

Wie unter Hypnose verbrachte sie den gesamten Vormittag an diesem märchenhaften Ort. Sie sah die Welt in ihrem Glanz erstrahlen, so wie es vor vielen Jahrtausenden einmal gewesen sein musste, zu einer Zeit, als das Land unterhalb des Berges noch nicht Wüste, sondern ein saftiger, kräftiger Wald mit unzähligen Pflanzen- und Tierarten gewesen war. Vögel zwitscherten. Ein Elefant blies sein Töröh in die Ferne, eine Horde Antilopen sprang über die Savanne. Ein Puc lugte hinter einem Busch hervor.

Umso trauriger war das Erwachen mit dem Blick über die kahle, verwüstete Ebene in der Ferne. Die glühende Mittagssonne schmolz den Felsen in trockene Krumen. Lurth hatte sich längst einen geeigneten Platz im Schatten gesucht. Aljanas Hände brannten, als sie sich beim Aufstehen auf den heißen Stein stützte. ‚Verflixt! ' Es war längst Zeit den Weg fortzusetzen.

Die Luft wurde dünner, die Hitze unerträglich. Bald hatte Aljana das Hochplateau erreicht. Hinter einer letzten Biegung sah sie bereits die ersten Monolithen. Der mystische Platz, von dem sie ihr Leben lang geträumt hatte, offenbarte sich ihrer Wirklichkeit. Der Bjoeningkreis.

Sie zauderte einen Moment. War es richtig gewesen diese Vision heraufzubeschwören?

Am Ende war es vielleicht doch nur ein schöner Traum gewesen, der zerstört würde, sobald er der Realität anheimfiel.

Der Bjoeningkreis war eine alte Kultstätte. Aljana wusste, dass Eingeborene in solchen Heiligtümern mit Eindringlingen nicht sehr zimperlich umgingen. Kein Ungeweihter durfte diese Stätten betreten. Wenn jemand die Riten nicht beachtete, würde er kaum lebend davonkommen. Sollte sie sich fürchten vor den Puc? Oder war das kleine Volk nur ein Gespinst ihrer Phantasie, die mit den wahren Beschützern des Bjoeningkreises nichts gemein hatten.

Aljana hatte eine hohe Erwartung an diesen Ort gehabt. Doch schnell musste sie feststellen, dass hier nichts und niemand mehr lebte. Gar nichts. Nur eine schweigende Leere zwischen stumme Monolithen. Hier oben wurden schon ewig keine mehr Zeremonien mehr abgehalten. Das kleine Volk, wenn es je hier gewesen war, hatte den heiligen Platz lange verlassen, vermutlich schon vor Jahrtausenden.

Ihre Träume waren am Ende wohl doch nicht mehr als eine Erinnerung an eines ihrer früheren Leben gewesen. Weit, weit zurück.

Dennoch entschloss sie sich zu bleiben. Der Ort war noch immer heilig und würde sie beschützen. Die kleine Quelle plätscherte wie eh und je vor sich hin. Einsam und ungestört.

Aljana, wusste in diesem Augenblick, dass sie weder mit Kendavar noch mit Endos oder dem Erdenmädchen in den Kampf ziehen würde. Sie war keine Kriegerin und konnte dort wenig ausrichten. Doch sie konnte das Mädchen im Geiste begleiten und schützen. Sie konnte an ihrer Seite sein, ihr all das Wissen einflüstern, das sie selbst im Laufe ihres langen Lebens angesammelt hatte.

Vom Bjoeningkreis aus hatten ihre Gedanken eine Weitsicht, einen Überblick über die Ereignisse. Ihr Blick würde wie ein Adler über dem Land kreisen, konnte die Bewegung der Truppen des dunklen Zauberers beobachten, konnte Liessa lenken.

Als sei dies sein Stichwort, tauchte am Himmel ein Vogel auf, ein Eichelhäher.

» Korn? «, rief Aljana überrascht, » Korn, bist Du das? «

Nein, das konnte unmöglich der Häher sein, der sie in ihrer Kindheit begleitet hatte. Vielleicht ein Nachfahre ', überlegte sie. Kein Vogel würde ein so hohes Alter erreichen, außer den Raben Hugin und Munin. Doch die kamen aus dem Reich der Asen und Legenden. Aber ja, keine Frage, es war Korn höchst selbst. Er hatte sich über all die Jahre im Anderland aufgehalten, das bekanntlich keine Zeit kennt. Nun war er bei Aljana.

Gleichsam erinnerte sie sich an das Kopftuch Tonara, dass sie seinerzeit von Grimbart bekommen und nie genutzt hatte. Sie hatte über die Jahre am Gürtel getragen und kaum beachtet. Indem sie sich das Tuch überstülpte, wurde sie für die Welt unsichtbar. Ihr Geist konnte reisen, während ihr Körper umhüllt war von jenem sagenumwobenen Schutz aus der Magie von Zwergenhand.

Aljana versenkte sich in tiefe Meditation. Ihr Geist suchte den Kontakt zu der jungen Menschenfrau. Die Wikka würde ihr wie einer Schwester beistehen.

*

das Land
von Leben weit entfernt
vertrocknet
ohne Kraft

leidend
müde
ziehen Helden
einsam durch die Nacht

Sehen spendet
schlimme Ahnung
Worte gleiten
Tränenmeer

Furcht entflammt
der Welle Wahnsinn
flieht vor einem
Schergenheer

Die Nachmittagssonne im Rücken, bahnten sich Liessa und Endos den Weg durch die Steinwüste, jenes endlos scheinende Meer aus scharfkantigen, blassen Steinen, das sich in der Unendlichkeit des Horizontes zu verlieren schien. Erdrückende Stille umgarnte die beiden Wanderer zwischen den Welten. In Liessa tobten die Gefühle. Tausend Fragen wanden sich in ihrem Kopf, die sie allesamt herunterschluckte. Tausend Gedanken rüttelten und zerrten an ihrer Seele. Sie hätte den Elb damit überschütten wollen. Doch er war zu schwach.

Liessa wusste, er hätte all ihre Fragen gerne beantwortet. Und noch so vieles mehr hätte er ihr über seine Welt erzählt, über seine eigenen Empfindungen, über all die Angelegenheiten, von denen sich die Menschheit seit langer Zeit entfernt hatte. Doch jedes Wort hätte ihm in diesem Zustand unvorstellbare Schmerzen bereitet. So beschränkte sie sich zunächst darauf, ihn liebevoll zu stützen, seinen warmen, leichten Arm auf der Schulter zu spüren und ihm gelegentlich einen zaghaften, verschüchterten Blick zuzuwerfen.

Sie verglich ihn mit den Helden aus ihrer Klasse. ‚Was für Helden? ', grinste sie. Endos, ja, der war ein Held. Der begann nicht gleich zu jammern, wenn es ein bisschen unbequem wurde. Er war stark, trug eine Last, die für jeden Jungen aus ihrer Umgebung unerträglich gewesen wäre, ohne auch nur ein Wort darüber zu verlieren – und vor allem – er redete nicht, er handelte!

Die ewigen Diskussionen über Gott und die Welt, statt einfach aufzustehen und etwas zu tun, das war es, was sie an den anderen und auch an sich selbst am meisten hasste. Was gestern noch den einzig wahren Sinn ihres Lebens ausgemacht hatte, war morgen schon vergessen oder völlig nebensächlich. Und die Erwachsenen waren da auch kein Deut besser. Sie lebten vor sich hin, hatten keine Ziele, außer, immer mehr Geld zu verdienen. Liessa kannte leider kaum jemanden, von dem sie hätte behaupten können, dass er glücklich und zufrieden gewesen wäre. Im Gegenteil, je mehr die Leute verdienten oder erreichten desto unzufriedener schienen sie zu sein. Manchmal kam es ihr vor, als würden sie alle vor der Wahrheit davonlaufen. Jeder schwor auf eine andere Wahrheit oder Erkenntnis. Nur – welche dieser unzähligen, ungezähmten Gedankenkonstruktionen, die man ihr täglich auftischte, die richtige war, das konnte ihr niemand sagen!

Einen Augenblick lang fragte sie sich, ob Endos reich sei. Sie beschloss, dass er es wohl sein müsse. Vielleicht nicht im Sinne von Geld, Haus und Macht. Nein – es war ein anderer, ein innerer

Reichtum. Er opferte sich für eine Sache, an die er glaubte, für Wesen, die er liebte.

Liessa fühlte wieder seinen warmen Arm auf ihrer Schulter, zog ihn näher an sich heran und spürte ein eigenartiges Gefühl tiefer innerer Vertrautheit. Sie atmete seine Nähe und genoss diesen Moment.

Liessa war derart in Gedanken versunken, dass sie die kleine Gruppe saftig-grüner Bäume inmitten der Steinwüste erst bemerkte, als deren frischer Duft zu ihnen herüberdrang.

Wow, eine Oase!

Wer noch niemals in der Wüste gewandert ist, wird das Gefühl kaum erahnen können, dass ein Verdurstender, vollkommen ausgetrockneter Mensch bei dem Anblick einer Wüsteninsel empfindet.

Sie hielten direkt darauf zu. Bisher hatte Liessa den Durst kaum gespürt. Sie waren nun schon wenigstens einen halben Tag unterwegs gewesen, ohne einen Tropfen Wasser, ohne ein Stück Brot. Liessas Kehle war ausgetrocknet vom Staub. Am liebstem wäre sie losgerannt und hätte sich in die erhofften Fluten des tiefgrünen Oasensees gestürzt. Sie tat es nicht. Äußerlich ruhig wandte sie sich an Endos, der ihr lächelnd zunickte.

Nach ein paar Minuten hatten sie die Baumgruppe erreicht. Und tatsächlich entsprang im inneren Kreis eine frische Quelle. Rings herum wuchs hohes Sumpfgras. Nur an einer Stelle auf der Nordseite führte ein befestigter Weg hinab.

»Bevor Du trinkst «, raunte Endos mit ernster Miene, »sieh ... «

»Ja, ja ich weiß «, erwiderte Liessa, »ich darf nicht zu viel auf einmal trinken. Ich habe schon oft genug davon gehört, dass man das nicht verträgt «.

Sie hatte im Stillen gehofft, dass der Elb auf derartige Ermahnungen verzichten würde. Es enttäuschte sie schon ein wenig, dass er sie augenscheinlich ebenso wenig ernst nahm wie ihre Eltern und Lehrer.

Endos las ihre Gedanken und lachte: »Ich glaube nicht, dass Du solche Bevormundungen und Weisheiten nötig hast «. Er hockte neben Liessa, zog sie an sich, sah sie mit seinen tiefblauen Augen an.

»Bevor Du trinkst, schau bitte einmal entspannt ins Wasser. Es kann sein, dass Du über das Gesicht, über die Gabe des Sehens verfügst – ich weiß es nicht. Versuche es einfach. Sieh auf das Wasser und konzentriere Dich. «

‚Okay? '

Liessa wagte nicht zu fragen, wagte kaum zu atmen. ‚Das Gesicht'. Ihr saß ein Kloß im Hals. Hier schien doch einiges anders zu laufen als zu Hause. Er traute ihr ja eine Menge zu. Endos Augen hielten sie gebannt fest. Ihr war schwindelig. Sie fühlte ihr Herz schlagen. Nein – sie fühlte es nicht, sie hörte es und spürte augenblicklich, wie sie knallrot anlief. Mühsam rückte sie ihr Herz wieder an seine angestammte Position und löste sich von dem Elben. Als sie auf die Wasseroberfläche starrte, klangen seine Worte wie eine zarte Melodie in ihren Ohren.

Zunächst sah sie nichts als die zitternde Spannung des Wassers. Es war, als habe der Teich eine feste, undurchdringliche Haut. Liessa sah die Bäume, die sich darin spiegelten. Sie sah sich selbst. ‚Hoppla! ' Sie sah nicht das Mädchen Liessa. Sie sah eine verliebte, junge Kriegerin mit wissendem Blick.

Für den Flügelschlag eines Schmetterlings erschrak sie fast darüber. Doch sie fasste sich schnell und entschied, dass sie der Situation durchaus gewachsen war. Was sie da sah, erfüllte sie mit einem gewissen Stolz. Sie hoffte vor allem, dass Endos sie ebenso sehen würde.

Zu weiteren Überlegungen kam sie nicht; denn plötzlich teilte sich das Wasser. Aus der Tiefe einer fernen unerklärlichen Dunkelheit tauchte undeutlich eine Landschaft auf. Eine weite Ebene lag vor Liessa. Kahl, ungemütlich und unglaublich düster. Sie sah wilde Gestalten, die ihr Angst einflößten. Das Bild wurde deutlicher. Sie erkannte eine Felsenkette im Hintergrund. Ohne Zweifel war es die Silhouette eines mächtigen Hochplateaus, das sich weit über den Horizont erstreckte. Ihr fiel das schwarze Loch auf. Ein riesiges, schwarzes Loch, das sie magisch anzuziehen schien. Sie versuchte ihren Blick abzuwenden. Ohne Erfolg. Eine eigentümliche Ruhe und Stärke stieg in Liessa auf. Selten hatte sie sich so groß gefühlt. Ihr war als schwebte sie durch die Unendlichkeit des Nichts ... Doch da war noch etwas Anderes! Drohende Gefahr! Das schwarze Loch schien wie der Schoß des Mutterleibes Schutz vor irgendeiner gemeinen Kraft zu bieten. Die Umgebung war erfüllt von einer unbeschreiblichen Bedrohung. Liessa versuchte sich davon zu lösen. Etwas Finsteres hielt sie fest. Eisige Hände griffen nach ihr, packten sie. Liessa schrie. Versuchte sich zu lösen. Unbarmherzig zog die stählerne Kälte sie von dem rettenden Schoß weg. ‚Endos', gellte Liessas Stimme, ‚was geschieht hier? Hilfe! Hilf mir. Bitte, rette mich! ' Sie wollte fliehen, aber ihre Beine waren weich, versagten ihr den Dienst. Sie sah das Grauen. Es schüttelte sie. Es zerrte an ihr. Liessa bebte. Während sie sich noch bemühte, dieser dämonischen Macht zu entrinnen, hörte sie eine Stimme. Ihr war, als schrie jemand gegen einen tosenden Orkan an. Sie hörte ihren Namen. Die eisige Kraft riss Liessa zu Boden.

Dann war es still. Der Spuk war vorbei. Liessa öffnete unsicher die Augen. Kaum zu glauben, wie erleichtert sie war, als sie in das vertraute Gesicht des Elben blickte.

»Was ist geschehen? «, flüsterte sie.

Endos sah sie Stirn runzelnd an.

»Ich weiß es nicht genau «, antwortete er zögernd, »trink erst mal etwas. Danach musst Du mir erzählen, was Du gesehen hast. Es ist sehr wichtig, dass Du Dich genau daran erinnerst «.

Er machte eine bedeutungsvolle Pause. »Du hast doch etwas gesehen, oder ...? Ich konnte nicht wissen, dass Du so sensibel reagierst. Offensichtlich sind Deine Fähigkeiten viel stärker ausgeprägt als wir beide auch nur im Entferntesten für möglich halten. Es ist gut. Aber Du musst damit sehr vorsichtig umgehen, Dich langsam an Deine Fähigkeiten herantasten, sonst endest Du möglicherweise im Wahnsinn. Aber jetzt nimm erst mal einen Schluck Wasser. Es wird Dir guttun. Es ist gutes Wasser «.

Liessa saß der Schreck in den Gliedern. Ihr graute bei dem Gedanken von diesem Wasser zu trinken. Sie schloss die Augen, beugte sich hinab. Die Quelle hatte ihr eine unbarmherzige Vision offenbart. Selbst in ihren schlimmsten Träumen hatte sie so etwas noch nicht erlebt. Wenn dies das Gesicht, eine Voraussicht der Dinge sein sollte, die geschehen würden ...

Liessa übermannte eine heftige Beklommenheit. Plötzlich war alles so echt, so ernst. Sie war in einen grausamen Krieg hineingeraten, kein Abenteuer-Spiel mehr. All das konnte doch nur ein böser Traum sein.

‚Liessa wach auf! Wach endlich auf! Du liegst zu Hause im Bett. Du wälzt Dich herum. Die Decke ist nass geschwitzt. Du musst aufwachen! Mutti, bitte weck mich auf, nur dieses eine Mal! '

Doch es war kein Traum. Liessa blickte auf die Wasseroberfläche. Friedvoll lag sie da, als könne sie kein Lüftchen trüben.

»Du musst etwas trinken «, wiederholte Endos, nun etwas energischer. »Nimm dreimal einen Schluck und bedanke Dich bei der Quelle für das Gesicht. Dieses Sehen ist so eine Sache, weißt Du. Es ist für das Wasser ebenso anstrengend und heftig wie für Dich.

Denke nicht, dass sich dieser kleine Wüstenteich die Dinge ausdenkt, die er Dir zeigt. Die Quelle ist wie ein Kind, das einsam mitten in einer garstigen, unwirtlichen Landschaft lebt und seinen Ort nicht verlassen kann. Sie ist sehr einsam.

Ich habe einmal einen kleinen See erlebt, dessen Wasser zu salzigen Tränen wurde, nach einer Vision. Bitte danke der Quelle, egal was sie Dir gezeigt hat. «

Plötzlich sah Liessa die Quelle in einem vollkommen anderen Licht. Sie empfand sie wie eine kleine Schwester. Strich zart über die Oberfläche, streichelte ihr die Wange und nahm dreimal einen zaghaften Schluck. Das Wasser war kalt und erfrischend. Es rann ihre Kehle hinunter, erfüllte sie unmittelbar mit einer erlösenden Kraft. Es brauchte nicht viel, den Durst zu löschen. Dennoch – es war so unglaublich wohltuend, dass Liessa nicht aufgehört hätte von diesem Wasser zu trinken, wenn Endos sie nicht behutsam weggezogen hätte.

Auch er hatte inzwischen einen Schluck von diesem göttlichen Trank der Wüste genommen und bot Liessa nun etwas zu essen aus einem Beutel, den er am Gürtel trug. Liessa sah sich die eigenartigen Plätzchen eine Weile an. Diese Art von Gebäck hatte sie noch nie gesehen. Sie schmeckten fantastisch und sahen über dies auch noch echt lecker aus. Die Kekse mussten einen sehr hohen Nährwert haben. Drei von ihnen reichten, dann war sie bereits rundum satt und sehnte sich nach nichts mehr, als sich in der Sonne zu aalen. Sie schmiegte sich an Endos, schloss die Augen und träumte in den Tag hinein.

Geduldig ließ der Elb sie ruhen. Erst als die Sonne der Wüste die Wärme zu entziehen begann, weckte er Liessa sanft auf.

»Wir sollten weitergehen «, flüsterte er, »bevor die Dunkelheit hereinbricht. Außerdem wolltest Du mir noch erzählen, was Du gesehen hast. «

Liessa raffte sich auf. Sie hätte noch stundenlang hier liegen bleiben können. Aber es stimmte, sie mussten weiter. Mit einem traurigen Blick, quasi einer Geste der Entschuldigung, dass sie die Quelle nicht mitnehmen konnte, jetzt aber verlassen musste, verabschiedete sie sich von ihrer kleinen Schwester, dem Wüstenteich. Sie mochte nicht ausschließen, dass auch ihre Tränen nun salzig schmeckten. Dann machten sie sich auf den Weg.

Sie waren schon eine ganze Zeit unterwegs, bis Liessa sich endlich überwand, Endos von ihrer Vision zu berichten. Der Elb hörte geduldig zu. Etwas an dem, was Liessa sagte, erinnerte ihn an jenen Ort, den er vor kurzem in seinen Träumen besucht zu haben glaubte. Oder war er selbst dort gewesen? Er zweifelte. Es waren nicht die Beschreibungen der Ebene oder des Felsplateaus. Es war ... ja, es war diese Anziehungskraft. Endos Erinnerungen kamen zurück. Er fühlte die Gefühle, die er einst beim Anblick dieses Ortes empfunden hatte. Er atmete den Duft, der seinerzeit über dem Land gelegen hatte. Ein Geschmack von Metall lag in der Luft. Er sah eine Höhle vor sich. Eine endlose Höhlenwelt im Gebirge. Endos suchte nach dem Namen.

Moment mal! Es war ganz sicher kein Traum gewesen. Sie waren gemeinsam an diesem Ort gewesen, damals. Kendavar und er selbst. Und sie hatten dort vieles erfahren, vieles gelernt. Endos zermarterte sich das Hirn ... es fiel ihm einfach nicht ein. Auch fragte er sich, was an diesem Ort für Liessa so bedeutend war. Warum hatte sie nicht die Hütte des Zauberers gesehen oder die Schergen Margons? Wieso ausgerechnet diese Höhle? Es musste einen Grund dafür geben. Nur zum Spaß hätte die Quelle ihr dieses Bild ganz sicher nicht gezeigt.

Mittlerweile war die Sonne untergegangen und die Dunkelheit hereingebrochen. Mit der Dunkelheit kam die Kälte. Sie schlich sich in den Körper des Elben, biss und zerrte an ihm, dass es kaum zu ertragen war. Seine Gliedmaßen schmerzten. Die Muskeln zum Bersten gespannt schleppte er sich nur mühsam weiter.

Endos biss die Zähne zusammen. Er wollte Liessa nicht beunruhigen, obgleich er sich mehr und mehr auf sie stützen musste. Liessa spürte es, doch sie schwieg. Auch sie fror erbärmlich. Ihre Kleidung war gänzlich ungeeignet für derartige Ausflüge durch eine Tagheiße und Nachtkalte Wüste.

Liessa bemühte sich, ihre Gedanken abzulenken. Sie sah zu den Sternen hinauf und konnte keinen Unterschied zu denen erkennen, die zu Hause das Firmament schmückten. Vor ihnen tauchte müde, blass und schwer der Mond auf. Noch ein oder zwei Nächte, schätzte sie bis Vollmond. Sie schauderte.

Der Mond nahm seine Bahn. Noch stand er hoch am Himmel, erleuchtete die Nacht, als Endos unter Stöhnen zusammenbrach. Die Schmerzen waren zu groß. Die Kälte hielt seinen Körper in festem Bann. Wäre Liessa nicht bei ihm gewesen, er hätte lauthals los geschrien. Diese Schmerzen waren selbst für einen Elben mehr als er ertragen konnte.

Liessa fing ihn auf und lehnte ihn behutsam an einen Felsen. Sie strich ihm durch die Haare, küsste seine Wangen, hielt tapfer die Tränen zurück, die in ihr aufwallten.

»Endos, wir müssen weiter!«, flüsterte sie.

Der Elb zuckte nur die Schultern. Seine Kraft hatte ihn verlassen. Er war so unendlich müde. Niemals mehr wollte er auch nur einen Schritt vor den andern setzen. Er schloss die Augen. Schlafen, er wollte einfach nur ewig schlafen. Doch dann fühlte er wieder diese Last der Verantwortung für sein Volk. Er musste ihnen Heilung bringen. Wenn seine Mission scheiterte, waren sie alle verloren. Mühsam raffte er sich auf.

»Du musst weiter«, stammelte er mühsam. »Liessa, Du musst jetzt ungeheuer stark sein. «

Liessa lief ein Schauer über den Rücken. Das konnte er nicht von ihr verlangen. Es war nicht die Furcht, alleine durch diese fremde, bizarre Welt zu irren. Sicher würde sie diese Furcht irgendwann übermannen. Doch darum würde sie sich kümmern, wenn es so weit war. Liessa machte sich große Sorgen um Endos. Sie konnte ihn doch nicht einfach hier zurücklassen. Hier in der Steinwüste, zwischen Kälte, Schlangen und Skorpionen. Er würde sterben. Das konnte sie nicht zulassen.

»Nein«, schluchzte sie, »Wir gehen gemeinsam! Bitte, Du darfst jetzt nicht aufgeben. Bitte steh auf. Bitte! «

Sie zog und zerrte an seinen Gliedern. Gleichsam fragte sie sich, was sie da eigentlich tat. Endos konnte nicht mehr weiter. Er brauchte unbedingt Ruhe. Das spürte sie. Vielleicht würde er sich etwas besser fühlen, wenn sie bis zum Morgen warteten. Bestimmt würde er nach einer Pause wieder auf die Beine kommen. Sie konnte ihn im Sand eingraben, so wie er sich selbst schon einmal eingegraben hatte, kurz bevor er sie zu sich geholt hatte. Das würde helfen. Es würde bestimmt helfen. Sie nahm ihn in die Arme und streichelte ihm über den Kopf. Tränen rannen über ihre Wangen.

»Hör mir jetzt gut zu«, hauchte Endos angestrengt. Jedes seiner Worte, jeder seiner Gedanken fügte ihm ungeheure Schmerzen zu. »Du musst zu Kendavar gehen. Die Hütte kann nicht mehr sehr weit entfernt sein. Mit ein wenig Glück seid ihr im Morgengrauen zurück. Sicher kann er mir helfen, wieder auf die Beine zu kommen. Bitte geh jetzt. Ich komme klar. Der Mond ist ein guter Freund. Er wird mich gewiss beschützen. Und er wird Dich leiten. Mach Dir einfach keine Sorgen. «

Endos gab Liessa noch ein paar Plätzchen mit auf den Weg und drückte ihr Gweldalår, das Schwert des Gehörnten in die Hand.

Anfangs wehrte sie sich strikt dagegen. Wenn jemand ein Schwert brauchte, dann war es nicht sie. Liessa konnte weglaufen, sich verstecken, was auch immer. Endos jedoch war hilflos in der Wüste. Wie sollte er sich verteidigen, wenn er nicht einmal mehr eine Klinge besaß. Doch der Elb gab nicht nach. Der Elb erklärte Liessa, dass bereits die Tatsache, dass sie im Besitz dieses Schwertes sei, den Zauberer überzeugen musste, mit ihr zu gehen. Der Gehörnte hatte sich über viele Generationen nicht in den Kampf eingemischt ebenso wie Kendavar. Doch die Dinge hatten sich geändert. Der Gehörnte war bereit zum Kampf und hatte Gweldalår geschickt, das Gewicht zwischen den Dingen neu zu ordnen. Das musste den alten Magier einfach überzeugen.

Liessa drückte und küsste den Elben ein letztes Mal. Ihr Herz schlug heftig und schwer zugleich in ihrer viel zu jungen Brust. Sie hatte sich nach einem Helden gesehnt. Aber so viel Held brauchte kein Mensch.

»Du musst durchhalten. Ich fliege. Ich bin bald wieder da. Noch bevor die Sonne den Horizont streichelt bin ich zurück. Und ich werde Deinen Zauberer mitbringen und wenn ich ihn an den Haaren hinter mir her schleifen muss. «

Dann sprang sie auf und rannte los als würde sie vom Teufel höchst selbst gejagt. Liessa stolperte vorwärts. Tränenschleier standen in ihren Augen, nahmen ihr die Sicht. Je weiter sie sich von Endos entfernte desto größer wurde jetzt auch die Furcht. Sie dachte an den Traum von den beiden Männern in der Sumpfhütte, umklammerte unbewusst das Schwert Gweldalår an ihrer Hüfte.

Noch vor dem Morgengrauen erreichte sie die ersten Ausläufer der Bergkette. Hier irgendwo musste die Hütte des Zauberers stehen. Sie war sicher, dass sie immer geradeaus gegangen war. Kendavar lebte am Rande des Gebirges. Seine Behausung war zwar bescheiden doch in dieser flachen Landschaft sollte sie leicht auszumachen sein. Doch weit und breit war nichts zu sehen.

Hatte Liessa sich am Ende verlaufen? Sie war sich ihres Weges doch so sicher gewesen. Wenn sie jetzt umkehren würde ... nein – die Zeit hatte sie nicht. Liessa setzte sich auf einen Felsen und dachte nach. Vor ihr lagen die Berge. Die Steinwüste hatte sie hinter sich gelassen. Vielleicht sollte sie versuchen, einen der kleineren Berge zu erklimmen. Von dort aus konnte sie das Land überblicken. Die Hütte musste doch zu finden sein. Endos hatte gesagt, im Morgengrauen könnten sie zurück sein. Liessa sprang auf. Sie kletterte wie eine Besessene auf einen der kleineren Hügel. Sie musste diese verdammte Baracke einfach entdecken.

Gerade hatte sie den ersten schmalen Felsabsatz erreicht, als sie ein Geräusch hörte. Irgendetwas raschelte in einem Busch, der nicht weit von ihr entfernt wuchs. Sie registrierte es zwar, maß dem jedoch keine große Bedeutung bei. Schließlich hatte sie Wichtigeres zu tun, als sich um einen albernen Busch zu kümmern.

Es raschelte wieder und fauchte. Kein Zweifel, es war das mächtige Fauchen eines Berglöwen. Mit einem Satz sprang Liessa zurück, drückte sich an die Felswand und zog das Schwert, als hätte sie ihren Lebtag nichts anderes in der Hand gehalten. Liessa verharrte und wartete. Sie beobachtete das Gebüsch. Nichts rührte sich. Sie dachte daran, sich zurückzuziehen, als ihr Blick auf die Spitze des Schwertes fiel. Sie glühte rot, als sei sie frisch geschmiedet und gerade aus der Esse gezogen. Ein untrügliches Zeichen für Gefahr (wenigstens nahm sie dies an, sie hatte von solchen Erscheinungen häufig in Büchern gelesen, genau genommen nur in einem). Das Schwert lenkte ihre Aufmerksamkeit in die Richtung des Gebüschs. Liessa schien, als führe Gweldalår ihre Hand.

Mit einem mächtigen Satz sprang eine riesige Raubkatze auf sie zu. Das Schwert blitzte auf. Mit einem kräftigen Schlag hieb es auf das Tier ein, dass Liessa beinahe das Gleichgewicht verlor. Der Löwe bäumte sich mit einer drohenden Gebärde vor ihr auf, riss die Klauen nach vorne. Doch dann brach er tot in sich zusammen.

Liessa war erleichtert und erstaunt zugleich. Sie betrachtete die teuflische Waffe in ihrer Hand und überlegte, ob sie stolz darauf sein oder sie hassen sollte. Warum gleich töten? Hätte es keine andere Möglichkeit gegeben? Schockiert steckte sie die Klinge zurück in die Scheide, strich dem toten Tier über das Fell und überlegte, ob sie irgendetwas tun konnte, es verscharren oder ähnliches. Doch sie hatte dafür wirklich keine Zeit. Also machte sie sich schweren Herzens wieder auf den Weg, kletterte weiter und ließ den Kadaver zurück.

Bald hatte sie den Grat erreicht. Von hier aus konnte sie weit über das Land sehen. Die Luft war klar, die Sicht gut. Die Sonne blinzelte gerade hinter den Bergen auf, was Liessa ungemein ärgerte und gleichermaßen erleichterte. Sie hatte also tatsächlich die Richtung beibehalten und im Osten das Ende der Steinwüste erreicht. Irgendwo unter ihr musste sich die Behausung des Zauberers befinden. Sie konnte jedoch nichts entdecken, was einer Hütte auch nur im Entferntesten ähnelte. Von dem Grat aus erkannte sie ein kleines Tal. Es war regelrecht in den Berg geschnitten. Sie entdeckte einen Schimmer am Eingang zu diesem Tal. Das war mehr als seltsam. Von der Sonne konnte dieses Leuchten nicht herrühren. Es war wie ein Zeichen, ja, als gäbe ihr jemand ein Zeichen. Auch entdeckte Liessa nun einen schmalen Pfad, der direkt dorthin führte. Flink wie ein Wiesel kletterte sie von dem Felsen und stürmte los.

Und tatsächlich – in dem Tal stand eine Hütte. Eigentlich war es eher eine alte Bretterbude. Liessa bezweifelte, dass darin ein Zauberer wohnen würde, zumal ein so mächtiger. Sicherheitshalber zog sie wiederum das Schwert und pirschte sich vorsichtig an die Hütte heran. Rechts der Tür war ein kleines Fenster, durch das sie hineinspähte. Es war niemand zu sehen. Sie wartete einen Moment, klopfte dann an die Tür. Keine Reaktion. ‚Verdammt', dachte sie, ‚was mache ich, wenn er nicht zu Hause ist. Dann war alles umsonst! '

Und was, wenn es gar nicht die Baracke Kendavars war? Es gab nur einen Weg das herauszufinden. Sie musste in die Hütte eindringen und nach Hinweisen suchen.

Die Tür war nicht verschlossen. Die Klinge fest in der Hand betrat sie die Bretterbude. Zu ihrer Verwunderung entsprach das Innere der Behausung keineswegs dem Äußeren. Im Kamin glühten die Reste eines Feuers. Der Tisch war mit Brot und Früchten reichlich gedeckt. Auf dem Kaminsims stand ein prunkvoller Samowar. Ein vergleichbar schönes Gefäß hatte Liessa noch nie gesehen. Weiter hinten standen Regale mit allerlei Reagenzien und Fläschchen. Es sah ziemlich genau so aus, wie sich Liessa eine alchemistische Hexenküche vorstellte. Sie war jetzt jedenfalls sicher, dass diese Hütte eines Zauberers würdig war.

Gerade hatte sich Liessa entschlossen, draußen nach Kendavar zu suchen, als die Tür aufsprang. Ein alter, hagerer, weißhaariger Mann stand im Rahmen und musterte sie ernst. Am liebsten hätte sie sich in eine Ecke verkrochen. Doch alle Ecken waren bereits mit allerlei Krimskrams belegt. Also zog Liessa es vor, erneut ihrer magischen Klinge Beachtung zu schenken. Diese schien jedoch keine Anstalten zu machen, den vermeintlichen Hausherrn als eine Bedrohung zu betrachten. Aufatmend steckte sie Gweldalår zurück in die Scheide und streckte dem Alten zögernd die Hand entgegen.

»Ich bin Liessa «, sagte sie mit zitternder Stimme, »und ich ... «

»Schweig! «, donnerte der Alte zurück. »Was hast Du hier zu suchen? «

Nach einer bedeutungsvollen Pause fuhr er drohend fort: »Ich hoffe, Du hast eine wirklich gute Erklärung für Dein Eindringen! «

Liessa erschauerte. So hatte sie sich den Zauberer bestimmt nicht vorgestellt. Er flößte ihr einen gewaltigen Respekt ein. Dabei war sie doch gekommen, um seine Hilfe zu erbitten. Sie holte tief Luft, fasste all ihren Mut und begann, ihm die Ereignisse möglichst kurz und präzise zu schildern, wobei sie die Geschichte mit dem Computer wegließ, weil sie die selbst nicht so recht verstand. Im Übrigen konnte sie sich nicht vorstellen, dass jemand der ohne Strom in einer solchen Einöde hauste überhaupt etwas mit dem Begriff Computer anfangen konnte.

Nachdem sie geendet hatte, war Kendavar etwas freundlicher gestimmt. Er bat sie, sich zu setzen, bot ihr etwas zu essen an. Während Liessa sich stärkte, packte der Zauberer ein paar Sachen in einen Beutel, mixte einen Trank und nickte endlich: »Bereit zum Aufbruch? «

‚Wie? – keine Diskussionen? '

Er hatte ihr nicht widersprochen. Liessa hatte ihn für einen starrsinnigen alten Mann gehalten, der von den Dingen die geschehen waren nicht sonderlich beeindruckt war. Stattdessen hatte er einfach seine Sachen gepackt und war bereit sich in ein Abenteuer zu stürzen. Zauberer waren eben doch ganz spezielle eigenwillige Wesen. Nie taten sie das, was man von ihnen erwartete. Kendavar bedeutete Liessa, mit ihm zu kommen.

»Kannst Du reiten? «, fragte er, als sie vor der Tür standen. Liessa zuckte mit den Schultern. Sie hatte zwar schon einmal auf einem Pony gesessen, aber ob man das als Reiten bezeichnen konnte ...?

Kendavar runzelte die Stirn. »Na, es wird schon irgendwie gehen!« Mit diesen Worten ließ er einen schrillen Pfiff erklingen, worauf zwei gesattelte Pferde wie aus dem Nichts erschienen. Er half Liessa auf das eine, schwang sich dann auf das zweite, mit einem Schwung, den sie dem alten Mann echt nicht zugetraut hätte, und los ging es.

Anfangs fühlte sich Liessa noch ziemlich unbeholfen. Sie zerrte an den Zügeln, rutschte ständig aus den Steigbügeln und wurde mächtig gewaltig durchgeschüttelt. Kendavar lachte freundlich und zeigte ihr ein paar Kniffe, wie sie sich besser im Sattel halten konnte. Ansonsten war der Zauberer nicht sehr gesprächig. Liessa hatte ohnehin genug mit dem Pferd zu tun.

Endos hatte sich mit letzten Kräften eine Sandkuhle gegraben. Weniger wegen der Kälte der Nacht als vielmehr gegen die sengende Hitze des anbrechenden Tages. Er rechnete nicht damit, dass Liessa Kendavar bald finden würde. Eher war es wahrscheinlich, dass sie in der Dunkelheit vom Weg abkommen und Richtung Süden gehen würde.

Der Elb hatte mehr Angst um Liessa als um sich selbst. Und schlimmer noch, er sehnte sich nach ihr, nach ihrer süßen Stimme, nach der warmen Hand, die ihm über den Kopf strich. Endos kam sich dabei wie ein törichtes Kind vor. Hatte er nichts anderes im Kopf als eine junge Frau, die nicht einmal in diese Welt gehörte. Er hatte wahrhaft genug Probleme. Kein Wasser. Die letzten Plätzchen hatte er ihr gegeben. Ebenso sein Schwert, die einzige Waffe, die er zur Verteidigung mitgenommen hatte. In der nächtlichen Wüste gab es Skorpione und anderes giftiges Getier. Abgesehen davon, nagte der kalte Tod an ihm. Er konnte diesem dämonischen Fluch nicht mehr entrinnen. Falls Kendavar es doch noch schaffen sollte, ihn rechtzeitig zu finden, dann würde die Hilfe, die er ihm geben konnte, auch nicht von Dauer sein. Aber die Zeit würde vielleicht reichen, gemeinsam die Rettung für einige aus seinem Volk zu organisieren.

Den Rest der Nacht verbrachte Endos in dem Bemühen wach zu bleiben. Er grübelte über die Ereignisse der letzten Wochen nach, über Liessa, über ihre Vision – über Bragaan. Ja, jetzt schoss es ihm durch den Kopf. Liessa hatte die Höhlen von Bragaan gesehen. Dass er nicht gleich darauf gekommen war. Er selbst hatte Jahre seiner Ausbildung bei den Zwergen in der Höhlenstadt zugebracht, die von den Elben Bragaan, von den Zwergen der Vehrenfels genannt wurde. Nanwick, der ehrwürdige, weise Zwergenkönig selbst hatte ihn vieles gelehrt über die Beschaffenheit der Metalle und über die Schmiedekunst. Aber auch über das Feuer und die Herstellung magischer Gegenstände.

Liessas Vision sollte sich erfüllen. In Bragaan könnten sie tatsächlich etwas finden, durch das dem Elbenvolk zu helfen war. Endos hatte keine Vorstellung davon, um was es sich dabei handeln würde. Er wusste nur, dass nach der Vision sicher irgendetwas an jenem Ort, in den geheimen Schatz- und Zauberkammern der Zwerge zu finden sein müsste. Erleichtert über diesen Gedanken schlief er im Morgengrauen ein, gerade als die ersten zarten Sonnenstrahlen den Boden streichelten.

Endos erwachte durch das Klacken von Pferdehufen. Vorsichtig lugte er aus seinem sandigen Versteck hervor. Sein erster spontaner Gedanke galt den Berserkern. Eine Patrouille! Doch die Berserker bewegten sich viel tollpatschiger. Er hätte sie schon Meilen vorher wahrgenommen.

Endos lauschte. Es waren zwei Reiter auf unbeschlagenen Pferden. Hatte Liessa es doch geschafft? Er versuchte Genaueres herauszuhören. Eines der Pferde hatte einen anmutigen, Gang, das andere dölmerte mehr oder minder ungeschickt hintendrein. Es konnte sich nur um Liessa und Kendavar handeln. Hatte sie den alten Zauberer also doch gefunden. Erleichtert atmete Endos auf, grub sich aus dem Sand und klopfte, so gut es eben ging, den Staub aus der Kleidung.

Als Liessa ihn erspähte, raste ihr Herz vor Freude. Ungestüm sprang sie von dem Pferd, vor dem sie eben noch so viel Respekt gehabt hatte, und rannte auf den Elb zu. Sie stürmte auf ihn ein, umarmte und küsste ihn. Ihre Brust schmerzte vor Wonne. Sie drückte Endos fest an sich und würde ihn nie wieder loslassen, so glücklich war sie darüber, dass er noch lebte.

Endos war ebenfalls sehr froh, sie wieder zu sehen. Noch nie hatte er so tiefe Gefühle für jemanden empfunden. Sein ganzes Leben hatte er sich für einen Krieger gehalten, dem es nicht bestimmt sei, sich in Emotionen zu verlieren. Als Krieger führte er gewissermaßen ein Eremitendasein. Jemand, der jederzeit bereit ist, sein Leben für sein Volk zu lassen, durfte sich nicht in persönlichen Belangen verlieren, sich schon gar nicht verlieben oder dergleichen. Er hatte nicht das Recht, jemanden gefühlsmäßig an sich zu binden. Jedenfalls hatte Endos sich das sein Leben lang eingeredet. Erst jetzt verstand er, dass er bislang nie seiner wirklich wahren Liebe begegnet war. Manche Elbenfrauen hatten zwar versucht, ihn für sich zu gewinnen, sahen zu ihm auf, bewunderten seine Stärke, sein Geschick. Doch mit Liebe hatte das alles herzlich wenig zu tun gehabt. Bei Liessa war das etwas vollkommen Anderes. Er liebte sie. Sein Herz drohte zu bersten, wenn er ihr nur in die Augen blickte, wenn er nur an sie dachte. Ein Anflug von Verzweiflung machte sich in ihm breit. Wäre sie in Zeiten des Friedens gekommen. Er hätte sie geliebt bis ans Ende ihrer gemeinsamen Tage. Er hätte ihr all die wunderbaren Schätze seiner Welt zu Füssen gelegt. Er hätte ...

Aber sie war nicht in solch einer Zeit zu ihm gekommen. Es herrschte Krieg. Ein erbarmungsloser, grausamer Krieg.

Und er, Endos, war verdammt zu sterben. Vielleicht würde er noch die Rettung einiger Elben aus seinem Volke miterleben. Für ihn selbst jedoch kam jede Hilfe zu spät, das spürte er tief in seinem Herzen. Das hatte ihm auch die alte Weide am Sehnsuchtsee in jener nächtlichen Vision gezeigt.

Sanft erwiderte er Liessas Umarmung. Endos spürte ihre Wärme, ihre Zuneigung und fühlte den Schleier der Hoffnungslosigkeit in seinen feuchten Augen aufquellen.

Sie mussten eine ganze Weile so in sich versunken sein, als Kendavar endlich seine Anwesenheit deutlich machte. Er räusperte sich. Schließlich lachte er:

»Das ist also der todkranke Held, der in der Wüste verendet wäre, wenn ich mich nicht sofort auf den Weg gemacht hätte?«

Endos löste sich aus der Umarmung und sah den Zauberer verstört an. Sein alter Meister blinzelte ihm verständnisvoll zu, um ihn dann mit einer nicht weniger innigen Begrüßung in die Arme zu schließen.

Im Augenblick verzichtete er darauf, sich den Grund von Endos Reise durch die Wüste erklären zu lassen. Er kramte in seinem Beutel und reichte dem Elben einen Trank, durch den er erst mal wieder zu Kräften kommen würde. Dann stiegen sie auf die Pferde, wobei der Zauberer Liessa mit auf sein Pferd nahm, und ritten zurück zu der Hütte im Tal.

*

Kendavar hatte natürlich sofort zugestimmt, Endos zu retten.

Sich in die Belange des Universums einzumischen war eine vollkommen andere Geschichte. Liessa und Endos redeten Stunden um Stunden auf ihn ein, gaben sich alle Mühe den Zauberer von der Notwendigkeit ihrer gemeinsamen Mission zu überzeugen. Er jedoch argumentierte, er habe schließlich vor dem großen Rat einen heiligen Eid geschworen sich dem Schicksal kompromisslos zu unterwerfen. Diesen Schwur konnte und durfte er nicht brechen. All das Elend, das dieser Krieg mit sich gebracht hatte und noch weiter anrichten würde, schreckte einen Zauberer wenig. In allen Zeiten hatte die Evolution neue Spezies hervorgebracht und dafür alte sterben lassen. Das war der Lauf der Dinge. Und schließlich würde alles am Ende im All-Einen wieder vereint. Leid und Qual ebenso wie Liebe und Freude waren nur Schwingen des Lichtes und der Dunkelheit, Schwingen der Harpyie wie auch des Schmetterlings. Ein Zauberer hatte nicht das Recht über Gut und Böse zu richten.

Erst als Endos Kendavar von Gweldalâr, dem Schwert des Gehörnten, berichtete, dass er es persönlich aus den Händen des heiligen Hirsches erhalten hatte, begann der Zauberer einzulenken.

Kaum jemand kannte das Wesen und die Absichten des Vertrauten der Ceridwen besser als der alte Zauberer. Die Zeit der großen Göttin war vorbei. Sie selbst hatte sehr lange keine Anstalten unternommen, sich dem Lauf der Gestirne entgegenzustellen. Doch nun schien sie sich anders entschieden zu haben. Der Grund für die Einmischung des Gehörnten lag somit sicher nicht in dem Willen, irgendwelches albernes Machtgehabe unter Beweis zu stellen, wie es ihm die Diener des jungen Gottes gerne und bei jeder passenden und unpassenden Gelegenheit unterstellten. Auch waren Fehden und Grausamkeiten unter einzelnen Völkern weder für den Gehörnten noch für die Mutter je ein Motiv zur Einmischung gewesen.

Und selbst die Ablösung von den alten Werten, die Knechtung, Unterdrückung oder Vernichtung vieler Völker, Unterjochung der Tierwelt und die Zerstörung der großen, heiligen Haine waren für die Welt der Götter unerheblich. Etwas Anderes steckte hinter den Kämpfen, die hier gefochten wurden, etwas das selbst den großen weisen Kendavar das Fürchten lehrte, ohne dass er auch nur den leisesten Schimmer einer Ahnung hegte, warum dies alles geschah.

Drei Tage und Nächte versetzte er sich in eine Tranceartige Meditation. Am Morgen des vierten Tages war er endlich schweigend aufgestanden, hatte viele geheimnisvolle Utensilien zusammengepackt, war damit auf den Grat des Berges gestiegen, um die Göttin zu beschwören.

Endos hatte diese Zeit genutzt, Liessa einiges von seinem Wissen zu lehren, ihr den Umgang mit Pfeil und Bogen zu zeigen und ihr so gut es in der kurzen Zeit eben ging das Reiten beizubringen. Abends war Liessa todmüde ins Bett gefallen. Sie schätzte, dass sie in ihrem ganzen Leben nicht so viel gelernt hatte wie in den letzten Tagen. Ihre Gedanken überschlugen sich.

Kreidebleich war Kendavar endlich von seinem Treffen mit der Göttin zurückgekehrt. Endos hatte den Meister niemals in einer derart schlechten Verfassung gesehen. Irgendetwas hatte ihm sehr zugesetzt; doch er schwieg sich darüber zunächst aus.

Am Abend entzündete der Zauberer ein fahlblaues Feuer im Kamin, beschwor das Wohlwollen der geistigen Kräfte und begann schließlich mit trockenen, ernsten Worten zu berichten:

»Es ist wahr. Der Kampf ist in allen Welten entbrannt. Selbst die Energien des Universums sind aus dem Gleichgewicht geraten und befehden sich auf grausame Weise. Ihr glaubt, Margon sei der Dämon, der sich dieser Welt bemächtigen und sie mit seiner blutigen Herrschaft überziehen wolle. Das ist falsch. Er sieht sich vielleicht in dieser Position; dennoch ist er nichts als ein Handlanger, ein Vasall jener dunklen Mächte, die das gesamte Weltengefüge zu erblassen suchen. Ihr Werk ist es, dass die Wege zwischen den Welten schwieriger geworden sind. Ihr Werk ist es, dass Hass und Furcht sich in die Herzen aller Wesen eingebrannt haben. Sie haben begonnen, die grundlegenden lichten Strukturen allen Seins in ihren Grundfesten zu erschüttern und damit eine furchtbare Katastrophe heraufbeschworen.«

Liessa hatte ein großes Fragezeichen im Gesicht. Sie verstand von dem, was der Zauberer da von sich gab, herzlich wenig. In den letzten Tagen hatte sie vieles von ihrem ursprünglichen Weltbild als töricht und kleingeistig betrachtet, hatte vieles aufgenommen, was Endos sie gelehrt hatte, manches allerdings auch in Frage gestellt.

Die Zusammenhänge, von denen Kendavar sprach, waren jedoch gleich mehrere Nummern zu hoch für sie.

Was für Energien?

Was für Welten?

Was für lichte Strukturen allen Seins?

Das ging weit über ihren Horizont hinaus. Aber am Ende war schließlich Kendavar der große Magier und musste wissen, worum es ging, nicht sie.

»Allerdings «, fügte Kendavar nach einer längeren Pause tiefen Schweigens lächelnd hinzu, »diese Gedanken sind weder neu, noch meine eigenen. Aljana war vor kurzem bei mir. Die Wikka hat von einem Quantensprung der dämonischen Mächte gesprochen. Erst empfand ich ihre Erörterung als reichlich übertrieben und voreilig. Daher ließ ich die Wikka ziehen, ohne ihren Worten ernsthaft Gehör geschenkt zu haben. Doch die Situation hat sich geändert. Ich fürchte, ich habe die Ereignisse bei weitem unterschätzt. Habt ihr einen Vorschlag, was zu unternehmen ist? «

Er wandte sich bei diesen Worten vor allem an Liessa, die erstaunt und gleichsam verwirrt die Augenbrauen verzog. Sie war in die ganze Geschichte hineingerutscht, konnte nicht einmal erklären, wie es dazu gekommen war – und jetzt sollte sie wissen, was zu tun sei?

Der Begriff, der ihr in diesem Zusammenhang durch den Kopf ging war 'Blasphemie'. Sie wusste zwar nicht ganz genau, was der tiefere Sinn dieses Wortes bedeutete, aber irgendwie passte es. Irgendwie war es Blasphemie ausgerechnet sie zu fragen. Wobei ...

Sie hatte Endos damals vehement widersprochen, als es um den Weg zur Hütte ging. Daraufhin hatte er sie den Weg bestimmen lassen und sie hatte am Ende recht behalten.

»Nein «. Sie schüttelte den Kopf. Diesmal hatte sie keine Ahnung, was geschehen würde, musste, sollte oder könnte.

»Doch «, meldete sich Endos zu Wort. »Liessa, erinnere Dich an die Bilder aus der Quelle. Du hast längst vorhergesehen, was wir zu tun haben! «

Einmal mehr hatte Liessa ein großes Fragezeichen im Gesicht: »Ich? «

Der Elb nickte. Dann erzählte er von den Ereignissen an der Quelle – von Liessas Vision. Er hatte keinerlei Zweifel, dass es sich bei dem Ort, den sie gesehen hatte, um die Höhlen von Bragaan handelte, die alten Zauber- und Schatzkammern Nanwicks. Dort musste etwas verborgen sein, durch das sein Volk gerettet werden konnte. Möglicherweise verbarg dieser Ort noch mehr bedeutendes geheimes Wissen.

Kendavar fühlte in sich hinein. Es leuchtete ihm ein nach Bragaan zu ziehen. Das Mädchen Liessa war aus einem Grund, den er nicht verstand, jedoch auch nicht in Frage stellte, der Dreh- und Angelpunkt in den Ereignissen. Und tatsächlich war Bragaan ein Ort von ungeheurer magischer Tiefe. Liessa sollte sie führen. Ihr Schicksalsfaden war tief eingewoben in die Netze der Nornen. Ebenso wie jener von Aljana, der Wikka. Auch wenn beide ihre Rollen in dieser Geschichte deutlich unterschätzten und scheinbar einiges gemein hatten.

Kendavar atmete tief ein. Mit einem Mal war er vollkommen sicher, er würde Liessa folgen, wenn es sein musste bis in den Tod.

»Morgen früh brechen wir auf! «, sagte er mit einem Funkeln in den Augen, das dem alten Mann enorme Vitalität verlieh.

Der Morgen roch nach frischen Gräsern. Flacher Nebel schlich sich zwischen den Steinen am Weg davon. Der Himmel war noch erschöpft von einer Mond gefluteten Nacht. Die Sonne kündigte ihr Erscheinen durch einen zarten Streif am Horizont an und prophezeite jenes samtene Blau eines guten Tages. Beinahe lautlos glitten drei Pferde über die Ebene. Auf den ersten Blick geführt von drei unscheinbaren Reitern, die im Grau des Morgens unter ihren blassen Überwürfen kaum auszumachen waren. Es war eine eigentümliche Jagdgemeinschaft, die sich da aufgemacht hatte, zumal wenn man um das Ziel dieser Reise wusste.

Liessa brauchte einige Zeit, sich an die Kleidung zu gewöhnen, die ihr Kendavar verpasst hatte. Lieber hätte sie ihre alte Jeans behalten, statt dieser hässlichen ledernen Hose. Aber zum Reiten war die eindeutig besser geeignet, bot einen festeren Sitz im Sattel. Und mit diesem Panzerhemd, das er passgenau für sie gezaubert zu haben schien, konnte sie sich gar nicht anfreunden. Es drückte, scheuerte und kniff. Ihr Kopf weigerte sich vehement, sich mit der Vorstellung an einen blutigen Kampf anzufreunden. Andererseits war sie stolz, das Schwert Gweldalår behalten zu dürfen. Endos hatte es ihr mit den Worten überantwortet, dass ihm niemand einfiele, der würdiger sei, es zu tragen.

Der Elb selbst hatte von Kendavar eine andere magische Klinge bekommen, die sicher von nicht geringerer Bedeutung war. Allein die Gravierungen, der kostbar besetzte Knauf und die fein gewebte Scheide ließen auf eine edle Herkunft schließen. Neben dem Schwert trugen Liessa und Endos jeweils einen Bogen samt Köcher und Pfeilen.

Kendavar begnügte sich mit einem alten, abgegriffenen Stab, von dem sich Liessa kaum vorstellen konnte, dass er als Waffe gegen irgendwen oder irgendetwas wirksam eingesetzt werden könne. Zudem trug der Zauberer einen kleinen Beutel mit allerlei Utensilien und einen zierlichen Dolch, der wohl besser als Brieföffner sein Dasein auf einem Schreibtisch hätte fristen sollen. So dachte Liessa jedenfalls. Hinter ihren Sätteln hatte jeder von ihnen zwei Satteltaschen mit Proviant sowie zwei Wasserflaschen und eine Decke verstaut.

Insgesamt empfand Liessa diese Ausrüstung eher als spärlich. Man hätte wenigstens noch ein paar Seile mitnehmen sollen, etwas zum Feuermachen, Regenzeug, Lampen oder Fackeln und dergleichen.

Letztlich hatte Kendavar ihre Bedenken lächelnd weggewischt und versichert, dass sie vermutlich nicht einmal die Decken benötigen würden. Und viel wichtiger als all der Firlefanz seien ihr Mut und ihre Entschlossenheit. Davon könne man gar nicht genug im Gepäck haben in diesen Zeiten.

Die Sonne stand schon beinahe im Zenit, als sie den Rand der Steinwüste erreichten. Von hier an würde der Weg zwar nicht mehr ganz so staubig, jedoch wesentlich gefährlicher werden. Herumstreunende Patrouillen von Berserkern hatten in den Wäldern deutliche Spuren der Verwüstung hinterlassen. Ihnen in die Arme zu laufen, wäre keine gute Idee gewesen.

Der lockere, entspannte Trab war nun vorbei. Endos ritt in Sichtweite vorne weg. Die kleine Gemeinschaft brachte die Pferde jetzt in einen ruhigen und vor allem leisen Schritt. Auch schwiegen alle drei und bemühten sich, keine Geräusche zu verursachen.

Für Liessa war es ein recht ermüdender Ritt. So langweilig, dass sie ihre Gedanken mit Erinnerungen fütterte. Sie versuchte sich ins Gedächtnis zu rufen, wie sie überhaupt in diese Geschichte hineingeraten war. Ein Schleier hatte begonnen, das Vergangene in Vergessen zu wandeln. Das irritierte sie. Nur noch schemenhaft sah sie ihre Mutter vor sich, gerade dass sie sich noch an den Namen und ein Gesicht erinnern konnte. Das ständige Gezeter hatte sie längst aus ihrem Gedächtnis gelöscht. Sie sah ihr Zimmer, den Computer. Alles war bereits in weite Ferne gerückt.

Nicht, dass sie sich über ihr Fehlen zu Hause oder in der Schule einen Kopf gemacht hätte. Das hatte sie längst komplett weg geatmet.

Sie versuchte, ihre Kindheit zu erfassen, erinnerte sich an dieses unbestimmte, schräge Gefühl bei Vollmond. Ihre Unruhe. Diffuse Ängste. Ihr bisheriges Leben verschwamm hinter einem Vorhang. Es kam ihr alles nicht mehr wirklich vor. Liessa spürte wie das Vergessens an ihr nagte. Je länger sie darüber nachdachte, desto stärker wurde die Furcht, ihr bisheriges Dasein aus dem Gedächtnis zu verlieren.

Schließlich entschied sie sich dem Zauberer davon zu berichten. Im Flüsterton, das versteht sich von selbst, fragte sie ihn, was diese Angst alles zu vergessen zu bedeuten habe. Sie erwartete, dass er sie mit einem strengen Blick zum Schweigen ermahnte. Doch das tat er nicht. Stattdessen ließ er sich mit einer sorgenvollen Miene auf die Frage ein.

»Solange Du Deine Erinnerung hast, kannst Du zurückkehren «, sagte er nachdenklich. »Denke an Deine Eltern, an Dein zu Hause, Deine Freunde, so oft es Dir möglich ist; denn nur in Deiner Erinnerung um Deine Beziehungen zwischen unseren Welten liegt der Schlüssel für Deine Rückkehr. Achte sorgsam darauf, dass Du ihn nicht verlierst. «

Liessa lief ein Schauer über den Rücken. Bevor sie weiterdenken konnte, sah sie nach vorne. Endos war abgestiegen und betrachtete mit bedenklicher Miene eine kahl geschlagene Stelle im Wald. Hier hatte jemand erst vor kurzem sein Lager aufgeschlagen. Die Feuerstelle war noch warm, wenn auch längst erloschen. Der freie Platz hatte sicher mehr als einhundert Wesen ein Nachtquartier geboten. Soviel stand fest. Und – sie waren weder beritten, noch waren es Berserker.

Mittlerweile hatte auch Kendavar die Feuerstelle erreicht. Der Zauberer stieg vom Pferd. Er runzelte die Stirn, lief einmal quer über den Platz, eilte dann zurück, saß auf und gab Zeichen, diesen Ort unverzüglich zu verlassen. Er galoppierte voran. Nichts mehr mit Schritt und nicht entdeckt werden wollen.

Erst als sie die Stelle im Wald lange hinter sich gelassen hatten, wechselte er die Gangart. Zu Liessas Erleichterung. Sie hatte nach drei Tagen Training schon geglaubt, sie sei eine perfekte Reiterin. Was für ein grandioser Irrtum. Eben hatte sie Mühe gehabt, sich beim Galopp überhaupt im Sattel zu halten.

»Was war los?«, fragte sie, als sie wieder auf Höhe des Zauberers war.

Kendavar zuckte mit den Schultern: »Nur so ein Gefühl!«

Sie war ziemlich verwirrt. ‚Nur so ein Gefühl?‘ Diese Antwort besagte etwa so viel wie ‚ich dachte, wir müssten langsam los!‘

Endos war da schon etwas gesprächiger. Er hatte in dem Lager einen kleinen Lederbeutel gefunden und mitgenommen.

»Du weißt nicht zufällig, was das ist?«, fragte er lächelnd. »Es ist ...« Er stockte. Sah zu Kendavar, der wohlwollend nickte, fuhr dann fort: »Es ist ein Teil der Utensilien, die ein Druide zur Beschwörung von geistigen Kräften benutzt.«

»Na wenn schon«, erwiderte Liessa, »warum vor einem einzelnen Druiden in solcher Eile fliehen?«

Kendavar lächelte: »Du hast den Platz gesehen? Dann weißt Du auch, dass dort nicht nur ein Druide seine Rituale praktiziert hat. Als wir dort waren, waren wir nicht allein. Ich meine nicht diese Berserker oder andere Vasallen Margons. Ich rede von Geistern. Geister, die immerhin in der Lage sind, sichtbare Spuren in den Boden zu treten. Wer weiß, was der Druide heraufbeschworen hat, was ihm widerfahren ist? Jedenfalls erschien es mir klüger, diesen Ort schleunigst zu verlassen. Doch nun genug davon. Es ist nicht gut, in der anbrechenden Dunkelheit über Geister und dergleichen offen zu reden. Lasst uns lieber einen geeigneten Lagerplatz für die Nacht suchen. Wenn ich mich nicht täusche, sind wir bald am Rande des Waldes angelangt. Wir sollten nicht auf freiem Feld kampieren.«

Endos war wieder vorausgeritten und hatte eine Stelle entdeckt, die zur Übernachtung geeignet schien. Der Ort lag inmitten mächtiger, halb verwitterter Sandsteinfelsen. Es gab nur einen engen Zugang, durch den sie sich und ihre Pferde gerade hindurchzwängen konnten. Dahinter verbarg sich eine Wiese, auf der im Kreis alte, knorrige Eichen standen. Selbst Kendavar schien beeindruckt von diesem Ort. Er stieg vom Pferd, sattelte ab und wies Liessa an, es ihm gleich zu tun.

Der Zauberer schritt den Platz ab und beschloss schließlich, das Nachtlager im Westen aufzuschlagen. Diese Ecke war windgeschützt und sie würden spätestens durch die aufgehende Sonne wach gekitzelt. Dann sammelte er etwas Holz und entzündete auf eine Weise, wie Liessa es noch nie gesehen hatte, ein kleines Feuer. Es war Magie.

Nach dem Essen kuschelte sich Liessa an Endos, der damit beschäftigt war, sich eine kleine Pfeife zu stopfen. Schon den Geruch des Tabaks mochte Liessa sehr. Sie sah Endos zu, wie er seine Pfeife anzündete. Entspannt zog er daran. Liessa sah ihn an und spürte tiefe Wärme und Geborgenheit. Und sie fühlte sich unsagbar glücklich. Vergessen war der Kampf, vergessen waren Berserker und Geister, vergessen war auch ihre eigene Vergangenheit und selbst der Zauberer, der nur wenige Schritte von ihnen entfernt saß. Sie und Endos saßen gemeinsam am Lagerfeuer. In einer zärtlichen Nacht, umrahmt von den liebevoll tanzenden Schatten der Bäume und einem unglaublich romantisch glänzenden Sternenhimmel. So sanft entschlummerte der Tag.

Als Liessa erwachte, war das Feuer längst erloschen. Ein Meer von Sternen zeichnete einen wie es schien mit sich zufriedenen Himmel. Die Luft war warm und duftete nach Frühling. Liessa atmete tief ein und kuschelte sich wieder an Endos, der, seinen Arm um sie gelegt, fest schlief. Zaghaft strich sie ihm durch die Haare, küsste ihn sanft auf die Wange. Liessa erschauerte. Ein Gefühl zitternden Prickelns erfüllte ihren Körper. Sie drängte sich näher an den schlafenden Elb und spürte eine euphorische Übelkeit im Bauch. Kaum traute sie sich zu atmen, weil ihr Atem so laut, so intensiv tönte, dass sie damit die ganze Welt aufgeweckt hätte. Es war ihr peinlich; dennoch hörte sie nicht auf, ihn zu liebkosen. Sie konnte einfach keinen Abstand gewinnen. Sein ruhender Körper zog sie magisch an. Und sie wehrte sich nicht, rückte so dicht an ihn heran, wie es irgend ging.

Auch Endos war wach. Er vermochte nicht zu beurteilen, ob er auch nur einen Augenblick in dieser Nacht geschlafen hatte.

Nachdem Liessa eingeschlafen war, hatte er aufstehen wollen. Er konnte ihre Nähe nur schwer ertragen, ihr gleichsam kaum widerstehen. Sie war so sanft an seiner Schulter eingeschlafen, dass er sie keinesfalls hatte wecken wollen. So hatte er sich neben sie gelegt, ihr die Wärme zu geben, die sie nach den Strapazen des Tages dringend benötigte. Endos hatte sich Schlafen gestellt. Als sie begann ihn zu streicheln hatte er sich nicht dagegen gewehrt. Insgeheim hatte der Elb mit sich gekämpft und endlich nur noch diese wundervolle Nacht, dieses liebevollste aller Geschöpfe und sich selbst weit entfernt von Zeit und Raum gefunden. Langsam öffnete er die Augen, sah Liessa an, strich ihr durch die Haare. Bei der Berührung ihrer Lippen fuhren beide auf wie Blitze im Universum. Keines Gedankens, keines Wortes fähig. Hätte der goldene Morgen den Nachthimmel nicht aufgetaut, sie wären auf ewig in einander verschlungen geblieben.

Der Zauberer hatte das Feuer neu entfacht. Der aromatische Duft aufgebrühten Tees kitzelte Liessa in der Nase. Sie schlug die Augen auf. Ihre Gedanken kreisten um diese Nacht. War es nur ein Traum gewesen? Ihr Blick fiel auf Endos, der an sie geschmiegt im Gras lag. Mit einem sanften Lächeln auf den Wangen löste sie sich aus seiner Umarmung, stand vorsichtig auf, ordnete ihre Sachen und ging zum Feuer hinüber.

»Kannst Du mir bitte die Tasche mit dem Proviant dort herüberreichen? «, begrüßte sie Kendavar, um dann hinzuzufügen: »Ich habe Dir noch nicht einmal einen guten, starken Tag gewünscht. Hast Du gut geschlafen? «

Er sagte dies so beiläufig, dass es Liessa erspart blieb, darauf genauer einzugehen. Sie reichte ihm die die Packtasche. Dann ging sie ans Feuer, sich die Finger zu wärmen. Vollkommen entrückt stand sie vor den Flammen. Ihr war nicht einmal bewusst, dass sie überhaupt nicht fror.

»Guten Morgen, Liessa. «

Sie schrak aus ihrer Träumerei auf, als sie die Stimme des Elben hörte. Ihre Wangen waren in surreales Rot gefärbt. Kaum wagte sie aufzublicken, sah dann aber doch zu Endos hinüber. Er zwinkerte ihr freundlich zu. Das war alles.

‚Das ist alles? '

Liessa war enttäuscht. Hatte sie doch nur geträumt? Oder war es für ihn etwa nur ein nettes Spiel gewesen? Am Ende war sie nicht hübsch genug? Eines Elben nicht würdig? Doch nur eine Göre!

Der Zauberer reichte ihr einen Becher Tee.

»Trink! «, forderte er sie auf. Sie setzten sich ans Feuer, tranken Tee und nahmen jeder ein Stück von dem Fladenbrot artigen Gebäck des Zauberers.

Endos war sauer. Sauer auf sich selbst. Wie hatte er sich nur so gehen lassen können. Er fühlte wieder den 'Kalten Tod' in sich und wusste, dass er den Gang der Geschichte nicht mehr lange würde mitbestimmen können. Zwei, vielleicht drei Tage, dann würde es vorbei sein. Kendavar hatte zwar seine Schmerzen lindern können, das langsame Sterben jedoch würde er nicht aufhalten.

Wie konnte er Liessa nur derart ins Unglück stürzen. Endos fühlte sich schlecht – mies, wie ein schmutziger, kleiner Verführer.

‚Es hätte nicht dazu kommen dürfen ', zermarterte er sich das Hirn. Und er dachte daran, Liessa durch die geballte Wut banaler Worte zu bewegen, ihn zu hassen.

»Ihr solltet die Pferde satteln! «, beendete der Zauberer die erdrückenden Gedanken-Monologe der beiden.

Schweigend standen sie auf, packten zusammen und sattelten die Pferde. Kendavar hatte ganz nebenbei das Feuer gelöscht, ein wenig aufgeräumt und den Ort so hergerichtet, als habe ihn nie jemand betreten. Mit einer tiefen Verneigung dankte er dem Ring aus knorrigen Eichen für den Schutz, den sie ihnen in dieser Nacht gewährt hatten.

Mit den nachdenklichen Worten: »Ich habe so ein Gefühl, dass es heute ernst werden könnte! «, saß er auf und übernahm die Führung der kleinen Gemeinschaft. Hinter ihm ritt Liessa und am Schluss des kleinen Zuges der Elb.

Bald hatten sie den Rand des Waldes erreicht. Vor ihnen lag eine weite Steppe. Eine endlos scheinende Landschaft aus niederem Gras, aufgelockert nur durch wenige kleinere Gruppen von Hecken und Büschen.

Das Land schien von Kampf und Zerstörung unberührt zu sein. Allerdings hätte es hier wohl auch nicht sehr viel zu zerstören gegeben.

Nachdem sei sich vergewissert hatten, dass in der Umgebung keine feindlichen Berserker-Truppen herumlungerten, ritten sie auf die Ebene. Den ganzen Vormittag waren sie unterwegs, ohne dass die Landschaft Anstalten machte ihr Gesicht auch nur im Ansatz zu ändern. Der Wald war längst hinter einem zarten Schleier am Horizonts versunken. Der Gang der Sonne war ihr Führer, ihre einzige Orientierung.

Als die Sonne im Zenit stand, saßen sie kurz ab, aßen eine Kleinigkeit, tranken etwas und hatten vor allem Gelegenheit sich einmal richtig zu strecken. Sehr bald brachen sie wieder auf. Sie beeilten sich, die Ebene hinter sich zu bringen. Es wäre nicht gut gewesen in dieser freien, allzu offenen Gegend am Ende vielleicht noch übernachten zu müssen.

Am späten Nachmittag erspähte Endos vor ihnen die Silhouette eines Dorfes. Sie beratschlagten, ob es sinnvoll sei den Ort zu umgehen. Andererseits konnten sie möglicherweise Informationen über die Kriegsschar Margons erhalten.

Waren die wilden Horden hier durchgekommen?

Hatte überhaupt jemand einen Berserker oder gar eine ganze Gruppe dieser Bestien gesehen?

Oder hatten sie am Ende das gesamte Dorf längst ausgelöscht und es gab nur noch ein paar jammernde Kinder, die einsam und verwirrt durch die Gegend irrten?

In einem kleinen Hain, nicht weit von den ersten Höfen entfernt, machten sie Halt. Kendavar wollte in der Verkleidung eines alten Bettlers den Ort auskundschaften. Zum einen konnte er dadurch verhindern, dass sie in einen Hinterhalt gerieten, zum andern war Liessa für die Anwohner von derart fremdländischem Aussehen, dass ihre Reaktionen von Erstaunen und Bewunderung bis hin zu bitterer Feindseligkeit reichen konnten. Selbst mit Elben hatten sie sicher lange Zeit nichts mehr zu tun gehabt. Waren die Elben auch früher einmal in diesen Landen ein- und ausgegangen, heute war ihre Anwesenheit bereits Grund genug für Misstrauen und Besorgnis; denn schließlich wusste jeder um die Jagd der Schergen des dämonischen Herrschers auf Elben und Zwerge. Und was den Zauberer anging: Er war für die Menschen in den Dörfern schon seit langem nur noch eine Legende. Sie kannten ein paar Geschichten von einem alten eigenwilligen Zausel, der sich müde in die Einsamkeit der Wüste zurückgezogen hatte. Und die wenigen, die überhaupt noch um das Schicksal von Zauberern wussten, empfanden sie als Verräter, die das einfache Volk in seinem Elend allein gelassen hatten.

Bevor Kendavar in das Dorf aufbrach, vollführte er einige Rituale, bei denen ihm Liessa zusehen durfte. Er benetzte Gesicht und Hände mit einer seltsam schimmernden Flüssigkeit, kramte aus seiner Satteltasche einen alten, Flicken gesäumten Überwurf, ließ sich von Endos einen Wanderstab schnitzen, den er mit Schlamm und Beeren solange bearbeitete, bis er den Anschein jahrelanger Abnutzung besaß.

Für Liessa war Kendavar allerdings immer noch der Zauberer mit diesen unglaublich tief leuchtenden Augen.

»Für Dich «, warf Endos ein, »und für mich. Wir sehen ihn, wie wir ihn kennen. Aber glaube mir, die Dorfbewohner werden einen gebrechlichen, alten Bettler vor sich haben. Und im gleichen Moment würden ihn die feigen Berserker als teuflisches Monster wahrnehmen, wenn er es wollte. Durch diese Flüssigkeit kann er fast jedes beliebige Bild seiner Gedanken für seine Gegenüber in Gestalt bringen. «

Liessa überlegte. Etwas Ähnliches hatte sie in Zusammenhang mit Computern schon einmal gehört. Eine Art Projektion von Gedanken auf andere. Warum nicht?

Die Sonne tauchte das Land in feuriges Rot als Kendavar aufbrach. Liessa und Endos standen nun allein in dem Wäldchen. Sie lagen nicht etwa im Gras, wie Liessa es sich ersehnte. Vielmehr waren sie wieder aufgesessen. Für den Fall, dass das Dorf bereits von Margons Soldaten besetzt war und sie fliehen mussten, hatte Endos Vorkehrungen getroffen.

Er hatte das Pferd des Zauberers an den Zügel genommen und beobachtete aus dem Schutz der Bäume das Dorf. Alles schien ruhig zu sein. Zu ruhig vielleicht. Eine bedrückende Stille schwang in der Luft. Nicht einmal das Toben spielender Kinder war zu vernehmen.

Liessa war die Sache etwas unheimlich. Sie hatte bisher noch an keinen ernsthaften Kampf gedacht. Berserker hin oder her. Es waren für sie immer noch kleine, fette Monster, die man mit dem Joystick zur Explosion brachte. Der Kampf mit dem Berglöwen war eine schwache Andeutung von dem gewesen, was auf sie zukommen konnte, das ahnte sie wohl. Dennoch war alles so fremd und unwirklich.

Instinktiv griff sie nach dem Schwert, zog es aus der Scheide und richtete es zum Dorf hin aus. Gebannt hielt sie die Spitze der Klinge im Blick und war heilfroh, dass diese nicht zu glühen begann.

Es war bereits dunkel, als Kendavar zurückkam.

»Ihr seid ja feine Krieger «, lachte er, als er plötzlich und unvermittelt hinter ihnen stand. »Seid nicht einmal in der Lage, einen alten, schwachen Mann auf offener Straße zu erkennen. «

Weitere Kommentare ersparte er den beiden, weil er Liessa nicht mehr Angst einflössen wollte, als zu ihrem eigenen Schutz nötig war. Außerdem waren sein Aussehen und seine Farbe eins mit der Straße gewesen. Selbst bei Tage hätte man ihn schwerlich ausgemacht, wäre er sogar den Adlergleichen Augen eines Elben entgangen.

Nach einer kurzen Pause berichtete er von den Ereignissen im Dorf. Vor weniger als einer Woche waren tatsächlich Soldaten aufgetaucht. Sie hatten die Leute ausgefragt, Häuser durchsucht, Proviant und Pferde beschlagnahmt. Im Gegensatz zu früheren Überfällen, waren keine Berserker unter ihnen gewesen. Es handelte sich um eine den Einwohnern fremde Rasse von Menschen, groß, kräftig und wendig. Nur wenige von ihnen beherrschten die Sprache des Landes. Auch waren nur die Anführer und ein paar Berittene direkt in den Ort gekommen. Der größte Teil der Truppe hatte außerhalb Quartier bezogen. Es hatte keine Plünderungen oder andere Gräueltaten gegeben. Allerdings hatten sie damit gedroht das Dorf niederzubrennen, falls sie über das Auftauchen von Fremden nicht unverzüglich informiert würden.

Kendavar sah Liessa ernst an: »Ich fürchte sie wissen, dass wir unterwegs sind. Und da ist noch etwas Eigenartiges. Ich habe keine Erklärung dafür. Sie wissen, wer Du bist! «

Liessa schrak zusammen.

»Sie kennen mich? Woher? Wieso? Wie kann irgendjemand aus dieser Welt überhaupt wissen, dass ich hier bin? «

Der Zauberer unterbrach Liessa. Er versuchte sie zu beruhigen. Margons Augen waren überall. Kendavar fragte sich, wie er selbst hatte so töricht sein können, zu glauben, ihr Vorhaben sei vor dem finsteren Herrscher verborgen geblieben.

»Was werden wir jetzt unternehmen? «, fragte Endos nachdenklich.

»Wir reiten ins Dorf «, erwiderte der Zauberer bestimmt. »Ich habe einen alten Bauern gefunden, der uns Unterkunft für die Nacht gewährt. Er wird uns sicher nicht verraten. Nachdem ich lange mit ihm gesprochen habe, gab ich mich zu erkennen. Er war glücklich, mich unter den Lebenden zu wissen. Ich hätte viel früher eingreifen sollen, ich alter Narr! «

Mit diesen Worten schwang er sich auf sein Pferd. Das Dorf war wie ausgestorben. Türen und Fenster fest verrammelt. Kein einziger Lichtschein drang nach außen. Kein Mensch, nicht einmal Tiere waren zu sehen oder zu hören. Eine gespenstische Stille.

Bald hatten sie den Ort durchquert. Vor ihnen lag ein Hof mit einem kleinen Haus, vier oder fünf Nebengebäuden, Ställen und einem kleinen Teich. Der Bauer erwartete sie bereits. Er ließ die Pferde durch einen Knecht in den Stall bringen, bat den Zauberer, Liessa und Endos ins Haus.

Für Liessa hatte er ein Bad herrichten lassen, das letzte für lange Zeit möglicherweise. Sie war froh, den Straßenstaub aus den knirschenden Zähnen waschen zu können und empfand das heiße Brennen des Wassers an ihren wund gerittenen Schenkeln als das schönste Gefühl auf der Welt.

Danach wurde gegessen. Der Gastgeber hatte auf Kendavars Geheiß hin noch einige weitere Leute aus dem Ort eingeladen, unter ihnen der Bürgermeister, der Waffenschmied und einige mehr, die bereit waren, für die Geschicke ihrer Gemeinde einzustehen.

Bis spät in die Nacht wurde geredet, überlegt, wurden Pläne geschmiedet. Liessa verstand von alldem nicht viel. Sie zog es vor, ins Bett zu gehen und sich noch einmal richtig auszuschlafen. Denn immerhin hatte sie doch so viel begriffen, dass sie in der nächsten Zeit wohl kaum in einem weichen, warmen Bett schlafen würde.

Nachdem Liessa verschwunden war, hatte es noch eine sehr ernste Unterhaltung zwischen Endos und Kendavar gegeben. Der Zauberer hatte vorgeschlagen, Endos solle im Dorf bleiben. Sein Zustand war zu schlecht. Es hatte sich auch schnell jemand gefunden, der ihn bereitwillig bei sich aufgenommen hätte. Die Dorfbewohner achteten den Elb sehr; nicht zuletzt, da er für ihre

Freiheit mehr Mut und Stärke einsetzte als manche von ihnen. Endos hatte ihr Angebot dankend abgelehnt. Er wusste, Bragaan würde für ihn zum Grab werden. Dennoch bestand er darauf, bis zum letzten Atemzug zu kämpfen und Liessa zu beschützen, solange er dazu in der Lage war. Schließlich war es seine Schuld, dass sie überhaupt in diesen Krieg hineingezogen wurde. Außerdem (das verriet er natürlich niemandem) wollte er solange wie möglich in ihrer Nähe sein, weil er sie mehr liebte als sein eigenes Leben. Wenngleich er sich geschworen hatte, es sie nicht noch einmal spüren zu lassen.

Am Morgen wurde Liessa sehr früh geweckt. Es war noch dunkel. Nach einem kurzen Frühstück geleitete der Hausherr die Gefährten zu Tür. Die Pferde standen bereit. Alle wünschten ihnen Glück und so verließen sie noch vor Sonnenaufgang das Dorf.

Noch im Laufe des Vormittags erreichten sie das Gebirge. Bis zu den Höhlen von Bragaan oder dem Vehrenfels, wie ihn die Zwerge nannten, war es nun nicht mehr weit. Von Margons Söldnern war nichts zu sehen. Die Höhlen waren schon vor langer Zeit durch den finsteren Zauberer erobert worden und wurden seitdem streng bewacht. Dort wurden immer noch Zwergenschätze vermutet, die jedoch trotz intensiver Bemühungen bislang niemand hatte finden können. Irgendetwas stimmte hier nicht. Kendavar zerbrach sich den Kopf darüber. Man wusste von ihnen; und man wusste mit Sicherheit auch, wohin sie unterwegs waren. Warum wurden die Straßen nicht bewacht? Wieso hatten sie kein Lager gesehen, waren von niemandem verfolgt worden?

Das ergab alles keinen Sinn; es sei denn ..., Margon hoffte, durch sie zu den geheimen Zauberkammern Nanwicks zu gelangen!

Und so war es tatsächlich. Margon hatte eine schlagkräftige Armee aufgeboten, die drei in Bragaan zu überrumpeln. Allerdings lautete sein Befehl, abzuwarten, bis sie die heiligen Kammern der Zwerge geöffnet hatten. Er selbst war längst zu der Höhlenstadt unterwegs.

Kendavar zweifelte, ob es richtig sei, Liessa in die Höhle des Löwen zu führen. Margon kannte keine Skrupel. Er würde sie ebenso foltern und umbringen lassen, wie die vielen schuldlosen Zwerge, Elben und Menschen, die in seinen Kerkern ein grausames Ende gefunden hatten.

»Ich hätte Euch beide zurücklassen sollen! «, murmelte er, in Selbstvorwürfe verstrickt. Doch dazu war es zu spät. Vor ihnen lag das breite Portal der Höhlen, still und friedlich, als habe hier niemals ein Kampf stattgefunden. Keinerlei Spuren waren in dem weichen Boden zu finden. Keine Wachen an den Toren. Nichts.

»Seht Euch nicht um! «, flüsterte der Zauberer. »Sie sind da. Sie beobachten uns. Aber sie sind naiv genug zu glauben, dass wir sie nicht bemerkt haben.

Diese einfältigen Vasallen eines mittelmäßigen Zauberlehrlings. Natürlich kannte Kendavar die gewaltigen Fähigkeiten Margons wie seine eigenen, aber gerade deshalb konnte er dessen Verhalten nicht verstehen. Wir werden ihrer früh genug gewahr werden. Spätestens wenn wir die Zauberkammer Nanwicks geöffnet haben, werden sie über uns herfallen, falls wir ihnen die Möglichkeit dazu bieten. In den endlosen Gängen wird es dann nur so von Berserkern wimmeln. «

Kendavar hatte einen Plan. Er kannte die geheimen Wege im Inneren des Berges. In der Ahnung eines Angriffs, hatte Nanwick seinerzeit Wehrgänge, Fallen und Irrwege anlegen lassen. Wer sich in diesem Labyrinth verlief, dem konnte die Höhlenstadt zum lebendigen Grab werden. In den letzten Monaten vor der Okkupation hatte Bragaan einem Ameisenhaufen geglichen. Die Stadt war zu einer Festung umgerüstet worden. In den Tiefen des Berges hatte Nanwick eine Trutzburg errichten lassen. Keiner von Margons Soldaten war jemals bis dorthin vorgedrungen. Wenn es ihnen also gelingen würde, die Truppen in das Labyrinth zu locken, konnten sie mit heiler Haut aus der Sache rauskommen.

Sie stiegen von den Pferden, nahmen ihnen Sattel- und Zaumzeug ab, trieben die Tiere davon.

»Die brauchen wir jetzt nicht«, hatte Kendavar gesagt, »und wenn doch, dann werden sie es wissen und zu uns kommen.«

Der Zauberer nahm die nötigen Utensilien aus den Satteltaschen und verteilte an Endos und Liessa, was sie tragen konnte, ohne sich dadurch zu behindern. Dann öffnete er mit einem Zauberspruch das mächtige Tor. Die Jagd konnte beginnen.

*

Elbenwälder
Feenhaine
Tore öffnen kalte Särge

niemand weiß
was ist, was war

Elbenklingen glühen heiß

allen ist gemeinsam eines
nährt sie – liebt sie
immerdar

im Vertrauen liegt der Frieden
im Vertrauen liegt die Macht
im Vertrauen werden Kriege
im Vertrauen ausgelacht

Elben grün
von edlem Wirken
Feenwelt

webt Feensang
strahlt die Hoffnung
Morgenröte
reicht den Welten
Morgenklang

Lange hatten Novagorn, Meridor und Sirandha zusammengesessen und darüber nachgedacht, wie oder unter welchen Voraussetzungen eine Versöhnung mit Mirhanëa zustande kommen konnte. Die alte Fehde war längst vergessen. Darüber machte sich niemand mehr Gedanken. Vielmehr ging es jetzt erst einmal darum, ein Portal nach Irandhar zu öffnen, oder jemanden zu finden, der den Kontakt zur Feenwelt noch nicht verloren hatte. Nach Dannbarar hatte Mirhanëa die Zugänge zu ihrer Welt vollständig verschlossen.

»Kann uns Aljana nicht doch helfen? «, hatte Sirandha zu bedenken gegeben. Die Wikka hatte BiFröst geöffnet und das dreizehnte Tor gefunden. Sie wanderte zwischen den Welten, als sei es das Normalste im Universum. Genau genommen war es das für sie wohl auch.

Meridor und der König hielten es kaum für möglich Aljana ausfindig zu machen. Sie hatte sich wegen dringender Angelegenheiten verabschiedet, wie sie sagte. Man musste eine andere Lösung, einen anderen Weg finden. Über das dreizehnte Tor würden sie nach Asengard gelangen. Heimdallr hatte Meridor bereits einmal in seiner Welt willkommen geheißen. Es würde nicht schaden, ihn zu besuchen.

»Freya? «, glänzten Novagorns Augen. »Ihr müsst Freya suchen. Sie und ich, wir waren einmal fast vereint. Die Nornen hatten leider einen anderen Plan für sie. Urd ließ sie tief ins Unglück stürzen, in dem sie die Wege Freyas und Odrs kreuzte. Die unbeschreiblich Schöne wusste nichts vom Schicksal ihres Angebeteten. An Beltane schworen sie sich die Ehe. Doch im Herbst verschwand Odr. Den bitterkalten Winter lang suchte Freya nach ihm und vergoss unzählige goldene Tränen wegen des Verlustes. Erst im Frühjahr kehrte er dann zurück; denn Odr war der Gott des Sommers, aber das durfte er der Göttin nicht verraten, sonst wäre ihre Liebe für immer erloschen. So erlebten sie diese Pein Jahr um Jahr. Die wunderschöne Vanin hätte sicher gut daran getan, sich einen beständigen Elben zum Manne zu nehmen. Andererseits sagen die Legenden, dass Freya keine Frau von Traurigkeit war, ähnlich wie Thor – so sagen sie! «

»Vater! «, empörte sich Sirandha. »Hör endlich auf mit dieser alten Geschichte. Du glaubst doch nicht wirklich, dass Freya Dich auch nur eines Blickes gewürdigt hätte. Sie war eine Göttin! «

»Hört bitte auf Euch zu streiten! «, mischte sich Meridor ein, »das führt zu nichts. Uns sollten die Belange der Asen und Vanen weniger interessieren. Sie sind verloschen, untergegangen mit ihrer gesamten Welt. Wenn sie nun wieder auferstehen, dann hoffe ich, dass wir sie als Verbündete gewinnen werden. Sie wären sicher gute und mächtige Verbündete. Doch bedenkt, Asengard beginnt, wodurch auch immer, gerade erst zu erwachen. Thor, Loki, Freyr, die Walküren und die Helden von Walhalla. Noch sind sie nur Geschichte. Sie müssen sich erst einmal selber finden, bevor sie sich auf die Mächte des Universums einlassen können. Heimdallr kennt gerade einmal seine Burg und die Brücke. Freya weiß vermutlich noch nicht einmal, dass sie überhaupt eine Göttin war oder ist oder was auch immer. Sie mag eine wundervolle Frau gewesen sein und wiederum eine wundervolle Frau werden. Im Moment jedoch steht zu befürchten, dass sie sich erst einmal selbst finden muss. Sie sitzt sicherlich in Volkwang und bestaunt all die Dinge, die um sie herum neu entstehen. Nein, Freya wird kaum einen Weg in das Feenreich für uns öffnen. Sie nicht und kein anderer Ase oder Vane. Wir müssen eine andere Möglichkeit in Betracht ziehen. «

Novagorn sah in den Himmel. Seit Tagen kreiste dort ein Eichelhäher. Diese Vögel galten als verschlagen, mit einem starken eigenen Willen. Es hieß sie seien unzähmbar, abgesehen von der Tatsache, dass ein Elb ohnehin niemals versuchen würde irgendein Tier zu domestizieren. Solch absurde Angelegenheiten überließen sie den Menschen. Aber selbst die mochten den Falken oder sogar den Adler bezwingen, nicht aber den Häher. Der Elbenkönig erinnerte sich an alte Legenden, in denen ein Eichelhäher zwischen den Welten pendelte. Konnte dieser Vogel der Feenkönigin vielleicht eine Nachricht überbringen?

Sie mussten es probieren!

Kurz entschlossen ließ Novagorn im Wipfel der höchsten Esche eine Sammlung erlesenster Körnerspeisen für den Vogel anrichten. Und tatsächlich, es funktionierte. Der Eichelhäher nahm die Speise an und dankte sie dem König, indem er ihm nach dem köstlichen Mahl in der grünen Halle der Königsburg direkt vor die Füße flog.

»Korn? « stammelte Sirandha unsicher und kam sich ziemlich albern dabei vor, mit einem Vogel zu sprechen. Niemand staunte mehr als die Königstochter als der Vogel plötzlich auf ihren Schoß hüpfte und den Kopf schräg legte. Ihr war die Sache fast unheimlich.

»Korn? «, wiederholte sie, »Du bist Korn, habe ich Recht? «

Der Vogel krächzte dreimal als wolle er ihre Vermutung bestätigen. Nun sahen Novagorn und Meridor ziemlich dumm aus der Wäsche.

»Woher kennst Du seinen Namen? «, wollte Sirandhas Bruder wissen.

»Eine Eingebung? Inspiration? Eine Vision? «, grübelte sie, »was weiß denn ich? Ich kann seinen Namen gar nicht wissen, das weiß ich ganz sicher. Und trotzdem ist es Korn, ein alter Freund Aljanas. Das seht ihr doch. «

Die Angelegenheit war äußerst mysteriös. Niemand hatte je den Namen des Vogels erwähnt. Überhaupt hatte niemand ihr je etwas über einen Eichelhäher erzählt. Der Vogel sah Sirandha an. In seinen schwarzen Augen spiegelte sich ihr Bild. ‚Moment', dachte sie. Es war nicht ihr Bild. Sie sah Aljana. Ein Zweifel war ausgeschlossen. Die Wikka saß irgendwo auf einem Berg und sah in die Wolken. Sie sprach Worte in einer fremden Sprache und schickte sie mit dem Wind herüber.

»Sie hat Dir das Leben gerettet! «, überlegte Novagorn.

Daran musste sie ihr Vater nicht erinnern. Das würde sie niemals vergessen.

»Stell Dir vor, wenn ihr durch diese Heilung oder Hilfe mit einander verbunden seid, etwa wie Zwillinge. Eine fühlt die Freude und Schmerzen der anderen. Wäre das denkbar? «

»Dann hat sie Dir den Häher geschickt! « spann Meridor die Gedanken seines Vaters fort, damit er uns nach Irandhar führt. Worauf warten wir noch, Schwesterchen, lass uns ein paar Sachen packen. Es wartet ein Abenteuer auf uns. Und Abenteuer warten in der Regel nicht ewig.

Wie zur Bestätigung der Worte des Elbenfürsten, krähte der Häher dreimal. Dann schwang er sich in die Lüfte und kreiste wiederum über der Königsburg.

Es gab keine Zeit zu verlieren. Meridor ließ nach seinen Freunden Bamoas und Garoas schicken. In der Zwischenzeit suchten die Königskinder das Nötigste zusammen.

»Was ist geschehen? «

Bamoas stürzte in die Halle. Er war vollkommen außer Atem. Garoas folgte ihm.

»Wir müssen sofort abreisen! «, erklärte Meridor, »ich werde mit meiner Schwester nach Irandhar gehen. Wir haben einen Weg dorthin gefunden. Na ja, wir hoffen es wenigstens. Jemand, der den Weg im Schlaf findet, wird uns helfen. «

»Wir sind bereit! «, nickte Bamoas.

Meridor schüttelte den Kopf.

»Es scheint mir nicht gut, wenn wir gleich mit einer großen Gesandtschaft in das Reich der Feen einfallen. Wir müssen alleine gehen. Nur so haben wir eine Aussicht von Mirhanëa empfangen zu werden. Sie hält nicht viel von Elben, wie Ihr wisst. «

»Das können wir aber nicht zulassen. Du bist unser Fürst. Unser Leben ist Dein Leben. Wir gehen mit Dir! «

Garoas hatte sich mit einer Inbrunst in die Unterhaltung eingemischt, die sicherlich ein Einlenken erforderte.

»Gut! «, beschloss Meridor, »dann werdet ihr uns bis zum Regenbogentor begleiten. Dort trennen sich unsere Wege. Während wir versuchen ein Portal in die Feenwelt zu finden, müsst ihr nach Hause gehen und alles berichten. Stellt eine Streitmacht zusammen und führt sie nach Walmortua. Wir müssen versuchen, seine Armee vor die Tore seiner eigenen Burg zu locken. Es ist zu erwarten, dass Margon versuchen wird in Thýria einzufallen, sobald er von den Ereignissen erfährt. Die Heere meines Vaters alleine würden keinem Angriff standhalten. Zu viele Hochelben sind bereits mit dem kalten Tod infiziert und werden sterben, wenn nicht ein Wunder geschieht. Diese Mission ist wirklich wichtig, versteht Ihr das? Ebenso wichtig wie die unsere.

Ich habe die Dinge nicht so genau beobachtet, wie Aljana, die Wikka. Trotzdem kann ich mich des Gefühls nicht erwehren, dass Margon Wälderland ebenfalls angreifen würde, wenn wir ihm nicht zuvorkommen. Noch glaubt er beide Reiche seien zerschmettert. Ich erwarte, dass ihr meine Armee anführt. Und ich erwarte, dass wir uns alle lebend wiedersehen. Was meint ihr? «

Die beiden Krieger stimmten zu. Für eine große Abschiedszeremonie war es kaum der richtige Zeitpunkt. Novagorn hatte den Sohn zurückgewonnen und verlor jetzt Sohn und Tochter. Er mochte solche Abschiedsszenen ganz und gar nicht. Kurz umarmte er seine Kinder, wünschte ihnen alles Glück von Thýria, um dann sehr zügig die grüne Halle zu verlassen. Keiner ahnte, dass er sich von Gram gebeutelt in den höchsten Baum begab, um ihnen solange wie möglich nachzuschauen.

Am Hinduån entlang, glitten sie beinahe im Laufschritt über die Landstraße. Korn der Häher kreiste während der ganzen Zeit hoch über ihnen. Im Morgengrauen erreichten sie das Tor. Von hier aus wanderten sie schnurstracks zur Himinbiörg. Dort hofften sie von Heimdallr Unterstützung oder wenigstens einige Informationen über das Feentor zu erhalten. Der Ase freute sich sehr über ihren leider viel zu kurzen Besuch. So gerne hätte er ihnen all seine Gemächer vom Thronsaal über die Küche bis hin zum Himinturm gezeigt. Er war mächtig stolz auf seine Burg. Er war immer mächtig stolz darauf gewesen. Und es war früher wie heute eines der wunderbarsten Anwesen in ganz Asengard, Volkwang einmal ausgenommen.

Leider kannte Heimdallr die Portale in die Feenwelt nicht. Er wusste, dass irgendwo in der Nähe des Urdbrunnen früher ein Tor nach Irandhar existiert hatte. Doch das war Äonen von Zeitaltern her. Mit wem hatte er doch gleich davorgestanden? Thor? Loki? Die hatten ganz sicher keinen Zugang zum Reich Mirhanëas erhalten. Es war vermutlich Bragi. Mehr als die Vorstellung Loki auferstehen zu sehen, freute sich der Ase über Bragi. »Er ist der beste Skalde unter allen Himmeln «, schwärmte er.

»Ihr müsst ihn anhören. Seine Worte verändern den Weg der Sonne, lassen Blumen selbst im Winter erblühen. Er ist der einzige Ase, der jemals Zutritt zum Feenreich erhielt. Sein Gesang und seine Dichtung waren wahrlich in allen Weltkreisen höchst gelobt. Und ich glaube, wenn Ihr ihm jetzt begegnet, dann wird er noch fantastischer dichten. Er hatte schließlich eine Menge Zeit, neue Verse zu reimen. «

Heimdallrs Augen glänzten. Er träumte von den großen Festen, zweifelte jedoch ein wenig, ob die alten Zeiten sich wiederholen ließen. Selbst wenn Asengard vollständig hergestellt werden sollte, so tobte immer noch derselbe Krieg, dem unter anderen das Asengeschlecht damals zum Opfer gefallen war.

»Glaubt ihr, dieser finstere Magier wird Asengard angreifen? «, wechselte Heimdallr besorgt das Thema.

Meridor stellte sich den Verlust vor, wenn BiFröst ein zweites Mal zerstört würde.

»Es darf nicht dazu kommen! Kannst Du eine Armee aufstellen? Wenn sich alle alten Völker vereinigen, dann haben wir eine Aussicht, den Kampf endgültig zu beenden. «

»Eine Armee aus Asen? «, lachte Heimdallr, »wie stellst Du Dir das vor? Nur einmal angenommen, ich würde alle Asen von der Wichtigkeit überzeugen sich einzumischen, dann wären das etwa zwanzig, vielleicht dreißig schlagkräftige Frauen und Männer. Sicher haben diese eine gewisse Schlagkraft. Aber von einer Armee kann nicht die Rede sein. Niemals hat es in Asengard eine Armee gegeben, abgesehen von den Einheriern und den Walküren. Doch die Einherier, die alten Helden der Vorzeit haben ihren letzten Schlaf bereits weit vor der Zeit der Ragnarök angetreten. Sind in der Ragnarök erneut auferstanden und haben in dieser letzten Schlacht abermals ihr Leben gelassen. Niemand kann sie ein drittes Mal erwecken. Und die Walküren – ich denke, die solltet ihr besser nicht um Hilfe bitten. Sie würden Euch keine guten Dienste leisten. Die haben etwas andere Vorstellungen von Krieg und Ehre als Elben und Zauberer. Darauf würde ich nicht setzen. «

Korn kreiste immer noch über der Himinbiörg. Doch er zog seine Kreise nun enger und krächzte sich die Stimme aus dem Hals. Kein Zweifel, der Vogel wollte diesen Ort endlich verlassen. Asengard war ihm nicht geheuer. Mag sein, dass er sich vor Hugin und Munin, den legendären Raben des obersten Asen fürchtete. Sie waren weise, machten sich aber wohl mit dem einen oder anderen Greifvogel gerne einmal einen Spaß, den ihr Gegenüber nur selten überlebte. Letztlich waren sie wohl auch nicht sehr viel anders gestrickt als die Walküren.

Heimdallr hatte den Häher längst entdeckt und verstand dessen Angst recht gut. Auf dem Weg zur Regenbogenbrücke fiel ihm dann doch noch ein vielleicht wichtiger Hinweis ein:

»Das Portal, das ihr sucht «, begann er, »ist meines Wissens kein Tor, wie ihr es Euch vorstellen würdet. Es besteht nicht aus Holz oder Stein. Es ist eher so etwas wie ein Flimmern in der Landschaft. Ihr könnt es nicht sehen. Aber ihr werdet es spüren, wenn ihr es durchquert habt. In der Feenwelt, sagt man, ist alles ein wenig anders. Ein wenig leuchtender, heller, freundlicher. Und da gibt es noch diesen Schlüssel. «

Heimdallr kramte in seiner Erinnerung. Er musste sich wirklich mächtig anstrengen. Wäre doch nur Bragi da gewesen. Er hätte ihnen den Weg im Schlaf gezeigt. Er kannte den Reim, der nötig war, den Durchgang zu öffnen. Es war irgendetwas mit Feen und Elben. Nein, es waren Feen und Zwerge.

»Feen und Zwerge? «, fragte Sirandha neugierig. Ein Reim etwa wie dieser? Sie schloss die Augen und rezitierte die Worte, obwohl sie diese noch nie in diesem Leben gehört hatte:

> ich grüße die Feen und Zwerge,
> die Hüter der Täler und Berge,
> ich grüße die Zwerge und Feen,
> die Hüter von Flüssen und Seen.

Heimdallr war mehr als verblüfft. Das war es. Genau diesen Reim hatte Bragi immer benutzt. Dann hatte er Heimdallr auf die Schulter geklopft und war einfach verschwunden. Irgendwann, manchmal Jahre später kam er zurück und hatte diesen Glanz in den Augen, den die Feen versprühen. Alle beneideten ihn darum. Mancher mehr als um die Dichtkunst.

Es war höchste Zeit. BiFröst erschien. Sie verabschiedeten sich von dem Asen und schritten über die Regenbogenbrücke hinab. Unten angekommen trennten sich die Wege. Während die

Geschwister dem Häher folgen wollten, nachdem sie der Quelle am Eschenring einen Besuch abgestattet hatten, schlugen Bamoas und Garoas ohne weitere Verzögerung den Weg nach Hause ein. Sie waren nicht wirklich enttäuscht über Meridors Entscheidung. Vielmehr nahmen sie seine Überlegungen sehr ernst. Er war der beste Heerführer, den sie kannten. Sein Gespür für Gefahren hatte ihn niemals getrogen. So stand auch jetzt zu vermuten, dass er Recht behalten sollte und Margon längst einen Angriff auf Thýria und vielleicht auch auf das Wälderland plante.

Vermutlich hätte er längst zugeschlagen, wenn sich die Dinge nicht in einer so unglaublichen Geschwindigkeit entwickelt hätten. Vieles war in Bewegung geraten: Waldelben trafen auf Hochelben, Asengard wuchs wie Phönix aus der Asche und es bestand die Hoffnung, dass selbst die Zauberer und sogar der Gehörnte sich nun in den Kampf einmischten. Alles in allem für Bamoas und Garoas Grund genug schleunigst eine Streitmacht zum Schutze Wälderlands aufzustellen.

Nachdem die Freunde sie verlassen hatten, wanderten Meridor und Sirandha zur Sek-Quelle und dachten, jeder auf seine Weise an Aljana. Im Geiste war sie bei ihnen. Inzwischen spürte Sirandha wieder ihre Kräfte schwinden. Sie hoffte mehr für ihr Volk als für sich selbst, diese Aufgabe noch bewältigen zu können. Sicher war sie sich dessen keinesfalls. Lange saßen sie an dem kleinen klaren Quellteich, baten das Wasser um Heilung und Unterstützung. Sie dankten für das lebensspendende Elixier, in dem jeder von ihnen drei Schluck Wasser mit der Hand schöpfte. Für dieses kleine Ritual nahmen sie die gebotene Zeit.

Erst als Korn sich auf Sirandhas Schulter setzte und sie anstupste, erwachten die Geschwister aus ihren Tagträumen und machten sich wieder auf den Weg in die Richtung, in der sie den Urdbrunnen vermuteten. Korn kreiste immer einige hundert Fuß vor ihnen hoch in der Luft. Soweit Meridor es beurteilen konnte führte er sie nach Norden. Der Weg verlief fast ausschließlich im Wald, so dass sie vor möglichen Patrouillen des Feindes gut geschützt waren. Den Berserkern war es beinahe unmöglich die behänden Elben im Wald aufzuspüren. Zu sehr waren Elb und Wald miteinander verwoben. Aber über die Berserker machten sich Meridor und seine Schwester ohnehin keine so großen Sorgen. Diese groben Abkömmlinge des Riesengeschlechts musste man nur zu nehmen wissen. Im Grunde reichte es, sie mit dem Namen ihres Geschlechts zu verhöhnen, eben Berserker, dann verflog ihre zumeist unbändige Wut und sie benahmen sich plötzlich wie verängstigte kleine Kinder und waren Lamm zähm. Wer sie jedoch nicht zu stoppen wusste, der hatte sein Leben verwirkt, den walzten sie gnadenlos nieder.

Mittlerweile hatten die Geschwister eine breite, mit Steinen gepflasterte Straße überquert und befanden sich auf einer nur wenig geschützten Ebene von Feldern, die frisch bestellt waren. Bald gelangten sie über einen Bergkamm wieder in einen Wald. Alles in allem ein netter, wenig spannender Spaziergang, worüber vor allem Sirandha sehr froh war.

Während Meridor den Eichelhäher beobachtete um die Richtung nicht zu verlieren, sinnierte Sirandha, ob es nicht langsam Zeit wäre, den Schlüsselspruch zu rezitieren. Sie konzentrierte sich, holte Luft und begann erst einmal recht zaghaft, einen schüchternen Singsang in die Worte zu legen.

ich grüße die Feen und Zwerge,
die Hüter der Täler und Berge,
ich grüße die Zwerge und Feen,
die Hüter von Flüssen und Seen.

Bald fiel auch Meridor in den Singsang ein und sie trällerten den Vers gemeinsam. Wer sie hörte, der mochte denken, es seien ein paar ausgelassene Kinder unterwegs. Sie sangen lauter und lauter, wippten hin und her. Sirandha hakte sich bei Meridor ein und genoss das Gefühl endlich wieder einen Bruder zu haben. Diese guten Gedanken schienen sogar den kalten Tod zu besiegen oder wenigstens für den Moment im Zaum zu halten. Immer und immer wieder sangen sie den Vers.

ich grüße die Feen und Zwerge,
die Hüter der Täler und Berge,
ich grüße die Zwerge und Feen,
die Hüter von Flüssen und Seen.

Mittlerweile hatten sie die Richtung geändert und waren gen Westen unterwegs. Sie traten in ein Tal ein, das sich unterhalb jener Hochebene befand, von der aus man zum Urdbrunnen gelangte. Sirandha glaubte, schon einmal hier gewesen zu sein. Doch es waren nicht ihre Erinnerungen, die sie heimsuchten, sondern die der Wikka. Die zwei waren tatsächlich wie geistige Zwillinge. Und so erlebte auch Aljana diesen Tag als entspannt und ausgelassen. Sie meditierte immer noch zwischen den Menhiren, reiste im Geist mit Sirandha, aber auch mit jener jungen Frau, auf deren Schutz sie bedacht war.

Am Ende des Tales befand sich eine kleine, eingefasste Quelle. Sirandha sprang gleich darauf zu. Sie konnte einfach keiner Quelle widerstehen. Ausgelassen und voller Ehrfurcht gleichermaßen nahm sie dreimal einen Schluck Wasser, bedankte sich dann bei den Quellnymphen, die diesen Ort behüteten und atmete tief durch.

»Weißt Du «, überlegte sie, »es wäre doch wundervoll, wenn wir endlich einen gesunden Frieden schließen könnten. «

»Was meinst Du mit einem gesunden Frieden? «

Meridor runzelte die Stirn.

»Einen gesunden Frieden eben. So wie dieses Wasser. Sieh es Dir einmal genau an. Es fließt, spielt mit seiner Umgebung, mit den Steinen im Quelltopf, mit dem Licht der Sonne. Es lebt in Frieden. Stell Dir einfach vor, die Gefühle aller Wesen wären rund, sanft und anmutig. So wie ein Tropfen im See, der eine erste winzige Welle entstehen lässt. Die Welle dehnt sich aus. Sie gleitet dahin. Auf uns wirkt das wie weitere Wellen. Was wir wirklich sehen ist jedoch nur die Zeit. Während die Zeit im Ursprung steht, schreitet sie in den äußeren Bereichen immer schneller voran. So erweckt es den Eindruck, als seien viele Wellen unterwegs. «

»Du hast wundervolle Gedanken «, antwortete Meridor, der nun spürte, was er all die Äonen von Jahren vermisst hatte. Zärtlich nahm er die kleine Schwester in die Arme. Er bewunderte sie.

»Was würde geschehen «, überlegte er, »wenn die Farben von der Welt verschwänden? Wenn sie unmerklich erblassen? Was denkst Du? «

»Die Farben der Welt? … verblassen? «

Sirandha brauchte eine Weile, sich das vorzustellen. Es wäre schlimm. Ein Wald, der nicht mehr Grün ist? Die Welt der Mutter zerfiele in grauen Staub. Der Himmel wäre nicht mehr zu trennen vom Sand der Wüste.

»Trübsinn! «, antwortete sie spontan, »Trauer und Trübsinn würden über die Welt hereinbrechen. Alles Leben wäre in Frage gestellt, würde keinen Sinn mehr ergeben. Und Trübsinn schafft Unzufriedenheit. Die einen wären traurig, andere zornig. Gier würde sich ausbreiten. Kampf. Krieg. Verderben. «

»Eben! All das würde geschehen, wenn die Farben verblassten. Und wir würden es nicht einmal merken. Stell Dir vor, jemand löscht ganz langsam das Licht am Firmament. Die Sonne strahlt nur noch so hell wie der Mond. Der Glanz der Sterne würde versiegen. Ganz langsam. Bei jedem Umlauf nur ein winziges bisschen. Wir würden es gar nicht bemerken. Niemand würde es bemerken. Niemand! «

Sirandha war entsetzt: »Hör auf! «, protestierte sie. Das war gruselig.

» So wie Du redest, meinst Du doch etwas Bestimmtes, oder? «
Meridor schüttelte den Kopf.

»Noch nicht. Es ist nur so eine Ahnung. Was glaubst Du, ist der Sinn unseres Lebens? «

»Oh, jetzt wird es richtig schwierig. Der Sinn des Lebens. Wie viele Philosophen, Denker und Dichter haben nach dem Sinn des Lebens gesucht. Und mein Bruder hat eine Ahnung. Aber im Ernst – ich weiß es nicht. Ein Sinn der Natur ist sicher die Fortpflanzung. Der Sinn der Fortpflanzung ist es den zahllosen Seelen, die aus dem All-Einen strömen ein Heim zu bieten. «

»Du bist gut! Und was ist der Sinn des All-Einen? Warum verströmt es eine endlose Zahl von Seelen, die erst neugierig auf die Reise gehen, um dann nach Äonen von Ewigkeiten glücklich in den friedvollen Schoß zurückzukehren? Warum tut es das? Es hätte sich doch einfach mit dem begnügen können was es war und immer sein wird: Das Sein! «

»Aber vielleicht benötigt das Sein eine zweite Seite. «

Was für eine Seite meinst Du? Wenn das Sein als solches dem Sein nicht mehr genug wäre, dann würde sich Unzufriedenheit ausbreiten. Andererseits war Unzufrieden vielleicht der Motor aller Dinge.

»Versuche einmal das Werden als die Schwester des Seins zu betrachten? «, grinste Meridor schließlich, »so wie Du, meine Schwester, sicher mehr an der Änderung der Dinge mitwirkst als ich, der ich lieber das Alte bewahre? «

»Ja, mein Bruder, so wird es sein. «

So saßen sie an der Quelle und hatten lange Zeit gar nicht bemerkt, dass der Eichelhäher verschwunden war.

»Wo ist Korn? «, entfuhr es Meridor.

Der Elbenfürst suchte den Himmel ab. Der Häher war wie vom Erdboden verschwunden. Im ersten Augenblick vermutete er, dass Korn sich vor einem größeren Greifvogel verstecken musste. Aber es war kein anderer Vogel in Sicht. Dann fiel ihm der Wald oberhalb der Quelle auf. Er war etwas heller, etwas leuchtender, etwas prächtiger. Es war nur ein Gefühl.

»Sieh «, flüsterte Meridor, »siehst Du es auch? «

Sirandha sah es und ihr Herz hüpfte wie das eines Kindes. Nur ein paar Baumstümpfe weiter war das Portal in das Feenreich und es schien bereit sie einzulassen nach Irandhar, in das Land der Feen.

ich grüße die Feen und Zwerge,
die Hüter der Täler und Berge,
ich grüße die Zwerge und Feen,
die Hüter von Flüssen und Seen.

Sie hatten es gefunden und es hatte sich für sie geöffnet. Nach so langer Zeit schwangen endlich wieder die Türen weit auf für eine Freundschaft zwischen Elben und Feen. Sirandha standen die Tränen in den Augen.

»Komm «, rief sie und lief los, »komm, wir müssen uns beeilen. Oder glaubst Du, eine Feenkönigin hat ewig Zeit? «

Sie lachte dabei froh und ausgelassen. Meridor folgte ihr.

Es war tatsächlich genau wie Heimdallr es beschrieben hatte.

,Das Portal, das ihr sucht ist kein Tor, wie ihr es Euch vorstellen würdet. Es besteht nicht aus Holz oder Stein. Es ist eher so etwas wie ein Flimmern in der Landschaft. Ihr könnt es nicht sehen. Aber ihr werdet es spüren, wenn ihr es durchquert habt. In der Feenwelt, sagt man, ist alles ein wenig anders. Ein wenig leuchtender, heller, freundlicher. '

Besser hätte es wohl niemand beschreiben können. Es war das Tor in eine andere, bezaubernde, verzauberte Welt.

Sirandha und Meridor nahmen einander an der Hand und schritten voller Ehrfurcht durch das Portal hindurch nach Irandhar.

Was sie sahen war zunächst nicht wirklich unterschiedlich zu dem Wald, in dem sie sich gerade noch befunden hatten. Die Bäume waren die gleichen. Eschen, Buchen, hier und da eine Eiche, ein Kirschbaum oder eine Birke, eine Lärche, gelegentlich eine Kiefer, deren Duft alle Sinne auf sich zog. An einigen Stellen wuchsen Inseln aus dichten Büschen und niedrig gewachsenen Bäumen. Der Boden war braun bedeckt mit Blättern der Vorjahre, federnd leicht vom darunter verborgenen Humus. Eine nicht geringe Anzahl unterschiedlicher Pilze fristete in diesem Wald ein geruhsames Dasein. Man mochte denken, dass sich bei diesem so gewöhnlichen Anblick Enttäuschung breitmacht.

Dem war nicht so. Zum einen blühte eben alles etwas prächtiger, kräftiger, bunter. Die Düfte des Waldes betörten die Sinne der Wanderer. Zum andern war es die Luft oder die Atmosphäre selbst, die Freundschaft, Willkommen und Glück ausstrahlte. Etwas wie Enttäuschung war beim Worte genommen nicht denkbar.

Vor einer Licht durchfluteten Wiese links des Weges blieb Sirandha fasziniert stehen. Ihr Blick wurde förmlich aufgesogen. Etwas zog sie regelrecht herüber.

»Lass uns dort entlanggehen! «, beschloss sie und ohne eine Antwort Meridors abzuwarten betrat sie diese frisch duftende Sommerwaldwiese. Sie rannte auf eine, besonders Vertrauen erweckende Buche zu, legte sich ins Gras und atmete die Schönheit dieser Welt.

»Komm, Bruderherz, lass uns ein wenig ausruhen. Eine kleine Pause wird nicht schaden. «

Meridor war zwar nicht ganz ihrer Ansicht, aber auch er sah keinen Grund zur Eile. Und im Übrigen war es sowieso sinnlos nach einer Fee zu suchen. Feen kommen und gehen wie sie möchten. Sie finden Dich.

Häufig sind sie sogar bei Dir und Du merkst es nicht einmal. Es geht ein leichter Wind. Eine Gänsehaut. Das Gefühl, jemand beobachtet Dich. All das ist weniger absurd und subjektiv als Du denkst.

Und so herrschte auch auf dieser wundervollen Sommerwiese längst ein leichter Feenwind.

»Hallo Sirandha «, flüsterte nach einer Weile eine Stimme, »wach auf! Meine Herrin erwartet Dich! «

Etwas kitzelte die Elbin am Ohr und kicherte. Sie blinzelte, schlug die Augen auf und sah zur Seite.

»Wer bist Du denn?«

Neben ihr flatterte eine winzig kleine Person über das Gras. Sie war vielleicht doppelt so groß wie eine Libelle, besaß rechts und links je einen nach oben und zwei nach unten gerichtete Flügel auf dem Rücken von ihren Schulterblättern ausgehend. Gesicht und Figur glichen ansonsten der eines jungen Menschenmädchens. Die Elbin war einigermaßen verblüfft.

»Du bist keine Fee – oder?«

Das kleine Wesen kicherte: »Ich, eine Fee? Ohne nein, ich bin nur eine klitzekleine Elfe. Verzeih, ich habe mich noch nicht vorgestellt. Mein Name ist Gaia Enea.«

»Und wie kommst Du hier her, ins Feenland?«

Gaia Enea war ein wenig verdutzt. Es konnte ja sein, dass man im Wälderland keine Elfen brauchte um Bäume, Büsche, Blumen zu pflegen und zu hegen. Sie hatte davon gehört, dass diese Aufgabe von den hohen Elben selbst mit aller Liebe übernommen wurde und sie wahrlich die gesündesten und prächtigsten Wälder aller Erdkreise besaßen. Dass sie jedoch noch nie etwas von den Elfen gehört hatte, die doch im Grunde die Paten der Flora waren, das stimmte sie ein wenig missmutig. Aber egal.

»Soll ich Dir erklären, was eine Elfe ist?«, fragte sie schnippisch.

»Nein, Gaia Enea, ich weiß sehr gut über die Elfen Bescheid und was sie tun. Und ich fühle mich geehrt, von einer angesprochen zu werden. Wirklich! Dennoch hätte ich jetzt einfach nicht erwartet von einer Elfe geweckt zu werden. Von einer Fee vielleicht oder dem Wind, aber nicht von einer Elfe.«

»Das mag wohl daran liegen«, zirpte Gaia Enea, »dass ich eine ganz spezielle Rolle in Deiner Geschichte spiele. Jemand hat mich erdacht um Dich durch das Feenreich zu begleiten.«

»Erdacht? Was meinst Du denn damit?«

»Das verstehe ich auch nicht so genau. Nun bin ich hier und ich sage Dir, die Herrin ist schon ganz neugierig auf Dich und Deinen Freund da!«

»Bruder!«, korrigierte Sirandha.

»Freund, Bruder, wie auch immer. Wollen wir die Herrin noch ein wenig warten lassen? Wie denkst Du darüber?«

Auf gar keinen Fall wollte Sirandha die Feenkönigin warten lassen. Sie weckte Meridor, der gerade selig vor sich hinträumte. Dann stellte sie ihm Gaia Enea vor und erklärte ihm, dass Mirhanëa sie wohl bereits erwartete. Den Flügelschlag eines Schmetterlings später waren sie bereits auf dem Weg zur Königin. Gaia Enea führte sie über Wiesen, durch einen Buchenhain, über weitere Wiesen und wieder durch einen Buchenhain, der dem ersten sehr ähnlich war und wieder über Wiesen und durch einen Buchenhain.

»Willst Du uns veralbern?«, stutzte Meridor, der zwar nicht unhöflich sein wollte, jedoch das Gefühl nicht loswurde, sich im Kreis zu bewegen.

»Ich habe schon gedacht, ihr würdet es nie merken!«, stöhnte die kleine Elfe.

»Was würden wir nie merken?«, schimpfte Meridor gereizt.

»Na, das mit dem Weg. Eigentlich gibt es hier gar keine Wege. Jeder im Feenland ist gewissermaßen immer überall und auch nicht. Je nachdem wohin sie sich wünscht.«

»Du meinst, was sie sich wünscht!«, korrigierte Sirandha vorsichtig.

»Nein, wohin sie sich wünscht. Ist das bei Euch nicht so?«

Gaia Enea zog den Kopf ein und grinste gleichzeitig verschmitzt. »Die Herrin hat so etwas Seltsames bereits erwähnt. Wenn ihr bereit seid, ich sagte es wohl schon, die Herrin würde sich wirklich freuen, Euch zu begrüßen.«

»Und wie gelangen wir nun zu ihr?«

Meridor war ein wenig ungehalten. Das lief alles nicht so nach seiner Vorstellung. Es verwirrte und verunsicherte ihn gleichermaßen. Vielleicht war es doch nicht so nützlich, den alten Kontakt zum Feenland wieder neu zu entfachen.

»Es ist ganz einfach. Bewegung ist eine Sache der Gedanken. Hier jedenfalls. Ich denke, also bewege ich mich. Ist doch ganz klar. Dachte ich wenigstens! «

»Aber wir wissen doch gar nicht, wo wir die Herrin finden? Wohin sollen wir uns denken? «, überlegte Sirandha verunsichert.

»Nicht wohin, sondern was! Oder besser: Wen! Ihr müsst natürlich an die Herrin denken, wenn ihr die Herrin treffen möchtet. Und wenn ihr Euch dann wieder nach meiner klitzekleinen Wenigkeit sehnt, dann denkt ihr Gaia Enea. Das ist doch ganz einfach. «

Einfach für eine Elfe. Einfach für eine Fee. Aber das waren dann auch schon alle Wesen, die Meridor dazu einfielen. Jedenfalls empfand er diese Art der Fortbewegung ganz und gar nicht einfach. Sie war höchst kompliziert. Andererseits begann er sich an die alten Zeiten zu erinnern. Ja, so mochte es gewesen sein, damals vor Äonen von Zeiten. Das hatte er aus der damaligen Enttäuschung heraus wohl vollkommen aus seinem Gedächtnis gestrichen.

Der Elb konzentrierte sich auf Mirhanëa und zack… es passierte nichts. Hatte er ihr Antlitz wirkliche vergessen? Hatte die Feenkönigin ein Tuch über ihre alte Liebe gewebt? Er versuchte sich zu erinnern, irgendein Bild von ihr zurückzuholen. Seine Sinne blieben trüb.

»Kommt her! «, zirpte Gaia Enea schließlich, »ihr fasst mich jetzt beide an der Hand, auf jeder Seite einer und dann bringe ich Euch zu ihr. Was haltet Ihr davon? «

Das schien ein akzeptabler Vorschlag. Auch wenn es ein wenig putzig aussah, die zwei Elben rechts und links und in der Mitte eine winzige Elfe, die versuchte, von jedem einen Finger zu umfassen. Dann zwinkerte sie aufwendig, wobei Zwinkern nun wirklich nicht zur Fortbewegung nötig ist, es sieht einfach nur besser aus, und schwupp, standen sie vor …

Was um alles in der Welt sollte das sein? Ein riesiger entlaubter Weißdornbusch? Hatte sie die Elfe erneut an der Nase herumgeführt?

»Ein Witz? «, rutschte es Meridor heraus, worauf er sich von Sirandha einen Knuff in die Rippen gefallen lassen musste.

»Leider kein Witz! «, entgegnete ihm jene kleine, unscheinbare alte Frau, die aus dem kahlen Busch hervorkroch.

Sirandha fiel sofort vor ihr auf die Knie. Sie nahm die faltige, zitternde Hand der Alten und küsste sie. Dann griff sie die Hand und hielt sie sich vor die Stirn. Tränen rannen über die Wangen.

»Mirhanëa, was ist nur geschehen? Es tut mir so leid. Es tut mir alles so unendlich leid. «

Meridor sah seine Schwester fassungslos an. Er konnte diesen Ausbruch nicht nachvollziehen. Und darüber hinaus konnte er sich kaum vorstellen, dass es sich um die Königin des Feenreiches handelte. Er hatte sie vollkommen anders in Erinnerung. Doch er war bereits bei der Elfe ins Fettnäpfchen getreten. Etwas mehr Zurückhaltung würde ihm sicher guttun.

Die Feenkönigin zog sanft ihre Hand zurück, um nun auch den Elbenfürsten zu begrüßen.

»Meridor? «

Sie streckte ihm die Hand entgegen und sah ihm derweil in die Augen.

»Ich habe diese Augen immer bewundert. Die schönsten, die tiefsten Augen des Weltenkreises. Doch sie sind müde geworden, Meridor. Mir scheint, das Leid hat uns beiden seinen Besuch abgestattet. «

Jetzt begriff auch der Elbenfürst wem er gegenüberstand. Ehrfurchtsvoll – und dennoch mit einem Stich im Herzen – kniete er vor der Königin. Der Krieg hatte ihm viele grausame Gesichter gezeigt, doch solche Züge unendlichen Leids hatte er so deutlich nie wahrgenommen. Es war – weiß der Himmel – an ihm und nicht an seiner Schwester, sich bei Mirhanëa für all die Gräuel zu entschuldigen. Niemals hätte etwas Derartiges geschehen dürften.

In diesem Moment, der nur dem Flügelschlag eines Schmetterlings entsprach, jedoch für die Ewigkeit weilen sollte, schwor Meridor bei allen Heiligtümern seiner Welt, niemals wieder in einen Krieg zwischen Elben und Feen zu ziehen. Kein Elb sollte je wieder das Schwert gegen eine Fee erheben. Und auch Mirhanëa leistete diesen Eid. Das einmal in die Welt gebrachte Unrecht konnte niemand ungeboren machen. Doch es durfte sich niemals wiederholen.

Nach dieser unerwartet herzlichen Begrüßung lud die Feenkönigin die Geschwister ein, einige Tage bei ihr zu verbringen. Sie öffnete den Dornbusch, hinter dem sich früher einmal ein prächtiges Schloss verborgen hatte. Es war, ähnlich den Hallen der Elben, ganz aus Pflanzen gewachsen. Doch Büsche, Hecken und Bäume hatten Blätter und Blüten verloren. Äste hingen kraftlos zu Boden. Der Palast sah auf eine eigenwillige Weise seiner Besitzerin sehr ähnlich. Die Elben bekamen Gemächer zugewiesen, deren Glanz längst erloschen war.

Nachdem sie sich ein wenig von der Wanderung erholt hatten, kam Gaia Enea herbei geflattert, die Geschwister zum Essen zu bitten. Neben der Gastgeberin waren zehn weitere Feen anwesend, die sich ebenso über den Besuch aus Thýria freuten wie Mirhanëa selbst. Als sie von dem gegenseitigen spontanen Schwur hörten, brachen sie in Jubel aus.

Nach dem Essen bat die Königin ihre Gäste in den Garten. Im Schatten einer gewaltigen Buche war eine runde Tafel mit dreizehn Stühlen aufgestellt worden. Es gab vieles zu bereden. Mirhanëa hatte ihr Reich für zu lange Zeit fast vollkommen von der äußeren Welt abgeschirmt. Sie wusste wenig über die Dinge, die sich seit Dannbarar ereignet hatten. Margon, den finsteren Herrscher kannte sie noch als einen der hilfsbereiteren, freundlichen Zauberer. Über seine neue Rolle in den Schicksalswindungen war sie mehr als erstaunt.

Sirandha berichtete vom kalten Tod, von den Vertreibungen der Zwerge und den Feldzügen der Berserker. Meridor erzählte von Aljana, der Wikka, die das dreizehnte Tor geöffnet hatte, von Heimdallr und dem neuen Reich der Asen, von Endos, dem jungen Elbenkrieger, der unterwegs war, ein Mittel gegen die todbringende Krankheit zu finden, aber auch aufgebrochen war, um seinen alten Lehrmeister und Freund Kendavar zum Eingreifen zu bewegen.

Meridor berichtete auch über das Verblassen der Farben, die Verfinsterung insgesamt und von der Vermutung, dass Margon selbst nur eine Figur in einem Spiel weit größeren Ausmaßes sei.

Nachdem er geendet hatte, begann Mirhanëa von den Ereignissen in der Feenwelt zu berichten. Nach Dannbarar war nichts mehr gewesen wie vorher. Viele Feen waren gefallen. Alte Freunde waren für immer gegangen. Einsamkeit und Trauer hatten sich ausgebreitet in einem Land, dessen Blüten verwelkten, dessen Sträucher verdorrten, dessen Bäume die einst stolzen Kronen neigten. Was sie hier im Königspalast sahen, setzte sich über das gesamte Reich fort. An den Toren war es noch am wenigsten ausgeprägt. Je tiefer man ins Landesinnere gelangte, desto schockierender war der Anblick. Äonen von Monden hatten sie nach den Gründen für das Verdorren ihrer Kultur gesucht. Sie hatten nicht eine einzige plausible Erklärung für dieses langsame Sterben aller Dinge finden können. Es gab auch sonst wenig Erfreuliches zu berichten.

Als Sirandha und Meridor ins Bett gingen, waren ihre Herzen schwer.

Immerhin hatten sie einen Frieden geschlossen und damit eine alte Fehde endlich beendet. Doch was sie zu hören und zu sehen bekommen hatten, stand dem Elend in Thýria in nichts nach. Andererseits passte es auch irgendwie zu all den anderen Grausamkeiten in den Welten.

Die ganze Nacht lag Meridor wach und versuchte es zu begreifen. Da war etwas im Gange, das ganz und gar nichts mit dem Kampf dunkler Mächte zu tun hatte. Durch ein Ereignis, das auf eine zweifelhafte Weise mit Dannbarar zusammenhängen mochte, war lediglich der Nährboden für Krieg und Unglück bereitet worden. Der Elbenfürst war sicher, dass dem Elend auf eine vollkommen unblutige Weise ein Ende gesetzt werden konnte. Es musste nur jemand erst einmal verstehen, wie diese Unruhe überhaupt zustande gekommen war. Zudem würde es selbst nach der Beendigung des Konfliktes schwierig werden, die Gemüter und mit den Gemütern die Bewegungen des Universums zu befrieden.

Der Elb stellte sich die Oberfläche eines Sees vor. Wenn ständig Steine in den See geworfen werden, dann wird er nie zur Ruhe kommen. Die Wellen und selbst die Tiefen waren immer aufgewühlt und sie würden sogar noch eine lange Zeit benötigen sich zu beruhigen, nachdem der letzte Stein geworfen war.

Woraus aber bestanden diese Steine? Wer hatte sie geworfen und warum? Er spürte, die Erkenntnis lag vor seinen Augen und doch zu weit im Nebel, als dass er danach hätte greifen können.

Es war eine anstrengende Nacht gewesen und Meridor war froh, als die Sonne ihn endlich anblinzelte. Er sah Gedankenversunken an die Decke. Sah die Blüten im Weißdorn, zart, gewiss noch in einem frühen Stadium. Es musste einen wundervollen Anblick ergeben, wenn alles in voller Pracht stand. Der Elbenfürst wünschte sich, später wieder einmal hier her zu kommen.

Plötzlich stürmte Sirandha in sein Zimmer: »Hast Du das gesehen? Es blüht! Überall im Palast beginnt es zu blühen. Überall sprießen Knospen hervor. Bruder, hast Du es gesehen? «

Meridor sprang aus dem Bett. Das Geäst hatte am Abend noch vollkommen vertrocknet von der Decke gehangen. Aber ja, er hatte es selbst beobachtet, auch wenn er es nicht wirklich wahrgenommen hatte. Es blühte. Alles blühte.

Was hatte das zu bedeuten?

Sie strahlten noch vor Begeisterung, als Gaia Enea hereingeflattert kam. Sie trug eine winzige Glockenblumenblüte bei sich, schwirrte Sirandha vor dem Gesicht herum und piepste: »Sieh' es Dir an, sieh her! Ihr habt sie mitgebracht. Mit Euch kommen die Blüten zurück in unsere Welt. Ihr seid unsere Retter. Danke! Danke! Danke! «

Und auch Mirhanëa beeilte sich die Elben an diesem wundervollen Morgen zu begrüßen. Die Geschwister staunten nicht schlecht, als sie hereinplatzte. Ihre Haut hatte sich gestrafft, die Haare wirkten kräftiger als am Vorabend und sie strahlte einen eigentümlich glücklichen Glanz aus.

Sirandha stand mit offenem Mund vor der Fee. Vorsichtig hob sie die Hand und strich ihr über die Wange. Meridor sah in ihre tiefen, unendlich sanften, grünen Augen. Es war ein Wunder. Das Schicksal hatte auf diese Versöhnung gewartet und als Geschenk ein Wunder bereitgehalten.

mancher Zauber war gesprochen
längst bevor das Sein begann
mancher Bann war längst gebrochen
dessen keiner sich besann

manches Licht blieb ungesehen
manche Dunkelheit erhellt
kein Gedanke ungeschehen
geschaffen ungeahnt der Welt

*

Lautlos hatte sich das Tor hinter ihnen geschlossen. Liessa hätte einen grollenden Donnerknall erwartet, in dem Augenblick, da die gewaltigen Felsenflügel aufeinanderprallten. Stattdessen glitten sie ohne ein wahrnehmbares Geräusch fugenlos ineinander. Es war dunkel, nass und kalt. Die Vorstellung, dass hier ein ganzes Volk gelebt haben sollte, behagte Liessa ganz und gar nicht. Sie zog den Umhang dichter um ihren Körper.

Kendavar holte drei kleine Kristalle heraus, die ihnen ein warmes, kegelförmiges Licht spendeten. Eigentümliche Gebilde, kalt, hart wie Glas und für ihre Größe verhältnismäßig leicht.

»Zieh' Dein Schwert «, raunte Endos zu Liessa herüber, die sofort begriff. Einen besseren Hinweis auf die Feinde konnte es nicht geben. Doch die Klinge blieb kalt und dunkel. Der Weg in die Tiefen des Berges konnte beginnen.

Der Zauberer voraus, Liessa dicht hinter ihm, deckte Endos ihnen den Rückzug. Sie kamen zunächst in eine säulengestützte Halle. Kendavar erzählte laut, dass dieser Raum früher eine Art Vorhof gewesen sei. Nach einigen Erläuterungen über die Fresken an der Decke sowie die unterschiedlichen Formen der Säulen, passierten sie ein ehemaliges, mittlerweile zerstörtes Tor am anderen Ende der Halle. Der Zauberer fuhr während des Weges durch die Gänge mit seinen Erklärungen fort. Weniger weil er den Reiseführer spielen wollte, vielmehr hoffte er, Liessa damit ein wenig die Furcht zu nehmen, unter der sie zweifelsohne stand, die sie sich jedoch nicht anmerken ließ. Außerdem wollte er damit die Feinde auf seine Spur bringen, falls sie hier schon auf der Lauer lagen. Er wollte sie glauben machen, dass die kleine Gemeinschaft vollkommen ahnungslos sei, gleichwohl einer gewissen Vorsicht jedoch nicht entbehrte.

Der Weg führte über eine mächtige Treppe aufwärts. Sie kamen an mehreren Kammern vorbei, die einstmals als Wachräume und Waffenlager gedient haben mussten. Einige waren noch sehr gut erhalten, woraus der Zauberer schloss, dass Margon hier normalerweise seine Wächter postierte. Die Treppe mündete in einen breiten Flur.

Sie bogen nach links ab. Da der Eingang der Höhle im Westen lag, mussten sie sich jetzt vermutlich in südlicher Richtung bewegen, mutmaßte Liessa, die versuchte, den Weg für den Fall eines notwendigen Rückzuges im Gedächtnis zu behalten. Zu ihrer Rechten lagen nun in regelmäßigen Abständen Räume mit sehr niedrigen Holztüren, die allesamt verschlossen waren. Sie verzichteten darauf, zu prüfen, was sich dahinter verbarg. Der Flur schien sich endlos hinzuziehen. Es dauerte eine Ewigkeit bis sie endlich in eine weitere Halle kamen, größer als jeder Saal, den Liessa je gesehen hatte. Fahles Licht schimmerte durch Schächte in der Decke. Woher kam dieses Licht?

Als sie vor dem Portal gestanden hatte, war Liessa der Berg riesig hoch erschienen. Sie konnte nicht glauben, dass sie bereits bis unter den Gipfel gestiegen waren, was auch stimmte. Durch eine komplizierte Verzweigungstechnik von Schächten und Spiegeln hatten die Erbauer es geschafft, selbst in tiefliegende Hallen Tageslicht einstrahlen zu lassen.

Die Gefährten ließen drei weitere Hallen hinter sich und begannen nun den Abstieg in die Tiefe. Ein breiter, gepflasterter Weg führte leicht absteigend hinab. Da ihre Kristallen nicht weiter als vielleicht Dreißig Fuß ausleuchteten, mutete die Schwärze des vor ihnen liegenden Teils der Höhle an wie ein endloses gähnendes Loch.

Sie entdeckten erste Spuren vergangener Kämpfe. Hier und da fanden sie geborstene Schilde, eingedellte Helme und zerbrochene Waffen unterschiedlicher Herkunft. Liessa lief ein Schauer über den Rücken. Zum ersten Mal seit Betreten Bragaans ahnte sie, was auf sie zukommen würde. Ihre Schritte wurden unsicher. Sie rutschte aus und wäre gefallen, hätte Endos sie nicht gehalten. Jetzt gingen sie zusammen. Er hatte seinen Arm über ihre Schulter gelegt, sie ihren Arm um seine Hüfte. Indem sie seine Nähe spürte, fühlte sie sich sicher.

Liessa war völlig in Gedanken vertieft, als Endos sie auf Gweldalår aufmerksam machte. Es schimmerte schwach auf, flackerte, wie ein vom Sturm gebeuteltes Windlicht. Mit einer unauffälligen Bewegung stieß der Elb auch Kendavar an. Der Zauberer nickte, ging jedoch festen Schrittes weiter, als habe er nichts bemerkt. Nachdem sie einige Abzweigungen genommen hatten, wurde der Weg schmaler. Die Steine waren feucht und glitschig. Die zunehmende Wärme machte ihnen deutlich, dass sie bereits sehr tief in das Gewölbe eingedrungen waren. Liessas Klinge leuchtete nun stetig auf. Kendavar beobachtete sie sorgenvoll. Über kurz oder lang, vermutete er, würden sie hinter einer Biegung auf die ersten Söldner treffen. Das musste zum gegenwärtigen Zeitpunkt unbedingt vermieden werden.

Er nahm seinerseits nun Liessa an den Arm, ging mit ihr voran. Sie hatte schnell den Grund begriffen. Vor jeder Gabelung richtete sie die Klinge nacheinander langsam in alle Richtungen.

Von Ferne hörten sie jetzt das Rauschen von Wasser. Endos erinnerte sich an die alte Schmiede des Zwergenkönigs. Irgendwo tief im Bauche Bragaans entsprang ein Fluss aus einer mächtigen Quelle. Im Geiste hörte er das Klirren der Hämmer auf dem glühenden Metall, fühlte den Schweiß der Männer, schmeckte den bitteren Rauch aus Feuer und Stahl auf der Zunge. Selbst die Stimme des alten Meisters glaubte er in dem Getöse zwischen Wasser, Metall und Flammen zu vernehmen – immer mit einer strengen Ermahnung verbunden.

Damals hatte es Momente gegeben, in denen Endos gerne alles hingeschmissen hätte, in denen er erfüllt war von Wut und Sehnsucht nach seiner Heimat. Eben dann hatten die sanften Worte der kleinen Königin Gmaldala Rina Val, der Gemahlin Nanwicks, ihn getröstet. Ihr Volk hatte sich selbst das schwere Los der Minenarbeit auferlegt. Kein einziger Zwerg aus dem Volke Nanwicks wäre jemals auf die Idee gekommen, Wut oder Sehnsucht oder dieses Schicksal als ungerecht zu empfinden.

Und dann, eines Tages hatte diese unbarmherzige Jagd begonnen. Tausende Zwerge, selbst Frauen und Kinder hatte Margon niedergemetzelt. Unzählige guter Wesen, die ihrerseits immer bestrebt gewesen waren, allen Welten ihre magische Schmiedekunst zur Verfügung zu stellen. Beinahe jedes legendäre Schwert, jedes taugliche Kettenhemd, aber auch Pflüge, Ketten, Ringe, sogar die Kristall-Kugeln der Seher waren in den Schmieden und Werken der Zwerge erschaffen worden. Niemand beherrschte es wie sie Schönheit und Zauber in einen Gegenstand hineinzuarbeiten. Und eben das war ihnen am Ende vermutlich zum Verhängnis geworden.

Die wertvollsten Gegenstände aller Völker, selbst die der Feen und Elben, waren von Zwergenhand gefertigt. Trotzdem hatte es lange Zeit niemand für nötig gehalten, sich in den dämonischen Feldzug Margons einzumischen, der zunächst ausschließlich Nanwicks Volk gegolten hatte. Sie alle hätten sich denken können, dass sie die nächsten waren. Krieg ist niemals nur der Krieg des Nachbarn. Viel zu spät erst hatte der Elbenkönig Novagorn den Entschluss gefasst, die Zwerge in seinem Reich aufzunehmen und zu beschützen.

Zu diesem Zeitpunkt war der Vehrenfels bereits gefallen. Margon hatte die Flüchtenden ungeachtet aller bestehenden Grenzen unbarmherzig verfolgt und jeden niedergestreckt, der mit den Zwergen auch nur im Entferntesten etwas zu tun haben wollte.

»Das Rauschen «, schoss es Endos plötzlich durch den Kopf. Unzählige Male hatte er dieses Geräusch gehört. Es war ihm vertraut wie der Duft des Frühlings; dennoch klang nicht es, wie es klingen sollte. Der Elb versuchte, sich darauf zu konzentrieren. Irgendetwas war an diesem Geräusch anders, war, kalt und fremd.

Je näher sie der Quelle kamen, desto stärker wuchs das Gefühl, dass hier etwas ganz und gar nicht der vorbestimmten Ordnung entsprach. Endos tippte Kendavar auf die Schulter. Der Zauberer drehte sich augenblicklich um, sah den Elben ernst an.

»Meister «, flüsterte er. Lange hatte er den Zauberer nicht mehr Meister genannt, »etwas geht hier vor, das mir fremd ist. Die Quelle, der Fluss! Es tönt so anders. «

Kendavar nickte: »Ich habe es auch bemerkt. Was immer es ist, wir müssen auf der Hut sein! «

Zum ersten Mal, seit sie aufgebrochen waren, zog er seinen Zauberstab aus dem Umhang. Liessas Schwert glühte heiß, dergestalt, dass sie es vor Schreck beinahe hätte fallen lassen. Es zuckte in ihrer Hand, wie zu jenem Zeitpunkt als der Berglöwe auf sie losgesprungen war.

Der Zauberer bedeutete Liessa und Endos die Kristalle einzustecken. Sie brauchten eine Weile, bis sie sich an die Dunkelheit gewöhnt hatten, sofern man sich an eine derart unheimliche Dunkelheit überhaupt gewöhnen kann. Plötzlich sahen sie weit vor sich das schattenhafte Flackern eines fahlen Lichtscheins.

Der Zauberer vorne weg, drückten sie sich an der feuchten Wand entlang vorwärts. Der Lichtstrahl wurde stärker je näher sie kamen. Und mit ihm das Rauschen des Flusses. Jetzt hörten sie deutlich, dass es nicht nur das Wasser war, das diese seltsamen Geräusche verursachte. Da war noch etwas Anderes, das atmete, laut und keuchend atmete.

Kendavar bedeutete Liessa zurückzubleiben. Vorsichtig pirschte er zum Eingang der Schmieden. Als er um die Ecke lugte, erstarrte er fast vor Schreck. Sprang mit einem lautlosen Satz zurück:

»Sartyria! «

Mit vielem hatte er gerechnet. Nicht jedoch damit, dass Margon diese teuflische Kreatur aus der Tiefe zu seinem Vasallen gemacht hatte. Kendavar erinnerte sich an seine erste und glücklicherweise einzige Begegnung mit dem Monster. Er war damals noch jung gewesen, unterwegs mit seinem Lehrer und der noch viel jüngeren Tamadai. Die Wikka hatte sie vor der magischen Kraft des riesigen Untiers gewarnt. Doch Kendavars Lehrer, der Weiseste unter den

Weisen hatte es besser wissen müssen, hatte sich in den Kopf gesetzt, Sartyria in die heißen Tiefen, aus denen sie herauf gekrochen war, zurückzutreiben, Es hatte ihn das Leben gekostet. Und Kendavar selbst, damals ein naiver unwissender Zauberlehrling, hatte Tamadai ungerechter Weise ein halbes Leben dafür verantwortlich gemacht.

Er hatte Margon wirklich sehr unterschätzt. Der dämonische Zauberer hatte Sartyria bezwungen und in der Schmiede, direkt an der Quelle des Flusses in Ketten gelegt, mit Gliedern, weit größer als die Gebeine eines ausgewachsenen Menschen.

Kendavar hatte immer gewusst, dass er sich dem Kampf gegen Sartyria eines Tages stellen musste. Aber nicht ausgerechnet jetzt. Die Zeit war dafür nicht reif und der Ort denkbar ungünstig.

Wahrscheinlich hatte Margon Sartyria in die Schmieden eingesperrt, weil er nicht damit gerechnet hatte, dass die Gemeinschaft hier entlangkommen würde. Dies wiederum bedeutete, dass Margon mit der Vorstellung des Standortes der Zauberkammern vollkommen falsch lag. Seine Streitmacht würde an einem weit entfernten Ort auf der Lauer liegen, was Kendavar ein wenig beruhigte.

Er schlich zurück und berichtete von dem Monster und davon, dass man sie in diesem Teil der Höhle wohl nicht verfolgen würde. Er erklärte auch knapp, welche Bedrohung von Sartyria ausging. Liessa war völlig unverständlich, warum der größte aller Zauberer Angst vor so einer albernen Urzeit-Kreatur hatte. Derartige Unholde, feuerspeiende Drachen, Trolle hatte sie in ihren Computerspielen tausendfach besiegt. In ihr erwachte der Kampfgeist, jedenfalls für den Flügelschlag eines Schmetterlings. Und das war gar nicht so verkehrt. Damit brachte sie Endos auf einen Gedanken, der ebenso gefährlich wie raffiniert war.

Wenn es ihnen gelingen würde, an Sartyria vorbei über den Fluss zu kommen, konnten sie dort über einen schmalen Hohlweg fliehen.

Auf der anderen Seite gab es mehrere kleiner Tunnel. Es waren ursprünglich nur Kamine für die Luftzufuhr gewesen.

Sie mussten noch existieren. Derjenige von ihnen, der als Letzter ging, musste mit dem Schwert des Gehörnten die Ketten zerschlagen. Sartyria wäre frei und würde versuchen ihnen zu folgen. Sobald sie einen der Kamine erreicht hatten, würde für sie keine Gefahr mehr bestehen. Das Monster war für die schmalen Gänge zu wuchtig. Sartyria würde ein ziemlich großes Chaos verursachen. Dadurch wiederum würden die Truppen Margons gezwungen sein zu reagieren. Sie mussten Sartyria beruhigen. Und eben in diesem Tohuwabohu konnte Kendavar die Schergen ins Labyrinth locken.

Alle fanden diese Überlegung schlüssig genug, sie in die Tat umzusetzen, wenn auch das Risiko nicht gerade gering war. Am Ende hatten sie wahrscheinlich keine andere Wahl.

Im Zerschmettern der Ketten lag der größte Unsicherheitsfaktor. Kendavar konnte nicht sagen, woraus sie geschmiedet waren. Diese Bestie zu halten, mussten sie jedoch schon sehr stabil sein. Wie dem auch sei, es blieb ein Risiko.

Endos und Liessa tauschten die Schwerter. Dann begaben sie sich wieder an den Eingang zu den Schmieden, der Elb voraus. Am Rande der Quelle entdeckte Endos einen schmalen Weg. Jemand musste ihn neu angelegt haben. Jedenfalls konnte er sich nicht erinnern, diesen Pfad jemals benutzt zu haben. Er beachtete ihn nicht weiter.

Seine größte Sorge galt Liessa. Was, wenn sie vor Schreck einfach stehen blieb. Damit würde sie alle drei in große Gefahr bringen. Es musste alles sehr schnell gehen, damit sie gar nicht die Gelegenheit bekam, über das, was sie jetzt erlebte, nachzudenken.

Endos sah sie an: »Bereit? «

Liessa nickte. Dann rannten sie los. Liessa hatte sich vorgenommen nur auf Endos zu achten, nicht nach rechts oder links zu schauen. Sie hielt die Luft an.

Als sie in die Halle eindrangen, riss das Ungeheuer sofort den Kopf herum. Mit einem ohrenbetäubenden Schrei schoss es auf die Eindringlinge zu. Ketten klirrten. Offenbar waren sie so knapp bemessen, dass Sartyria nicht bis zu dem schmalen Weg gelangen konnte. Sie raste vor Wut. Zerrte an ihren Fesseln. Liessa schrie vor Panik. Verzweiflung stieg in ihr auf. Ihr zweiter Schrei zerschnitt die Luft, was das Monster seinerseits zu einem noch lauteren, noch grausameren Fauchen bewegte. Endos griff nach Liessas Arm. Er zog sie vorwärts.

»Sieh' nicht hin «, brüllte er gegen den Lärm an und riss sie weiter. Sartyria spie einen Feuerstrahl gegen die Felswand. Ein weiterer Strahl blockierte kurzzeitig den Weg. In diesem Augenblick schwang der Zauberer seinen Stab. Er donnerte dem Monster einen Fluch entgegen, der das Tier für Momente zum Schweigen brachte. Lange würde es nicht anhalten, das wusste er und beeilte sich an der Quelle vorbeizukommen.

Endos hatte Liessa inzwischen sicher auf die andere Seite gebracht. Die Feuersbrunst hatte sie alle geblendet. Außerdem spürte er das Stechen des 'Kalten Todes'. Er tastete die Wand nach einem der Kamine ab. Verzweifelt zog er das Schwert über die Felsen, in der Hoffnung, den rettenden Schacht zu finden, als Liessa ihn mit einem kräftigen Ruck an sich zog. Schneller als er hatte sie das Augenlicht wiedergewonnen und eine der schützenden Spalten entdeckt. Auch Endos hatte sein Augenlicht wiedergewonnen. Er stürmte zurück in die Höhle.

Kendavar stand am Rande der Quelle. Er übersäte Sartyria mit magischen Verwünschungen Aber der Zauberer spürte, dass seine Kräfte nachließen. Endos musste augenblicklich die Ketten zerschmettern, sonst war alles verloren.

Ein heißer Feuerblitz rollte um Haaresbreite an dem Zauberer vorbei. Ein zweiter traf seinen Überwurf, der jedoch wenig empfänglich für derlei Feuersbrünste und derlei Dinge war. In diesem Moment hörte Kendavar das Klirren der Ketten. Gweldalâr hatte ganze Arbeit geleistet.

Der Zauberer rannte los, suchte jene Öffnung, in der sich Liessa verborgen hielt. Als habe sie seine Gedanken geahnt, schnellte sie plötzlich hervor und zog ihn in den Spalt hinein. Den Flügelschlag eines Schmetterlings später war auch Endos bei ihnen. Sie rannten, stürzten tiefer in den Kamin, so schnell sie konnten. Sartyria stampfte vor Wut, dass der Boden bebte. Mit geiferndem Blick und fiebernder Nase suchte sie die Felswand ab. Bald entdeckte das Schlupfloch und spie ihren giftigen Odem hinter den Eindringlingen her. Aber zu diesem Zeitpunkt, waren sie bereits hinter einer Biegung verschwunden. Das Untier konnte ihnen nichts mehr anhaben.

Keiner konnte sagen, wer von ihnen die Bremse gezogen hatte. Jedenfalls waren sie ziemlich weit geklettert, bevor sie überhaupt bemerkten, dass sie völlig im Dunkeln tappten. Außer Atem rutschten sie in eine kleine Höhlung am Kamin, die gerade Platz genug gab für eine kleine Verschnaufpause. Das war noch mal gut gegangen. Nachdem sie wieder halbwegs klar denken konnten, gruben sie ihre Kristalle aus den Taschen, um zu sehen, wo sie sich befanden.

»Weißt Du, wo wir sind? «, fragte Kendavar Endos, nachdem er zu Atem gekommen war. Endos sah sich um. Sie befanden sich in einem der Luftschächte, daran bestand kein Zweifel. Doch mehr wusste er auch nicht. Er schaute zu Liessa.

»Bist Du in Ordnung? «

Liessa schluckte. So schlimm hatte sie sich das Abenteuer ganz sicher nicht vorgestellt. Es war eben doch etwas Anderes, vor dem Computer zu sitzen.

»Alles okay «, antwortete sie nach einer Weile.

Sie tauschten wieder die Schwerter. Dann machten sie sich auf den Weg. Weit hinter sich registrierten sie schwach das Fauchen der Bestie, das Schleifen von Ketten und das Fluchen irgendwelcher Söldner, die offenbar versuchten, das Monster einzufangen und die Verfolgung aufzunehmen.

Kendavar schmunzelte. Er dachte, man sollte ihnen vielleicht Gelegenheit geben, den richtigen Weg zu finden. Andererseits war er ganz froh, dass sie erst mal außer Reichweite waren.

Der Weg wurde ziemlich steil und eng. Eben ein Kamin. Sie mussten ein ganzes Stück klettern, bis sie auf eine Plattform kamen, von der mehrere Schächte abzweigten. Sie krochen durch einen engen Tunnel, der nach einiger Zeit wieder bergab führte. Endlich mündete die Röhre in die Decke eines kleinen Raumes. Sie zögerten nicht lange und sprangen hinab.

Im Schein der Kristalle sahen sie sich den Raum genauer an. An den Wänden standen Regale mit Büchern. Selbst der Kamin auf der Westseite war von Bücherregalen eingerahmt. In der Mitte des Zimmers stand ein schweres Stehpult, das so ordentlich aufgeräumt war, als käme sein Besitzer regelmäßig hierher, um daran zu arbeiten. Über dem Pult hing ein Kandelaber mit vierzehn Armen. Die Kerzen waren gleichmäßig etwa zur Hälfte abgebrannt. Kendavar entzündete einige, während Endos und Liessa sich nach einem Ausgang umsahen. Sie konnten nichts entdecken, was einer Tür auch nur annähernd ähnlich gewesen wäre.

Der Zauberer hatte mittlerweile in den Regalen gestöbert und ein Buch herausgezogen, dessen Inhalt ihn zum Schmunzeln brachte, ihm sichtliche Freude bereitete. Er setzte sich nach der Manier der Druiden mit gekreuzten Beinen auf den Boden und blätterte gelassen in den Seiten. Nach einer geraumen Weile bat er Endos und Liessa neben ihm Platz zu nehmen. Er wollte ihnen etwas vorlesen. Einigermaßen verwirrt setzten sie sich und waren gespannt, was er da ausgegraben hatte.

»Es ist der Bericht eines Magiers aus den letzten Tagen der Höhlenwelt«, begann er.

»Nach einer kurzen Einleitung beschreibt er seine Ankunft in Bragaan wie folgt: ,Mir ist, als habe sich das Tor zu Hölle aufgetan. In den Gängen liegen die zerschmetterten Körper unzähliger Zwergenwesen neben jenen ihrer Feinde. Das schwarze Blut der

Berserker trieft frisch von den Wänden, Lachen von Öl und Teer lodern noch vom Inferno. Alles erscheint mir recht unwirklich, als habe ein riesenhaftes Monster sich Feuer speiend durch die Gänge gewälzt. Und so ist es tatsächlich.

Margon hat die Krieger Nanwicks in den unteren Teil der Höhle gedrängt. Dort herrscht noch jetzt ein erbitterter Kampf. Die Luft ist erfüllt vom Klirren der Waffen, von den Todesschreien der Sterbenden, vom quälenden Geruch Angsterfüllten Blutes. Ein grauenhaftes Gemetzel.

Durch eine endlose Zahl geheimer Gänge irrend, suchte ich die Trutzburg zu erreichen, als ich auf das Ungeheuer traf. Es tobte unbarmherzig über den breiten Hauptweg, Feuer und Gift speiend. Selbst die Felsen schmolzen unter der enormen Hitze wie kochende Lava dahin. Ja. es grub sich mit seinem feurigen, tödlichen Atem sogar Tunnel durch die Felsen. Nachdem ich dieses Monster gesehen hatte, wusste ich, dass Bragaan nicht zu halten war.

Durch einen geheimen Zauber bin ich in die Burg gelangt und habe Nanwick Mitteilung gemacht. Er ließ sofort zum Aufbruch blasen. Mich hat er gebeten, bei Novagorn um Unterschlupf für den traurigen Rest seines Volkes nachzusuchen. Ich begebe mich auf den Weg, sobald ich das Labyrinth verlassen habe...

... Margon hat nur wenige Wachen hier zurückgelassen. Diese Tölpel sind jedoch einfach zu umgehen und stellen für die Einheimischen keine Gefahr mehr dar. So konnten einige bis heute, hier verweilen, Königin Gmaldala Rina Val, die beim letzten Angriff fiel, tief unten im See zwischen den Felsen begraben und die heiligen Reliquien in Sicherheit bringen. Mir selbst haben sie nicht verraten wohin sie ihre Schätze brachten. Nur so viel, dass der Ort sich im Labyrinth befindet, in der Nähe der Gruft Gmaldala Rina Vals. Es war ihnen sicherer erschienen, als die Gegenstände, die über Leben und Tod ganzer Völker entscheiden können, über die Berge zu den Elben zu bringen.

Wen Margon in den Höhlen fing, den hat er zu Tode gefoltert. Doch das Geheimnis blieb in den Höhlen.

... all das habe ich aufgeschrieben für den, der kommen wird, den teuflischen Bann zu brechen. Er und nur er wird meine Worte verstehen und wissen, was zu geschehen hat. Ich selbst werde keinen Dienst mehr leisten können. Meine Stunden sind gezählt; denn ich habe die geheime Kammer des Wissens gefunden. Damit bin ich auch für das Zwergenvolk zum Verräter geworden. Sie werden mich jagen und finden. Ob ich Thýria jemals erreiche, steht in den Sternen. Mein Schicksal ist besiegelt.

Da Du die Kammer geöffnet hast, begehst Du denselben Verrat am kleinen Volk. Schwöre, der Du dies liest, mich niemals zu rehabilitieren. Jeder, der im Nachhinein meine Verfolgung bedauert, würde den falschen Freunden Vertrauen schenken, in der Angst, sie könnten ebenso handeln wie ich es tat. Geh' nun den Weg des Zauberers. Nox osara prentanum. Und beende den Kampf; denn nur Du hast die Macht und die Kraft, Margon zurückzuschicken in die Dunkelheit, aus der er gekommen ist. Niemals wirst Du die Welten wieder zusammenfügen. Diese Welt jedoch beschütze, wie es Dir aufgetragen ist! '«

Liessa sah Kendavar schweigend an. Sie hatte tausend Fragen, aber sie brachte kein einziges Wort heraus. Der Zauberer reichte ihr das Buch und sie musste feststellen, dass keine einzige Seite darin beschrieben war. Hundert leere, blasse Seiten in einem kostbar in Leder gebundenen Band. Er hatte daraus vorgelesen wie aus einer Fibel. Plötzlich begriff sie, dass nur ein Zauberer es hatte lesen können. Einmal mehr wurde ihr die Wichtigkeit ihrer Mission bewusst.

»Nun kommt, wir wollen es vollbringen! «

Kendavar schien nicht sonderlich beeindruckt oder gar aus der Bahn geworfen. Liessa fragte sich, was geschehen wäre, wenn sie das Buch nicht gefunden hätten? ‚Eine naive Überlegung', dachte sie im selben Moment. Es wollte gefunden werden. Und sie begriff einen kleinen Teil von den Gesetzen des Universums.

Endos hatte den Raum inzwischen genauer untersucht und einen Geheimgang hinter der Feuerstelle entdeckt, eine kleine Luke mit schweren Eisenbeschlägen. Vorsichtig öffnete er sie und spähte in den dahinterliegenden Gang. Dann winkte er den Gefährten, ihm zu folgen. Doch Kendavar hielt ihn zurück. Der alte Plan, Margons Truppen ins Labyrinth zu locken, war geplatzt. Eben damit hätten sie Margon den Zwergenzauber in die Arme gespielt. Sie durften nichts übereilen – und das brauchten sie auch nicht. In der kleinen Bibliothek waren sie erst einmal in Sicherheit. In vielen Monaten hatte niemand diese Räume entdeckt, warum also jetzt. Kendavar schlug eine Verschnaufpause vor.

Gesagt, getan. Endos sah sich die Bücher an. Der Zauberer meditierte über die Lage. Liessa brauchte ein wenig Zeit für sich, um wieder zur Besinnung zu kommen. Durch einen Zufall hatten sie erreicht, was sie nicht für möglich gehalten hatte. Sie waren den Vasallen in den Höhlen entwischt. Margon hatte sie aus den Augen verloren. Er konnte nicht mehr darauf setzen, dass sie für ihn die Zauberkammern finden und öffnen würden. Vermutlich würde Margon nun den Befehl geben, sie zu fangen. Unter diesen Umständen war auch nicht mehr daran zu denken, ihn in das Labyrinth zu führen. Nicht nur, dass dort die Kammern lagen. Seine Truppen suchten sicher bereits die gesamte Höhlenstadt nach den Flüchtigen ab. Es würde den dreien nicht gelingen, eine ganze Armee in eine Falle zu locken. Und am Ende durften sie auch Sartyria nicht vergessen. Nach den Aussagen aus dem Buch konnte sie sich durch die Wände brennen und recht schnell die Verfolgung aufnehmen, sofern sie überhaupt für eine Weile in einen Irrweg zu locken war. Sie hatten mehr Glück gehabt, als sie sich vorstellen konnten.

Sie mussten zum Mausoleum der Königin, dem See zwischen den Felsen. Endos hatte eine Vermutung, wo es zu finden war.

Einen Teil des Weges dorthin konnten sie durch die Kaminschächte zurücklegen. Da hatte Endos wenig Bedenken, solange es abwärtsging. Auf diese Weise würden sie zu ihrem Ziel kommen können. In den glatten Schloten nach oben zu gelangen war weit schwieriger. Ab einem gewissen Höhenniveau wurden die Schächte zu breit und kamen als Fluchtweg nicht mehr in Frage.

Kendavar hatte eine leise Hoffnung, dass sie in den Zauberkammern etwas entdecken könnten, das ihnen den Rückweg erleichterte. Fürs erste musste er sich damit begnügen. Schließlich beschloss er noch einige Zeit in der Bibliothek zu bleiben. Margon musste die Suche irgendwann aufgeben. Er würde seine Truppen über die ganze Höhlenstadt verteilen. Damit standen sie dann jeweils nur noch kleinen Kohorten gegenüber, denen sie mit ein wenig Glück aus dem Weg gehen konnten. Es würde ein Katz und Maus Spiel werden. Außerdem sah er Endos und Liessa die Erschöpfung an. Sie mussten etwas schlafen, sonst würden sie die Jagd nicht überstehen.

Sie tranken etwas Wasser aus ihren Feldflaschen, dann legten sie sich zum Schlafen auf ihre Umhänge. Decken brauchten sie keine. Es war ziemlich warm hier unten. Liessa kuschelte sich an Endos, gab ihm einen schüchternen Kuss auf die Wange und schlief sofort ein. Der Elb kämpfte eine Weile mit der Müdigkeit und seinen Gefühlen, dann fiel auch er in einen tiefen Schlaf.

Nur Kendavar zog es vor weiter in den Büchern zu stöbern. Oft war er über mehrere Wochen mit Phasen von sehr wenig Schlaf ausgekommen. Die Schätze einer solchen Bibliothek waren zu kostbar, als dass er die Zeit mit Schlaf hätte vergeuden wollen.

Er war erstaunt über die überaus gründliche Dokumentation, mit der selbst Geheimnisse höchster Magie hier aufbewahrt wurden. Offenbar hatte man die Bibliothek so gebaut, dass sie kein Außenstehender lebend finden würde ... oder lebend verlassen!

Plötzlich wurde Kendavar die Tragweite seiner Entscheidung klar. Hätten sie Endos Rat befolgt, wären sie in eine vernichtende

Falle geraten. Er sah sich den Geheimgang hinter der Feuerstelle genauer an und entdeckte mit zusammengekniffenen Augen ein feinstoffliches Gitter, das ihnen den Weg versperrte, vermutlich hätte es sie in Stücke gerissen.

Es musste einen anderen Weg geben. Die Lösung für ihre Flucht aus der Bibliothek musste in einem der unzähligen Bände beschrieben sein. Die Zwerge hatten derartige Spielchen immer geliebt. Sie hätten niemanden eingesperrt, ohne ihm eine winzige Chance zu geben zu entkommen.

Der Zauberer überlegte, wo er selbst einen solchen Fluchtplan versteckt hätte. In dem Stehpult? – das war zu einfach. In einem Buch aus den Regalen? – vielleicht. Doch das entsprach nicht der Vorliebe der Zwerge, eine gewisse Portion Witz walten zu lassen. Es wäre nur ein stupides Suchen geworden. Trotzdem schritt er die Bücherwände ab, in der Hoffnung, etwas Auffälliges zu entdecken. Manche Bücher waren größer als andere, manche in Leder gebunden, andere in wertvolle Stoffe, wieder andere aus billigem Material zusammengeleimt. Die Lettern auf den Buchrücken waren unterschiedlich gestaltet, teilweise Gold besetzt oder schlicht schwarz, manche in einer alten Schrift ... All das verbarg keine erkennbare Logik.

Es dauerte Stunden, bis Kendavar die Suche aufgab und sich entschloss Endos und Liessa zu wecken, die dicht aneinander gekuschelt auf dem Boden lagen.

Er erzählte ihnen von seiner Theorie. Endos versuchte sich in das Denken der Zwerge zu versetzen, wie er es früher oft getan hatte. Er hielt es für unwahrscheinlich, dass sie das Geheimnis in den Büchern versteckt hatten. Vielmehr vermutete er eine Skizze des Fluchtweges deutlich vor ihren Augen, getarnt als Relief eines Bildes, als Maserung des Pultes oder Marmorierung des Kamins. Vielleicht war es auch die großflächige Betrachtung etwa der Bücheranordnung in einem der Regale.

Als Kinder hatten sie oft ein Spiel gespielt. Durch das Verändern der Sichtweise eines Gegenstandes, kam jemand auf ein Bild, das er den anderen beschrieb. Die wiederum mussten es erkennen und auf demselben Gegenstand einkreisen oder nachzeichnen. So wurde die Maserung eines Blattes zu einer Landkarte, die Linienführung eines Amethysten zu einem Wasserfall, die porös erhabene Fläche eines Sandsteins zu einem Gesicht.

Auch Liessa kannte dieses Spiel. Oft hatte sie nachts, wenn sie nicht einschlafen konnte, die Raufasertapete über ihrem Bett betrachtet und war zu den skurrilsten Figuren und Szenen dabei gekommen.

» Was um alles ist eine Raufasertapete? «, platzten Endos und Kendavar gleichzeitig hervor. Sie erklärte es, auch wenn sie das als wirklich nebensächlich empfand.

Liessa verfolgte einen ganz anderen Gedanken. Sie zögerte zunächst. Dann gab sie zu bedenken, dass es in einem ihrer Abenteuerspiele einmal eine ähnliche Situation gegeben habe. Eine hochgezogene Brücke über einen tiefen Graben war zu überwinden gewesen. Doch die Kettenglieder, mit denen die Brücke in Gang gesetzt werden musste, waren augenscheinlich verrostet und nicht zu bewegen. Der Brückenkopf ragte als riesenhafter Monolith vor den Kriegern auf. Es gab keine Möglichkeit ihn über die Schlucht zu legen ... Die Lösung lag in der Inschrift auf dem Brückenkopf. In einer bestimmten Reihenfolge laut gelesen, bewirkte sie, dass sich die Brücke von selbst in Bewegung setzte.

»Dass ich nicht selbst darauf gekommen bin? «

Kendavar nickte begeistert. Im selben Augenblick rief Endos sie zu sich. Er hatte etwas entdeckt, das einem alten Zwergen-Zauberspruch verdächtig ähnelte. Mit einem Lächeln zeigte auf den Sims über der Feuerstelle.

»Das hättest Du nicht erkennen können «, spottete er dem Zauberer. »Du kennst viele Sprachen und Schriften. Doch hier handelt es sich um die Zaubergravur der Schmiede. Sie wurde benutzt, um Kristallkugeln, Waffen und vielen anderen Gegenständen magische Kräfte zu verleihen. Nanwick selbst hat mir die Zusammenhänge einmal erklärt, mit den Worten, dass ich sie eines Tages vielleicht brauchen würde, sei es die Macht eines feindlichen Schwertes zu erkennen oder den becircenden Blicken magischer Steine zu entrinnen. Er mag gewusst haben, dass heute dieser Tag ist. «

In der Tat konnte Kendavar nichts Ungewöhnliches entdecken.

Endos hatte die Losung gefunden, die sie hier rausbringen würde; dennoch ahnte er nicht, welcher Zauber dahinterstecken könnte. Eine Tür, die verborgen war und sich nun öffnete? Ein Boden der nachgab? Eine Decke, die einstürzte, den Weg freizugeben? Die Ideen der Zwerge waren vielfältig.

Endos forderte die Gefährten auf, das Gepäck zu nehmen. Dann stellten sich alle dicht nebeneinander vor eines der Regale. Mit einer Stimme, die an Mächtigkeit alles übertraf, was Liessa bislang gehört hatte, sprach der Elb einen fremdländischen Zauber aus. Es geschah nichts. Ein zweites Mal rief er die magischen Worte in leicht veränderter Klangfolge. Wieder rührte sich nichts. Und auch ein dritter Versuch war vergebens.

Liessa war gerade im Begriff, einen Schritt nach vorne zu treten, als sie spürte, wie ihr jemand den Boden unter den Füssen wegzog. Sie fiel. Und sie fiel tief und tiefer. Mit ihr fielen die anderen, sahen sich fragend an und bereiteten sich auf eine harte Landung vor. Schon konnten sie unter sich eine garstige Steinplatte ausmachen, die mit gähnenden spitzen Stacheln gespickt danach zu geifern schien, die drei Eindringlinge zu durchbohren. Kurz vor dem Aufprall wurden sie wie von einer unsichtbaren Hand federnd gestoppt. Sachte landeten sie jetzt neben dem Stein. Alle drei atmeten auf. Das hätte auch ins Auge gehen können.

Nachdem sie das Gleichgewicht wiedergefunden und ihre Sachen geordnet hatten, sahen sie sich in der neuen Umgebung um, wenigstens Endos und Kendavar. Liessa versuchte zu verstehen, was gerade geschehen war. Es war das erste Mal, dass sie selbst einen echten Zauber erlebt hatte.

Sie befanden sich in einer urzeitlichen Grotte. Von der Decke hingen mächtige Stalaktiten. Einige hatten sich in Laufe der Millionen Jahre mit den vom Boden aufragenden Zapfen zu starken, glatten Säulen verbunden. Im Licht der Kristalle glänzte und glitzerte die ganze Höhle. Ein wahrhaft faszinierender Anblick.

»Dieser Ort ist heilig! «, erklärte Endos, »Lasst uns ihn mit der Ehrfurcht behandeln, die ihm gebührt. «

Der Elb ging voraus. Vorbei an riesigen Säulen, durch einen Raum, der dem Innenraum einer Kathedrale glich, über eine Brücke aus Eis und Salz, unter einer Felsenplatte entlang, die aussah wie ein Nagelbrett.

Liessa fror. Es war erbärmlich kalt hier. Sie zog den Überwurf an sich, versuchte auch die Hände darunter zu wärmen.

»Du musst Dir einfach ein Feuer vorstellen, dass in Dir lodert. Heiße rote und gelbe Flammen. Dann wird Dir schnell warm werden, vielleicht wärmer, als es Dir lieb ist «, erklärte Kendavar, als das Schlottern nicht mehr zu überhören war.

Liessa bemühte sich, seinen Worten zu folgen. Sie hängte ihren Arm bei ihm ein, schloss die Augen und stellte sich einen Kamin vor – das Knistern der Hölzer, das Lodern der züngelnden Flämmchen, die heiße, gleißende Glut. Letztlich konnte sie nicht sagen, ob sie die Kälte einfach vergessen hatte oder von dem visualisierten Feuer gewärmt worden war. Das spielte auch keine große Rolle. Wichtig war einzig, dass es wirklich funktionierte. Die Wärme hatte sich in ihren Umhang geschlichen und hüllte ihren Körper bis hin zu den Füssen ein. Ihr Gesicht glühte in der Hitze wie das Gesicht von jemandem, der zu lange ganz dicht am Lagerfeuer gesessen hat.

Sie kamen an einen unterirdischen See, an dem sie eine Weile entlanggingen. Dann bogen sie in einen künstlich angelegten

Tunnel ab, eine gut ausgebaute Röhre, groß genug für ein Pferdegespann.

»Wir sind jetzt in der Nähe des Labyrinths.«

Endos erwähnte dies recht beiläufig. Dann blickte er den Zauberer an.

»Hast Du eine Idee, wo sich die Zauberkammern befinden?«, fragte er in der Hoffnung auf eine positive Antwort.

Kendavar hatte keine Ahnung. Er kannte zwar die Irrgänge. Doch waren ihm keine einzelnen Kammern oder Räume in Erinnerung. Die mussten angelegt worden sein, nachdem er das letzte Mal hier gewesen war. Es sei denn ...

»Lass uns ein Stück zurückgehen«, antwortete er schließlich, »ich denke, ich weiß, wo sie die Königin begraben haben und wo wir finden, was zu finden wir losgezogen sind.« Ohne auf eine Reaktion zu warten, drehte er sich um und ging durch den Tunnel zurück an den See.

Zu aller Verwunderung bot sich ihnen nun ein völlig anderes Bild dar, als zuvor. Der See lag still und klar vor ihnen. Dahinter jedoch bäumte sich eine mächtige Wand aus Eiskristallen auf. Nicht glatt wie die Steilwände eines Gletschers. Eine schwappende, haushohe Welle ragte über den See. Je länger sie dieses Gebilde anstarrten, desto deutlicher wurde, dass es sich nicht um einen Eisgletscher handelte. Es war Wasser. Nicht gefroren, sondern erstarrt in der Bewegung. Es erschien ihnen wie eine andauernde Momentaufnahme. Selbst Endos war verblüfft über dieses skurrile Gebilde. Er hätte schwören können, den See und dessen Umgebung genau zu kennen. Diese Welle jedoch war ihm nicht aufgefallen. Früher nicht und nicht, als sie eben hier entlanggekommen waren. Und er hätte sie bemerkt, wenn sie zu dem Zeitpunkt schon da gewesen wäre. Ein solche Erscheinung übersieht man nicht.

Auch fiel ihnen das helle Licht auf, das sich in dem See spiegelte. Die Decke der Höhle schien aufgebrochen. Eine von strahlend weißen Wolken verdeckte Sonne spendete kaltes Licht.

»Liessa «, kommandierte der Zauberer mit ungewöhnlich harscher Stimme, »sieh in den See. Schnell. Wir haben nicht viel Zeit. «

Liessa wunderte sich über die Bestimmtheit von Kendavars Worten. Die Situation musste wirklich ernst sein. Auch wenn sie in dieser wunderschön bizarren Landschaft nichts Ernstes, nichts Gefährliches entdecken konnte. Sie schaute in den See. Und sie sah sich selbst, wie sie am Ufer hockte.

Der See war wie ein Spiegel. Dann sah sie wieder sich, wie sie am Computer saß und irgendwelche Spiele spielte. Sie musste lachen, mit welcher Ernsthaftigkeit sie diesen Schwachsinn betrieb und wollte sich zurufen: ‚Liessa, das ist doch nur ein dummes Spiel. Verschwende Deine Zeit nicht damit. Komm her und leiste uns Gesellschaft, dass Du von den echten Abenteuern lernst. '

Sie rief es nicht, denn das Bild war ebenso schnell verschwunden wie es erschienen war. Liessa sah ihre Augen. Sie sah Ausschnitte aus ihrer Kindheit. Sah ihre Eltern streiten und konnte es kaum ertragen. Sie sah die Lehrer in der Schule, wie sie ihre Lügen zum Gesetz erhoben. Liessa sah den Pastor ihrer Gemeinde, der von einem Gott predigte, den er selbst noch nie kennengelernt hatte. Sie sah Fische verenden in einem von Öl verpesteten und von Plastik vergifteten Meer. In wenigen Momenten sah sie all die unverständlichen Handlungen, die ihr seit ihrer Kindheit begegnet waren, die Ungerechtigkeiten, die von den Erwachsenen mit einem Achselzucken abgetan wurden. Und sie sah sich. Ihre hilflosen, fragenden, verzweifelten Kinderaugen, die nicht glauben konnten, dass das alles wahr und richtig sein sollte. Es waren keine Wahrheiten. Es waren Lügen. Sie alle belogen sich selbst. Sie verdrängten die Wahrheit, weil sie gar nicht in der Lage waren sie zu erfassen. Sie ließen nur gelten, was man sie gelehrt hatte. Hörige von Staaten, von Kirchen, von Wissenschaftlern, von Fabrikbesitzern. Es herrschte immer noch tiefstes Mittelalter. Mit all den brennenden Scheiterhaufen, den Hexenverbrennungen, der

Folter und dem Glaubenszwang an Kirche und jetzt auch an Wissenschaft.

Liessa sah erneut in diesen See, der ein Spiegel war. Sie sah auf seiner gleißenden Oberfläche jene Wahrheiten. Sie sah es und verstand es. Ihr Herz zog sich zusammen. Ihre Brust schmerzte. Sie sah diese Unerträglichkeiten. Verdammt. Sie fühlte sie. Sie atmete sie. Erstickte beinahe daran. Diese verdammten Lügen. ‚Sie sind so erdrückend' wollte sie schreien. Doch sie tat es nicht. Kein Ton entkam ihrer zugeschnürten Kehle. Diese Perversionen zerrten an ihr. Liessas Kopf drohte zu zerbersten. Sie versuchte zu verstehen, wofür es keine Worte gab, zu beschreiben in Bildern einer blassen, feinstofflichen Unkenntlichkeit. Liessa sah, litt und schrie.

Und dann geschah, was niemals hätte geschehen dürfen!

Liessa starrte mich an. Starrte mir ins Gesicht. Unendliche Trauer sprach aus ihrem Blick, wie sie sich in den tiefsten Tiefen jener Welt nicht einmal hätte entfalten können. Tränen standen in ihren hübschen, verzweifelten, blauen Augen. Tränen, die mir den einen Vorwurf machten, den einen einzigen Vorwurf, den zu machen niemand imstande sein sollte. Ich werde diese Furcht erfüllten traurigen Augen wohl niemals vergessen, wie sie auf mich einstachen wie glühende Messer.

»Warum hast Du das getan? «, hörte ich sie flüstern, verzweifelt aus meinem eigenen tiefsten Ich heraus. Es war jene sanfte, sentimentale Stimme, die man sich in Momenten innerer Zerrissenheit ersehnt.

Ich wusste genau, was sie meinte. Aber ich bemühte mich, diese Frage zu überhören. Ich drängte sie zurück in die Geschichte, wo sie ihren Ursprung genommen hatte und beantwortet werden konnte.

»'Du bist wahnsinnig? «, stachelte Liessa weiter, »Du musst wahnsinnig sein! «

Ich wollte das nicht hören. Nein – es stimmte nicht.

»Doch es stimmt! «, mischte sich der Zauberer ein. »Du weißt, dass es stimmt. Du weißt es. Und Du allein bist verantwortlich. «

Ich war doch nur der Verfasser einer Geschichte, die endlich aufgeschrieben werden wollte. Ich hatte damit doch eigentlich gar nichts zu tun. Ich hatte den Ort, die Wesen, die Ereignisse doch alle nur erfunden, um darzustellen, was dargestellt werden wollte, um der Welt vor Augen zu führen, was sie zu sehen begehrte, was sie ertragen sollte. Nahe daran selbst loszuschreien, besann ich mich eines Besseren; denn ich wusste: Es ist wahr.

Indem ich sie geschaffen hatte, waren sie in eine Existenz geboren. Liessa, Endos, der Zauberer. Selbst die schwarze Seite, der teuflische Margon war meiner Phantasie entsprungen – ja, entsprungen scheint der einzig richtige Ausdruck zu sein. Und Sartyria, das Monster, teuflisch, gefährlich, unberechenbar, gleichsam liebende Mutter und selbst Geliebte eines Dämons. Ich fragte mich, wie weit ich noch gehen würde. Endos musste sterben, das war von vornherein klar gewesen, so deutlich in meinem Kopf, wie manche es aus den Sternen lesen. Doch was würde mit den anderen geschehen, mit Kendavar? Würde er sterben im letzten großen Kampf? Und Margon? Reichten meine Energie und mein Mut, das Geschöpf meiner Gedanken ebenso zu vernichten wie ich es geschaffen hatte? Und wie würde sich Liessas Schicksal entwickeln? Sie würde zurückkehren in ihre Welt. Was für eine Welt konnte das sein? Ihre Welt? Meine Welt? Eine brave, neue Welt oder ein finsteres, hoch technisiertes Mittelalter!

Doch es war niemals um die Geschöpfe gegangen, niemals. Der Gedanke, dem ich nun half sich in die Welt zu bringen, von dem ich damals bereits wusste, dass er sich vom Geist in das Dasein unseres Universums schleichen würde, diesen Gedanken hätte ich niemals denken dürfen – niemals!

Die Nacht in der die Geschichte mir derart entgleiste, war jene Nacht, exakt 1991 Jahre nachdem jener Christ gezeugt wurde. Jener Christ, mit dessen Martyrium sich Millionen machtgieriger Männer für ihre späteren Schandtaten rechtfertigten. In seinem Namen vernichteten sie vieles, was den Lauf der Dinge über tausende von Jahren bestimmt hatte.

Und nun haben diese Männer Angst. Panische Angst. Vor ihrer eigenen heroischen Prophezeiung. Was, wenn der Christ morgen zurückkehrt. Dann werden sie selbst auf den Scheiterhaufen der Geschichte brennen. Aber das ist das Ende einer anderen, bitteren Geschichte.

Doch weit vor den ersten Worten dieser Geschichte um die Schwingen des Lichtes hatten Ereignisse ihren Anfang genommen, die in der Tat Zeichen setzten für ein neues Zeitalter.

Noch haben die Helden nicht alle Hinweise zusammengefügt. Noch wissen nur wenig von jenen Geschehnissen, die längst in unseren Hirnen schlummern. Elf Jahre brauchte ich um die Geschichte zu beginnen. Nun sind dreiunddreißig Jahre vergangen und ich sage euch, vor dieser Zeit im Januar bei klirrender Kälte trafen wir auf BiFröst, ganz hier auf unserer Erde, dem dritten Planeten in unserem Sonnensystem. Seit dieser Zeit existiert die Regenbogenbrücke erneut und es ranken sich bereits Legenden.

Eines habe ich nach dreiunddreißig Jahren begriffen. Alles dreht sich um die Schwingungen, von denen wir einige als Farben sehen. Diese Schwingungen sind es, die uns täglich eine neue Welt erschaffen.

Ja, so einfach gestrickt ist diese Welt!

*

Ohnmächtig fiel Liessa zu Boden. Als sie erwachte, lag sie in Endos Armen. Er strich ihr durchs Haar, küsste ihre Wangen. Sie spürte die Wärme und vergaß für einen Moment ihre Pein.

Kendavar und der Elb ahnten, was sie in Bruchteilen des Flügelschlages eines Schmetterlings gesehen und durchgemacht hatte. Sie hatte es erfahren müssen, auch wenn es vielleicht für niemanden außer ihr selbst jemals von Bedeutung sein würde.

In dem Augenblick, da Liessa in Ohnmacht gefallen war, war der See vollends zu Eis erstarrt. Die Höhle hatte zu beben begonnen. Die Eisschicht war aufgerissen. Eine tiefe Spalte zog sich längs durch das gläserne Gewässer. Etwa in der Mitte der Spalte war eine Treppe entstanden, die soweit hinabführte, dass ein Ende nicht zu erkennen war.

»Wir müssen da runter «, forderte der Zauberer Liessa mit sanfter Stimme auf.

Liessa war verwirrt, konnte sich nicht erinnern, was geschehen war oder konnte es wenigstens nicht in Worte fassen oder Bilder. Schweren Herzens löste sie sich aus den Armen ihres geliebten Elben. Sie folgten dem Zauberer, der den ersten Treppenabsatz bereits hinter sich gelassen hatte. Jetzt musste alles sehr schnell gehen. Während sie hinab abstiegen, erklärte Kendavar, was zu tun war.

Die Zwerge hatten Gmaldala Rina Val mitten im See bestattet. Jedoch nicht einfach im Wasser. Durch einen Zauber, den selbst der Magier nur aus Legenden kannte, hatten sie die Zeit anhalten und aus dem Wasser des Sees ein Mausoleum bauen können. Aus dieser Begräbnisstätte war die Zeit auf ewig verbannt, während sie draußen auf ganz natürliche Weise verging.

Liessa hatte durch ihre Gedanken unbewusst eine Art Paradox in der Zeit geschaffen, einen Zeitspalt, durch den sie jetzt ins Innere des Sees unterwegs waren. Der Zauberer hatte keine Vorstellung, wie lange dieser Zustand halten würde. Vermutlich war die Zeit knapp; denn sie selbst befanden sich nicht außerhalb des temporalen Systems.

Die Treppe endete in einer riesigen Halle, in deren Mitte ein königlicher Sarkophag aufgebahrt war. Auf den kristallenen Wänden erzählten eingravierte Reliefzeichnungen die Geschichte des Zwergenvolkes. Vom hinteren Teil aus führte eine Tür in einen weiteren Raum, die Zauberkammer!

Liessa bekam den Mund nicht wieder zu von all den Kostbarkeiten, die hier aufgereiht waren. Während sie sich staunend umsah, durchsuchten Kendavar und Endos die Kammer nach einem Elixier, das die Elben retten könnte. Es musste in einer der unzähligen Phiolen lagern, in einem Reagenzglas oder etwas Ähnlichem.

In der Hektik huschte der Blick des Zauberers zu flüchtig über eine Schriftrolle, die auf dem Tisch inmitten des Raumes lag.

Sie waren schon der Überzeugung, jede einzelne Flüssigkeit entdeckt und kontrolliert zu haben, als er endlich ein zweites Mal auf den Tisch blickte. Er nahm die Rolle, wickelte sie nach der alten Manier der Herolde auf und verschlang ungeduldig die Worte.

»Ich habe gefunden, was wir suchten!«, schrie er viel zu laut; denn Liessa und Endos waren kaum mehr als fünf Fuß von ihm entfernt. Der Zauberer schnappte sich die beiden und schob sie vor sich aus dem Mausoleum.

»Rennt!«, schrie er, sichtlich in Panik. »Rennt um Euer Leben. Dreht Euch nicht um und kümmert Euch nicht um mich. Wir sehen uns später!«

Mit diesem Worten verschwand er nochmals in der Gruft der Königin. Liessa und Endos hetzten die Treppe hinauf. Die Stufen waren nicht mehr so fest wie beim Abstieg. Die Zeitschmelze hatte eingesetzt. Je höher sie kamen, desto häufiger rutschten sie aus. Einige Stufen gaben bereits nach. Liessa wollte sich umsehen, doch Endos schob sie vor sich her. Sie rief nach Kendavar. Er antwortete nicht.

Es fehlten nur noch wenige Meter zum Ufer, als der See unter dröhnendem Knacken aufbrach. Die Fluten ergossen sich über ihnen. Liessa brauchte einen Moment, um zu verstehen, was geschehen war, und dass sie schwimmen musste. Endlich ruderte sie ans Ufer. Endos zog sie heraus und machte sich unverzüglich mit ihr auf den Weg zum Tunnel Er ahnte, was im nächsten Moment geschehen würde.

Die gigantische eisige Welle brach über den See herein und löste eine ungeheure Flut aus. Nach wenigen Augenblicken stand die komplette Grotte unter Wasser.

In den Tunnelgang hatte das Wasser glücklicherweise nicht eindringen können. Eine Schleuse hatte sich geschlossen und den Tunnel im letzten Augenblick von der Grotte getrennt. Erschöpft und völlig außer Atem hielten Liessa und Endos inne. Es hätte nicht viel gefehlt und sie wären jämmerlich in den Fluten ertrunken.

»Kendavar «, flüsterte Liessa mit Tränen in den Augen. »Ist er ... ich meine ... ist er ertrunken? «

Endos zuckte schweigend mit den Schultern. Er wusste es genau so wenig wie sie. Der Elb hatte schon einige Male geglaubt, es hätte seinen alten Meister erwischt. Letztlich war er dann immer eines Besseren belehrt worden. Aber sicher war er auch diesmal nicht. Er überlegte, was zu tun sei, beschloss dann, dass Kendavar sicher von ihnen erwarten würde weiter zu gehen. Liessa weigerte sich jedoch. Sie wollte keinen Schritt tun, solange sie nicht wusste, was dem Zauberer widerfahren war. Außerdem war die Kleidung nass. Es wäre ihnen schwergefallen, damit vorwärts zu kommen.

Liessa nahm die Sache in die Hand. Sie suchte den Tunnel ab. Dabei entdeckte sie eine kleine Kammer, die durch eine schwere Eisentür verschlossen werden konnte. Falls Margons Wächter den Tunnel absuchen würden; in der Kammer wären sie erst einmal vor ihnen sicher. Sie zog Endos hinein. Missmutig lehnte er die Tür an. Dann legten sie die Kleidung ab, wrangen sie aus so gut es ging und breiteten sie zum Trocknen aus. Nachdem Endos noch einmal in den Gang gespäht hatte, schloss er die Tür.

Da saßen sie nun, frierend und peinlich berührt von der eigenen Blöße. Liessa war es schließlich, die die Scheu überwand und Endos den Arm um die Schulter legte. Sie lächelten einander an. Endos wischte Liessa die nassen Haare aus dem Gesicht, dann gab er ihr einen zarten Kuss auf die Wange. Sie rieben sich gegenseitig warm und schämten sich dabei wie Kinder.

Innig in einander verschlungen, schraken sie hoch, als plötzlich die Tür aufsprang. Mit einem lauten Lachen platzte der Zauberer herein. »Glaubt ihr wirklich, dass Ihr eine lächerliche Tür vor mir versperren könnt? «

Überglücklich sprang Liessa auf, drückte und umarmte Kendavar.

Während der Zauberer seine Geschichte erzählte, zogen Liessa und Endos ihre Kleidung über. Liessa ertappte sich bei dem Gedanken, dass der alte Zausel ruhig noch ein wenig länger hätte wegbleiben können. Gleichwohl war sie heilfroh ihn wieder zu sehen.

Kendavar berichtete, er habe bereits in der Zauberkammer bemerkt, dass das kristallene Wasser sich zu lösen begann. Er hatte Liessa und Endos nach oben geschickt, war ihnen selbst aber nicht gefolgt, weil die Treppe in ungeheurer Geschwindigkeit dahin schmolz. Keiner von den dreien wäre heile oben angekommen. Deshalb hatte er es vorgezogen, mit einem Zauber, auf den er sich konzentrierte, den Weg so lange wie möglich freizuhalten. Für sich selbst hatte er die Hoffnung, dass das Mausoleum Schleusen besaß, durch die das Wasser nicht eindringen konnte. Er hatte recht behalten. Liessa und Endos hatten fast die Oberfläche erreicht, als der Zauber versagte. Das Wasser hatte seine alte Substanz zurückgewonnen. Die Schleusen schlossen sich. Der gläserne Sarg Gmaldala Rina Vals wurde für Kendavar zur Rettung. Er legte den Leichnam der Zwergenkönigin behutsam neben die aufgebaute Opferstatt, schloss den Deckel des Sarges und öffnete durch einen weiteren Zauber die Schleusen. Durch den Druck des eindringenden Wassers wurden viele Gegenstände nach außen gedrückt, unter ihnen der Sarg.

So gelangte Kendavar an die Oberfläche. Zu seinem Glück war die große Welle zu diesem Zeitpunkt bereits über den See hereingebrochen. Der Wasserpegel stand nicht mehr an der Höhlendecke, sonst hätte es ihn womöglich erdrückt. So jedoch brauchte er nur zu warten bis das Wasser einen Stand unterhalb des Tunneleinganges erreicht hatte.

»Ach ja! «, ergänzte er seinen Bericht lachend, »die Lösung für die Behandlung des Kalten Todes habe ich gefunden. «

Endos war einigermaßen erstaunt und sauer, dass das, was mittlerweile mehr als sein halbes Volk vernichtet hatte, Kendavar zum Lachen brachte. Aber die Lösung war wirklich bitter einfach.

Das Blut von männlichen Elben hatte eine andere Struktur als das Blut ihrer Frauen. Das Virus veränderte diese Struktur und führte so die Erstarrung und den kalten Tod herbei. Ein paar Tropfen weiblichen Blutes für die Männer und umgekehrt würde Männer wie Frauen immunisieren.

»Jetzt müssen wir nur noch lebend hier rauskommen, damit wir unser Wissen weitertragen können «, schloss der Zauberer seinen Bericht.

*

Sie hatten sich vorwiegend in den Licht- und Abzugsschächten bewegt. Ein Unterfangen, das aufwendiger und anstrengender war als der Abstieg. Häufig hatten sie umkehren müssen, weil die Wände zu glatt, die Kamine zu eng oder zu steil waren. Ihre Kräfte waren restlos aufgezehrt. Liessa konnte beim besten Willen keinen Schritt weiter und Endos spürte wieder diese eisige Kälte. Je höher sie gekommen waren desto häufiger hatten sie den Kriegern Margons ausweichen müssen. Die suchten immer noch, dem Himmel sei Dank, nur auf den normalen Wegen. Doch die Schächte kreuzten diese Wege in den mächtigen Hallen und eben an jenen Knotenpunkten hatte sich ein Vorwärtskommen, ohne entdeckt zu werden, als äußerst schwierig erwiesen.

Sicher hätte Kendavar sich und die Gefährten unter einen Zauber der Unsichtbarkeit stellen können. Keiner der Vasallen Margons hätte sie bemerkt. Der Zauberer befürchtete jedoch, dass sie durch die Energie des Zaubers Sartyria auf den Plan gerufen hätten. Er kannte das Untier zu wenig, als dass er hätte abschätzen können, über welche mentalen Fähigkeiten es verfügte. Außerdem würde Margon den Reiz des Feinstofflichen wahrnehmen. Er konnte sie damit zwar nicht genau lokalisieren, würde aber eine etwaige Vorstellung von dem Ort haben, an dem sie sich aufhielten. Damit verlören sie den entscheidenden Vorteil. Solange sie noch niemand gesehen hatte, würden sie auf den Zauber verzichten.

»Bitte lasst uns eine Pause einlegen! «, quengelte Liessa, »ich kann nicht mehr weiter, ehrlich! «

Endos war froh, dass Liessa damit anfing. Er hätte von sich aus nichts gesagt, weil er die anderen nicht beunruhigen wollte.

»Du hast recht «, lenkte Kendavar ein. »Der Weg ist anstrengend. Wir haben den Gipfel des Berges fast erreicht. Außerhalb der Höhlen wird sicher alles streng von Margons Truppen kontrolliert. Wir müssen ohnehin die Nacht abwarten. «

Dem in die Schächte einfallenden Licht nach stand die Sonne gerade im Zenit. Vielleicht eine Stunde vor oder nach der Mittagszeit. Jedenfalls deutlich zu früh um Bragaan zu verlassen. Mühsam arbeiteten sie sich bis zu einem Absatz vor, auf dem sie rasteten. Etwas essen, etwas trinken; Kendavar zauberte ein paar kleine Köstlichkeiten hervor. Dann ein wenig Schlaf, das brachte ihnen fürs erste Erleichterung.

Endlich war die Dunkelheit angebrochen. Sie machten sich wieder auf den Weg. Über dem Schacht konnten sie bereits den Sternen besetzten Himmel über sich flimmern sehen. Es würde also nicht mehr sehr weit sein.

»Liessa, Dein Schwert «, flüsterte Endos. Sie zog es vorsichtig aus der Scheide und spürte sofort die zuckende Kraft der Klinge.

»Das habe ich mir gedacht «, raunte der Zauberer, »sie haben den Berg umstellt. Wir können nur hoffen, dass sie uns hier oben nicht vermuten. «

Sie überlegten, wie sie ungesehen durch die Reihen der Streitkräfte brechen konnten. Während Kendavar über jeden erdenklichen Zauber grübelte, den er kannte, versenkte sich Endos in den einen, für ihn einzigen letzten Gedanken.

Er nahm Abschied. Abschied von Kendavar, seinem langjährigen Meister und Freund, mit dem er unzählige Abenteuer erlebt hatte, dem er alles verdankte, den er über alles in der Welt liebte. Und er verabschiedete sich im Stillen von Liessa. Es stach in seiner Brust, dass er sie niemals wiedersehen würde. Was er nie für sich erwartet hatte, war ausgerechnet in jenen unseligen Tagen in Erfüllung gegangen. Es gab eine junge Frau, die er liebte. Er versuchte sich mit der Vorstellung zu trösten, dass sie aus einer fremden Welt gekommen war und dorthin zurückkehren musste; doch der Trost dieser Vorstellung war sehr gering.

Endos sah Liessa mit einem heimlichen, sentimentalen Blick an. Er wusste, um sie zu retten würde er in den Tod gehen. Er allein würde die feindlichen Truppen auf sich lenken, in der Hoffnung dadurch für Liessa und den Zauberer einen Vorsprung zu erwirken. Und er wusste auch, dass keiner von beiden dies freiwillig zulassen würde. Doch es war der einzige Weg, falls es überhaupt einen Weg gab.

Endos hatte sich entschieden. Unbemerkt zog er sein Schwert und pirschte sich zum Ausgang vor, der nur wenige Meter über ihnen lag. Liessa war eingeschlafen und der Zauberer grübelte immer noch nach Zaubersprüchen. Das war gut. Sie durften Endos nicht folgen. Bevor sie den Schacht verlassen würden, musste er die feindlichen Späher von dort weggelockt haben.

Endos blickte ein letztes Mal zurück. Bei Liessas Anblick lief ihm ein Schauer über den Rücken. Dann kroch er aus dem Kamin an die Oberfläche.

Der Ausgang lag in einem Krater. Ringsum gab es nur kleine Felsen und ein paar Büsche. Nichts hinter dem sich Margons Vasallen hätten verschanzen können. Auch wirkte der Kamin wie eine unbedeutende Felsspalte, so dass hier keine Wachen postiert waren. Im Schutze der Dunkelheit stieg Endos über den Kraterrand. Vor ihm lag der Grat. Ein paar hundert Schritte entfernt brannte ein Lagerfeuer. Eine kleine Wachmannschaft von vielleicht zwanzig Kriegern hielt sich dort auf. Wenn er unbemerkt an ihnen vorbeikam und von der anderen Seite wie zufällig auf sie stoßen und sie in ein Gefecht verwickeln würde, hatten Liessa und Kendavar eine Chance zu fliehen.

,Wenn dieser verdammte kalte Tod nicht in meinem Körper brodeln würde', dachte Endos. Früher hätte er es in der Dunkelheit locker mit zwanzig Kriegern aufnehmen können. Nun jedoch würde dies ein kurzer Kampf, der die Zeit des Dahinsiechens lediglich etwas verkürzte.

Lautlos kletterte Endos über die Steilwand, das Lager zu umgehen. Er hörte die Stimmen der Söldner. Es waren tiefe, fremdartige Stimmen. Er schloss daraus, dass die Krieger von gewaltiger Größe sein mussten. Vermutlich Berserker. Die waren kaltblütig und finster drauf. Endos bedauerte, dass er ihre Sprache nicht verstand. Zu hören worüber sie redeten, wäre sicher von großem Nutzen gewesen.

Noch nicht ganz am Feuer vorbei, rutschte er plötzlich aus. Seine Füße verloren den Halt. Steine polterten in die Tiefe. Endos hielt die Luft an. Verdammt. Er krallte sich mit den Händen in die Wand, suchte mit den Füssen einen Vorsprung zu finden. Das Gerede verstummte. Das metallene Klirren gezogener Säbel erfüllte die nachtschwarze Luft. Gemurmel. Jemand stampfte mit zornigen, festen Schritten über den Grat. Der Elb spürte, dass sie unmittelbar über ihm waren. Der Schein einer Fackel erhellte für wenige Augenblick die Szenerie. Lang genug für Endos Halt zu finden und festzustellen, dass er sich nah an einem Überhang befand. Für den Moment war er in Sicherheit.

Wirr schrien und liefen die Wachen durcheinander, suchten die Gegend ab. Nach ein paar Minuten hatten sie sich jedoch wieder beruhigt, die Säbel zurückgesteckt, die Fackeln gelöscht und sich wieder ans Feuer gesetzt.

Endos hing noch immer in der Wand. Er fühlte, wie das Blut aus seinen Händen wich. Sie waren kalt und taub. Und sie schmerzten. Mühsam tastete er sich weiter. Ein zweites Mal durfte ihm das nicht passieren.

Endos wusste, er hatte nicht viel Zeit. Wenn seine Gefährten sein Fehlen entdeckten, musste alles gelaufen sein. Sonst würden sie nach ihm suchen und sich selbst verraten. Hörten sie aber das Waffengeklirr, würde Kendavar seine Absichten erkennen und wissen was zu tun war.

Noch ein paar Meter an der Wand, dann kroch der Elb wieder auf den Grat. Er hatte das Lager umrundet. In einiger Entfernung brannten weitere Feuer. Das hatte er befürchtet. Doch sie lagen sehr weit auseinander. Es würde eine Weile dauern, bis die anderen Berserker über den Grat gekommen waren, zumal in der Dunkelheit. Bis sie ihn erreichten, war der Kampf bereits gefochten.

Endos zog sein Schwert und stürmte unvermittelt auf das Lager zu.

meine Seele wandert zum Licht
das Leben erlischt
sei nicht traurig
um unserer Liebe willen
erinnere Dich
im wärmenden Licht der Sonne

ich bin unterwegs
ich gehe nur voraus

Du musst die Aufgabe zu Ende bringen
in Deinem Herzen
findest Du mich

Liessa, weine nicht
uns führt das Schicksal
ich treffe Dich
bei meinen Göttern
bei Deinem Gott

meine Worte werden wie Feuer sein
Du bist der Schatz meiner Träume
denke an mich in Deinen Visionen

der Spiegel wird zerspringen
wenn Du erwachst

Du darfst nicht warten
gehe unseren Weg
führe zu Ende
was wir gemeinsam begannen
rette mein Volk

Du bist meine Freundin
das endet nicht

immer wird meine Seele
an Deiner Seite sein

*

Der Lärm klirrender Waffen riss Liessa aus den Träumen. Reflexartig griff sie zum Schwert, schon bevor sie wach genug war, die Lage zu begreifen. Auch Kendavar hatten die Geräusche aus den Gedanken gerissen. Blitzartig war er aufgesprungen, zum Ausgang der Höhle gehetzt. Schnell hatte er die Situation begriffen.

»Dieser Narr! « schimpfte er. »Frag jetzt nicht! «, grollte er Liessa an.

Dann zog er sie hinter sich durch die Öffnung. Sie stürmten über den Kraterrand, sahen das Feuer im Norden, rannten gen Süden, weg von dem Kampf, weg von dem Lager. So schnell hatte Liessa den Zauberer noch nie laufen sehen. Unerbittlich zerrte er sie vorwärts, seine knorrige Hand um ihr Gelenk gewunden. Sie stolperte blind hinter ihm her. Die Welt drehte sich um Liessa. Der Grat wurde schmaler. Das Waffenklirren verhallte. Kendavar hatte das Tempo verlangsamt. Er keuchte fast mehr als Liessa.

»Steck endlich dieses verdammte Schwert weg! «, schimpfte er, »es brennt wie eine Fackel. Ein deutlicheres Signal können wir unseren Verfolgern kaum geben. «

Sie waren am Ende des Grates angekommen und mussten sich entscheiden, nach Osten oder Westen den Abstieg zu wagen. Da im Osten das Tor von Bragaan lag und der Zauberer dort die Hauptstreitmacht Margons vermutete, hielt er den Weg nach Westen für den einzig gangbaren. Er zögerte nicht den Abstieg zu beginnen; denn es würde nicht lange dauern, bis die Schergen den Grat nach ihnen absuchten. Auch mussten sie den Karsthang vor Einbruch der Dämmerung hinter sich gelassen haben, im Wald untergetaucht sein.

Kendavar ging voraus. Liessa folgte ihm. Ihre Schritte waren unsicher. Oft verlor sie den Halt. Auch schmerzten ihre Hände bald von den schroffen Steinen. An einem Überhang schlug sie sich zu allem Überfluss ein Knie auf. In den steilen Kaminen der Höhle hatte unter ihnen eine weiche Finsternis gelegen. Es war ein sicheres Gefühl gewesen, den Abgrund nicht zu sehen. Der steile Hang hingegen versprach eine wenig weiche Landung. Liessa drehte sich schon bei dem Gedanken der Magen um, einen Tritt daneben zu setzen. Sie zwang ihren Blick auf die Hände oder nach oben. Bloß nicht nach unten schauen. Mittlerweile hatten sie fast die Hälfte der Wand über sich gelassen, als sie oben auf dem Grat Stimmen hörten. Jemand suchte mit Fackeln den Weg ab. Kendavar zog Liessa an sich. Beide verbargen sich unter seinem weiten Umhang und warteten.

»Wo ist Endos? «, schoss es Liessa plötzlich durch den Kopf. »Oh mein Gott, wir haben ihn verloren. « Sie versuchte sich zu erinnern, wo sie ihn zum letzten Mal gesehen hatte. Waren sie noch gemeinsam aus der Höhle geflohen? – sie konnte sich nicht erinnern. Nein – seit sie von dem Lärm aufgewacht war, hatte sie ihn nicht mehr gesehen. Sie musste es dem Zauberer sagen. Doch jeder Laut hätte sie verraten können. ‚Endos', schrie es in ihr, ‚Endos, wo bist Du? Du kannst uns doch hier nicht alleine lassen. ' Panische Angst überkam sie. Angst vor den teuflischen Kriegern. Aber auch Angst um Endos. Sie krallte sich an Kendavar. So fest, dass es ihm fast den Atem nahm. Er hätte sie trösten wollen, doch er konnte es nicht. Jedes Wort hätte sie verraten können. Der Zauberer war nicht einmal in der Lage, ihr über die Haare zu streichen. Er hätte unmittelbar den Halt verloren.

Die Minuten schwollen zu Stunden tosender Verzweiflung an. Liessas dröhnte der Kopf. Ihr Herz drohte zu bersten. Sie spürte die Furcht in jeder Faser ihres Körpers. Flehte zu Gott, dass alles nur ein böser Traum war. ‚Gott, bitte sag' mir, dass das alles nicht wahr ist! ', schrie sie in die Finsternis ihrer kleinen Seele hinein. Bitte! ' Das Salz nasser Tränen rann über ihre Wangen. Sag', dass es nicht wahr ist, donnerte sie in die unendlichen Tiefen ihrer Seele hinein. Sie klammerte sich an den Zauberer.

Es war ruhig geworden auf dem Berg. Die Söldner waren abgezogen, hatten die Suche aufgegeben – wenigstens für den Augenblick. Im Morgengrauen würden sie wiederkommen. Bis dahin mussten der Zauberer und Liessa in der Tiefe des Tales verschwunden sein.

Kendavar sah Liessa an.

»Sag jetzt nichts!«, flehte er mit zitternder Stimme. »Ich weiß, wie Dir zu Mute ist. Mir geht es nicht besser. Doch dafür haben wir jetzt keine Zeit. Später werde ich Dir alles erklären.«

Er wusste selbst nicht, was er ihr erklären sollte, und vor allem nicht, wie? In derlei Dingen war er einigermaßen ungeschickt.

Die Dämmerung brach gerade an, als sie den Fuß des Berges erreichten. Sie rannten in den Wald. Liessa war müde. Aber sie wusste, dass jetzt keine Zeit sein würde, auszuruhen. Sie rannten um ihr Leben. Schließlich war die Angst stärker als die Schwäche und so schafften sie ein gutes Stück Weg, fort von dem unseligen Berg mit seinem grausamen Margon und dessen barbarischen Vasallen.

Anfangs vermieden sie es, die normalen Pfade und Straßen zu benutzen und bewegten sich ausschließlich durch das Unterholz, das teilweise so dicht wuchs, dass der Zauberer es mit Liessas Schwert aufspalten musste.

Einmal kamen sie dicht an einem Lager vorbei. Sie hörten die aufgebrachten tiefen Stimmen der Berserker. Doch bekamen sie keinen von ihnen zu Gesicht. Später kamen sie in ein kleines Dorf, mit ein paar Höfen und einer halb zerfallenen Mühle. Liessa sehnte sich nach einem Bett. Aber der Zauberer musste ihr den Wunsch verwehren. Selbst wenn dieses Dorf nicht von Margons Truppen besetzt gewesen wäre, würden diese doch bald überall nach den beiden suchen. Es durften keine Unschuldigen in diesen Kampf hineingezogen werden, nicht mehr, als ohnehin schon darin verwickelt waren, darunter zu leiden hatten.

Nachdem sie das Dorf hinter sich gelassen hatten, machten sie eine kurze Pause. Sie mussten nun über eine lang gestreckte Ebene laufen, auf der man sie in jedem Fall entdecken würde. Kendavar hielt es daher für passend die Pferde herbeizuholen.

Liessa war überglücklich, die Tiere wiederzusehen. Sie konnte sich zwar nicht vorstellen, auf welche Weise sie hierher gelangt waren, aber was spielte das für eine Rolle? Am meisten wunderte sie sich allerdings darüber, dass es nur zwei Pferde waren. Es löste in ihr einen kleinen Hoffnungsschimmer aus, dass Endos doch noch am Leben war und das dritte Pferd ihn bereits auf seinem Rücken durch die Steppe trug. Sie konnte den Gedanken jedoch nicht weiterdenken. Die Zeit drängte. Im Galopp flogen sie über die Ebene.

Hatte das Reiten Liessa noch vor ein paar Tagen wirklich angestrengt, jetzt war es eine Wohltat. Der frische Wind, das wiegende Gefühl des Galopps. Vor allem aber die Hoffnung der Hölle zu entfliehen.

Den ganzen Tag waren sie ohne eine nennenswerte Unterbrechung durchgeritten. Liessa hatte keine Ahnung, wo sie waren oder wohin sie eigentlich wollten. Sie war müde. Sämtliche Knochen taten ihr weh. Sie hatte Hunger. Doch sie schwieg. Sie würde nicht jammern. Mag sein, dass sie bisweilen zu Wutausbrüchen neigte und sich manchmal sogar selbst unausstehlich fand, aber gejammert hatte sie niemals. Damit würde sie jetzt nicht anfangen. Sie war eine Kriegerin wie Endos. Sie biss die Zähne zusammen und quälte sich vorwärts. Spontan fielen ihr die Worte des Zauberers ein, sie müsse sich an ihre Heimat erinnern, um eines Tages dahin zurückkehren zu können. So vertrieb sie sich die Zeit damit, sich ihr Zimmer vorzustellen, ihre Freunde und vor allem den kleinen See, der nicht weit vom Haus entfernt war, den sie mehr liebte als irgendetwas Anderes auf der Welt – abgesehen von Endos vielleicht, aber der lebte ja nicht in ihrer Welt.

Nachdem die Dunkelheit hereingebrochen war, suchten sie einen geeigneten Platz für die Nacht. Liessa dachte nicht mehr an Hunger oder Schmerzen. Sie fiel einfach an Ort und Stelle vom Pferd und in einen schweren, traumlosen Schlaf.

Als sie erwachte, standen die Sterne am klaren Nachthimmel. Sie sehnte sich so sehr nach Endos, dass sie seine sanfte Hand auf ihren Wangen, seinen warmen Körper neben sich spürte. Sie wollte nicht glauben, dass er im Kampf gefallen sein könnte. Für Liessa war er da – ganz nah bei ihr. Sein Körper, aber auch sein Geist.

Endos hatte einen Traum
das Horror-Kriegs-Spiel sei vorbei
die Waffenlager leergeräumt
das Volk von Margons Marter frei
der Terror der Waffen gebannt
der Schock in den Herzen endlich zerrissen

Endos hatte viel Sympathie
für das Volk
er verstand ihre Verzweiflung
er war bereit für Liebe und Friede zu kämpfen
sich der Tyrannei entgegen zu stellen
verwandelte Albträume in Träume
aus dem Staub schuf er einen Baum

träumte eine friedliche Welt
deren Königin die Liebe selbst war
in der die Sterne glücklich strahlten

eine wirklich gerechte Welt
in der die Wälder lachten
in der die Kinder glücklich waren

nicht grausam, nicht wild

viele Bilder wurden gemalt
voller Leben und Licht
Margon zerstörte das Morgengrauen
verwandelte das Zwielicht in Dunkelheit
erklärte unsere Redner zu Lügnern
legte Dunkelheit über unsere Augen

ein Grollen lag in der Luft
die Welt begann zu wanken
es war ein teuflischer Pakt geschlossen

unsere Herzen schlugen wild
fühlten nicht die heiligen Zeichen
tauschten Wein gegen Gift

träumte eine friedliche Welt ...

Margons Armee musste zerstört werden
das Land zu befreien
Endos Tod würde ein Zeichen setzen
sich in der Not zu wehren

die Augen des Zauberers
blickten trübe über das Land
wir müssen uns endlich wehren
Margons Ketten sprengen

träumte eine friedliche Welt ...

*

Mitten in der Nacht hatte Liessa geträumt aufgewacht zu sein. Sie hatte in den Sternenhimmel gesehen, in ein paar dunkle Wolken, wie sie lautlos über das Firmament schwammen. Dann hatte sie Endos getroffen, tapfer und stark. Hatte sich erinnert, wie er ihr das Bogenschießen beibrachte, sie das Reiten lehrte. Allein hatte er sich durch die Wüste gequält, krank, schwach, ihrer Hilfe bedürftig. Sartyria hatte sie durch die Höhle gejagt. Gemeinsam waren sie entkommen.

Doch dann war sie alleine aufgewacht, suchte ihn neben sich im Gras, fühlte die zitternde Sehnsucht nach ihm, nach seinen sanften Händen, seinen tiefen, blauen Augen. Ihr Herz brannte. Der Magen verkrampfte sich. Liessa zitterte am ganzen Körper, versuchte die Tränen zurückzuhalten. Sie ergossen sich über die Wangen, den Schmerz zu lindern, das brennende Herz mit jener salzigen Sanftmut ein wenig zu kühlen. Die Augen glasig, verschleierten ihr den Blick in die Sterne. Es war ein Traum tiefer Sehnsucht und ein Albtraum gleichermaßen.

‚Es ist albern, Liessa. Wie kannst Du so törichtes Zeug denken? ', versuchte sie sich den Schmerz auszureden. Ihre Liebe war zu einer brennenden, klaffenden Wunde geworden. Liessa hatte mehr Angst vor den Schmerzen, die diese Wunde bereitete, als vor der Vasallen-Armee Margons oder seinem übel riechenden Monster Sartyria. ‚Endos! ', schrie es unaufhörlich in sich hinein. Es hallte millionenfach wieder, ‚Du kannst doch nicht so einfach sterben. Ich liebe Dich! Bitte ...! ' Doch all das Schreien, Betteln, Flehen half nicht. Es vergrößerte nur den Schmerz.

Liessa konnte nicht sagen, wie lange sie in ihrer Trauer vor sich hin geschluchzt hatte, als sie plötzlich dieses Knacken im Unterholz vernahm. Für einen Augenblick war sie wie gelähmt. Die Furcht schnürte ihr die Kehle zu. Die Pferde wieherten unruhig. Der Wald begann zu leben. Überall vernahm sie Geräusche, raschelndes Laub,

Flüstern, Schritte. Ein eisiger Schauer lief ihr über den Rücken. Sie sah zum Zauberer hinüber. Er schien fest zu schlafen. ‚Wach auf', flehte sie in Gedanken, wagte aber nicht, auch nur einen Laut von sich zu geben. ‚Kendavar', donnerte ihre innere Stimme, ‚ich flehe Dich an: Wach auf! ' Doch der Zauberer rührte sich nicht.

Es blieb ihr nichts anderes übrig. Sie musste selbst handeln. Langsam drehte sie sich zur Seite und griff nach dem Schwert. Ihre Hände schwitzten, zitterten. Sie fühlte die Scheide, tastete sich nach oben, erwischte den Knauf. Vorsichtig zog sie die Waffe aus der Scheide. Als sie auf die Klinge sah, rutschte ihr Mut vollends in den Magen. Das Metall brannte glühend heiß, als sei es frisch aus der lodernden Esse gezogen. Liessa begriff, dass sie der helle Schein verraten hatte. Mit einem lauten Schrei sprang sie auf. Die eigenständige Wucht Gweldalårs riss sie fast um. In diesem Moment sprangen ihre Gegner aus dem Gebüsch. Hörner dröhnten, Kampfgeschrei hob an. Schon bald war Liessa von den riesigen Söldnern umzingelt. Wild wirbelte ihr Schwert durch die Luft. Metall klirrte, Funken sprühten. Taub und blind vor Angst, hörte Liessa nicht den Donner. Die Blitze, das Feuer um sich herum nahm sie gar nicht wahr. Es war als sei die Hölle selbst angetreten, den alten Zauberer, das Mädchen und das göttliche Schwert des Gehörnten Gottes zu verschlingen. Liessas Furcht entlud sich in blanker Hysterie.

»Rache für Endos! «, schrie sie und fühlte die unbarmherzige Wut der Klinge, wie sie in die Leiber der Vasallen schnitt. Gweldalår und das Mädchen richteten ein Blutbad an, wie es Mittenerde noch nie erlebt hatte. Selbst in Asengard würden die Walküren Lieder davon singen. Ein Gemetzel ganz nach ihrem Sinn. In den Reihen der Walküren war Liessa wahrlich als jüngste Heldin willkommen!

durch die Täler, über Berge
über die Felder in die Finsternis
fliehen sie gehetzt, die Furcht im Nacken
eine unheilvolle Flucht
durch den Staub, die Sehnsucht, die Angst

heute Nacht –auf der Flucht durch die Nacht
ohne Hilfe – ohne Licht
verfolgt von tausenden von Bastarden
von Berserkern und Dämonen
heute Nacht – niemand schläft heute Nacht
die Augen des Zauberers leuchten hell

er bereitet sich auf den Kampf vor
gegen die Armee von Teufeln und Monstern
heute Nacht

als der Tag erwacht
hört man sie bereits nahen
sie verließen ihre Heimat, den König zu treffen
sie entkamen dem Schrecklichen
haben die Finsternis erschlagen
Nun kommen sie

zurück im Wald
stehen die Schatten des Todes
über dem Land
zurück im Wald
gehen sie tausenden entgegen,
die sie erwarten

‚Rache für Endos! ', hallte es aus den unendlichen Tiefen des Universums wider, hämisch und erfüllt von einer gefährlichen gespenstischen Kraft.

»Du Torenhafte Göre! «, grölte ihr plötzlich eine gewaltige Stimme entgegen, »Du hast genug Unheil angerichtet unter meinen Männern– Schluss damit! «

Liessa zuckte zusammen. Nur wenige Schritte vor ihr stand der dämonische Herrscher auf einem Felsen, gehüllt in gleißendes schwarzes Licht. Mit einer Handbewegung entriss er ihr durch einen Blitz das heilige Schwert Gweldalår. Liessa schrie. Sie schrie, dass ihre Lunge zu bersten drohte. Dann wurde ihr schwindlig. Die Kraft wich aus ihrem Körper. Totengleich sackte sie in sich zusammen.

Zusammengeschnürt wie ein Paket, fand sie sich auf den holpernden Planken eines Pferdewagens wieder. Rücken an Rücken mit Kendavar. Liessas Hände brannten von den würgenden Fesseln. Jedes Glied ihres Körpers tat ihr weh. In groben Zügen versuchte sie sich an die Ereignisse zu erinnern. Sie waren im Wald überfallen worden. Sie hatte tapfer gekämpft und wer weiß wie viele grausame Söldner niedergestreckt. Doch am Ende hatte sie Margon persönlich gegenübergestanden.

»Ist alles in Ordnung? «, flüsterte Kendavar mit demütiger Stimme.

Liessa überlegte. In Ordnung war gar nichts. Sie waren gefangen. Margon hatte eine Streitmacht von wenigstens tausend Soldaten aufgeboten, sie zu bewachen und – wie Liessa richtig vermutete – in seine Festung zu bringen. Was sollte aus den Elben werden. Sollten sie jetzt alle sterben, weil niemand ihnen mehr das Geheimnis verraten konnte, wie sie dem kalten Tod entgehen konnten? Liessas Körper schmerzte.

»Ja – es ist alles in Ordnung! «, antwortete sie schließlich.

»Schweigt! «, herrschte sie der Kutscher an. »Unter der Knute werdet Ihr noch genügend Gelegenheit zum Reden bekommen «. Er lachte dabei derart widerlich, dass in diesem Moment die wildeste Phantasie nicht gereicht hätte, Liessas Ekel nachzuvollziehen.

»Es wird alles gut werden! «, flüsterte der Zauberer. Ihm kam kein Wort über die Lippen. Es war als hätte er Liessa die Worte in den Kopf gepflanzt – und so war es auch. Er verständigte sich mit ihr nur über die Gedanken. »Schlaf jetzt ein wenig; wir können im Moment nichts tun. «

Der Weg war uneben; sie wurden mächtig durchgerüttelt. Die Fesseln brannten an den Handgelenken. Trotzdem bemühte sich Liessa den Worten des Zauberers zu folgen und ein wenig auszuruhen. Sie war ohnehin zu sehr durcheinander, als dass sie einen klaren Gedanken hätte fassen können. Gelegentlich erkundigte sich der Herrscher persönlich unter höhnischem Gelächter nach dem Wohlbefinden seiner Gefangenen. Ansonsten war die Fahrt lediglich schmerzhaft und eintönig.

Zwei Tage und Nächte waren sie unterwegs gewesen, hatten kaum eine Pause eingelegt, als vor ihnen die grausam düstere Festung des Herrschers auftauchte. Wie eine Teufelskralle warf sie schwarze Schatten über das Land.

Liessa hatte sich seit ihrer Kindheit für antike Befestigungsanlagen interessiert. Ein derart finsteres und gleichwohl gigantisches Bollwerk war ihr jedoch nie unter die Augen gekommen. Auf einem mächtigen Hochplateau gelegen, schienen sich die zahllosen Türme und Zinnen über den Himmel zu erheben – bereit, den Sternen zu trotzen. Das Mauerwerk erstreckte sich in drei unabhängigen Ringen um den inneren Komplex. Jede der Mauern maß wenigstens hundert Fuß Höhe. Dem ersten Tor nach zu urteilen, mussten sie mindestens dreißig Fuß dick sein. Allein im äußeren Ring zählte Liessa über fünfzig Türme. Die ganze Anlage schätzte sie auf einen Umfang von mehr als viertausend Fuß. Der Aufwand, mit dem die Festung gesichert war, belegte, auf mehr als eindrucksvolle Weise, wie mächtig Margon, der finstere Herrscher, war und wie verhasst. Walmortua, wie die

Menschen aus den Dörfern das Bollwerk nannten, reckte sich wie eine schwarze Hand nach der Herrschaft der Welt, selbst bis in die abgelegensten Träume und Winkel. Wer den Anblick auch nur einmal hatte ertragen müssen, zweifelte nicht mehr an dem Sieg der Finsternis über alle Welten. Für ihn konnte es keine gute Macht mehr geben, die dem Hass schürenden Regime ein Ende hätte setzen können. Selbst die Mutter wäre dazu kaum in der Lage gewesen. Umso mehr war die Tapferkeit jener zu bewundern, die sich dem entgegenstellten. Sie wussten sehr wohl um die übersinnlichen, dunklen Mächte, durch die Margon die Herrschaft erlangt hatte; und dennoch trotzten sie ihm mit der Hoffnung von Schiffbrüchigen im tosenden Sturm, die Erinnerung an eine rettende Feste im Hirn.

Der Treck hatte das erste Tor passiert. Der Zauberer hatte Liessa gewarnt, nicht nach rechts und links zu schauen. Das grausame Bild würde ihr neue Wunden der Furcht reißen. Doch sie hatte natürlich nicht auf ihn gehört und die Szenerie genau beobachtet. In Käfige gepfercht hingen ausgemergelte, hungernde, zitternde Gestalten auf den Zinnen. Nackt. Übersät von Striemen und geronnenem Blut. Die Knochen gebrochen. Aufs schändlichste misshandelte Kreaturen, denen Liessa nichts sehnlicher wünschte als einen warmen gnädigen Tod.

Selbst Kinder hatten sie derart gepeinigt. Liessa ekelte sich beinahe vor diesen leidenden, kranken Wesen; und sie ekelte sich vor sich selbst; denn sie wusste, es waren doch nur Kinder, arme, unschuldige, kleine Kinder, mit aufgeschlitzten Fingern, zugeklebten Augen, abgerissenen Ohren und dergleichen Unertragbarem mehr.

Kalte, bittere Wut stieg in Liessa auf. Sie hasste den Herrscher mehr als sie ertragen konnte. Und sie hasste seine widerlichen Vasallen, die Tag um Tag dieses Elend vollführten, mit den Gegeißelten ihre Spielchen trieben, sich offensichtlich sogar in grenzenloser Geilheit an ihren Opfern vergingen. Liessa musste sich zusammenreißen, wie sie sich noch niemals hatte beherrschen müssen, ihnen ihre Perversität nicht ins Gesicht zu kotzen.

Ihre innere Stimme schrie zum Himmel, schrie zu ihrem Gott, flehte ihn an, diesem diabolischen Elend endlich ein Ende zu bereiten.

‚Was für ein Dämon bist Du, **Gott**, wütete es aus ihr heraus, dass Du zuschaust – Du jämmerliche Kreatur eines Feiglings. '

Sie bat nicht. Sie flehte nicht. Liessa forderte. Nicht einmal ein Gott oder eine Göttin oder was auch immer dieses Universum regierte, es geschaffen haben mochte, hatte das Recht, sich dem Kampf gegen diese Grausamkeit zu entziehen.

‚Ich hasse Dich', schrie sie, ‚ich hasse Dich, ich hasse Dich! ', schleuderte sie ihre Trauer dem Universum entgegen.

Der einzige, der ihre Gedanken vernahm, war Kendavar. Es schnürte ihm das Herz zu. Und er herrschte sie an, endlich Ruhe zu geben. Liessa dachte nicht daran. Kein Laut verließ ihre Lippen; und doch begann der Sturm jetzt erst richtig loszubrechen.

Plötzlich geschah etwas, das alle: Soldaten, Gefangene, Tiere, sogar den finsteren Herrscher – in Unruhe und Schrecken versetzte.

Es begann zu schneien. So lächerlich es klingen mag – der Himmel öffnete seine schweren, grauen Wolken und schickte weiche, leise Schneesterne zu Tausenden zu Boden. In wenigen Augenblicken hatten sie das grausame, nach Blut gierende Bollwerk der Finsternis in einen sanften, weißen Tempel verwandelt. Wie eine leichte, wattierte Decke legte sich das Weiß auf Mauern, Türme, Häuser und Straßen, löste die unbarmherzige Kälte durch eine warmherzige Wiese zarter Liebe ab. Dann brach die Sonne durch. Sie verwandelte die Szenerie in ein blendend strahlendes Werk aus Millionen von Kristallen. Tief drang sie in die frostigen Mauern ein. Und sie drang in die erstarrten, versteinerten Herzen.

Zu keiner Zeit hatte es in Walmortua geschneit. Niemals hatte die Sonne diesen Ort erblickt. Die Schatten der Finsternis hätten dies nicht zugelassen. Jedoch die Macht, die sich den Schatten nun entgegenstellte, war von unvorstellbarer Energie. Plötzlich war alles Leben verstummt. Die finsteren Wesen bildeten eine Gasse der Furcht, durch die der Wagen mit den Gefangenen sich langsam auf das Haupttor zu bewegte. Alles starrte fassungslos auf den Schnee, starrte auf Liessa, deren grenzenlose Macht offensichtlich selbst dem finsteren Herrscher noch in der Gefangenschaft trotzte. Panik erfüllte die Herzen, selbst der unerschrockensten Berserker.

»Hexe! «, wisperte jemand, »verbrennt sie! « Andere fielen in den Ruf ein. »Hexe, Hexe ... «

Lauter. Schriller. Hysterisch. Die ganze Festung schien mit einem Mal zu toben, zu beben unter den angsterfüllten, verzweifelten Schreien jener ach so lächerlich grausam tapferen Krieger. Sie fürchteten sich vor diesem blonden, sechzehnjährigen Mädchen, das gefesselt an ihnen vorbeigeführt wurde. Schrecken und Panik sprachen aus ihren Gesichtern. Kendavar begann so laut zu lachen, dass die Festung erbebte.

Liessa selbst begriff nicht, was gerade geschah. Sie vernahm die Forderung nach ihrem Tod wie aus einem Traum heraus. Ihr war schon klar, dass sie die Hexe war. Doch sie registrierte es nicht wirklich. Sie fiel in das Lachen des Zauberers ein. Lachte unbändig, unzähmbar, teuflisch, göttlich. Selbst dem diabolischen Herrscher, der herbei eilte sie zum Schweigen zu bringen, lachte sie den Hass und die Wut ins Gesicht. Sie fühlte eine ungeheure Kraft in sich aufsteigen. In diesem Moment war sie Margon haushoch überlegen, trotz all seinen Schergen, seinen Folterknechten, seiner tausendfach geschützten Festung. Und Liessa fühlte, dass sie nicht alleine war. Diese Stärke, diese souveräne Sicherheit, das steckte in ihr, es kam aus ihr heraus, aber es entsprang nicht allein Liessas Seele. Es war eine Macht, weit größer als für sie vorstellbar.

Margon ließ den Wagen anhalten. Hoch erhobenen Hauptes führte er seinen feurigen Rappen um den Wagen herum, blieb genau vor Liessa stehen.

»Schweig! «, herrschte er sie an. Der Herrscher tobte innerlich. Nach außen hin wirkte er ruhig, beinahe eiskalt. »Schweig, Du Göre. Du verschlimmerst Deine ohnehin aussichtslose Situation nur unnötig. «

Liessa lachte. Sie verhöhnte ihn mit ihrem Lachen derart, dass selbst Kendavar sie nun ersuchte mit dem Gelächter aufzuhören. Doch das imponierte ihr nicht. Sie brachte Margon derart in Rage, dass er das Schwert zog, dem Spuk ein jähes Ende zu bereiten. Es war jene Klinge, die er Liessa abgenommen hatte. Er hatte gesehen, wie durch sie unzählige kräftige Krieger den Tod gefunden hatten, glaubte wohl, er könne den Zauber Gweldalårs beherrschen. Was für ein grandioser Irrtum. Die Klinge glühte. Kaum war er imstande sie zu halten. Wild tobte das Schwert in seiner Hand. Glühte, drohte ihn zu verbrennen.

Liessa verstummte. Mit einem frechen, erstaunten Grinsen starrte sie den Herrscher respektlos an. »Glaubst Du wirklich, dass Du dieses Schwert führen kannst? «, höhnte sie, »Du, den zu vernichten die Klinge vom Gehörnten selbst geschmiedet wurde? Deine Tage sind gezählt, dunkler Vasall einer fremden Macht. Du Narr! Begreife es: Das Universum hat sich gegen Dich entschieden! «

Margon erstarrte. War es der Gehörnte selbst, der ihn verhöhnte? Wessen Zunge sprach aus diesem Mädchen?

Wer war sie, dass sie derartige Macht, derartiges Wissen, eine derartige Waffe besaß. Er wich zurück.

»Du wirst mich nicht blenden, Göre! «, konterte er. Doch er war sich seiner Worte nicht mehr sicher. Er starrte in furchtlose, glühenden Augen.

Kendavar, den alten Freund, den Zauberer hatte er für seinen gefährlichsten Gegner gehalten, nicht aber das Mädchen. Nun begriff er, welch tödlichen Fehler er begangen hatte.

Während Liessa dem Herrscher spottete, hatte auch Kendavar sie beobachtet. Anfangs hatte er es für die Hysterie eines törichten Kindes gehalten. Dann hatte er ihre Worte gehört, ihre Stimme und gewusst, dass er die Art, die Sprache, den Ausdruck nicht von Liessa kannte. Sie war es nicht, die da sprach. Und doch – die Stimme war dem Zauberer sehr vertraut. Er versuchte sich zu erinnern. Und endlich begriff er: ‚Aljana!‘

Es musste die Wikka sein. Ja, ein Zweifel war nicht möglich. Aljana sprach durch das Mädchen. Hatte sie nicht all das vorausgesagt? Und nun war sie da. Es mochte absurd klingen; dennoch war Kendavar überzeugt, dass auch dies noch nicht der Wahrheit letzter Schluss war.

Die Wikka besaß ungeheure Kräfte. Sie hatte vollbracht, was selbst die mächtigsten Druiden für eine Mär hielten. Die Energie, die Liessa in diesem Augenblick umgab, war größer als alles was je auf dieser Welt gewandelt war, eingeschlossen Asen und der Gehörnte. Es war nicht der Ausdruck der Dienerin. Es musste der Ausdruck der Göttin selbst sein. Ceridwen, die Mutter und Gaia, drei Welten, dicht ineinander verwoben, eine Urmutter mit drei Wesensarten. Aljana, die Dienerin der Drei. So unfassbar wie fantastisch. Kendavar spürte es in seinem Herzen.

So sehr diese Vorstellung dem Zauberer Hoffnung einhauchte, so sehr verstand er nun das Ausmaß der Ereignisse. Die Mächte des Universums befanden sich im Aufruhr, direkt unter ihnen. Offenbar musste der Kampf, der in den Welten tobte, entscheidend zu der Verschiebung der Kräfte in anderen Dimensionen beigetragen haben – mehr als jedes weise Wesen der Welten hätte Kendavar das ahnen müssen. Der Zauberer erstarrte in Ehrfurcht.

Margon war indes zurückgewichen. Auch er wusste nun um die Kraft Liessas und fragte sich, warum sie nicht versuchte, ihre Fesseln zu lösen und zu fliehen. Niemals hätte er normalerweise die Flucht einer Gefangenen geduldet. In diesem Moment jedoch wäre er froh und dankbar darüber gewesen, hätte nicht einmal die Verfolgung aufgenommen.

Auch Kendavar bewegten diese Gedanken. War sich Liessa ihrer Kraft nicht bewusst oder gab es einen Grund für ihre passive Haltung?

Der Wagen setzte sich wieder in Bewegung. Man brachte die beiden Gefangenen in ein gemeinsames Verlies, tief im Innern der Festung. Liessa bekam von all dem kaum etwas mit. Sie befand sich in einer Art Trance, gleichsam ausgelaugt, müde, träumte vor sich hin. Erst als die schwere Eisentür hinter ihnen ins Schloss fiel, kam sie langsam wieder zur Besinnung.

»Was ist geschehen? Habe ich das alles nur geträumt? «, fragte sie den Zauberer.

»Du hast nicht geträumt! «, erwiderte Kendavar, »der Schnee, das Schwert, die Worte – all das ist geschehen. Du hast eine mächtige Freundin, die Dich beschützt und durch Dich handelt! «

Für Liessa war das im Moment zu hoch. Sie war zu müde, wollte nur noch schlafen.

Nur ein einziges Mal war einer von Margons Folterknechten aufgetaucht. Er hatte die Zelle betreten und Kendavar mit finsterer Miene aufgefordert ihm zu folgen. Der Zauberer hatte nicht daran gedacht. Der Knecht, ein Hüne von einem Mann, hatte daraufhin versucht ihm Eisen um die Handgelenke zu legen. Durch einen lächerlich simplen Zauber hatte Kendavar die Eisen geschmolzen. Bei einem zweiten Versuch hatte sich der Folterknecht an seinen Handgelenken die Finger regelrecht verglüht. Wutentbrannt hatte er die Wachen gerufen, den Zauberer abzuführen. Kendavar gab sich für den Moment geschlagen, weil er kein Handgemenge in der engen Zelle wollte.

Als Liessa ihn jedoch mit hängendem Kopf resignieren sah, sprang sie tobend auf und fauchte die Wachen an wie eine mächtige Tigerkatze. Die Männer schraken zurück. Bevor sie begriffen, was geschah, befahl Liessa ihnen mit dröhnender Stimme, das Verlies zu verlassen. Niemand wagte ihr zu widersprechen. Seitdem wurden sie gut mit Lebensmitteln versorgt. Allerdings hatte Margon jedem untersagt, mit ihnen auch nur ein Wort zu wechseln. Er fürchtete, einer dieser unwissenden Toren könne den unbarmherzigen Zorn Liessas heraufbeschwören und damit die gesamte Festung in Schutt und Asche legen.

Die Tage vergingen. Abgeschieden vom Tageslicht konnten sie nicht sagen, wie lange sie schon eingesperrt waren. Kendavar lehrte Liessa, ihre neuen Fähigkeiten zu nutzen. Er zeigte ihr mancherlei Zauber, klärte sie über die Wechselwirkungen der Kräfte im Universum auf. Doch während der ganzen Zeit fragte er sich, aus welchem Grund Liessa nichts unternahm, den Kerker zu verlassen. Natürlich hätte auch er selbst handeln können. Niemand hätte ihn aufgehalten. Er tat es nicht. Stattdessen wies er Liessa immer wieder auf ihre Fähigkeiten hin, bis er am Ende fast die Geduld verlor und sie zur Rede stellte.

Liessa lachte ihn nur an. War sie wirklich so töricht, es nicht gemerkt zu haben? Nein. Sie wusste, dass es nicht an der Zeit war zu handeln. Nicht direkt jedenfalls.

Es war nun an ihr, dem Zauberer die Zusammenhänge zu erklären. Sie hatte auf den Pferdekarren ihren Gott angerufen. Doch der war taub gegenüber den Grausamkeiten. Stattdessen hatte ihr die Mutter geantwortet und hatte Liessa den Weg zu ihrer Dienerin geöffnet. Sie hatte der Wikka von der Möglichkeit erzählt, wie das Elbenvolk gerettet werden konnte. Es war also keine einzige Minute verschwendet worden.

»Aljana «, so berichtete Liessa, die sich an die mysteriöse Art ihres Wissens mittlerweile irgendwie gewöhnt hatte, »brach noch in derselben Nacht zu Novagorn, dem Elbenkönig auf. Die Seuche ist gebannt. Es hat eine Ratsversammlung gegeben, auf der beschlossen wurde, Margon alle verfügbaren Mächte der übrigen Welten in einer letzten, großen Schlacht entgegenzusetzen. Die Heere sind bereits auf dem Weg. In der Nacht der Mondin sind sie aufgebrochen. «

Der Zauberer hatte nicht erwartet, dass in der Zwischenzeit so viel geschehen sei. Dennoch hatte er noch keine sinnvolle Erklärung für Liessas Verhalten.

»Ich bin doch unentwegt am Handeln «, fuhr Liessa endlich fort, und kam damit zur entscheidenden Aussage. »Der Kampf, den wir führen würden, wäre vergebens, solange der Hass in den Köpfen vorherrscht. An Dir ist es, mit dem Schwert des Gehörnten den Kampf gegen Margon aufzunehmen. Die Mutter, Aljana und ich jedoch müssen die Furcht in den Herzen auflösen. «

Sie schluckte bei diesen Worten. Nicht ihre Aufgabe bereitete ihr Sorgen. Sie wusste, dass es wohl nicht nur für Margon der letzte Kampf seines Lebens sein würde. Mit dem Ende dieses Gefechtes würden beide Zauberer von dieser Welt gehen, um sich auf ewig in fernen Dimensionen zu verlieren. Sie wusste es und der alte Zausel wusste es. Tränen standen Liessa in den Augen. Sie klammerte sich an Kendavar.

»Du darfst nicht sterben, es darf nicht so enden! «

»Doch Liessa. Lass es geschehen! «, antwortete er ruhig. Es ist mein Weg. Ich habe ihn selbst vor langer Zeit gewählt. «

»Der Schnee schmilzt «, flüsterte Liessa schließlich. »Die Finsternis ergießt sich ein letztes Mal über die Zinnen der Burg. Selbst die barbarischen Schergen haben das Weiß gesehen und fordern es nun heraus. Niemand auf der Burg will mehr Sklave der Finsternis sein. Es herrscht Aufruhr unter den Truppen. Die Generäle zweifeln; dennoch sind sie bereit in eine letzte Schlacht zu ziehen. Die Diener haben sich der Gefangenen angenommen. Nicht mehr lange, dann werden sie die Tore öffnen und uns befreien. Sie verfluchen uns, weil sie sich selbst verfluchen. Sie können uns nicht ertragen neben ihren schmutzigen Machenschaften. Jeder Gedanke ist ein Spiegel ihrer Grausamkeit. «

»Aber, wie konnte das alles geschehen? Was ist denn nun wirklich passiert? «

Kendavar lief unruhig in der Zelle auf und ab. Er hatte die Dinge seit geraumer Zeit sehr genau beobachtet. Und er hatte bemerkt, wie sich etwas verändert hatte, das niemand, nicht einmal der Himmel selbst zu erklären vermochte. Während die Dunkelheit langsam aber beständig zugenommen hatte, war etwas in Bewegung geraten, das nun die Welt im weisesten Sinne des Wortes erleichterte.

Liessa lachte. In der Tat war es so. Es würde noch einen letzten Kampf geben. Margon hatte ein Heer verängstigter Menschen, Alben und Berserker um sich geschart, die ihm aus Furcht die Treue hielten. Doch der Krieg war längst vorbei.

»Erinnere Dich an die Asen. Sie verschwanden aus dem Gedächtnis der Welten. Und das Zwergenreich Nanwicks. Es wurde beinahe ausgelöscht. Die Elben Novagorns starben am kalten Tod, die Elben Meridors siechten durch die Sehnsucht nach der Heimat elend dahin. Das Feenvolk ist regelrecht verwelkt. Die Nornen hat seit dem Untergang Asengards niemand mehr besucht. Sie standen seitdem vollkommen machtlos außerhalb der Geschichte. Und die Zauberer. Sieh Dich an. Sieh Margon an. Der eine gab auf, der andere entwickelte ungeahnte, krankhafte Süchte.

Das All-Eine hatte endlich von all diesen Dingen, von dem Aufruhr erfahren, hatte die Veränderungen selbst gespürt. Und es war hoch erfreut und glücklich darüber; denn nun konnte und durfte und musste es zum allerersten Mal selbst eine Entscheidung treffen. Seit der Geburt der ersten Seele, seit der Bewegung des ersten winzigen Teilchens, seit dem ersten Atemzug, der, das Sein, den Schoß des All-Einen verließ, haben sich Gedanken, Seelen, Formen, sogar ganze Welten gebildet. Nur das All-Eine selbst blieb auf ewig in Stasis gefangen. Siehst Du es denn nicht? All die unzähligen Schwingungen und Bewegungen dienten seit jeher nur diesem einen einzigen Gedanken. Das All-Eine sehnte sich danach, ein Teil von all dem zu sein, dessen Ursprung es war.

Die Vorbereitung auf dieses fantastische Ereignis hat über Äonen von Zeitaltern gedauert. Nun endlich schob es also die Kräfte ein wenig in die eine, die dunkle Richtung. Was es sah, gefiel ihm jedoch nicht. Da war die Entscheidung gefallen. Und plötzlich waren alle, die das All-Eine ausmacht, unglaublich stolz auf die Dinge, die in naher Zukunft geschehen würden. Das Sein ist in gewisser Weise erwacht. «

»Das ist eine bewegende Geschichte «, warf Kendavar ein, »aber wieso ist der Krieg nun vorbei? Was hat sich denn nun wirklich geändert? «

Liessa sah ihn zweifelnd an. Hatte es ihm denn nie jemand erklärt. Wussten sie es am Ende alle nicht? War es nicht deutlich zu sehen gewesen?

»Das Licht! «, holte sie aus, »wir alle sind es, die wir durch unser Wirken das Licht erschaffen. Jedes Volk hat sich vor ewigen Zeiten einer Farbe des Lichtes verschrieben. So erschufen die Zwerge die rote Schwingung und mit dem Rot die Kraft, die Energie des Feuers. Die Feen sorgten sich um die Farbe Orange. Dieser Ton schwingt im Vertrauen. Mit dem Verlust dieses Vertrauens nach Dannbarar schwanden ihre Kräfte. Die Farbe verblasste. Doch der Frieden zwischen Elben und Feen hat das Vertrauen erneuert. Die Menschen hüten das schwingende, klingende Gelb. Sie sind die Meister des erworbenen Wissens, aber auch der Vorsicht. Auf ihrer Welt tobt immer noch ein Krieg, den zu beenden es noch eine Weile brauchen wird, doch sie fangen an zu begreifen. Die Elben sind wie die Elfen Waldwesen. Wer könnte ein satteres Grün hervorbringen als sie? Der kalte Tod, die Trennung von Vater und Mutter, all das steht für Tod und Wiedergeburt – ja ihr Schicksal war schwer zu ertragen. Sie mussten wahrhaft durch den Tod gehen, doch nun leuchten die Wälder wieder von strahlendem Grün. Die Nornen, sie besaßen von je her das dritte Auge. Sie hüten mit ihm das helle Blau. In der vorangegangenen Ära jedoch wurden sie verbannt, verleumdet. Es gab keinen Grund mehr für ihre Existenz. So verblasste das helle Blau. Selbst der Himmel wechselte in graue Töne. Dann war da noch das Königsblau. Es war die Farbe der

Druiden und Zauberer. Doch die waren über alle Maßen zerstritten. Die Magie ist es, die auf den Schwingen des Lichtes durch das Universum reitet. Doch diese Magie wurde missbraucht, sodass die niemand mehr ihre Schwingen ausbreitete.

Die Geschichte der Auferstehung der Asen ist bekannt. Dies ist vielleicht die einzige Prophezeiung, die einen Hinweis auf die Entwicklung der Dinge hätte geben können. Das Lila ist ihre Farbe. Aber entscheidend ist wohl eher die Auferstehung BiFrösts. Die Regenbogenbrücke war der erste Schritt in die Wiederherstellung des Lichtes. Und das Licht, das ist das Sein. Nur das All-Eine vermag das Leiden der Welten und dessen Sinn am Ende zu verstehen. Es spürt nicht die Taten. Vielmehr nimmt es nur die Schwingungen wahr. Wenn all das vorbei ist und alle Gemeinschaften gemeinsam mit den Nornen das Farbenkleid neu weben, dann wird alles ein wenig höher schwingen, ein wenig heller, ein wenig reiner. «

Liessa schmiegte sich wieder in die Arme des alten Zauberers. Sie war froh über die Entwicklung, froh über ihr Wissen, froh über die innere Kraft, ohne die sie längst erfroren wäre. Eigentlich hätte sie richtig glücklich sein können. Sie erinnerte sich daran, wie alles begonnen hatte. Für sie war es nur ein Adventure Game gewesen. Und doch hatte sich dieses Spiel als ein Tor entpuppt, das jemand für sie geöffnet hatte.

Ebenso wie es geöffnet worden war, würde es sich wieder schließen; denn was zu tun sie gerufen wurde, das war getan. Und sie würde vergessen; denn sie war ein Mensch. Und Menschen vergessen nun mal die Belange der Seele über alle Maßen schnell.

Schwere Tränen rannen über ihre Wangen. Sie wusste, dass ihr Abenteuer bald vorbei sein würde. Und sie wusste, dass die Erinnerung an all das entschwinden würde. Diese Erkenntnis tat ihr im Herzen weh.

»Niemals werde ich Dich vergessen!«, stammelte sie, »niemals!'
– und sie wusste, dass es eine verzweifelte Lüge war. »Endos!«,
schrie sie und klammerte sich fest an den Zauberer. »Du kannst
mich doch nicht ... ich liebe Dich ... warum ...? «

Zärtlich strich ihr Kendavar über die Haare.

‚Das ist Dein furchtbarer Kampf', dachte er, ‚und niemand kann
Dir in diesem Kampf beistehen'. Seine Hände zitterten. Er fühlte
die Ungerechtigkeit in all dem. Es blieb ihm jedoch nichts als
Schweigen.

Eben jener Folterknecht, dem Kendavar die Finger verbrannt
hatte, war es, der die eiserne Tür öffnete. Wirren Blickes starrte er
die beiden an, wie sie schwach, unschuldig, zusammengekauert in
der Ecke saßen.

»Raus! «, grollte er, »schleicht Euch, Ihr habt hier nichts mehr
verloren. Verschwindet endlich! «

Liessa sah zu ihm auf. Irgendwie hatte sie gehofft, dass er
niemals kommen würde, dass die Tür auf ewig verschlossen bliebe.
Hasste sie ihn dafür? – nein. Er konnte nichts dafür. Es war der
Gang der Dinge.

Sie stand auf, reichte Kendavar die Hand. Mit unendlich weicher
Stimme dankte sie ihrem Befreier, der auf diesen Dank allerdings
liebend gerne verzichtet hätte. Die Schmerzen des Erwachens
erdrückten ihn. Sein Leben war verwirkt.

Als sie aus ihrem Verlies ans Licht kamen, staunten sie nicht
schlecht. In der Festung hatte sich einiges verändert. Die Käfige
waren aufgebrochen. Es gab keine Gefangenen mehr. In den
Straßen herrschte ein reges Treiben. Die Menschen wollten nicht
länger in dieser finsteren Umgebung bleiben. Sie packten ihre
Habseligkeiten und zogen in großen Trecks den Berg hinab in eine
ungewisse Zukunft. Liessa sah sie aufrichtigen Herzens an.
Niemand grüßte oder grollte. Die meisten zogen wie kleine Hunde,
die auf Prügel warten, die Köpfe ein. Die Plätze zwischen den

Mauern waren leer. Stumm verrichteten die letzten Söldner die notwendigsten Arbeiten, warteten auf den Befehl zum Aufbruch in den letzten Kampf.

Vor dem äußeren Tor warteten bereits die Pferde. Jemand überreichte Liessa unter sichtlicher Verwirrung das Schwert des Gehörnten sowie alles Weitere, was man ihnen bei der Gefangennahme abgenommen hatte. Dann machten sie sich auf den Weg die Wikka, Novagorn und die weißen Heere zu treffen.

Noch vor Einbruch der Dunkelheit hatten sie das Lager erreicht. Nach einem beinahe festlichen Mahl, wurde Rat gehalten. Fürsten und Regenten, Druiden, Wikkas waren zusammengekommen, diesen letzten vernichtenden Schlag gegen Margon zu führen. Jeder von ihnen wusste von zahllosen Gräueltaten des finsteren Herrschers zu berichten und beteuerte, dass man viel zu lange alles habe stumm über sich ergehen lassen.

Die halbe Nacht hatte Liessa geduldig zugehört. So furchtbar die Schilderungen auch waren, es entsetzte sie nicht mehr. Mit eigenen Augen hatte sie das grausame Spiel ansehen müssen. Als es aber um die Frage der Kampftaktik ging, konnte sie nicht mehr an sich halten. Der Kampf würde sich einzig zwischen den Zauberern entscheiden. Am Ende würden sich Margon und Kendavar gegenüberstehen. Da bedurfte es keiner großen gerechten Armee, die sich selbst ins Unrecht setzte, indem sie alles niedermetzelte, was sich ihr in den Weg stellte.

Margons Vasallen waren doch jetzt schon gebrochen. Niemand sah mehr einen Sinn in diesem Kampf. Niemand fühlte mehr Stolz, wollte mehr erobern, siegen.

»Gebt Kendavar ein paar ehrenhafte Krieger! «, ermahnte sie den Rat, »von jedem Volk einen. Ihnen wird sich niemand in den Weg stellen. Wenn Ihr anders handelt, schürt Ihr weiter neue Angst. Und nur aus Angst töten sie. «

Aljana, die Liessa bei dieser Versammlung zum ersten Mal Auge in Auge gegenüberstand, stimmte ihr zu; dennoch entschied der Rat anders. Man wollte Margon endgültig in die Knie zwingen. Es durfte keinen finsteren Herrscher und keine grausame Vasallen-Armee mehr geben, die für die schwarze Seite jemals wieder die Waffen erheben würde.

‚Was für heroische Helden!‘, dachte Liessa, ‚einen gebrochenen Feind niederzustrecken. ‘

»Es sind Menschen, Zwerge, Alben wie wir! «, schrie sie wütend, »unselige, verzweifelte, gebrochene Kreaturen, denen man alles genommen hat, woran sie glaubten. Gehört Ihr denn jetzt auch zu den Schlächtern der Finsternis?

Wahrscheinlich! «, fügte sie zornig hinzu, »wahrscheinlich tut Ihr ihnen tatsächlich einen Gefallen, wenn Ihr sie hinterrücks ermordet. Dann müssen sie sich nicht mehr mit ihren eigenen Grausamkeiten auseinandersetzen. Ihr macht Euch selbst zu Mördern wie sie! « Sie sprang auf und verließ die Versammlung.

Aljana und Kendavar folgten ihr. Nach ein paar Metern hatten sie sie eingeholt und versuchten sie zu besänftigen, was ihnen jedoch nicht besonders gut gelang. Schließlich wussten sie selbst, wie Recht Liessa hatte. Am Ende setzten sie sich an eines der zahllosen Lagerfeuer und lenkten sich bis zum Morgengrauen mit belanglosen Unterhaltungen ab.

Als der Tag anbrach, wurden im Lager die Vorbereitungen für den letzten Angriff abgeschlossen. Das feindliche Heer oder das, was davon übrig war, hatte sich bereits in Bewegung gesetzt. Man würde auf der großen Ebene vor Walmortua aufeinandertreffen. Liessa überreichte dem Zauberer mit einer feierlichen Geste das Schwert des Gehörnten.

Kendavar dankte ihr, doch er nahm es nicht. In diesem Punkt hatte sich selbst die Göttin getäuscht. Zauberer haben ihre eigenen Waffen. Nicht einmal ein Schwert wie dieses würde den Kräften der Magie lange standhalten. Außerdem hatte Liessa noch eine schwierige Aufgabe zu bewältigen, für die sie die Klinge sicher gut gebrauchen konnte: Sartyria! Margon würde das Monster in die Schlacht führen. Nur durch Gweldalår konnte es zur Strecke gebracht werden. Und für derlei Dinge fehlte Kendavar wirklich die Zeit.

»Wir werden dieses Untier gemeinsam besiegen" «, versicherte die Wikka, als sie die Furcht in Liessas Augen aufflackern sah.

»Sartyria ist ein Geschöpf der Tiefe. «, widersprach Liessa. »Dort ist sie zu Hause und dorthin muss sie zurückkehren. Bitte, wir dürfen sie nicht töten. Sie ist ein Wesen aus dem Bauch der Mutter, nicht weniger bedeutsam als Du und ich. «

Ein Stück des Weges ritten Liessa, Aljana und Kendavar noch gemeinsam. Die Sonne stand noch nicht sehr hoch, als sie die Ebene erreichten. Der Zauberer verabschiedete sich mit einem knappen »So lebt denn wohl! « und stürmte davon. Liessa hatte nicht einmal Zeit, ihn in den Arm zu nehmen. Es war sicher besser so.

Am Horizont tauchten die ersten Berittenen auf. Die Armeen sammelten sich. Bald würden sie übereinander herfallen. Wie Ameisen schienen sie sich über das Land zu ergießen.

»Liessa, komm! « Aljana ritt geradewegs auf die Schlachtreihe des Feindes zu. Sie hatte Sartyria bereits ausgemacht. »Lass uns das Untier erreichen, bevor es größeren Schaden anrichtet! «, lächelte die Wikka.

Liessa stürmte hinter ihr her. Bald hatte sie Aljana eingeholt, überholt. Die Linke am Zügel, zog sie mit der rechten Hand das Schwert. Während die Wikka Mühe hatte, Liessas gestrecktem Galopp zu folgen, durchbrach Liessa bereits die feindlichen Linien. Niemand vermochte sie aufzuhalten. Ihr Ruf war ihr vorausgeeilt. Keiner der barbarischen Krieger stellte sich ihr in den Weg.

die Schlacht glich einem Feuerball,
der durchs Universum jagt
Tränen des Todes erstickten die Luft
der Geruch sinnlosen Mordens

Liessa erschrak vor Sartyria
Asche der Vernichtung
auf Schmerz stöhnenden Feldern

nimm Dir ein Herz und beende diesen Kampf
führe das Monster heim
Du stehst auf den Stufen zur Erde
Deine letzte Tat – heute Nacht
pass auf Dich auf – Liessa
führe Sartyria zurück in ihre Welt

ihr Schwert biss Wunden
in die Wut des Monsters
giftiges Blut tränkte das Land

beherzt und von Liebe gelenkt
führe das Schwert
beende den Kampf
lass Sartyria die Liebe spüren

Du stehst auf den Stufen zur Erde
vollbringe diese letzte Tat
heute Nacht
pass auf Dich auf
Liessa
führe Sartyria zurück in ihre Welt

Unmittelbar vor dem Monster brachte Liessa ihr Pferd zum Stehen, sprang herunter und stürmte schreiend auf das Untier los, das von zweiundvierzig Pferdefuhrwerken an Ketten gehalten wurde. Verängstigt hielten die Söldner die Fuhrwerke an.

Sie fürchteten Sartyria würde die Ketten sprengen und auf sie losgehen. Wie ein gigantisches wankendes Bollwerk schwankte das Tier vor Liessa von einem Bein auf das andere. Wild fauchend riss und zerrte es an den Ketten, die zum Bersten gespannt waren. Mit einem lauten Knall zersplitterten die Kettenglieder wie Streichhölzer. Fuhrwerke flogen durch die Luft. Die Männer stoben auseinander. Schrien in Panik. Feuer und Schwefel dampften aus dem Rachen der Bestie.

Liessa wich ein paar Schritte zurück. Dann fasste sie das Schwert mit beiden Händen und ging zielstrebig und unaufhaltsam vorwärts. Wieder spie das Monster Feuer. Gweldalår glühte. Die Klinge blitzte auf zu einem Stern, fing das Feuer auf und warf es zurück. Der Kopf des Monsters schoss nach unten, Liessa die Waffe aus den Händen zu reißen und sie wegzuschleudern. Doch das Schwert ließ sich davon nicht beeindrucken. Es strahlte heller als das Licht der Liebe, das sich über die Welt ergießt. Mit einem kräftigen Funkeln blendete es das Monster. Sartyria tobte vor Verzweiflung, riss den Kopf herum, spie Feuer und verbrannte das Land rings um sich herum. Die Erde kochte heiß. Die Luft war angespannt. Bevor das Monster sich besinnen konnte, sprang Liessa genau vor Sartyria. Sah ihr direkt in die Augen.

»Liessa!«, schrie die Wikka.

Sartyria bäumte sich auf. Unter heftigen Schmerzen spie sie ihre Furcht in die verseuchte Luft. Die Wut hatte Sartyria längst verlassen. In ihren Augen spiegelte sich blankes Entsetzen. Sie hatte ihren Meister gefunden. Das Schwert des Gehörnten strahlte eine Schwingung aus, die für das kalte Herz des Monsters unerträglich wurde. Schreiend wich sie, sich in Qualen windend, zurück. Als blutrünstige Bestie hatte sie Margon gedient. Doch eine Bestie, das war sie nicht. Das war sie nie gewesen. Weich wie die Mutter von Grendel sorgte sie sich nur um das Wohlergehen ihrer eigenen Brut, tief unten im Bauche der Welt. Sie selbst hätte sich wohl mit einer Walküre oder Amazone verglichen, ihr Tun als ehrenhaft und selbstlos verstanden; außer natürlich unter dem Joch eines Dämons wie Margon.

Sartyria verzichtete liebend gerne auf eine weitere Bekanntschaft mit Gweldalår. Sie suchte ihr Heil in der Flucht. Abermals Feuer speiend brannte sie ein glühendes Loch in den Boden. Dann sprang sie unvermittelt hinein und verschwand für immer aus dem Dunstkreis der lichten Wesen aus den drei Welten.

Liessa blickte ihr ungläubig und erleichtert nach. Beinahe ertappte sie sich dabei, dem Monster hinterherzuwinken.

Damals in den Höhlen von Bragaan hatte ihr kleines Herz vor Angst gezittert, als sie Sartyria zum ersten Mal gegenübergestanden hatte. Ein urzeitliches Monster, wie es kein Buch, kein Film hätte grausamer darstellen können. Selbst Asen und Vanen und auch Heaman wäre der Schreck in die Glieder gefahren.

Doch die Welten hatten sich gewandelt. Das Licht erstrahlte heller als jemals zuvor. Die Farben brachten Liebe, Glück und Freude hervor in Schwingungen, die kaum zu beschreiben waren. Liessa hatte begonnen, die Welten mit dem Herzen zu sehen, wie durch eine Virtual Realitiy Brille, in der die Kontraste bis aufs Äußerste strapaziert werden.

Die Welten drehten ein µ schneller und erhöhten so die Schwingungen allen Seins. Das war es, was wirklich geschehen war. Es machte die Welten kaum spürbar leichter, nahm die Schwere aus den Herzen.

»'Komm jetzt! «, rief die Wikka. Sie hielt die Pferde und stand wohl schon eine ganze Weile neben Liessa, die den Mund vor Staunen nicht mehr schloss.

Die Söldner Margons und die Krieger der weißen Heere prallten aufeinander. Doch dieser Kampf fühlte sich für niemanden mehr richtig an. Während die Schwerter noch glühten, schwangen die Herzen der Krieger längst in der neuen Glückseligkeit. Das Kampfgeschrei wandelte sich in Trauer, um das blutrünstig Morden der letzten Stunden.

ein Dunst des Todes
lag über den Welten
in einer letzten grausamen Schlacht
waren tausende gestorben
Gute wie Böse
ein Donnergrollen
ein Blitz
die drei Mütter traten an
die Monster der Kindheit zu trösten

die Zauberer zauderten
überschritten die Schwelle

Geschichten werden zu Legenden
Legenden werden zu Mythen

die Ahnen, sie schwinden
mit ihnen schwindet
die alte Welt
die glaubte
Wissen könne Weisheit ersetzen
Wissen könne die Magie bannen

die Wissenschaft erlischt
die Zauberei erlischt

schaffen Platz
für neue Freude in den Herzen
für neues Leben
neues Sein

Kendavar hatte den finsteren Herrscher auf einem benachbarten Hügel gestellt. Ein wilder Kampf war zwischen den Zauberern entbrannt. Ihre Gedanken setzten Wellen in Bewegung, die bis in die tiefsten Tiefen des Universums heftige Beben auslösten. Struktur und Resonanz dieser Beben versetzten dem Gegner Schläge von einem Ausmaß, das selbst dem finsteren Walmortua der Einsturz drohte. Rein äußerlich hatte die Szenerie wenig von Kampf. Zwei mächtige Männer standen sich gegenüber. Konzentriert, mit verkrampften Händen, die sie gen Himmel streckten. Sie schleuderten keine Blitze, rangen nicht mit Worten, klirrten nicht mit schweren, grimmigen Klingen. Sie standen einfach da.

Margon und Kendavar, die letzten Zauberer unter der Sonne. Jahrtausende alter Kämpfe lasteten auf ihren uralten, geschundenen Seelen. Sie allein sogen die Verzweiflung der drei Welten in sich hinein.

Niemand außer ihnen sollte einst gewahr sein, welch Leid und Elend die Welten erfahren hatten in den endlosen Äonen von Zeit. Zwei Zauberer als Heiler Allerseelen. Eine unerträgliche Last scheinbar. Und gleichsam lächelten sie einander zu, in jenem letzten Augenblick, da alles gesagt, da alles getan war.

Margon sackte als erster in sich zusammen, ließ die Arme hängen. Stöhnte. Sein Auftrag war erfüllt. In nur wenigen Augenblicken zeichnete ihn das Alter. Ein Greis, dessen Odem stumm erlosch.

Und auch Kendavar sank nun zu Boden. Seine blassen Hände zitterten. Die Lider zuckten. Ein letztes Mal atmete er die Tiefe dieser Welt, öffnete die müden Augen und blickte über das Land. Es war ein schönes Land. Er liebte es, hatte es immer geliebt. Wärme und Stille ergossen sich über seine Seele. Der weiche Strom der Sehnsucht erfüllte sein Herz.

Liessa kam ihm in den Sinn. Er hatte sie sehr gemocht. Dann wanderten seine Gedanken zu Aljana, flogen weiter zu Tamadai. Wie sehr suchte er die Nähe der Herrin vom Teich in diesen letzten schweren Augenblicken irdenen Daseins. Die Wikka war nicht da. Sie war niemals da gewesen, wenn er sie hatte bei sich haben wollen. Warum hatte er ihr nie gesagt, wie sehr er sie liebte?

‚Gutes Land', war sein allerletzter Gedanke, ‚es ist an der Zeit, Dir diesen Körper zurückzugeben. Nimm meine Kraft, wie ich Deine Kraft genommen habe. Nimm meine Liebe, wie ich Deine Liebe genommen habe und wachse, indem ich vergehe. '

Ein allerletztes Mal schloss er diese irdischen Augen.

Ceridwen, Mutter Erde, Gaia hatten die beiden alten Zausel über die Zeiten liebgewonnen. Und so betteten die Seelen der Zauberer weich, bis zu dem Moment, da sie in das All-Eine zurückkehren würden.

Als Aljana und Liessa auf den Hügel kamen, war es bereits still geworden auf dem Schlachtfeld. Von einem Kampf keine Spur. Sie fanden keinen der Zauberer mehr vor, weder Margon noch Kendavar. Die Erde hatte sich ihrer längst angenommen.

Die Wikka nahm Liessa in die Arme. Sie drückte sie wie eine Tochter und fragte sich, warum sie eigentlich nie das Bedürfnis nach einem eigenen Kind verspürt hatte? Sie hielt Liessa fest. Und hielt Liessa sie. Es bedurfte keiner Worte mehr zwischen ihnen.

*

Lange hatte Liessa schweigend am Ufer des kleinen Sees gesessen, den sie den Sehnsuchtsee nannte, hatte dem Spiel eines vorsichtigen Sommerwindes zugesehen, wie er die Wogen des

Wassers zärtlich streichelte, das unter leichten, kitzelnden Berührungen sanft erzitterte. Es war ein Bild innerer Ruhe, ein Anblick von anmutender Schönheit. Es war der Friede selbst.

Dieser Ort, tief im Herzen des Waldes, war erfüllt von Frieden und Liebe. Liessa hatte ihn vor vielen Leben entdeckt und war nun für den Flügelschlag eines Schmetterlings zurückgekehrt. Der Tag neigte sich dem Ende. Im Westen vertropfte eine glühende Sonne ihre leuchtende Kraft über einen klaren, flimmernden Himmel. Liessa saß unter der alten Weide. Sie liebte diese Weide. Sie saß einfach nur da und genoss die schillernden Reflektionen des Sonnenuntergangs auf dem See.

Von der gegenüberliegenden Steilwand fielen tiefe Schatten in die klaren Wasser. Der Wind hatte sich gelegt. Die Umgebung war in inneres Schweigen versunken und Liessa mit ihr. Die offenen Augen verschwammen in der unendlichen Schönheit des Seins. Die Ohren lauschten dem lautlosen Knistern der angespannten Luft. Der frische Duft der Gräser betörte die Sinne. Und doch – Liessa nahm all dies nicht wirklich wahr. Sie hatte die Feierlichkeiten verlassen. Ihr war nicht nach Feiern zu Mute. Sie musste an Endos denken.

So saß sie unter der alten Weide und fühlte ihn ganz nah neben sich. Es zerriss ihr fast das Herz. Warum hatte das alles nur geschehen müssen? Und warum hatte es ausgerechnet ihn getroffen. Ausgerechnet ihn.

Tränen bitterer Einsamkeit rannen ihre Wangen hinab. Sie krallte sich an den alten Baum, suchte Trost, sehnte sich nach Endos. Tief in ihre Verzweiflung versunken vernahm sie kaum das Spiel des Windes mit der Weide, wie er Liessa in Schlaf wiegte.

als die Sonne Ihre Bahn
am Himmel beschloss
kam der Abschied
Liessa, es ist Zeit
nach Hause zurückzukehren

der Zauber bringt Dich heim
die Zwerge läuten die Glocke im Turm

gleite durch den Traum
zurück in Deine Welt
vergiss den Zauberer
vergiss die Elben
denk an Dein Erwachen
s' ist nirgends schöner als Daheim

Das Zwielicht eines neuen, sonnigen Tages war hereingebrochen als Liessa aus einem unruhigen Traum erwachte. Es dauerte eine Weile, bis sie bei völliger Besinnung war, bis sie die Orientierung wiedergefunden hatte. Für einen Augenblick glaubte sie sich zu erinnern. Sie klammerte sich an etwas, das sie nicht fassen konnte, das sich ihr wie durch einen Schleier zu entziehen suchte.

»Nein! «, stöhnte ihre innere Stimme, »es ist wahr. Es war kein Traum. Ich weiß doch, dass es wahr ist! «

Sie hatte die Nacht an dem kleinen See verbracht, den sie den Sehnsuchtsee nannte. Liessa lehnte sich mit dem Rücken an der alten Weide, deren Lanzettförmige Blätter mit dem Wind spielten.

Liessa konnte sich einfach nicht mehr erinnern …

Als sie aufsah entdeckte sie diese Frau. Sie kam direkt auf sie zu. Lächelte. Sie war eine hoch gewachsene Menschenfrau mittleren Alters, mit rötlich schimmerndem Haar. Sie trug ein eigenwilliges, mega cooles mittelalterliches Kleid.
Ohne ein Wort setzte sie sich zu Liessa, lehnte sich ebenfalls an die alte Weide.

Gemeinsam genossen sie den Sonnenaufgang. lauschten dem Klang des Windes, der die uralte vertraute Melodie einer Harfe in ihre Welt zu tragen schien.

»Liessa «, flüsterte Aljana, »viele Völker stehen tief in Deiner Schuld. «

Liessa sah die Wikka fragend an.

»Müssten wir uns kennen?'', fragte sie unsicher; wenngleich sie die Antwort im Grunde längst wusste.

»Ja, wir kennen uns «, erwiderte Aljana, » doch das war gewissermaßen in einem anderen Leben!

Die Mutter Ceridwen und der Gehörnte Gott danken Dir von Herzen. Du hast die Schwingungen der Welten wieder ins Lot gebracht. Daher haben sie beschlossen, Dir eine Ehre zuteilwerden zu lassen, die den Menschen sonst verwehrt bleibt. Du bekommst die Erinnerung an die Ereignisse zurück. «

In diesem Augenblick fiel Liessa alles wieder ein. Und mehr noch: Sie erinnerte sich an ein Treffen mit der Mutter, dem Gehörnten Gott, einem Zwerg, einer Feenkönigin, einem Elben und einer groß gewachsenen Frau aus dem Volke der Vanen, die sie Freya nannten.

Es gab ein Thing, ein Treffen von Vertretern verschiedener Stämme. An einem Ort auf Mittenerde, nicht weit von ihrem Heimatdorf Gut Thingi entfernt. Wenn sie es nicht besser wüsste, würde sie schätzen, dass all das etwa 6.000 Jahre her war.

Liessa war die Stamm-Mutter eines Clans. Ihr Name war … es würde ihr bestimmt wieder einfallen.

Plötzlich sprudelten die Gedanken nur so und sie begriff die Zusammenhänge.

Der Gehörnte Gott hatte jedem der Stämme die Fürsorge für eine Farbe übertragen. In Vertretung der Menschen aus Mittenerde und auch derer von Gaia hatte Liessa die Verantwortung für die Farbe Gelb übernommen, die Farbe des Raps in der Blüte.

Indem jedes der Völker eine Farbe hegte, erhielten sie gemeinsam die lichte Schwingung des All-Einen im Fluss.

Nur die Symbiose aller Farben ergab das reine Weiß, das alle Wesen in das Sein zurückführt. Dieses reine Weiß zu schützen hatten die Mutter und der Gehörnte den Völkern überantwortet.

Schon damals hatten die Nornen gewarnt, dass sich die Welten eines Tages verdunkeln würden. Nur eine einzige Farbe musste ihre Kraft verlieren, dann wäre es um alle Welten geschehen. Die Tore würden sich schließen. Das All-Eine wäre auf ewig im Ursprung des Seins gefangen.

Die Schwingungen selbst hatten sich geteilt. Sie hatten die Ereignisse auf diese Weise in Gang gesetzt. So verloren die Farben die Bindungen zueinander und mit ihnen die Völker. Zuerst verdunkelte sich die Welt der Zauberer. Bald darauf erlebten die Asen die Ragnarök. Die Feenwelt verdorrte nach Dannbarar. Ein Volk nach dem anderen ging verloren.

Doch nun war das Spektrum der Farben wieder zusammengeführt. Eine neue Ära hatte begonnen. Die Tore waren wieder geöffnet.

All das hatte Liessa tatsächlich erlebt. Es war kein Traum gewesen, kein Traum ...

Währenddessen erinnerte sich Aljana an all die Erlebnisse seit ihrer Kindheit zurück.

Sie griff an ihrem Gürtel nach jenem kleinen Beutel, den ihr der Zwergenkönig Nanwick geschenkt hatte, einen Tag bevor sie Tamadai, die Herrin vom Teich verlassen hatte.

Es war eine feine Arbeit. Leder, das sich beinahe anfühlte wie Seide, gewoben mit unzähligen Ornamenten, die, je länger man sie betrachtete, deutliche Bilder mit einer heiligen Bedeutung ergaben.

Erst dachte sie an die Sterne am Firmament. Dann kamen ihr die unterschiedlichen Welten in den Sinn. Oder folgten die Stickereien doch eher der Form eines Baumes, einer Eiche oder Esche?

Die Wikka hatte den Beutel ein halbes Leben lang mit sich herumgetragen.

Dabei hatte sie weder Goldsteine noch Feenstaub jemals gebraucht. Das Leben selbst hatte immer eine offene Hand für sie bereitgehalten.

Und dann betrachtete sie den Reif an ihrem Fußgelenk, den ihr die Fee Rohënna geschenkt hatte. Auf seltsame Weise glaubte sie daran, dass dieser Reif sie immer beschützt hatte. Manches Mal wohl leider auch vor sich selbst.

…die Zukunft ist nicht immer so stabil wie sie die Nonen für uns weben. Vieles war anders verlaufen, als die Mumme es vorausgesehen hatte.

Die Zukunft jedoch hatte gerade erst begonnen …

Vitalis

Franky (Frank Körber), * 1959 in Göttingen, Musiker,
Schreiberling, Dichter.
Schreiberei ab ca. 1980 * Grabesdunkel (Gedichte) * Luis oder die
Geschichte vom Traumland (Erzählung) * Esoterica (Gedichte) *
Nornenfieber (mythologische Erzählung) * Elfenheim (Erzählung)
* Mythenring (Gedichte) * Die Harmonie des Lebens
(Wohlfühlbuch) * Die Schwingen des Lichtes (mythologischer
Roman, Version 2), aktive Mitarbeit Redaktion Publiker, Göttingen
von 2002 – 2005.
SingSang: Aktiv als Sänger, Bassist, Songwriter deutsch/englisch
seit ca. 1978, u.a. Mama Steinigs Eisenbrecher (3 CD-Alben), Zorn-
Chor (2 CD-Alben), Sendung im Stadtradio Göttingen von 2000 –
2002, aktuelle Band Skaldea

Karmatii

seit 1959	Franky
um 1300	Cerid Ravar
	(Zeit der Ragnarök)
um 600	Talisien
vor der Zeit	Mara Vanya

siehe auch www.dichterbund.de